Diane Chamberlain

Née à Plainfield, dans le New Jersey, titulaire d'un diplôme en psychologie de l'université de San Diego, Diane Chamberlain a travaillé dans cette ville puis à Washington DC avant d'ouvrir son propre cabinet de psychothérapeute pour adolescents à Alexandria, en Virginie. Aujourd'hui, elle habite avec son mari à Vienna, et se consacre entièrement à l'écriture. C'est en 1981 qu'elle a commencé à rédiger son premier roman qui a paru huit ans plus tard aux États-Unis. Depuis 1989, elle a publié de nombreux livres traduits à l'étranger et a reçu plusieurs prix littéraires. Parmi ses ouvrages, l'on peut citer : *Vies secrètes*, *Que la lumière soit*, *Le marathon des cœurs*, *Désirs secrets*, *Le faiseur de pluie*, *Étranges secrets*, *Le fil du passé* et *L'enfant de l'été*.

LE FIL DU PASSÉ

DU MÊME AUTEUR
CHEZ POCKET

VIES SECRÈTES
QUE LA LUMIÈRE SOIT
LE FAISEUR DE PLUIE
ÉTRANGES SECRETS
DÉSIRS SECRETS

DIANE CHAMBERLAIN

LE FIL DU PASSÉ

Traduit de l'anglais
par Catherine Moran

PRESSES DE LA CITÉ

Titre original :
BREAKING THE SILENCE

ISBN : 2-266-11115-9

Note de l'auteur

Si l'hôpital Sainte-Margaret et son personnel sont imaginaires, il n'en va pas de même pour les expérimentations décrites dans ce livre, qui furent effectivement menées dans des unités psychiatriques au cours des années cinquante, avec l'aval du gouvernement. A l'aube du IIIe millénaire, il est certes difficile de mesurer la peur et la paranoïa engendrées par la guerre froide parmi le public et les politiciens américains. Mais quand l'ampleur de ces expérimentations fut découverte à la fin des années soixante-dix, le Congrès créa une commission chargée de déterminer l'impact de ces recherches pratiquées sur des sujets à leur insu. La nécessité d'obtenir le consentement des patients en pleine connaissance de cause ainsi que l'approbation gouvernementale pour l'utilisation de tout médicament nouveau — deux mesures de protection des citoyens que l'on considère aujourd'hui comme acquises — découlent, en partie, de cette enquête.

1

La nuit de Noël, un peu après 23 heures, le téléphone sonna. Assise dans son bureau devant son ordinateur, comme à l'ordinaire, Laura s'empressa de décrocher, certaine de connaître l'origine de l'appel.

— Il vous réclame, fit l'infirmière. Je crois qu'il vaudrait mieux vous dépêcher.

— J'arrive.

Laura traversa en courant le séjour, où se dressait l'arbre de Noël éteint, et monta quatre à quatre au premier étage. Malgré ses précautions, elle ne put empêcher la porte de la chambre de grincer. Ray, qui avait toujours le sommeil léger, souleva sa tête de l'oreiller.

— L'hôpital vient d'appeler, expliqua-t-elle en sortant un jean de sa commode. Il faut que j'y aille.

Ray s'assit et alluma sa lampe de chevet.

— Il est... ?

Tout en laissant sa phrase inachevée, il tendit le bras vers ses lunettes, les paupières papillotant dans le brusque éclairage de la chambre.

— Il est encore en vie, mais je pense que

c'est la fin, fit Laura sans émotion apparente, la scientifique calme et posée qui était en elle prenant le dessus.

Ray rejeta les couvertures.

— Je t'accompagne. Je vais réveiller Emma. Nous t'attendrons ensemble dans le hall de l'hôpital.

— Non, coupa Laura en enfilant un pull, puis se penchant vers Ray pour l'embrasser. Reste ici avec Emma. Ce serait idiot de la réveiller. Et puis, il faut que je parte tout de suite.

Ray lissa ses cheveux bruns qui commençaient à se clairsemer.

— Bon. Mais appelle-moi si tu changes d'avis. On viendra te rejoindre.

Assis au bord du lit, dans son pyjama rayé, il avait l'air d'un enfant trop grand pour son âge. Laura se sentit submergée par un brusque élan d'amour.

— D'accord, dit-elle en l'embrassant. Je te remercie.

Dans la nuit froide mais sans vent, elle traversa à vive allure son quartier dont les arbres et les maisons brillaient de lumières colorées. Sur l'artère principale de Leesburg, elle eut droit à tous les feux rouges et les respecta l'un après l'autre bien que les rues fussent à peu près désertes.

Si elle s'était ralliée, d'un point de vue philosophique, au refus opposé par son père à tout acharnement thérapeutique, il en allait autrement sur le plan des émotions. Peu préparée à perdre le seul point de repère solide de sa vie, elle n'avait, ces derniers jours, cessé d'attendre un miracle. Carl Brandon avait toujours été un grand soutien pour elle. Leur relation n'avait pas été parfaite, mais qui a jamais entretenu des rapports tout à fait idylliques avec son père ? Le cancer s'était de nouveau manifesté quelques mois plus tôt, juste après son quatre-vingtième anniversaire. A cette occasion, elle avait organisé une soirée au Musée du ciel et de l'espace du Smithsonian Institute, en songeant que rien ne lui ferait plus plaisir que de contempler une dernière fois la multitude d'étoiles au-dessus de sa tête. Et il en avait, d'ailleurs, presque oublié ses invités.

Sur le parking à moitié vide de l'hôpital, elle trouva facilement une place près de l'entrée. L'atmosphère du hall désert, plongé dans une semi-pénombre, lui fit froid dans le dos. Frissonnante, elle se prépara à ce qui l'attendait. L'idée que son père ne redoutait pas la mort lui redonna du courage. Quand on est astronome, passionné par le ciel, les astres et les planètes, on sait mesurer l'insignifiance d'une vie humaine.

Elle se contenterait donc de lui tenir la main tandis qu'il s'éloignerait d'elle. Elle serait forte. Puis elle retournerait chez elle et Ray la réconforterait. Dans la matinée, elle annoncerait à Emma que son papy était mort. Elle avait essayé d'expliquer à sa fille de cinq ans la maladie de son grand-père, en évoquant celle de son cochon d'Inde, survenue un an plus tôt. Mais des dizaines de questions n'avaient pas suffi à lui faire comprendre l'aspect définitif de la mort. L'éternité est un concept difficile pour une très jeune enfant, et Laura en était venue à évoquer un paradis auquel elle n'avait jamais cru pour réconforter Emma. Et parfois l'idée l'apaisait elle-même.

A l'instant où elle pénétra dans la chambre de son père, elle comprit que Carl Brandon n'était pas en paix. Son état avait empiré depuis cet après-midi. Sa respiration était haletante, son teint gris, et il était agité. Il lui tendit des bras tremblants, son visage autrefois si beau marqué par le désespoir.

Elle lui prit la main et s'assit au bord du lit.

— Je suis là, papa.

Sans doute n'avait-il pas voulu mourir sans elle à ses côtés. Elle regretta soudain de ne pas avoir grillé les feux rouges afin d'arriver plus vite à l'hôpital.

Les mains décharnées du vieil homme se fermèrent sur les siennes, mais le désespoir ne quitta pas son regard en dépit de la présence de sa fille. Il essaya de parler, les mots sortant de sa bouche entrecoupés de suffocations.

— J'aurais... dû... te dire... fit-il.

Penchée vers lui afin de mieux l'entendre, elle aperçut par la fenêtre la constellation du Bélier.

— Ne fais pas tant d'efforts, papa.

Elle repoussa sur sa tempe une touffe de cheveux blancs.

— Une femme... Il faut que tu...

L'angoisse marquait son visage émacié et gris.

— Que faut-il que je fasse, papa ? demanda-t-elle d'une voix douce.

— T'occuper... T'occuper d'elle, parvint-il à dire, les lèvres tremblantes.

Laura se redressa et étudia son visage. Délirait-il ?

— Oui. Je le ferai. Je t'en prie, n'essaie plus de parler.

Carl lui lâcha la main et, d'un mouvement brusque, tendit le bras vers la table de nuit. Laura vit le bout de papier qu'il essayait d'atteindre et le prit, le cœur brisé, en découvrant un nom griffonné avec peine sur le papier.

— Sarah Tolley, lut-elle. Qui est-ce ?

— Amie... Importante... Pas de famille.

Sa pomme d'Adam bougea, boule osseuse sous la peau du cou, tandis qu'il avalait péniblement sa salive.

— Promets-moi.

Ainsi, il voulait qu'elle s'occupât d'une certaine Sarah Tolley ?

— Qui est-elle ? Où est-elle ?

— Meadow... Wood... dit-il, les yeux fermés.

— Meadow Wood Village ?

Tandis que Laura se représentait mentalement la charmante maison de retraite, de style victorien, située dans la banlieue de Leesburg, elle eut l'impression que son père hochait la tête.

— Tu peux me dire ce que tu veux que je fasse pour elle ?

— Prends-en soin...

— Que je prenne soin de cette personne ? Mais je ne la connais pas, papa. C'est la première fois que tu me parles d'elle.

Les paupières presque transparentes de son père s'ouvrirent sur un regard de panique.

— Promets-le-moi !

Dans une sorte de spasme, il tendit les bras vers sa fille, comme pour lui saisir les épaules. Mais ses doigts se prirent dans la chaîne du médaillon que Laura portait autour du cou. La chaîne se brisa et le médaillon tomba sur ses genoux.

Effarée, elle attrapa les poignets de son père.

— Ne t'inquiète pas, papa. Je te promets de m'occuper de cette personne.

— Jure-le...

— Je te le jure. Ne t'en fais pas, insista-t-elle.

Lâchant son père, elle glissa le bout de papier dans une poche de son jean.

Carl Brandon se laissa retomber sur les oreillers, un doigt tremblant pointé vers le cou de Laura.

— J'ai cassé...

— C'est sans importance. Ça se répare, ajouta-t-elle en mettant la chaîne et le médaillon dans sa poche. Repose-toi maintenant, papa.

Carl ferma les yeux sans se faire prier. Leur petit affrontement était terminé. Tous deux étaient coutumiers de ces accrochages verbaux. Depuis que Laura avait perdu sa mère à l'âge de sept ans, son père n'avait cessé de se montrer exigeant, sévère, mais il lui accordait toute son attention. Elle avait été sa priorité absolue, et elle le savait. Il lui avait transmis sa passion de l'astronomie — un violon d'Ingres chez lui plus qu'une profession —, et elle lui devait ce qu'elle était devenue. Il l'avait modelée, parfois sans ménagement et peut-être de façon contestable, mais au bout du compte elle lui en était reconnaissante.

Pendant des heures, elle resta à son chevet, la main de Carl de plus en plus molle et froide dans la sienne. Scotché au mur, un dessin qu'Emma avait fait pour son grand-père quelques jours plus tôt, avec les couleurs très vives qu'affectionnent les enfants de son âge. On y voyait un ciel d'azur, un grand soleil d'or, des arbres verts et une petite fille, en bleu et mauve, arborant un large sourire, comme ceux qui éclairaient plus souvent qu'à son tour le visage d'Emma. L'incongruité de cette enfant radieuse dans la chambre d'un mourant frappa Laura de plein fouet.

Puis, se tournant vers la fenêtre, elle chercha la constellation du Bélier dans le ciel. Elle avait disparu, mais on pouvait maintenant voir celle du Verseau, non loin de Jupiter. Elle ferma les yeux, et il lui fallut quelques instants avant de se rendre compte que son père ne respirait plus. Droite et calme sur sa chaise, elle retint sa main inerte dans la sienne pendant que la chambre s'emplissait d'un silence aussi profond que le ciel.

2

A l'est, le ciel s'empourprait à l'approche de l'aube lorsqu'elle rentra chez elle. Ray venait de préparer le café, vêtu de son peignoir bleu, seule tache de couleur dans la cuisine immaculée. Il l'accueillit les bras grands ouverts. En voyant les poils blancs de sa barbe matinale, les cernes noirs qui révélaient un manque de sommeil, elle eut soudain peur de le perdre lui aussi. A soixante et un ans, il était de vingt et un ans son aîné, et ces derniers temps il avait beaucoup vieilli. Lorsqu'elle enfouit son visage dans son cou, elle se demanda si elle pleurait en pensant plus à son mari qu'à son père.

— Il est mort il y a une heure, annonça-t-elle en s'écartant de Ray.

Elle s'essuya les yeux avec un mouchoir en papier, puis elle prit la tasse qu'il lui tendait et s'assit à la table.

— Je suis heureux que tu aies pu l'accompagner jusqu'au bout.

— Ça n'a pas été facile. Il était agité, anxieux. Il m'a demandé de m'occuper d'une femme dont il ne m'avait jamais parlé. J'ai dû le lui promettre, et j'ai vraiment eu l'impression qu'il ne serait pas mort avant de m'avoir arraché cette promesse.

— Qui est cette femme ? Que voulait-il que tu fasses pour elle ?

Laura sortit de sa poche le bout de papier qu'elle défroissa sur la table.

— Elle s'appelle Sarah Tolley. C'est l'une des pensionnaires de Meadow Wood Village. Une maison de retraite. Tu connais ?

Ray se retourna pour se verser une nouvelle tasse de café. Devant son calme, elle se dit que la requête de son père l'intriguait lui aussi. Sous le peignoir, son corps semblait lourd et informe. Trop lourd. Ce n'était pas sain d'être si gros. Elle se reprocha de ne pas suffisamment prendre soin de lui.

— Tu ignores ce qui les rapprochait ? demanda-t-il enfin, lui tournant toujours le dos.

— J'ai cru comprendre qu'il s'agissait d'une amie très chère. Qu'elle n'avait plus personne pour s'occuper d'elle. Mais, tu sais, je ne me souviens pas de ses paroles exactes. Il avait beaucoup de mal à s'exprimer.

Ray s'assit à la vieille table en chêne massif et posa ses mains sur celles de Laura.

— Chérie, dit-il, il devait délirer. Il avait eu des phases de démence ces derniers jours. Les médicaments...

— Oui. Mais je suis sûre qu'il était lucide quand il m'a parlé de cette personne, affirma Laura en retirant sa main pour toucher le morceau de papier. Ça lui tenait vraiment à cœur. Peut-être avait-il une vie cachée dont nous ne savions rien. Je vais appeler la maison de retraite afin de vérifier que cette femme existe bien.

Laura lut sur le visage de Ray l'expression qu'il réservait d'ordinaire aux membres du Congrès qu'il cherchait à influencer à Washington ; la patience calculée, les lèvres serrées ne trompaient pas. Il était sans doute en train de choisir ses mots avec soin.

— Ce n'est pas le meilleur moment pour en discuter, dit-il d'un ton détaché, tu es sous le choc et bouleversée. Cela dit, ton père a dirigé ton existence de son vivant, ne le laisse pas la contrôler depuis la tombe.

Elle voyait très bien ce qu'il voulait dire. Parfois l'amour que lui avait prodigué son père avait paru dépendre de sa réussite, et, quels que fussent ses succès, ils ne le satisfaisaient jamais pleinement. Mais elle trouvait dur, presque cruel, que Ray pût soupçonner son père d'une dernière manipulation sur son lit de mort.

Les larmes aux yeux, elle se pencha vers son mari.

— Il n'aura plus l'occasion de me demander quoi que ce soit, Ray. Et la promesse que je lui ai faite, je vais la tenir. J'ignore ce que cette femme représentait pour lui, ajouta-t-elle en regardant le papier, mais je ne peux pas ignorer son existence.

— Bon sang !

Ray reposa sa tasse si brusquement que Laura sursauta tandis que du café éclaboussait le set de table blanc posé devant son mari.

— Voilà que tu plonges de nouveau la tête la

première ! s'écria-t-il en se levant. Ton emploi du temps n'est pas assez chargé ? Emma et moi ne te suffisons pas ?

Muette d'effarement, Laura le laissa poursuivre sa diatribe.

— Pourquoi te faut-il toujours entreprendre mille choses à la fois ? T'es-tu demandé récemment à quoi ressemble ta vie ? Tu es partie travailler un mois au Brésil, tu te rends jusqu'à Baltimore une fois par semaine pour enseigner à la fac de Hopkins, tu as augmenté tes horaires au Smithsonian Institute et, la semaine dernière, tu m'as annoncé que tu retournais au Brésil l'été prochain. Qu'en est-il de la promesse que tu nous as faite, à Emma et à moi ?

Les bras sur la table, Ray serrait les poings si fort que ses articulations blanchirent.

Ébranlée par ce changement d'humeur brutal, spectaculaire, Laura toucha la main de son mari.

— Tu m'avais pourtant dit qu'il n'y avait pas de problèmes, que...

— Nous devions, il me semble, passer l'été prochain à la maison du lac, tous les trois, l'interrompit-il. Comme une famille normale. Mais qu'y a-t-il de normal dans cette famille où la mère, à la recherche de comètes nouvelles, traîne son enfant d'un pays à l'autre, enchaîne les conférences, reçoit récompenses et subsides, pendant que son mari reste à la maison et accumule les lettres de refus !

Ray se leva et se frotta le menton, faisant ainsi ressortir les poils blancs de sa barbe naissante sur son visage rouge de colère.

Incrédule, Laura pressa son poing sur ses

lèvres. Jamais il ne lui avait parlé de cette manière, jamais il ne lui avait fait le moindre reproche au sujet de sa carrière. Comment aurait-elle pu deviner qu'il était si malheureux avec elle ?

— Maman ?

Laura se retourna et vit Emma sur le seuil de la cuisine, ses beaux cheveux noirs en bataille, les yeux bleus écarquillés, les joues marquées par les plis de son drap. Elle serrait contre elle le vieux lapin avec lequel elle dormait depuis des années et qu'elle préférait aux deux nouvelles peluches que lui avait offertes le Père Noël. Dans son pyjama de flanelle rouge, elle avait l'air minuscule et délicate.

— Bonjour, ma chérie, lui dit Laura en se levant. Est-ce qu'on t'a réveillée ?

Emma posa son regard interrogateur tour à tour sur sa mère et sur Ray.

— Qu'est-ce qui se passe ? demanda-t-elle.

— Retourne te coucher, mon bébé, lui lança Ray, le visage impassible mais le ton vif.

— Tout va bien, la rassura sa mère. Papa et moi discutions juste trop fort. On regrette de t'avoir réveillée.

Ce n'était pas le moment de lui parler de son grand-père.

Emma regardait fixement Ray, qui rinçait sa tasse dans l'évier.

— Pourquoi vous êtes debout alors qu'il fait encore nuit dehors ?

Laura entraîna la petite vers sa chambre, une main sur son épaule.

— Viens. Tu as raison. Il est trop tôt pour se lever. On devrait retourner dormir tous les trois.

Titubant de sommeil, Emma prit la main de sa mère en gravissant l'escalier. Laura la borda dans les draps encore chauds.

— Papa est en colère après moi ?

Laura caressa la chevelure satinée de sa fille. Celle-ci avait le don d'énerver son père lorsqu'il travaillait sur son livre. De temps à autre, il arrivait à Ray d'élever la voix et de piquer une grosse colère contre elle.

— Non, pas du tout, lui assura Laura. Mais il y a certaines choses qui l'agacent en ce moment. Je t'expliquerai plus tard, si tu veux, quand ce sera vraiment l'heure de se lever.

Emma acquiesça, puis ferma les yeux. Sa mère se pencha sur elle pour l'embrasser et remonter le drap sous son menton. Quand elle se redressa, elle eut sous les yeux la rangée de poupées Barbie qui occupait toute une étagère au-dessus du lit. En dépit de la pénombre, elle vit qu'Emma leur avait donné de drôles de postures, comme si elles faisaient de la gymnastique. Pour la première fois depuis longtemps, Laura sourit.

Ressentant le besoin d'être seule avant de retrouver un mari furieux, elle alla dans sa chambre, sortit la chaîne et le médaillon de sa poche, et ouvrit son coffret à bijoux. Il ne contenait que quelques paires de boucles d'oreilles et deux bracelets. Les bijoux s'accommodaient mal de son mode de vie, de ses escapades au Brésil, de ses voyages, de ses conférences incessantes à travers le monde. L'hostilité trahie par les paroles de Ray lui fit froid dans le dos. Depuis combien de temps enfouissait-il ce ressentiment au fond de lui ?

Elle observa au creux de sa paume le médaillon qui, jusqu'à cette nuit, ne l'avait jamais quittée. Son père l'avait attaché à son cou quand elle avait eu huit ans, en lui disant qu'il avait appartenu à sa grand-mère dont elle portait le prénom. Ce gros médaillon en or avait toujours évoqué pour elle une femme coiffée d'une capeline. Appliquant le bijou sur son décolleté, elle étudia son reflet dans le miroir et son regard se posa aussitôt sur les racines grises de ses cheveux. Les mèches argentées striaient sa chevelure qui lui tombait sur les épaules. Dès la trentaine, elle s'était employée à les masquer avec des shampoings colorants qui leur restituaient leur jolie teinte naturelle châtain doré. Unique vanité qui avait d'ailleurs ses limites, car Laura ne courait pas chez le coiffeur aussitôt que le gris redevenait visible. Se repoudrer le nez quand il commençait à briller ou se remettre du rouge à lèvres avant une conférence ne lui semblait pas plus indispensable. Elle préférait de beaucoup observer le ciel dans un télescope plutôt que se regarder dans un miroir pour se maquiller. Et sa beauté naturelle l'y autorisait sans problème.

Au lieu de retrouver Ray, elle s'assit sur le bord du lit. Elle avait toujours connu Ray dépressif et morose, mais jamais il n'avait manifesté une telle colère, pour ne pas dire une telle rage. Les lettres de refus qu'il recevait devaient commencer à le toucher.

Professeur de sociologie à la retraite, homme d'une compassion exceptionnelle, Ray travaillait depuis plusieurs années sur un livre consacré aux sans-abri. C'était pour lui un acte d'amour, l'expression d'un perpétuel dévouement à une cause sociale. Bouleversante, dérangeante, son œuvre était aussi magnifiquement écrite. Mais, depuis un an qu'il la soumettait à des éditeurs, les réponses négatives s'empilaient sur son bureau.

Jusqu'à présent, pas une seule fois il ne lui avait reproché de faire passer sa carrière devant sa vie de couple ou sa fille. Certes, elle donnait le maximum d'elle-même à son travail, mais elle se faisait tout de même un devoir d'emmener Emma en voyage, et elle pensait que Ray profitait de sa solitude pour se concentrer sur son livre. Peut-être avait-il autrefois trouvé cette situation confortable. Quelques mois plus tôt, en étudiant le ciel depuis leur maison du lac, elle avait découvert la dixième comète de sa carrière. A l'exception de la cinquième — splendide, avec une queue longue et pleine —, toutes les autres n'avaient présenté d'intérêt véritable que pour les spécialistes. Mais la dernière, réduite pour l'instant à une tache laiteuse au bout d'un puissant télescope, promettait d'être spectaculaire dans un an et lui avait déjà valu un déluge de récompenses, d'offres et de subsides, et l'attention des médias. Or, pendant ce temps, Ray ne recevait aucun écho favorable à la publication de son livre. Le succès de son épouse devait singulièrement lui peser.

Elle l'entendit monter l'escalier de son pas

lent et mesuré. Il entra dans la chambre et s'assit à côté d'elle, glissant un bras autour de ses épaules.

— Je suis désolé. Pardonne-moi, Laura.

— Non. C'est moi qui suis désolée. Tu as raison. J'ai été trop prise ces derniers temps. Je vous ai négligés, Emma et toi.

— Mais non, ce n'est pas vrai. Je ne pensais pas ce que je t'ai dit. J'étais simplement...

— Ne nie pas l'évidence. Tu as exprimé une colère qui te rongeait depuis un moment. J'abandonne l'idée de retourner au Brésil cet été.

— Oh ! Laura, je ne voulais pas te faire changer d'avis...

— Je n'ai plus envie d'y aller, insista-t-elle, sincère.

Ray avait trop longtemps fait des compromis. C'était à son tour cette fois-ci.

— A la fin du semestre prochain, je ferai une pause. Nous irons à la maison du lac et nous nous détendrons tous les trois pendant tout l'été. D'accord ?

— Et tu oublieras cette femme de la maison de retraite ? demanda Ray après quelques secondes d'hésitation.

— Elle ne va pas me voler tout mon temps. Je vais juste me renseigner, m'assurer qu'elle va bien. Comme papa me l'a demandé.

Ray laissa retomber le bras qui entourait les épaules de Laura.

— Non, je t'en prie.

Il manifestait un désarroi disproportionné et sans fondement aux yeux de Laura.

— Ray, cette histoire n'aura aucune incidence sur notre vie. Tu sais, papa était très exigeant, mais il était aussi mon meilleur soutien et ma source d'inspiration. Je lui ai promis quelque chose de très simple, et je ne peux pas trahir cette promesse, insista Laura, la gorge serrée. Tu peux le comprendre, n'est-ce pas ?

Ray soupira et se leva.

— Je vais dans mon bureau, dit-il, mettant fin à la conversation.

Elle le regarda sortir de la chambre dans ses pantoufles en tissu-éponge, voulut le rattraper puis, exténuée, y renonça. De toute façon, il valait mieux qu'ils attendent un peu, qu'ils se donnent le temps, l'un et l'autre, de redevenir plus rationnels.

Calmement elle se déshabilla et retrouva sa place dans le lit. Il régnait entre les draps un froid qu'aucune superposition de couvertures n'aurait pu atténuer. Elle se sentit seule. Son père était mort. Il ne lui restait plus comme famille que Ray et Emma. Et, pour l'instant, il lui semblait avoir perdu le Ray qu'elle avait connu et aimé.

3

Assise sur le plancher de sa chambre, Emma était complètement absorbée par un puzzle représentant un poisson tropical — cadeau de Noël de Shelley, sa baby-sitter. Laura s'accroupit à côté de sa fille. C'était la première fois qu'elle la voyait s'intéresser au puzzle, alors qu'on le lui avait offert quinze jours plus tôt. A l'évidence, elle n'avait pas encore surmonté la disparition de son grand-père.

— Je dois sortir, lui annonça Laura en lissant une mèche de cheveux derrière la petite oreille de sa fille. Papa est dans son bureau.

L'attrait de son nouveau jeu empêcherait fort heureusement Emma de déranger Ray.

La petite montra à sa mère une pièce du puzzle.

— Moi, je sais ce que c'est, ça. Et toi, maman ?

Laura feignit l'incertitude.

— Des écailles de poisson ?

— Oui ! Et tu vois, ça se met ici... Tu vas travailler ? demanda Emma en prenant une autre pièce.

— Non. Je vais faire réparer ma chaîne chez le bijoutier. Et ensuite je dois aller voir quelqu'un. Mais je n'en ai pas pour longtemps, précisa Laura en se relevant.

— Ça, c'est un œil, maman. Oh ! je voudrais avoir déjà terminé ! Est-ce qu'on pourra le coller et l'accrocher au mur comme on a fait avec l'autre ?

— Si tu veux, oui. Seulement tu ne pourras plus jouer avec.

— Tant pis.

Emma leva vers sa mère des yeux aussi bleus que son pull.

— Maman ?

— Ma chérie, je dois vraiment m'en aller maintenant.

— Je sais. Mais tu ne voudrais pas regarder un de mes livres avec moi ?

— Ce soir. Avant que tu dormes.

Laura se pencha sur Emma et posa un baiser sur ses cheveux.

— A tout à l'heure.

— A tout à l'heure, fit Emma en revenant à son puzzle.

Emma manifestait une indépendance rare pour une enfant de son âge. Sa présence à l'enterrement de son grand-père avait surpris, mais Laura, qui l'avait préparée à ce qu'elle allait voir et entendre, n'avait pas regretté sa décision. Depuis le service religieux, la petite semblait mieux comprendre le caractère définitif de la mort.

Laura trouva Ray dans son bureau, son manuscrit dcvant lui, mais son regard fixait quelque chose à l'extérieur, à travers la fenêtre. Posant les mains sur ses épaules, Laura sentit la chaleur de sa chemise de flanelle sous ses paumes.

— Je n'en ai pas pour longtemps, dit-elle.

Comme lui, elle regarda par la fenêtre en essayant de repérer ce qui retenait son attention. Mais elle ne vit rien d'autre que la rangée de maisons, de l'autre côté de la rue. Toutes étaient identiques, et, ce soir-là, une fine couche de neige s'était déposée sur leurs toits en pente.

— Je t'en prie, n'y va pas, supplia Ray, le regard toujours fixé sur l'extérieur.

A l'évidence, il se laissait reprendre par ses idées sombres. Il y avait dix ans qu'elle le connaissait, six ans qu'elle était sa femme et, depuis leur mariage, il avait consulté plusieurs psychiatres et ingéré quantité d'antidépresseurs sans parvenir à s'en sortir définitivement.

Depuis la mort de son père deux semaines plus tôt, elle l'avait entendu s'excuser cent fois de son accès de colère et lui affirmer qu'il ne lui en voulait pas de se consacrer à sa carrière. Mais les mots qu'il lui avait jetés au visage ce matin-là continuaient à résonner dans sa tête avec un accent de vérité indéniable. Soucieuse de tenir compte de ses sentiments, elle avait voulu oublier la requête de son père et y serait sans doute parvenue si l'avocat de Carl ne l'avait appelée au sujet de Sarah Tolley.

« Qui est cette femme ? » lui avait demandé l'avocat.

Son père, lui confia ce dernier, avait payé les frais d'entrée dans la maison de retraite cinq ans auparavant. Chaque mois il avait réglé la pension et lui avait légué une importante somme d'argent à gérer en son nom, jusqu'à sa mort.

Laura lui avait répondu qu'elle ignorait tout de cette femme. Mais, plus que jamais persuadée que Sarah Tolley avait beaucoup compté pour son père, elle s'était finalement résolue à aller la voir. Une décision qui avait assombri l'humeur de Ray.

— Bon, j'y vais, dit-elle, la joue contre la tempe de son mari. Je serai de retour dans une heure. C'est promis. Emma est complètement absorbée par son puzzle. Elle te laissera tranquille.

Ray ne répondit pas, et elle retira ses mains de ses épaules, en se disant qu'il n'avait jamais été aussi froid avec elle, même lorsqu'il était en pleine dépression. On eût dit que ce désir de réaliser le dernier vœu de son père symbolisait tout le manque d'attention à son égard dont il l'accusait. Ne commettait-elle pas une erreur en laissant Emma seule avec lui ?

— Je serai si vite de retour que tu n'auras même pas eu le temps de t'apercevoir de mon absence, ajouta-t-elle.

Puis elle sortit du bureau avant qu'il eût une chance de lui faire changer d'avis.

Après avoir déposé sa chaîne chez le bijoutier, elle traversa la ville pour se rendre à la maison de retraite.

Grand établissement de trois étages, Meadow Wood Village possédait le charme d'une demeure ancienne en dépit de sa taille et de sa construction relativement récente. Crépi de bleu pâle, les volets blancs, il était ceint d'une agréable véranda et donnait le sentiment de pouvoir dissiper toutes les peurs du troisième âge.

A l'intérieur, aussi avenant que l'extérieur, régnait un parfum de cannelle et de vanille, et les tapis, comme le revêtement des sièges, offraient au regard de jolies couleurs pastel. Laura s'arrêta devant la réceptionniste qui leva les yeux de sa pile de dossiers.

— Je cherche l'une de vos pensionnaires, Mme Sarah Tolley.

— J'appelle la personne responsable de Mme Tolley. Asseyez-vous, ajouta la femme en désignant l'un des sièges du foyer.

A peine assise sur un fauteuil à oreillettes, Laura vit arriver une jeune femme ronde vêtue d'une veste fleurie.

— Vous venez voir Sarah ? s'étonna-t-elle.

— Oui. Je m'appelle Laura Brandon. En fait je ne la connais pas. C'était une amie de mon père. Il est mort récemment. Mais il m'a demandé de prendre de ses nouvelles.

La jeune femme s'assit sur le fauteuil le plus proche. Tout en elle était rond : son corps, son visage, ses lunettes cerclées de métal, son nez.

— Je suis Carolyn, la responsable de Sarah. J'avoue que je suis plutôt surprise. Personne ne vient jamais la voir.

— Mon père a dû venir pourtant. Il s'appelait Carl Brandon. C'était un homme d'environ quatre-vingts ans, d'un mètre quatre-vingts, très mince et...

— Absolument personne n'est jamais venu voir Sarah.

— Je ne comprends pas... Pouvez-vous me parler d'elle ? Quel âge a-t-elle ?

— Soixante-quinze ans. Elle est atteinte, depuis peu, de la maladie d'Alzheimer. Le saviez-vous ?

Laura se laissa basculer au fond du fauteuil.

— Non. J'ignore tout à son sujet.

— Physiquement, elle se porte bien. Elle fait des exercices dans la piscine et, pour l'instant, les symptômes de la maladie sont à peine visibles. Vous savez, nous avons trois sections ici, expliqua Carolyn en se penchant vers Laura. L'une pour les personnes autonomes, la deuxième pour celles qui ont besoin d'une assistance, et la troisième pour les pensionnaires qui demandent des soins constants. Jusqu'à la semaine dernière, Sarah a pu vivre dans la première section. Maintenant, elle a besoin d'une certaine surveillance. Pas de cuisinière. Pas de verrou aux portes. Deux fois elle s'est perdue en voulant se promener. C'est ce qui nous a décidés à la changer de section. Elle ne peut plus sortir seule désormais.

Laura hocha la tête tout en se demandant où elle avait mis les pieds. Carolyn se pencha un peu plus vers elle.

— Vous savez ce qui serait formidable ? Que vous l'emmeniez en promenade un de ces jours. Quand il fera meilleur, bien sûr. Elle en serait ravie.

Laura n'osa pas imaginer la réaction de Ray si elle renouvelait sa visite.

— Je verrai. Je ne sais pas. Je ne l'ai même pas encore rencontrée.

— Vous pourriez aussi l'aider, poursuivit Carolyn, sourde à la prudence de Laura, en l'écoutant tout simplement. En la laissant évoquer son passé. A ce stade de la maladie, ce sont les souvenirs récents qui se perdent. Pour les autres, elle a encore bonne mémoire, et elle adore parler. Mais, comme je vous l'ai dit, il n'y a que moi qui puisse l'écouter, et elle n'est pas la seule pensionnaire dont j'ai la charge.

— Je voulais simplement...

— Bien qu'elle participe toujours à nos bingos, enchaîna résolument Carolyn, et qu'elle adore la soirée cinéma, elle passe tout de même trop de temps seule devant sa télévision. Pour certains, c'est un centre d'intérêt suffisant, mais pas pour Sarah. Elle a besoin de plus de stimulation.

— Écoutez, fit Laura, une main levée afin de stopper l'élan de Carolyn. Je vous répète que je ne l'ai jamais rencontrée. De plus, j'ai une famille et une vie professionnelle accaparante. Je voulais juste découvrir comment mon père connaissait cette personne. C'est tout, affirma Laura.

Carl en avait demandé davantage, mais elle préférait ne pas y penser.

Carolyn se leva, visiblement déçue.

— Très bien. Suivez-moi.

Laura suivit la jeune femme dans un long corridor où se succédaient des portes de couleurs pastel, portant chacune une décoration particulière : une photographie, un ours en peluche accroché à une poignée, une paire de chaussons de ballerine suspendue à une autre, la silhouette noire d'un projecteur de cinéma devant laquelle Carolyn s'arrêta.

— Voici l'appartement de Sarah. Elle adore les vieux films. Nous avons personnalisé les portes afin que nos pensionnaires puissent s'y retrouver. Sarah n'en est pas encore là, je dois dire, ajouta précipitamment Carolyn en appuyant sur la sonnette.

Une minute s'écoula avant qu'une vieille dame leur ouvrît. Elle eut aussitôt un sourire chaleureux en voyant Carolyn.

— Entrez donc, dit-elle.

Laura pénétra avec la jeune femme dans un agréable petit séjour à l'ameublement moderne, où s'harmonisaient le chêne et les tissus beiges.

— Sarah, je vous présente Laura Brandon qui vient vous rendre visite.

— Oh ! comme c'est gentil !

Sarah sourit à sa visiteuse. Un peu plus grande que Laura, les cheveux gris, elle était impeccablement coiffée et habillée — jupe, collants et escarpins beiges, chemisier à rayures beiges et blanches —, et faisait penser à Eleanor Roosevelt. Seule l'erreur de boutonnage qui faisait bâiller le chemisier à hauteur de la taille trahissait une lucidité faiblissante. Pour une raison indéterminée, Laura sentit sa gorge se serrer devant cette étourderie qui gâchait un peu l'allure, par ailleurs très digne, de Sarah.

Carolyn jeta un coup d'œil à sa montre.

— Je vous laisse faire connaissance, annonça-t-elle. Et je souhaite que votre visite vous soit agréable.

Quand Carolyn fut partie, Sarah guida Laura vers le canapé.

— Voulez-vous vous asseoir, chère madame ?

— Oui. Merci.

— Aimeriez-vous un café ? Un soda ? Je crois que j'en ai dans le réfrigérateur.

Sarah s'avança vers la kitchenette, mais Laura l'arrêta.

— Non. Je n'ai besoin de rien, dit-elle.

Mal à l'aise, elle baissa les yeux.

— J'aimerais vous expliquer pourquoi je suis ici, reprit-elle.

Sarah prit place à l'autre bout du canapé et dévisagea Laura avec attention, les mains croisées sur ses genoux.

— Vous connaissiez mon père, semble-t-il. Carl Brandon.

Sarah resta impassible.

— Il y a quinze jours, il est mort, mais avant de mourir il m'a demandé de venir vous voir. Il voulait que je m'assure que vous alliez bien.

Un rien de confusion passa sur le visage de la vieille dame.

— C'était très gentil de sa part. Mais je ne me souviens pas de lui. Je perds un peu la mémoire, fit Sarah avec un regard d'excuse. Comment s'appelait-il ?

— Carl Brandon.

— Et où l'aurais-je connu ?

Laura sourit.

— Je l'ignore. J'espérais que vous pourriez

me le dire. Il ne me l'a pas précisé. Peut-être étiez-vous des amis de longue date. C'est lui qui payait votre pension. Et qui continuera à la payer, s'empressa d'ajouter Laura, soucieuse de ne pas affoler Sarah. Il a fait en sorte, par testament, que l'on subvienne à vos besoins.

— Oh ? Je croyais que tout était payé par ma sécurité sociale. Je dois vraiment perdre la tête, s'exclama Sarah, les doigts pressés sur ses tempes. Je n'ai aucun souvenir de lui. Où l'ai-je connu, avez-vous dit ?

— Je n'en sais rien, madame. Il est né à New York, en 1918. Il a grandi dans le quartier de Brooklyn, entre douze et vingt ans. Avez-vous vécu à New York ?

— Non. Dans le New Jersey. A Bayonne.

— Alors ce n'est peut-être pas à New York que vous l'avez rencontré. Et si c'était à Philadelphie ? Il s'y est installé à vingt-quatre ans, je crois, et il travaillait comme physicien pour Allen Technologies. Il nourrissait pour l'astronomie une passion que tout son entourage connaissait. Il a épousé ma mère vers l'âge de quarante ans. Elle est morte lorsque j'étais enfant, et mon père ne s'est jamais remarié. Je ne saurais dire s'il a eu une liaison. Mais peut-être l'avez-vous fréquenté ?

— Non. Je ne sais pas comment nous nous sommes connus, mais je suis certaine que nous n'avions pas ce genre de lien. J'ai été la femme d'un seul homme.

Le regard de Sarah glissa vers le portrait couleur sépia d'un séduisant jeune homme, posé sur une petite table basse, à côté du canapé.

— C'était votre... ami ? demanda Laura.

— Mon mari. Joe Tolley. Mon unique amour.

Quelque chose dans la voix de Sarah laissait entendre qu'il y avait derrière cette photo une histoire trop longue pour que Laura eût le temps de la découvrir.

— Donc, vous n'êtes pas sortie avec mon père. Auriez-vous travaillé avec lui ?

— J'étais infirmière. Je n'ai pas vécu à Philadelphie. J'ai passé la majeure partie de ma vie dans le Maryland et en Virginie.

— Eh bien, en voilà une histoire compliquée ! fit Laura en masquant sa déception derrière un sourire. A moins que mon père n'ait été l'un de vos malades. Il était atteint d'un cancer et a été hospitalisé plusieurs fois avant de mourir.

Mais comment Sarah aurait-elle pu être l'infirmière de son père étant donné son âge ? se demanda Laura.

— Non. Ça n'a pas de sens, dit-elle soudain.

— J'ai grandi à Bayonne, répéta Sarah, visiblement égarée par sa maladie.

— Oui.

— J'ai travaillé comme infirmière sur des navires de croisière.

Sarah se leva pour prendre une autre photographie encadrée qui la représentait, à plus de cinquante ans, debout sous un palmier avec, en arrière-plan, la silhouette d'un paquebot.

— C'était à Saint-Thomas. Ou peut-être à Sainte-Lucie. Mais j'aimais par-dessus tout l'Alaska.

— Vous avez eu de la chance de tant voyager. Ce devait être formidable.

— De temps en temps, il y a un documentaire sur l'Alaska à la télévision.

Sarah prit le programme télé sur la table basse et se mit à le feuilleter. Laura commençait à se faire du souci en revoyant Ray, face à la fenêtre, le regard sombre et fixe, en pensant à Emma, seule avec son puzzle. Elle jeta un coup d'œil à sa montre et s'aperçut qu'elle avait largement dépassé l'heure qu'elle s'était accordée.

Elle se leva.

— Je dois partir, madame Tolley.

— Oh ! Vraiment ?

— Je regrette que nous n'ayons pas réussi à percer le mystère de votre lien avec mon père.

— Vous avez dit qu'il était médecin ?

— Non. Physicien. Et féru d'astronomie.

Bien qu'elle donnât l'impression de ne pas saisir complètement les propos de sa visiteuse, Sarah hocha la tête.

— Il faudra revenir me voir, chère amie, dit-elle en se dirigeant vers la porte.

Se refusant à formuler cette promesse, Laura se contenta de sourire. Mais elle repartait sans avoir élucidé la raison qui avait poussé son père à lui demander de prendre soin de Sarah Tolley.

4

A l'instant où elle sortit de sa voiture, garée devant la maison, Laura sentit confusément que quelque chose n'allait pas. En s'approchant de la porte, elle entendit une enfant pleurer. Était-ce Emma ou une autre petite fille ? En tout cas, ce bruit était étrange. Une plainte. Une mélopée funèbre.

Prise de panique, elle eut du mal à introduire la clef dans la serrure et dut se battre pour ouvrir la porte. En entrant dans le hall, elle trouva Emma assise au bas de l'escalier, pliée en deux, comme si elle avait mal à l'estomac. Cessant de gémir, la petite se mit à crier, se leva d'un bond et se jeta dans les bras de sa mère.

— Ma chérie ! Qu'est-ce que tu as ? Qu'est-ce qui se passe ? s'inquiéta Laura en s'efforçant de garder une voix calme.

Emma avait-elle agacé Ray en lui demandant de lui lire une histoire ? Ray, déjà d'humeur sombre, s'était-il emporté ? Peut-être. Cependant Emma n'avait pas l'habitude de se laisser impressionner à ce point.

Accrochée aux jambes de sa mère, la joue contre sa hanche, Emma se taisait.

Laura eut froid dans le dos lorsqu'elle tourna son regard vers le bureau de Ray, de l'autre côté du séjour. Hormis les cris d'Emma, le silence était de plomb.

— Où est papa ? demanda-t-elle.

Emma ne répondit pas. L'enfant accrochée à elle de plus en plus étroitement, Laura avança vers le bureau qu'elle trouva vide.

— Ray ? appela-t-elle en revenant dans l'entrée.

Doucement elle écarta sa petite fille.

— Reste ici. Je reviens tout de suite.

Elle monta l'escalier, couverte de sueurs froides, et entra dans la chambre conjugale, aussi vide que le bureau. Ray avait dû sortir en laissant Emma seule, ce qui expliquait le désarroi de la petite.

Non, se dit-elle, Emma était plus solide que cela. Et puis elle se souvint brusquement d'avoir vu la voiture de Ray dans le garage. Elle allait ressortir de la chambre quand elle remarqua une tache rouge, de la forme d'un papillon, sur le papier peint, de l'autre côté du lit. Lentement, en se mordant la lèvre, elle contourna le lit et découvrit son mari, étendu sur le plancher, la tête dans une mare de sang, un revolver à la main.

Titubante, elle recula et, heurtant la commode, fit tomber par terre son coffret à bijoux. Boucles d'oreilles et bracelets s'éparpillèrent sous ses pieds tandis qu'elle se précipitait dans le couloir.

Les gémissements d'Emma s'étaient assourdis, mais la petite, assise par terre, recroquevillée sur elle-même, fixa sa mère sans rien dire. Laura l'attrapa par le bras et l'emmena dans la cuisine où elle décrocha le téléphone pour appeler les secours.

— C'est une urgence ? lui demanda la standardiste.

Ray était mort. On ne pouvait plus rien faire pour lui. Ce n'était plus une affaire de temps.

— C'est une urgence ? répéta la femme.

— Mon mari s'est tiré une balle dans la tête. Il est mort.

Prise d'une brusque envie de sortir de la maison, elle ignora les questions de la standardiste, laissa tomber le combiné, saisit de nouveau sa fille par le bras et l'entraîna à l'extérieur, sur la petite terrasse.

Assise sur le vieux banc de bois que Ray avait déniché dans un vide-grenier, elle installa Emma sur ses genoux. « Je suis en état de choc », se dit-elle avec un détachement clinique. Le cœur soulevé, prise d'une sensation de vertige, elle restait insensible au froid dont elle avait pourtant conscience. L'ambulance, les voitures de police, les pompiers arrivèrent, sirènes hurlantes, sans qu'elle pût poser son regard sur eux. Des voisins sortirent, d'autres écartèrent leurs rideaux, mais Laura fixait la pellicule de neige qui recouvrait la pelouse avec, à l'esprit, la tache rouge, en forme de papillon, sur le papier peint de la chambre.

— Il est au premier étage, dit-elle au policier qui s'approcha d'elle.

Tandis que défilait l'armée de secouristes, le menton appuyé sur la tête de sa fille, les yeux fermés, elle s'interdit de penser au spectacle qui les attendait.

Emma avait cessé de pleurer mais gardait le visage enfoui au creux de l'épaule de sa mère, repliée sur elle-même, et Laura n'avait pas le cœur de la déranger. La sentant frissonner dans son petit pull, elle lui frotta les bras. Qu'avait-elle vu ? Si elle avait entendu la détonation, était-elle montée dans la chambre pour savoir ce qui s'était passé ? Se serait-elle trouvée près de Ray au moment de son suicide ? Laura se reprocha de l'avoir laissée avec lui. Et de ne pas être revenue plus tôt.

Il lui sembla qu'un long moment s'était écoulé avant qu'un officier de police vînt enfin leur apporter de quoi se couvrir chaudement. A Laura, il tendit l'anorak de Ray. Elle l'enfila, le col sous le nez, afin de respirer l'odeur de son mari.

— Qui était dans la maison quand c'est arrivé ? demanda le policier en sortant un calepin de sa poche, au bas du perron, un pied sur la première marche.

— Emma.

D'un mouvement du menton, Laura désigna sa fille qui s'était de nouveau recroquevillée contre elle.

L'officier de police observa la fillette, hésita, puis renonça à l'interroger.

— Et vous, vous étiez sortie ?

— Oui.

— Savez-vous pourquoi le coffret à bijoux

était par terre et son contenu répandu sur le plancher ?

— C'est moi qui l'ai fait tomber après avoir découvert le corps de mon mari.

L'image des bijoux éparpillés sur le sol lui semblait dater de plusieurs jours et non de quelques minutes.

— Il a laissé un mot dans la chambre. Vous l'avez vu ?

— Un mot ?

— Oui. Scotché sur le miroir de la coiffeuse. C'est une simple phrase : « Je t'avais demandé de ne pas y aller. » Ça vous dit quelque chose ?

Laura ferma les yeux.

— Je devais rendre visite à quelqu'un ce matin, et il voulait que j'y renonce.

— Ah ! fit le policier, comme s'il venait de tomber sur la pièce manquante du puzzle. Il y avait une grande différence d'âge entre vous et votre mari, n'est-ce pas ?

La question était plutôt cavalière, mais, ne trouvant pas la force de protester, Laura se contenta d'acquiescer.

— Et cette personne que vous deviez voir, était-ce un autre homme ?

Laura regarda le policier, effarée.

— Un autre... ? Non. Pas du tout. C'était une femme. Une vieille dame. Il ne voulait pas que j'aille la voir. J'y suis quand même allée. Je l'abandonnais souvent. A cause de mon travail. Il était trop souvent seul. Je suis responsable de ce qui est arrivé.

— Ne tirez pas de conclusions hâtives, madame. Est-ce que votre mari était dépressif ?

— Terriblement. J'aurais dû comprendre à quel point il allait mal, mais...

— Il a une cicatrice à l'épaule gauche, visiblement laissée par une balle. Avait-il déjà tenté de se suicider ?

— Non. C'est un souvenir de la guerre de Corée.

Ray avait survécu à cette guerre, et c'était son mariage qui l'avait tué. Elle sentait peser sur sa poitrine le poids de la culpabilité.

— Pensez-vous que je puisse lui poser quelques questions ? demanda l'officier de police en désignant Emma.

Laura se pencha légèrement en arrière afin d'inciter Emma à se redresser.

— Tu pourrais raconter ce qui s'est passé au policier, ma chérie ? Ou me le dire à moi ?

Emma leur adressa à tous les deux un regard inexpressif, sans ouvrir la bouche. Ce fut à cet instant que Laura se rendit compte que, depuis son retour, sa fille n'avait pas proféré le moindre mot.

5

Laura assista au service religieux, à l'université de Georgetown, au côté de l'unique parent de Ray : Stuart, son frère cadet. Ray avait enseigné à Georgetown pendant des années, et la chapelle débordait de monde, jusque dans le chœur. L'assistance était en grande partie composée d'anciens élèves et de collègues de Ray. Il avait marqué l'université de sa présence.

Il avait aussi laissé son empreinte dans les rues. Des sans-abri venus en car ainsi que le personnel de plusieurs refuges avaient pris place dans la chapelle avant même l'arrivée de Laura. A l'annonce de la mort de Ray, les témoignages de sympathie avaient afflué de toutes parts. Laura espérait que Ray avait eu conscience de l'amour et du respect qu'il suscitait, bien qu'il se trouvât en situation d'échec et prompt à oublier tout ce qu'il avait accompli de positif à cause du rejet de son livre.

Elle glissa un regard vers son beau-frère, vit qu'il serrait la mâchoire et passa son bras sous le sien. C'était à lui qu'elle avait eu le plus de mal à annoncer la nouvelle. Il vivait dans le

Connecticut, travaillait comme représentant de commerce pour un fabricant d'ordinateurs, mais il était chez lui quand elle avait appelé. Il adorait et admirait son frère. Ray était sa seule famille. Néanmoins, elle avait été surprise par les sanglots qui l'avaient brusquement secoué.

Elle lui avait confié les clefs de la maison où elle avait à peine remis les pieds depuis qu'elle avait trouvé le corps de Ray. Bien qu'une entreprise de nettoyage recommandée par la police eût fait disparaître toutes les traces du drame, il lui était encore impossible de rester dans cette demeure, d'y dormir, sans sentir autour d'elle la présence de Ray. Pour Stuart c'était différent : aucune image négative ne s'y rattachait. Et puis, lui avait-il dit, il se sentirait plus proche de son frère entre ces murs.

Elle s'était installée avec Emma dans un petit appartement aménagé au-dessus du garage d'un couple d'amis, en attendant d'aller habiter dans la maison du lac. Elle avait prévenu l'université Johns Hopkins et le Smithsonian Institute qu'elle suspendrait un certain temps ses activités. Sans doute vendrait-elle la maison de Leesburg où elle ne pouvait envisager de vivre plus longtemps.

Nancy Charles, géologue attachée au Smithsonian Institute, s'arrêta à la hauteur de Laura et se pencha pour lui prendre la main.

— Je veux que tu saches que je partage ta douleur, Laura. Comment te sens-tu ?

Laura s'arracha un sourire.

— Ça va.

— Ton père, puis maintenant Ray. Ce n'est pas juste.

— Non.

— Comment va Emma ? Elle n'est pas ici, n'est-ce pas ?

— Elle est avec sa baby-sitter.

— Tu t'en sors avec elle ? Tu as besoin d'aide ?

— Je te remercie. Non. Ça a été dur pour elle, mais elle tient le coup.

Nancy murmura au revoir en voyant le pasteur John Robbins, qui avait collaboré à la création de plusieurs programmes pour les sans-abri, monter en chaire.

Malgré tous les efforts qu'elle fit pour l'écouter, Laura ne cessa de penser à Emma. La petite avait refusé d'assister au service religieux, et Laura n'avait pas eu l'énergie nécessaire pour la guider comme après la mort de son grand-père Carl. Elle en voulait à Ray d'imposer un second deuil à l'enfant en si peu de temps, non sans se reprocher cette rancœur.

Quatre jours s'étaient écoulés depuis la disparition de Ray, et Emma ne parlait toujours pas. Devant la femme policier qui l'avait interrogée le lendemain du drame avec douceur et tact, elle s'était mise à sucer son pouce, ce qu'elle ne faisait plus depuis un an. Mais l'enquêtrice avait affirmé à Laura qu'il ne s'agissait que d'un mutisme passager et lui avait recommandé de parler à sa fille, de l'inciter à exprimer ses émotions. Seulement Laura n'y parvenait pas. Elle avait beau la cajoler, lui expliquer ce qu'elle-même éprouvait, lui tendre un piège, à l'occasion, rien ne se passait. Emma avait perdu la voix.

Les intervenants se succédèrent sans que Laura cessât de penser à sa fille. Puis ce fut au tour de Stuart de faire l'éloge funèbre de son frère. Sa ressemblance avec Ray était si frappante qu'elle en devenait dérangeante. Il avait la même corpulence, le même menton large et un peu mou, le même nez droit, chaussé de lunettes identiques, cerclées de métal. Seule différence notable entre les deux frères : la chevelure encore abondante de Stuart, et le crâne quelque peu dégarni de Ray.

— Ray Darrow était un frère, un mari et un père attentif et aimant, un professeur dévoué, un soutien actif pour les sans-abri, et un écrivain de grand talent.

« Il était aussi mon seul frère, ma seule famille et mon meilleur ami. On pouvait tout lui dire, sans craindre d'être jugé ou critiqué. Comme la plupart d'entre vous le savent, il se préoccupait avant tout du bien-être des autres. C'était un homme bon, et l'on sait que la bonté expose à la souffrance. Toute sa vie, il a lutté contre la dépression, ce mal engendré par la frustration, l'échec, l'impuissance à aider tout le monde. Il a rédigé un livre, *L'hôtel affiche complet,* un livre admirable, très bien écrit, plein de compassion, qui devait attirer l'attention sur la pauvreté et les sans-abri, mais dont aucun éditeur n'a voulu, le jugeant trop peu attractif. Pour Ray, la coupe était pleine.

Laura vit Stuart baisser la tête et comprit qu'il luttait pour ne pas s'effondrer. Elle-même avait du mal à se tenir assise. Derrière elle, des reniflements se firent entendre.

— A ceux qui, parmi vous, se battent pour les causes qui ont tant ému mon frère, poursuivit Stuart, je demande de continuer le combat en son nom. Ray n'aurait pas eu d'autre vœu.

Dans la soirée, Laura et Stuart discutèrent, assis côte à côte sur le canapé du séjour, dans le petit appartement au-dessus du garage. Emma était déjà couchée, mais un rai de lumière pénétrait dans la chambre par la porte entrouverte. Laura parlait à voix basse afin que la petite ne puisse entendre la conversation.

— A mon avis, ce n'est pas l'échec de son livre qui l'a tué. C'est moi.

— Toi ? Qu'est-ce que tu racontes ? Tu étais le soleil de sa vie.

— Il y a des choses que tu ignores, répondit Laura en enlevant un fil sur la manche de son pull. Quand j'ai découvert ma dernière comète, je crois qu'il a commencé à se dire qu'il n'était plus bon à rien. Les lettres de refus s'entassaient sur son bureau pendant qu'on me proposait de financer mes recherches et que j'avais ma photo dans *Newsweek* et *Time*. Et puis, je suis restée dans cet observatoire brésilien trop longtemps. Je me suis focalisée sur ma carrière. Je l'ai trop souvent laissé seul.

— Il respectait ton travail. Il était très fier de toi.

— Je ne sais pas, Stuart... Juste après la mort

de mon père, nous avons eu un sérieux accrochage. Il a été très agressif.

— Ray ?

— Mon travail, mes succès lui inspiraient apparemment beaucoup d'amertume. Ce ne devait pas être nouveau, mais il me l'avait caché.

— Alors je peux dire qu'il me le cachait aussi ! Jamais il ne m'a parlé de toi avec amertume.

Ils étaient assis face à une fenêtre encadrée de rideaux bleus, qui donnait sur la maison des amis de Laura. Elle remarqua que leur chambre venait de s'éclairer, au premier étage. Une famille de cinq personnes vivait là, agréablement, normalement, et elle les envia.

— Même quand j'étais à la maison, je me levais la nuit pour observer le ciel. Il me disait qu'il se réveillait, constatait que je n'étais plus à côté de lui et se sentait seul. J'ai été très égoïste, ajouta-t-elle en refoulant des larmes.

— Franchement, je n'arrive pas à croire que Ray te reprochait quoi que ce soit. Et surtout pas tes succès. Il ne connaissait pas la jalousie.

— C'était sans doute vrai quand il allait bien. Mais il y avait un moment qu'il était en pleine déprime. J'aurais dû être plus attentive.

— Tu es trop dure avec toi-même, Laura.

— Je ne t'ai pas parlé du mot qu'il a laissé.

— Non. J'ignorais qu'il en avait laissé un.

— J'attendais de te voir pour t'en parler.

Elle n'en avait pas plus envie maintenant qu'au téléphone, mais elle se devait de le faire.

Stuart changea de position afin de la voir de face.

— Que dit-il dans ce mot ?

— « Je t'avais demandé de ne pas y aller. »

— Ce qui signifie ?

— C'est un peu compliqué, répondit Laura en se frottant les yeux. Il y a une vieille dame qui vit près d'ici dans une maison de retraite, et...

— Cette personne dont ton père a voulu que tu t'occupes ?

— Comment le sais-tu ?

— Ray m'en a parlé la dernière fois que je l'ai eu au téléphone. Il paraît que tu étais d'accord pour le faire, et Ray ne comprenait pas. Ça le contrariait beaucoup.

— Il a réagi comme ça parce qu'il broyait du noir. Il n'avait plus les idées très claires.

— Sa réaction pouvait se comprendre, il me semble. Donc, il avait voulu t'empêcher de la voir ?

— Oui. Mais il fallait que j'y aille, Stuart. Mon père me l'avait demandé, je...

— Ton père n'était plus là. Tu pouvais renoncer à aller là-bas sans problème, l'interrompit Stuart.

Puis, avec douceur, comme s'il voulait éviter de la blesser, il ajouta :

— Ray, lui, était vivant. Pour une raison ou pour une autre, il avait besoin de s'assurer que ce qu'il pensait, ce qu'il disait avait de l'importance pour toi.

Laura resta muette, surprise que Stuart n'eût pas l'air de la comprendre.

— Et tu l'as vue, cette femme ? s'enquit-il.

— Oui. Mais je ne sais toujours pas pourquoi mon père m'a envoyée là-bas. Cette personne souffre de la maladie d'Alzheimer et ne se souvient pas du tout de lui.

— La maladie d'Alzheimer ? fit Stuart en ricanant.

— Je ne vois pas ce qu'il y a de drôle.

Stuart redevint sérieux, mais non sans effort.

— Effectivement, ce n'est pas drôle. Tu as l'intention de la revoir ?

Sa rencontre avec Sarah Tolley était tellement liée dans son esprit à la mort de Ray que Laura frissonna à l'idée d'une seconde visite.

— Non, je n'y tiens pas.

— Bien. Cela dit, est-ce qu'on s'occupe bien d'elle ?

— Je crois que oui.

— Alors, tu peux vraiment l'oublier. Surtout si tu n'as même pas réussi à découvrir le rapport entre elle et ton père.

Stuart avait raison. Sur le plan financier, Sarah était à l'abri du besoin grâce à Carl. Que faire de plus pour elle ? Certes, Carolyn avait dit combien Sarah serait heureuse de parler à quelqu'un et de se promener, mais Laura refusa d'y penser.

Tout comme Ray en avait l'habitude, Stuart se leva avec un grognement.

— Je vais rentrer me coucher. La journée a été longue.

A son tour Laura se leva et l'accompagna à la porte. Fraternel, Stuart la serra dans ses bras.

— Ray a fait beaucoup de sacrifices pour toi, tu sais, dit-il.

Elle hocha la tête contre son épaule. Il posa un baiser sur sa joue puis sortit.

Elle se rassit sur le canapé et pensa à la dernière phrase de Stuart, le cœur serré. Ray lui avait apporté le soutien financier et affectif dont elle avait eu besoin pour asseoir sa carrière, et il l'avait aimée quand le succès était survenu, tandis que lui accumulait les échecs.

Il avait aussi accepté d'assumer la paternité de l'enfant qu'elle avait eue par accident.

6

A travers le miroir sans tain, Laura regardait Heather Davison, la psychothérapeute d'Emma. Assise, avec la petite à ses côtés, à la table de la salle de jeux, Heather dessinait sur une grande feuille de papier.

— Fais comme si tu étais très, très en colère, demanda-t-elle à Emma.

Emma obéit en fronçant le nez et en découvrant ses dents. De l'autre côté de la vitre, Laura rit doucement.

— Parfait !

Heather reproduisit sur la feuille de papier l'expression d'Emma.

— Maintenant, montre-moi un visage triste.

On était en juillet. Ray était mort depuis plus de six mois et, depuis tout ce temps, Emma n'avait pas prononcé un seul mot. Cela n'avait aucun sens de la part d'une enfant que l'on trouvait trop bavarde à la maternelle, qui suivait Laura ou Ray d'une pièce à l'autre en les bombardant de questions. Avait-elle épuisé toutes les ressources de son vocabulaire ?

Elle manifestait aussi d'autres régressions.

Désormais elle avait tellement peur du noir qu'il fallait laisser la porte de sa chambre ouverte et une lampe allumée. Deux ou trois soirs par semaine, elle mouillait son lit, et elle avait repris l'habitude de sucer son pouce.

Le mois précédent, Laura s'était installée avec sa fille dans la maison du lac, pour une durée indéterminée. Elle avait également mis sa carrière entre parenthèses afin de s'occuper à plein temps d'Emma, qui n'allait plus à l'école. Des travaux étaient nécessaires pour que la maison fût vraiment habitable toute l'année, et Laura comptait s'y atteler le plus tôt possible.

Le petit lac Ashton était situé à proximité de Paris, un hameau de Virginie, situé à une demi-heure de Leesburg. Laura et Ray avaient acheté la maison plusieurs années auparavant. Ray s'était difficilement fait à l'idée de posséder deux habitations quand tant de gens étaient privés d'un toit, mais il savait que Laura avait besoin, pour mener ses observations, d'un ciel à l'abri des lumières de la ville.

Sept autres maisons seulement encerclaient le lac, et aucune n'était visible depuis leurs fenêtres. La forêt était si dense que, même de la véranda, on n'avait qu'une vue restreinte sur l'eau. Un sentier pavé, propice aux promenades à bicyclette ou à pied, faisait le tour du lac. Il y avait aussi une aire de jeux et une petite plage, et, de l'autre côté, un vieux ponton pour les pêcheurs.

Laura avait espéré que l'installation dans la maison du lac serait salutaire pour Emma, le logement au-dessus du garage étant trop proche du lieu du drame pour que sa fille se débarrasse de sa terreur. Et puis, la maison du lac était remplie de souvenirs heureux pour l'enfant. Cory, la fille des voisins, avait été la compagne de jeux d'Emma chaque été. L'an dernier, les deux fillettes avaient appris à nager ensemble, et chaque soir Emma rechignait à s'éloigner du lac. Mais, en définitive, leur déménagement ne semblait apporter aucune amélioration à son état. En un certain sens, il s'aggravait même. Emma ne voulait plus s'approcher de l'eau. Elle en avait peur et faisait en sorte de s'écarter le plus possible de la rive quand elle se promenait avec sa mère le long du sentier.

— Montre-moi ton visage le plus joyeux, dit Heather à Emma.

Emma essaya de toutes ses forces, mais son pauvre sourire ne pouvait tromper personne. Heather entreprit toutefois de reproduire son expression sur le papier.

Le jour où Laura avait inscrit sa fille aux consultations d'Heather Davison, la secrétaire n'avait pu détacher ses yeux de l'enfant. « Quelle belle petite fille ! » avait-elle remarqué. Mais, tandis qu'elle l'observait derrière le miroir, Laura se dit que même la beauté d'Emma s'était altérée au cours des six mois qui venaient de s'écouler. D'une pâleur que soulignait encore sa chevelure sombre, la petite avait des cernes bistre sous ses yeux bleus.

— Très bien, lui dit Heather. Maintenant nous avons tous nos visages. Tu peux me montrer celui qui correspond le mieux à ce que tu rcsscns aujourd'hui ?

Emma prit le temps de réfléchir puis désigna un dessin que Laura, depuis l'endroit où elle était assise, ne put repérer.

— Et quel est celui qui te fait penser à ta maman ?

Une fois de plus son choix échappa à Laura.

Heather était la troisième psychologue d'Emma.

Laura avait renoncé à la précédente lorsque celle-ci lui avait reproché l'absence de sa fille à l'enterrement de Ray, arguant que sa présence l'aurait aidée à rester en prise avec la réalité, ainsi que le fait qu'elle ne l'eût pas engagée à déposer un petit cadeau dans le cercueil. Elle lui avait également dit qu'à sa place elle serait retournée vivre aussitôt dans leur maison afin de prouver à Emma que le fantôme de Ray n'y rôdait pas.

Laura s'était levée au milieu de la séance.

« Merci. Vous m'avez apporté une aide précieuse, avait-elle lancé d'une voix chargée de sarcasme. Je me souviendrai de vos observations quand mon prochain mari mourra. »

Ses amis lui avaient fait diverses suggestions allant de la punition à l'achat d'un chiot, en passant par l'hospitalisation d'Emma. Finalement, quelqu'un avait parlé d'Heather Davison, une pédopsychiatre qui avait déjà réussi à faire parler des enfants frappés de mutisme. Mais en rencontrant celle qu'elle considérait comme son dernier recours, elle avait été déçue. Heather avait à peine la trentaine, portait des jeans et un tee-shirt, arborait une queue-de-cheval, et s'exprimait beaucoup plus comme une adolescente que comme une psychologue. Mais elle avait plu à Emma sur-le-champ, et c'était l'essentiel. Et puis Laura avait apprécié les premières paroles qu'Heather avait adressées à Emma :

« Personne n'est responsable de la mort de ton papa. C'est une maladie, dans son esprit, qui l'a poussé à se tuer. Toi, tu n'as pas cette maladie. Ta maman non plus. La majorité des gens ne l'ont pas. »

Heather regardait à présent sa montre et se leva. La consultation était terminée sans que le miracle se fût produit. Emma n'avait pas émis le moindre son pendant la demi-heure passée avec la psychologue.

Dès qu'elle retrouva sa mère dans le hall, à l'extérieur de la salle de jeux, Emma noua ses bras autour des jambes de Laura. Depuis deux mois, Emma se cramponnait aux jupes de sa mère avec l'énergie du désespoir.

— Alors, ma chérie, tu t'es bien amusée ?

Emma hocha la tête.

Heather les raccompagna à la réception.

— Emma, j'aimerais parler à ta maman quelques minutes dans la pièce d'à côté. Tu peux rester ici et jouer.

Elle montra à l'enfant les jeux aux couleurs vives qui l'avaient attirée dès qu'elle était entrée dans la salle d'attente, quarante minutes plus tôt.

— Mme Quinn te surveillera depuis son bureau.

Gémissante, Emma s'agrippa de plus belle aux jambes de sa mère. Laura se pencha vers elle.

— Je serai juste dans la pièce voisine, ma chérie, et je reviendrai dans quelques minutes.

Laura accompagna Emma jusqu'aux jouets et passa quelques instants à l'intéresser à un cahier de coloriage et à des crayons de couleur.

— Reste tranquillement ici. Je reviens tout de suite.

Elle ne s'était exprimée avec fermeté qu'en raison de la présence d'Heather. En fait, elle avait envie de prendre Emma sur ses genoux et de la bercer en lui murmurant des mots de réconfort.

Conduite par Heather dans le bureau adjacent à la salle de thérapie, Laura se laissa tomber dans l'un des confortables fauteuils.

— Je crains qu'elle ne retrouve jamais la parole, dit-elle.

— Ce n'est pas mon avis. Son mutisme nous empêche de savoir ce qui la tourmente vraiment, mais si je la fais jouer, c'est parce que les enfants de son âge ont plus besoin de *mettre en scène* ce qu'ils ressentent que de l'exprimer avec des mots. C'est pour eux un type d'activité normale.

— Je n'arrive plus du tout à savoir ce qu'elle ressent.

— C'est compréhensible. Un deuil est une épreuve très difficile à surmonter pour une jeune enfant. Vous, vous avez des amis. Dans son monde à elle, il n'y avait que vous et son père. Elle n'a plus qu'un point de repère au lieu de deux maintenant. Et puis, elle pense que si son père a pu mourir, sa mère peut aussi disparaître. Elle éprouve un terrible sentiment d'abandon.

— Elle se sent abandonnée ? Par Ray... son père ?

— Plus exactement, d'une façon générale, expliqua lentement Heather. Mais j'ajoute que ce sentiment me paraît antérieur, en fait, à la disparition de son père.

— Mais je l'ai presque tout le temps emmenée avec moi en voyage ! Dans la journée, je devais la confier à une baby-sitter, bien sûr. (Et souvent la nuit aussi, songea Laura en fermant les yeux.) Elle paraissait toujours si gaie, si bien adaptée. Au Brésil, sa baby-sitter avait une fille de son âge. Elles ont beaucoup joué ensemble. Emma était très ouverte, très expansive. Évidemment, aujourd'hui c'est difficile à croire...

— Non. Pas du tout. Et c'est très encourageant. Cela signifie qu'elle a assez de ressources en elle pour traverser cette période difficile. Le pronostic est très favorable.

Laura hocha la tête, même si elle faisait un effort pour croire Heather.

— Je dois cependant préciser que ce mutisme absolu est exceptionnel. Généralement, un traumatisme spécifique entraîne un mutisme sélectif. L'enfant ne parle pas à l'extérieur, mais dans sa famille, oui. Or, Emma ne parle à personne, pas même à vous.

Laura regarda ses mains nouées sur ses genoux en se disant que sa fille devait s'être sentie trahie par sa mère d'une manière ou d'une autre.

Heather s'empressa d'enchaîner :

— Vous m'avez dit qu'elle était à la maison quand son père s'est tué. Ce fut donc un traumatisme particulièrement sévère. Alors ne vous culpabilisez pas.

Laura fit la moue.

— Si vous le dites...

— Ce qui m'intrigue le plus, reprit Heather, c'est son hostilité envers les hommes.

— Je ne comprends pas.

— Vous n'avez pas vu ? Quand je lui ai demandé quel était le visage qui représentait le mieux un homme, elle a choisi celui de la colère.

— Je sais qu'elle s'est toujours sentie plus à l'aise avec les femmes. Mais j'ignorais que les hommes lui inspiraient des... sentiments négatifs.

Heather fit balancer sa queue-de-cheval en changeant de position dans son fauteuil. Croyant voir une poupée Barbie, Laura se dit que cette ressemblance devait séduire Emma.

— Vous ne m'avez pas beaucoup parlé de ses rapports avec son père.

Laura se demanda un instant par où commencer.

— Ray n'était pas le père biologique d'Emma.

— Ah... fit Heather en notant quelque chose dans son calepin.

— Non. Emma est le fruit d'une liaison sans lendemain. Cette grossesse fut un choc. Je n'étais pas une adepte de ce genre d'aventure. Ni des relations durables, en fait, précisa Laura en souriant. J'ai toujours consacré ma vie à l'astronomie. Je ne me sentais pas disponible pour les histoires d'amour. Mais, à l'époque, j'avais déjà trente-quatre ans, et j'aurais dû être plus avertie. Enfin, voilà, je me suis retrouvée enceinte.

Bien qu'elle eût le sentiment de fournir plus d'informations qu'Heather n'en demandait, Laura poursuivit :

— Ray était un ami proche, pas un amant, mais néanmoins un homme très attentionné. Beaucoup plus âgé que moi, il était un peu comme un père, en même temps qu'une sorte de frère, et un ami. Ma grossesse me contrariait beaucoup. Mais si je n'avais jamais songé à avoir un enfant, je me sentais incapable d'avorter. Ray m'a alors proposé de m'épouser. Je l'aimais beaucoup. Toutefois nous n'avons jamais formé un véritable couple. Seule l'amitié nous liait vraiment.

Avec Ray, elle avait dû faire l'amour une vingtaine de fois en six ans de mariage. Elle aurait voulu des relations sexuelles plus fréquentes, mais les antidépresseurs de Ray tuaient sa libido et, soucieuse de lui éviter un sentiment d'échec, elle s'accommodait de cette situation d'autant plus facilement qu'il était un bon mari et traitait Emma comme sa propre fille.

— Mais quels étaient ses rapports avec Emma ? insista Heather.

— On ne se serait jamais douté qu'il n'était pas son vrai père. Il jouait son rôle à merveille.

— C'est-à-dire ? Donnez-moi quelques exemples.

— Eh bien, il lui lisait des histoires avant

qu'elle s'endorme. Il l'emmenait avec lui dans les rues de Washington pour lui faire prendre conscience de la situation des sans-abri.

Devant le regard incrédule d'Heather, Laura remarqua en riant :

— C'était quelqu'un !

— Je vois. Et que faisait-il encore pour elle ?

Laura fouilla dans sa mémoire puis, finalement, secoua la tête.

— Je n'ai pas d'autres exemples particuliers en tête. Mais je sais qu'il l'aimait. Si elle avait été la chair de sa chair, il n'aurait pas agi autrement avec elle. C'est certain.

— Est-ce qu'il l'emmenait ailleurs que dans les rues de Washington ? Est-ce qu'il jouait avec elle ? Lui apprenait à faire de la bicyclette ?

— Non. Il ne faisait pas ce genre de choses. Pourtant il... Oh, je suis désolée, mais je ne me souviens plus !

— Vous savez, remarqua Heather d'une voix douce, on a tous tendance à idéaliser les êtres chers disparus.

— Écoutez, il m'a épousée, il a été un père pour Emma, et il n'était pas obligé de le faire.

Laura devait admettre que Ray n'avait jamais consacré beaucoup de temps à Emma. Quand il s'occupait d'elle, c'était toujours à sa manière, avec ses préoccupations à l'esprit. De temps en temps, seulement, il lui lisait une histoire et ne choisissait que des livres dont les personnages étaient des enfants des rues. Mais c'était là autant de faits que Laura se refusait à révéler à Heather.

— Il n'a jamais abusé d'elle sexuellement ?

— Oh, non !

— Rien ne le laisse supposer, s'empressa de préciser Heather, une nuance d'excuse dans la voix. Mais il faut toujours se poser la question.

— C'est impossible. Ray n'était pas très porté sur le sexe. Comme vous avez dû le comprendre, il était aussi pris par ses activités sociales que moi par l'astronomie. Et il souffrait de dépression. C'est ce qui l'a conduit à se suicider.

— Quand il était en pleine dépression, comment se comportait-il ?

Cette fois, les souvenirs de Laura surgirent facilement.

— Il lui arrivait de tomber dans un grand trou noir et de se couper du reste du monde. Ou bien il devenait impatient et irritable. Dans ces moments-là, il se montrait brusque avec Emma. Il criait après elle. Elle l'agaçait rapidement. Mais c'était rare.

Elle passait sous silence la fréquence de cette attitude dans la période qui avait précédé sa mort quand Heather la surprit en la remettant brusquement sur la sellette.

— Que pensez-vous de la façon dont vous jouez votre rôle de mère ?

— Pour être franche, je crois que je ne suis pas très douée. Et je ne le suis pas plus pour le mariage, en fait.

L'un de ses professeurs lui avait un jour expliqué que les femmes qui s'engagent sur le même terrain que les hommes — dans le domaine scientifique, par exemple — ont tendance à refouler leurs dons « nourriciers » :

l'instinct qui les porte à comprendre les besoins des autres et à y subvenir.

— Serais-je brillante dans un certain domaine et complètement stupide dans un autre ? demanda-t-elle.

— C'est le cas pour la plupart d'entre nous, observa Heather en riant.

— Très tôt j'ai perdu ma mère. Mon père m'aimait, a toujours été très attentif, mais il m'a enseigné beaucoup plus de choses sur les planètes que sur les gens. Et que m'est-il arrivé ? Je me suis retrouvée enceinte d'un homme que je connaissais à peine. Je me suis mariée beaucoup plus pour me sentir sécurisée que par amour. Mon père m'a inculqué sa passion de l'astronomie. Comme lui, j'ai la tête dans les nuages. Voilà le genre de mère dont Emma a hérité ! Elle n'a personne d'autre : ni grands-parents, ni oncles, ni tantes, ni frères, ni sœurs. Et maintenant pas de père non plus. Je suis désormais sa seule famille. Je ne suis pas sûre de pouvoir faire face. Je crains vraiment de lui faire rater sa vie.

— Je ne partage pas vos craintes, affirma Heather en souriant. Vous en avez déjà fait une enfant heureuse, curieuse, ouverte, indépendante, telle que vous me l'avez décrite. Puis il y a eu ce traumatisme. Mais nous allons l'aider à le surmonter, et elle redeviendra la petite fille joyeuse que vous avez élevée beaucoup mieux que vous ne le croyez.

En entendant Laura soupirer, Heather ajouta :

— Vous traînez un fardeau, n'est-ce pas ? Je

veux parler d'un sentiment de culpabilité et d'angoisse devant vos responsabilités.

— Oui, je me sens dépassée. Trop de choses me sont arrivées en même temps. Je venais de perdre mon père après une longue maladie et...

Elle repensa à une émission de télévision, consacrée à la solitude des personnes âgées, qu'elle avait vue la semaine précédente et qui l'avait troublée pendant plusieurs jours.

— Et ? insista Heather.

— Je pense à quelque chose qui n'a rien à voir avec Emma.

— Parlez-en quand même.

— Mon père m'a fait promettre de m'occuper d'une vieille dame.

Laura expliqua sa visite à Sarah Tolley, qui semblait avoir provoqué le suicide de Ray.

— Vous demander de renoncer à rencontrer cette femme était injuste de sa part, déclara Heather sans ambages.

— Peut-être, mais il...

— Allez-vous passer votre temps à le défendre ? Il s'est montré injuste. Point. Alors, maintenant, avez-vous envie de la revoir ?

Décontenancée par la fermeté d'Heather, Laura n'en pensa pas moins au regard implorant de son père lorsqu'il lui avait fait promettre de s'occuper de Sarah. Une image qui, depuis six mois, ne cessait de la torturer.

— Oui, avoua-t-elle.

— Eh bien, faites-le. Ce sera votre mission de la semaine prochaine.

7

Le sentier qui longeait les rives du lac sous le couvert des arbres ressemblait à un tunnel creusé dans la forêt. Laura ralentit l'allure afin de goûter son plaisir pendant qu'Emma, impatiente d'arriver chez les Becker, trottait devant elle, sa mallette de poupées Barbie à la main.

Cory, la fille des Becker, était dans le jardin. Dès qu'elle vit Emma, elle courut à sa rencontre, le visage auréolé de boucles rousses dansant au rythme de ses foulées.

— J'ai une Barbie dentiste ! cria-t-elle.

Puis elle prit Emma par le bras et repartit en courant avec elle vers sa maison dont sa mère, Alison, tenait la porte ouverte.

Le nez parsemé de taches de rousseur, Alison Becker avait la même chevelure que sa fille.

— Désolée, dit-elle en souriant à Laura. Si vous voulez avoir la paix, vous serez obligée de trouver pour Emma une Barbie qui soit au moins paléontologue.

La main en visière face au soleil qui filtrait à travers les arbres, Laura éclata de rire.

— Merci de la garder, dit-elle. Je serai de retour vers 16 heures.

— Prenez votre temps. Si j'arrive à les arracher à leurs poupées, je les emmènerai un moment sur l'aire de jeux.

Laura retourna chez elle, en se félicitant de la présence des Becker. Cory l'avait stupéfiée en acceptant le mutisme d'Emma avec un simple « Oh ! » et en menant la conversation pour deux... Comme M. Becker père travaillait à Washington et ne rejoignait sa famille que pour les week-ends, Laura et Alison s'entraidaient lorsqu'il s'agissait de garder les enfants.

Laura arriva à Meadow Wood Village une demi-heure plus tard, laps de temps passé, malgré elle, à songer aux conséquences désastreuses de sa première visite, et pour Ray et pour Emma.

Dans le couloir de la maison de retraite, elle retrouva la porte de Sarah grâce à l'image du projecteur. Sarah lui ouvrit et sourit.

— Oui ? fit-elle.

Elle portait un pull de coton à carreaux bleu pâle sur un chemisier blanc et avait adopté une nouvelle coiffure.

— Bonjour, madame Tolley. Je suis Laura Brandon. C'est moi qui vous ai rendu visite en janvier.

Sarah fit entrer sa visiteuse sans se départir de son sourire, bien qu'elle eût l'air égaré.

— Mon père m'avait demandé de vous rencontrer. Vous vous en souvenez ?

— Votre père ? Oh ! Il est décédé, n'est-ce pas ?

— Oui, fit Laura, heureuse que Sarah se souvînt de cette information. Son nom ne vous rappelait rien. Mais aujourd'hui je vous ai apporté une photo qui pourra peut-être vous aider à vous le rappeler. Je me demandais aussi si vous aimeriez faire une promenade.

— Une promenade ? Dehors ?

— Oui.

— Oh, j'aimerais beaucoup ! s'écria Sarah en battant des mains. On ne me laisse plus sortir. Je suis enfermée comme une prisonnière, ajouta-t-elle avec un petit rire.

— Il fait chaud aujourd'hui. Vous supportez la chaleur ?

— Peu importe qu'il fasse chaud, froid ou entre les deux. Tout ce que je demande, c'est de sortir, affirma Sarah en se dirigeant vers la porte.

— Vous auriez des chaussures plus adaptées à la marche ?

Sarah regarda ses escarpins.

— Oui. Il vaut mieux que je mette autre chose. C'est une bonne idée. Ne partez pas.

Tandis qu'elle disparaissait dans la chambre, le regard de Laura tomba sur le portrait de son mari. Joe, crut-elle se souvenir. Le portrait d'un homme jeune et séduisant. Laura sortit de son sac la photo de son père.

Quelques minutes plus tard, Sarah réapparut avec de bonnes chaussures de marche. Rien ne semblait lui manquer. Laura se demanda si son père s'était également chargé de la garde-robe de Sarah.

— Vous avez de jolis vêtements, madame

Tolley. Comment faites-vous pour les acheter ? Est-ce que quelqu'un vous conduit dans les magasins ?

— J'aime être bien habillée, répondit Sarah en s'apprêtant à sortir.

— Mais comment faites-vous vos achats ?

La vieille dame s'immobilisa, troublée. Mais sa confusion ne fut que passagère.

— Une fois par mois, on nous emmène si on veut... là où l'on trouve tous les magasins. On prend le bus.

— On vous conduit au centre commercial.

— Oui.

Avant que Sarah ait eu le temps de se diriger de nouveau vers la porte, Laura lui tendit la photo de Carl.

— Voici une photo de mon père. Vous vous souvenez de lui ?

Sarah s'approcha de la lampe et examina longuement la photo.

— Il s'appelait Carl Brandon, lui rappela Laura.

— Je ne pense pas le connaître.

Avec un haussement d'épaules, Sarah rendit la photo à Laura.

— On peut aller se promener maintenant ?

Tandis qu'elles parcouraient le long couloir menant dans le hall, Sarah salua toutes les personnes — employés et pensionnaires — qu'elles rencontrèrent. Le pas rapide, un sourire de plaisir aux lèvres, elle avait l'air de dire : « Eh oui, je sors ! » Le simple fait de s'arracher une demi-heure à cet établissement lui procurait visiblement tant de plaisir que Laura s'en voulut de n'être pas revenue plus tôt. Intérieurement, elle remercia Heather qui l'avait encouragée à revoir Sarah.

Dehors, Sarah prit ostensiblement une longue inspiration.

— De quel côté allons-nous ? demanda-t-elle.

— A vous de choisir, répondit Laura.

Mais elle comprit aussitôt qu'elle avait commis une erreur. Sarah perdit son sourire et la confusion reparut sur son visage.

— Je ne sais pas me repérer.

— Peu importe. Allons au hasard.

Sarah retrouva son sourire et se mit à marcher à côté de Laura d'un pas ferme et rapide auquel Laura eut quelque mal à s'adapter. A l'évidence, les problèmes de santé de Sarah Tolley n'avaient rien de physique.

Un silence s'installa entre elles. Un silence nullement pesant, mais que Laura, en quête d'informations sur les relations entre Sarah et son père, souhaitait rompre sans pour autant perturber la vieille dame. Elle se souvint que Carolyn, la responsable de Sarah, lui avait dit : « Sarah adore parler, mais elle n'a personne pour l'écouter. »

— Vous aimiez travailler sur des paquebots de croisière ?

— Oh, oui ! C'était très agréable.

— Combien de temps avez-vous fait ce genre de travail ?

— Je ne sais pas. Un an. Peut-être trois ou quatre.

— Carolyn m'a dit que vous aimez beaucoup regarder des films.

— C'est vrai ! fit Sarah, l'œil pétillant.
— Qu'avez-vous vu récemment ?
— J'ai une préférence pour les vieux films.
— Et il y en a un qui vous plaît particulièrement ?
— Oui ! C'est...
Sarah plissa le front et fit une moue d'enfant contrariée.
— Je ne sais plus comment il s'appelle.
La conversation devenant laborieuse, Laura changea de sujet.
— Je vous ai parlé de mon père. Je vous ai dit où il avait grandi, où il avait vécu ensuite. Maintenant j'aimerais bien que vous me parliez de vous. Vous avez grandi à Bayonne, si je me souviens bien.
Peut-être qu'en se racontant, Sarah révélerait ce qui avait pu la lier à Carl Brandon.
Quand elle se mit à parler, Laura eut le sentiment de voir remonter d'un puits mille richesses insoupçonnées.

Sarah, 1931-1945

La classe de Sarah préparait une représentation de *Cendrillon*. Sarah, âgée de huit ans, adorait le théâtre et convoitait le rôle-titre, mais elle eut beau faire un essai réussi en y mettant le meilleur d'elle-même, le rôle revint à l'élève la plus jolie et la plus populaire de la classe.
Alors Sarah se proposa pour jouer le rôle d'une des belles-sœurs de Cendrillon. La malveillance peinte sur le visage, la voix sinistre et

mauvaise, elle essuya quand même un second échec.

— Qui voudrait essayer de faire la belle-mère ? demanda le professeur, quand tous les autres rôles furent distribués.

— C'est un rôle pour Sarah Wilding, fit un garçon.

Sarah sourit. Sa persévérance payait. Elle se dit que sa maîtresse allait accepter, sans commentaires, étant donné qu'elle avait passé plus d'auditions que tous les autres élèves.

Mais l'institutrice demanda :

— Pourquoi Sarah ?

— Parce qu'elle assez laide pour le rôle.

Tout le monde éclata de rire. Même la maîtresse baissa la tête afin de dissimuler un sourire. Sarah s'en aperçut et rougit comme une pivoine. Puis l'institutrice releva la tête et réprimanda le garçon :

— C'est cruel de dire ce genre de choses. Qu'est-ce que tu ressentirais si on te faisait ce genre de remarque ? Il me semble que Sarah mérite des excuses.

Le garçon se retourna sur son banc pour regarder Sarah.

— Je regrette ce que j'ai dit.

Luttant contre les larmes, Sarah détourna les yeux.

— Tu voudrais le rôle ? lui demanda le professeur. Il doit revenir à une excellente actrice et je crois que tu conviendrais très bien.

Sarah hésita. Ce rôle, oui, elle l'aurait voulu, mais pas dans ces conditions. Pas parce qu'elle était laide.

— Non merci, madame, répondit-elle, les joues en feu.

Quand la distribution fut terminée, les enfants sortirent en récréation. Sarah, elle, ne songeait qu'à se sauver. Au lieu de se joindre aux autres dans la cour, elle courut se réfugier chez elle.

Elle savait qu'il n'y aurait que sa tante à la maison. Ses parents avaient un magasin de vêtements et travaillaient ensemble. Sa tante Jane en revanche ne travaillait pas, ne sortait jamais et était toujours là pour Sarah.

Comme à son habitude, tante Jane était en train de crocheter un dessus-de-lit dans sa chambre, située au dernier étage de la maison. Ses dessus-de-lit, patchworks multicolores, agrémentaient tous les lits de la maison et ceux de la plupart des voisins. Des carrés de tissus pleins de couleurs jonchaient la chambre de tante Jane et créaient aux yeux de Sarah une atmosphère chaleureuse et réconfortante.

— Oh, tu m'as fait peur ! fit tante Jane, surprise par l'apparition de sa nièce, une main sur sa plantureuse poitrine. Que fais-tu donc ici à cette heure ? Tu es malade ? Tu pleures ? demanda-t-elle en se levant et en s'avançant vers sa nièce. Qu'est-ce qui t'arrive, mon trésor ?

Sarah se serra contre sa tante en respirant le parfum fleuri de son savon. Tante Jane était une femme solidement charpentée, un arbre avec de profondes racines.

— Viens t'asseoir sur le lit et raconte-moi tout, proposa-t-elle en écartant ses carrés de tissu pour faire de la place à sa nièce.

Sarah s'assit mais hésita à revivre son humiliation, bien qu'elle se sentît en sécurité avec sa tante. Contrairement à sa mère, tante Jane ne risquait pas de lui faire remarquer qu'elle avait bien mérité le sarcasme du garçon. Propriétaire de Wilding's, le magasin de vêtements d'enfants le plus chic de la ville, ses parents ne supportaient pas de voir leur fille ressembler, quoi qu'elle pût porter, à une grande asperge mal fagotée. Un jour, elle avait entendu son père dire à sa mère : « Quelle publicité elle nous fait ! Elle est presque aussi encombrante que ta sœur. Heureusement que Jane ne sort jamais. »

Sarah lut de la sympathie dans le regard de sa tante tandis qu'elle lui expliquait ce qui s'était passé à l'école.

— Ma pauvre chérie, fit Jane en se rapprochant de sa nièce afin de glisser un bras autour de ses épaules. Mais tu sais quoi ? Cette expérience est une bonne, une excellente chose.

Sarah la regarda, perplexe.

— Pourquoi ?

— Elle va t'apprendre à t'endurcir. A te constituer une carapace. Et on en a tous besoin.

Sarah regarda son petit poignet osseux.

— Comment ça, une carapace ?

— Ce n'est qu'une expression, lui expliqua sa tante Jane. Mais elle signifie que plus personne ne pourra te blesser. Elle va te débarrasser de ta sensibilité à fleur de peau. L'épreuve est rude, mon trésor, mais elle t'arme pour l'avenir.

Tante Jane appela le principal de l'école. Sarah l'entendit lui relater l'incident, puis lui dire que sa nièce était rentrée plus tôt et ne reviendrait pas avant le lendemain. Tout en imaginant la réponse du principal, elle puisa le réconfort dont elle avait besoin dans la théorie de sa tante. Peu à peu l'image des camarades qui s'étaient moqués d'elle devint si floue qu'elle s'effaça de son esprit.

Après avoir raccroché, tante Jane renonça à son ouvrage pour enchaîner, tout l'après-midi, des parties de canasta avec sa nièce. A l'heure du dîner, Sarah avait retrouvé le goût de rire.

Ce n'est qu'adolescente que Sarah s'aperçut à quel point tante Jane était différente des autres femmes de son âge. Ces dernières, mariées et mères de famille, sortaient faire leur marché, achetaient des vêtements, aimaient dîner en ville et aller au théâtre. Tante Jane, elle, ne mettait même pas les pieds dans le jardin, n'avait jamais eu envie — selon elle — de se marier et déclarait que les enfants ne lui manquaient pas puisqu'elle avait Sarah. En vérité, tante Jane était depuis longtemps incapable de quitter la maison sans être prise de panique. Elle n'avait donc guère eu de chances de rencontrer un homme, et encore moins de le fréquenter.

L'idée de trouver en permanence sa tante à la maison plaisait à Sarah, bien qu'elle mesurât tout l'égoïsme de cette attitude. Tante Jane représentait pour elle sa seule source d'amour indéfectible. Elle était toujours présente, toujours prête à la serrer dans ses bras et à lui prodiguer son affection. Néanmoins, en grandissant, Sarah commença à éprouver une certaine pitié pour celle que les gens taxaient de folle.

Mais elle se dit que, comme elle, sa tante avait sa carapace.

Tante Jane avait voulu devenir infirmière, mais avait été frappée de troubles mentaux avant la fin de ses études. Cependant elle aimait transmettre à sa nièce ce qu'elle avait appris. Elle lui enseignait comment faire le lit d'un malade, le laver, prendre son pouls et sa température. Ces leçons ravissaient Sarah qui grandit en nourrissant à son tour le désir de devenir infirmière. Tante Jane la prévint qu'elle devrait beaucoup étudier au lycée avant de pouvoir entrer dans une école spécialisée.

Qu'elle se consacrât autant à ses études fut une très bonne chose pour Sarah dont la vie sociale était réduite. Si elle ne manquait pas d'amies, les garçons en revanche l'évitaient. Quand un jeune homme marchait vers elle dans la rue, il avait tôt fait de détourner les yeux en arrivant à sa hauteur. S'ils étaient deux, elles les entendait ricaner et la railler après les avoir dépassés. Loin d'être repoussante, elle manquait juste de charme, avec son nez long et pointu, et son menton fuyant. Aucune coiffure, aucun maquillage ne parvenait à la transformer.

« Tu n'as pas besoin d'un garçon dans ta vie pour être heureuse, lui dit un jour tante Jane. Par contre, il te faut un travail, et c'est ce travail qui te liera aux autres. Moi, sans tes parents et toi, je deviendrais folle. »

Ce jour-là, Sarah avait compris que sa tante ignorait que la plupart des gens la considéraient déjà comme folle. Mais ces gens ne la connaissaient pas comme Sarah la connaissait. A ses yeux, si sa tante était folle, alors le monde entier aurait dû lui ressembler : il s'en serait beaucoup mieux porté.

Sarah décida donc de devenir infirmière. Elle acheva ses études secondaires, en se sentant déjà à moitié prête, grâce à sa tante. Quand elle apprit, juste avant la remise des diplômes, qu'elle avait obtenu les meilleures notes et était désignée pour faire le discours traditionnel de fin d'année, elle supplia tante Jane de l'accompagner.

— C'est toi qui m'as permis d'arriver jusque-là, lui dit-elle un soir où elle l'aidait à repasser ses carrés de tissu. Je tiens à ta présence. Elle aurait tant de signification pour moi.

Sa tante reposa son fer pour la regarder.

— Tu m'es plus proche que quiconque, répondit-elle d'une voix douce, et pourtant tu ne comprends pas. Je suis incapable de venir, Sarah. Tout simplement incapable.

— Je t'en prie, supplia Sarah. Essaie. Pour moi.

Finalement tante Jane accepta, mais ce fut une terrible erreur. Le tramway ne passant pas devant le lycée, la famille devait faire un bout de chemin à pied. Quand ils descendirent à l'arrêt prévu, tante Jane se mit à pleurer, s'assit sur un banc et les implora de la ramener à la maison. Elle tremblait des pieds à la tête, et rien ne parvenait à la réconforter et à l'inciter à marcher. C'était la première fois que Sarah assistait à un tel accès de panique : jamais elle n'avait vu sa tante hors du périmètre rassurant de la maison.

— Je savais qu'on faisait une bêtise, marmonna le père de Sarah.

Sarah finit par renoncer à persuader sa tante d'aller jusqu'au lycée, s'en voulut et s'estima même cruelle d'avoir autant insisté. Tante Jane avait vu juste : elle ne soupçonnait pas l'intensité de sa phobie. A présent, elle s'en rendait compte, mais un peu tard.

— On va rentrer avec le prochain tramway, dit-elle, en s'asseyant contre la hanche de sa tante.

— Non, intervint sa mère. Toi, tu vas directement au lycée si tu ne veux pas être en retard. Ton père et moi nous occuperons de Jane.

Sarah regarda sa tante. Elle ne pouvait la laisser, blême, tremblante et terrifiée, sur ce banc.

— J'attends jusqu'à ce que vous soyez dans le tramway, dit-elle. Il va en passer un dans quelques minutes. Il faudra que tu traverses la rue pour le prendre, ajouta-t-elle, en passant son bras autour des épaules de sa tante.

Tante Jane contempla le trottoir d'en face comme si elle se trouvait devant un océan infranchissable et non devant quelques mètres d'asphalte. Elle secoua la tête.

— Je ne peux pas bouger, dit-elle.

— Jane, fit le père de Sarah. Essaie pour une fois de te comporter comme une femme de trente-neuf ans, veux-tu ?

Sarah lança à son père un regard noir puis, soudain, se précipita au milieu de la chaussée et arrêta une voiture.

— Ma tante ne se sent pas bien, dit-elle au conducteur, un homme vêtu d'un complet trois-pièces. Pourriez-vous la reconduire chez nous, avec mes parents ? Nous habitons Garrison Street.

L'homme accepta. Ils réussirent à installer tante Jane sur la banquette arrière. Sarah regarda disparaître à l'angle de la rue le véhicule qui emmenait sa famille, avant de se diriger vers son lycée. Au moment de monter sur l'estrade pour faire son discours, encore sous le choc, elle faillit reculer. Mais elle parvint à se maîtriser, sans trop savoir comment.

A l'époque, on savait peu de chose sur les phobies, et encore moins sur les états dépressifs. Quinze jours après que Sarah fut entrée à l'école d'infirmières de Trenton, tante Jane avala un tube entier de sédatifs et mourut dans son sommeil, à l'âge de quarante ans. Sarah comprit que, depuis son départ, sa tante ne voyait plus aucune raison de s'attarder dans cette maison à l'atmosphère si froide où son esprit torturé la condamnait à vivre. Elle s'était sentie utile en aidant sa nièce à traverser une adolescence difficile. Mais Sarah, devenue adulte, avait gagné son indépendance, bien partie pour réaliser son rêve, et n'avait plus le même besoin de sa tante.

Profondément affligée par la disparition de Jane, Sarah décida de se spécialiser dans les soins psychiatriques. Elle lut quantité d'ouvrages de psychologie, en cherchant à comprendre la maladie dont sa tante avait été affligée. Ces lectures lui permirent en même temps de découvrir d'autres maladies mentales et de s'y intéresser.

Son diplôme en poche, elle devint infirmière

à l'hôpital psychiatrique de Haddonfield, dans le New Jersey. Au début, elle redouta de trop s'attacher aux malades, de trop s'impliquer dans leur traitement, comme si chacun d'eux était Jane, de manquer de l'objectivité nécessaire pour les aider. Puis elle découvrit qu'elle parvenait à tenir à l'écart le souvenir de sa tante. Aucun malade ne ressemblait à un autre. Chacun nécessitait une aide personnalisée. Et chacun avait besoin du respect et de la compassion qu'elle-même avait reçus de la part de cette tante qui faisait à jamais partie de sa vie.

8

Calée contre la tête du lit d'Emma, Laura lisait à sa fille l'un de ses plus anciens livres. Autrefois, la petite reconnaissait des mots dans l'histoire qui lui était familière. Toute fière, elle les montrait du doigt et les prononçait à voix haute. Mais maintenant, elle donnait l'impression d'avoir tout oublié. Lovée contre sa mère, elle suçait son pouce, à moitié endormie. Tant mieux, se dit Laura. Chaque soir, elle devait se battre pour que la petite accepte de s'endormir. Il y avait les cauchemars, le lit mouillé, la peur de l'obscurité et les insomnies qui troublaient régulièrement ses nuits depuis la mort de Ray. Mais l'après-midi passé à jouer avec Cory devait faire son effet. Quand Laura tourna la dernière page, sa fille avait déjà fermé les yeux.

En revenant de la maison de retraite, Laura avait trouvé Alison Becker assise avec Emma sur le perron de la maison du lac, la mallette de poupées Barbie posée entre elles. Dès que Laura eut laissé entrer sa fille dans la maison, Alison lui avait expliqué que son mari était revenu pour le week-end et que, à l'instant où elle l'avait vu,

Emma avait laissé tomber la poupée qu'elle avait à la main pour se précipiter dehors. Alison avait dû la rattraper, mais jamais Emma n'avait voulu retourner dans la maison. Alors Alison avait mis les Barbie d'Emma dans la mallette et l'avait reconduite chez elle.

« Sa psychologue m'a dit qu'elle a un problème avec les hommes », avait avoué Laura, admettant pour la première fois qu'Heather pût avoir raison.

Toutefois, Jim était un homme un peu particulier. Gentil mais imposant, bourru, et à la voix si forte qu'elle résonnait des pieds à la tête chez ceux qui l'écoutaient.

Laura posa le livre sur la table de chevet, repoussa doucement Emma pour se lever puis borda sa fille avec son vieux lapin à côté d'elle, sous la couverture.

S'étant assurée que la jolie veilleuse en forme de fée était bien branchée, elle éteignit la lumière et se dirigea vers la chambre d'amis. Depuis qu'elle avait quitté Sarah Tolley, elle n'avait cessé d'attendre ce moment.

Elle sortit de l'armoire le grand carton rempli d'une sélection de vieux papiers et de souvenirs, conservés précieusement par son père et qu'elle avait choisi d'emporter après avoir vidé son appartement. Dans ce carton, il devait bien se trouver quelque chose qui lui permettrait de faire le lien entre son père et Sarah Tolley.

Surprise par l'abondance de détails dont se souvenait Sarah, elle avait tenu à voir Carolyn avant de quitter Meadow Wood Village.

« Elle se souvient de tant de choses ! avait-elle remarqué. Êtes-vous certaine de votre diagnostic ?

— Ses souvenirs concernent un passé lointain, n'est-ce pas ?

— Effectivement.

— C'est ce passé qui maintient son esprit en vie. Nous avons projeté *Indiscrétions,* vendredi soir, et nous avons constaté qu'elle en connaissait tous les dialogues. Elle a agacé tout le monde en les récitant à haute voix. Mais, le lendemain, elle ne savait même plus quel film elle avait vu. »

Carolyn avait raison. Après tout, Sarah ne s'était pas rappelé leur première rencontre.

Il y avait quelque chose de très séduisant en Sarah Tolley, sans que l'on pût parler d'une réelle beauté. Son visage rayonnait de chaleur humaine et son allure était empreinte d'une indéniable grâce. Mais derrière cette grâce et cette allure, Laura discernait l'enfant disgracieuse et se disait que Sarah n'avait pas inventé les sarcasmes dont elle avait été victime.

Les papiers et les souvenirs de son père étalés sur le lit, Laura les examina en quête d'une trouvaille concernant une Sarah Tolley ou une Sarah Wilding. Elle tomba sur une copie du contrat que son père avait signé au moment de l'admission de Sarah à la maison de retraite et dans lequel elle était présentée comme une amie, rien de plus. Il y avait aussi le dossier de l'emprunt pour la maison qu'il avait achetée avant de s'installer en appartement, des factures attestant de l'entretien régulier de la voiture vendue plusieurs années auparavant, et puis quelques photos de lui, à la soixantaine. Elle les mit sur la table de chevet en se promettant de les montrer à Sarah qui avait peut-être connu son père à cette époque.

Elle trouva également une photo de ses parents le jour de leur mariage, mais rien de plus, et elle s'en voulut d'avoir jeté plusieurs photos de personnes inconnues quand elle avait vidé l'appartement de son père.

Pendant des heures, elle resta assise dans la chambre d'amis. Mais, quand vint minuit, elle s'allongea sur le lit jonché de papiers et ferma les yeux.

— Pourquoi, papa ? demanda-t-elle à voix haute. Je n'y comprends rien.

De bonne heure, le lendemain, le téléphone la réveilla alors qu'elle dormait, tout habillée. Lentement elle se leva, se dirigea en titubant vers sa chambre et prit son portable.

C'était Madeline Shires, l'agent littéraire de Ray, qui l'appelait.

— J'ai une merveilleuse nouvelle à vous annoncer, Laura. Lukens Press accepte le livre de Ray.

Qui était-ce, Lukens Press ? Réveillée en sursaut, Laura nageait encore en plein brouillard. Au bout du couloir, Emma commençait à s'agiter dans sa chambre.

— Vous voulez dire qu'on accepte de publier le livre ?

— Oui ! Évidemment, il ne s'agit pas d'une grande maison d'édition, mais le manuscrit les a enthousiasmés et ils sont prêts à lui assurer une excellente promotion.

— J'ignorais que le manuscrit était encore en circulation.

— Oh, je n'ai jamais cessé de m'en occuper ! Et — vous êtes assise ? — l'avance est de cinquante mille dollars.

Laura, qui n'avait pas pris le temps de s'asseoir, se laissa tomber sur le bord du lit.

— Mais, dit-elle, ébahie, Ray est mort.

— Son œuvre lui survit, Laura. N'est-ce pas formidable ? N'êtes-vous pas heureuse ?

— Je n'en sais rien.

Pour l'instant, Laura éprouvait avant tout de la colère. Bon sang, pourquoi n'était-ce pas arrivé du vivant de Ray ?

— Nous avions oublié que des lois vont être votées en faveur des sans-abri, précisa Madeline. Ce qui fait que le livre de Ray rejoint l'actualité. Lukens se charge de faire coïncider la publication avec le vote de cette nouvelle législation.

— C'est franchement injuste.

— Certes. Mais je pense que Ray se serait tout de même réjoui, expliqua Madeline, d'un ton empreint de sympathie. Il n'aura pas fait tout ce travail pour rien.

Quand Laura raccrocha, elle avait les larmes aux yeux et l'estomac retourné. Elle revoyait Ray, assis à son bureau jusqu'au milieu de la nuit, revenant sans cesse sur son texte avec l'espoir de trouver enfin la manière de convaincre un éditeur de sa valeur. Elle revit aussi son air abattu à chaque fois que Madeline lui transmettait une lettre de refus.

Elle appela Stuart.

— Le livre de Ray va être publié, lui annonça-t-elle.

Puis, lui ayant expliqué la situation, elle constata que Stuart avait une réaction identique à la sienne. La joie se heurtait à la colère suscitée par cette publication tardive.

— Tu sais, je trouve que c'est d'une injustice presque intolérable, lui dit-elle.

— Effectivement, soupira Stuart. Mais il est vrai aussi que si Ray est parti, et si rien ne le fera revenir, la vie continue. Pourquoi son œuvre devrait-elle disparaître avec lui ?

Laura sourit et se renversa sur le lit.

— C'est vrai que ce serait idiot...

— Bon. Alors, chacun de notre côté, nous allons sabler le champagne, ce soir, en portant un toast à Ray.

— D'accord.

Laura ferma les yeux, encore somnolente et contrariée.

— Comment va ma nièce ? demanda Stuart. J'espère qu'elle a retrouvé sa voix.

Craignant de s'endormir, Laura roula sur le côté.

— Malheureusement, non. Mais sa nouvelle thérapeute m'assure qu'elle redeviendra bientôt une vraie pie.

— Je l'espère bien. J'adore entendre sa jolie petite voix au téléphone. Et toi, Laura, comment vas-tu ?

— Oh, je m'accroche...

— Tu as l'air fatiguée.

— Je vais te dire, fit Laura en riant, assurer deux jobs à mi-temps et faire de la recherche vingt-quatre heures sur vingt-quatre, c'est moins tuant que d'être mère à plein temps.

— Tu as revu la dénommée Sarah ?

Ils s'étaient peu parlé depuis la mort de Ray, mais à chaque fois Stuart lui posait la même question.

— En fait, je l'ai vue hier.

— Qu'est-ce qui t'oblige à t'en occuper ?

— Tu sais bien que c'est à cause de mon père. Quoique je n'arrive pas à établir le rapport entre eux.

— Crois-tu que tu aies besoin de t'infliger cette charge supplémentaire en ce moment ?

— J'ai l'impression d'entendre Ray.

C'était d'autant plus vrai que Stuart, non content de ressembler physiquement à son frère, en avait la voix aux intonations profondes.

— Eh bien, Ray voulait peut-être que tu évites de te surmener. Tu as naturellement tendance à le faire. D'ailleurs, tu viens d'avouer ta fatigue.

— Je ne suis pas vraiment fatiguée. Plutôt tendue. Mais je peux encore aller jusqu'à Leesburg, une fois par semaine, et voir comment va Sarah. Lui parler, l'emmener se promener. La pauvre ne sort jamais.

— Elle a toujours la maladie d'Alzheimer ?

Stuart commençait à devenir agaçant.

— Cette maladie est incurable. Et elle ne peut que s'aggraver.

— Dans ce cas, vous ne devez pas avoir grand-chose à vous dire.

— Elle se souvient très bien du passé.

— Tu sais, je déteste te voir lui consacrer de l'énergie et tes quelques heures de liberté, simplement parce que ton père t'a arraché une promesse, tout en sachant que tu ne pourrais pas la renier sans être rongée par un sentiment de culpabilité.

La conversation devenait franchement déplaisante. Laura se retourna sur le dos.

— Cette situation ne regarde que moi, Stuart, dit-elle d'une voix irritée. Je sais que mes visites à Sarah t'énervent parce que Ray s'y opposait. Mais Ray est parti, et la vie continue, comme tu l'as dit toi-même.

Devant le silence de Stuart, elle regretta la sécheresse de sa repartie. D'autant plus qu'elle n'était pas profondément convaincue de ce qu'elle disait. La mort de Ray avait engendré chez elle un sentiment de culpabilité encore très vivace.

— Tu as raison, finit par admettre Stuart. Tu fais ce que tu veux de ta vie.

Laura fixa son regard sur le plafond à caissons.

— Stuart... Est-ce que tu me rendrais responsable de la mort de Ray ?

— Oh, non, pas du tout ! Ne te mets pas ça en tête. Je me fais juste du souci pour toi.

— Tu n'as aucune raison de t'inquiéter. Ça va.

La conversation se prolongea encore quelques minutes, émaillée de gentillesses destinées à soulager la tension. Mais quand elle eut raccroché, Laura resta allongée et écouta dans le couloir le bruit des pas de sa fille qui ne tarda pas à apparaître, son lapin dans les bras. L'enfant vint se blottir contre sa mère. Encore contrariée par les remarques de Stuart, Laura glissa un bras autour d'Emma en songeant qu'au moins, avec elle, elle n'avait pas à défendre ses choix. Les traits adoucis par un amour inconditionnel, la petite l'observait, le blanc des yeux aussi laiteux que celui des perles.

— A quoi penses-tu, ma chérie ?

La question resta bien sûr sans réponse, et Laura serra contre elle sa petite fille remplie de mystère.

9

— J'ai peur, déclara Laura à Heather, après une séance de ludothérapie. On a l'impression que plus son mutisme se prolonge, plus elle s'y installe. Je me demande si je ne devrais pas faire semblant de ne rien comprendre quand elle s'exprime par gestes. Elle finirait peut-être par parler pour obtenir ce qu'elle veut.

— Vous pourrez tenter ce genre de chose, mais plus tard. Pour le moment, elle a besoin d'être soutenue et de savoir qu'elle peut compter sur vous, quoi qu'il arrive. Que vous l'acceptez et l'aimez, qu'elle soit muette ou non.

Ses beaux cheveux blonds épais et soyeux lui tombant dans le dos, Heather portait ce jour-là une robe bain de soleil et des sandales. Comparée à ses tenues habituelles, elle semblait sur son trente et un.

— Elle ne sera pas réadmise à la maternelle cet automne si elle ne parle pas, précisa Laura. J'ai vu la directrice.

— Ce ne serait pas la fin du monde. Des tas d'enfants restent chez eux à son âge. De toute façon, on pourrait toujours lui trouver un établissement approprié.

— Ce serait tout de même... commença Laura en soupirant. Elle était si brillante.

— Elle l'est toujours, Laura.

Se débarrassant de ses sandales, Heather mit les pieds sur son fauteuil et tira le bas de sa robe sur ses genoux.

— Votre participation à la séance de thérapie a permis des observations intéressantes. Vous avez vu comme Emma se comportait différemment avec vous. Elle a cherché à vous protéger en essayant de dissimuler à quel point elle est mal à l'aise.

Laura sortit un mouchoir en papier de la boîte posée sur le bureau d'Heather et se tamponna les yeux.

— Je ne veux pas qu'elle se sente chargée d'une telle obligation. Elle est si jeune.

— Vous lui avez appris la compassion. Ce n'est pas une mauvaise chose.

Laura se moucha.

— C'est plutôt l'œuvre de Ray. Je vous ai expliqué qu'il l'avait sensibilisée au problème des sans-abri.

— Vous l'avez élevée ensemble.

Heather semblait déterminée à rectifier tout jugement positif à l'égard de Ray. Mais Laura choisit d'ignorer sa remarque.

— Si ma présence l'empêche de s'exprimer ouvertement, il vaudrait sans doute mieux que je me tienne à l'écart, non?

— Pendant un certain temps, acquiesça Heather. Vous reprendrez votre place derrière la vitre.

— D'accord.

— Ce qui continue à m'ennuyer sérieusement, c'est son rejet des hommes. Elle prend une expression hostile dès qu'elle joue avec l'une des poupées masculines.

— Je l'ai vu, en effet.

— J'ai le sentiment que ce n'est pas nouveau. Et ce serait embêtant que ce rejet finisse par avoir un impact sur sa vie de femme.

— L'autre jour, elle jouait chez les voisins quand le père de son amie est rentré à la maison. C'est un homme gentil mais bourru, et elle s'est précipitée dehors dès qu'elle l'a vu.

L'information ne parut pas surprendre Heather.

— Je dois vous dire — même si vous n'êtes peut-être pas prête à l'admettre — qu'à mon avis, sa relation avec votre mari n'était pas bonne. Quand je lui ai demandé de me montrer les visages qui lui faisaient penser à son père, elle a désigné le visage de l'homme qui criait et celui de l'homme en colère. Dans son esprit, ajouta Heather en se penchant vers Laura, le regard plus grave, les hommes crient. Et se suicident.

— Que faire ?

— La ludothérapie a ses limites, conclut Heather avant de se rejeter au fond de son fauteuil. J'ai une question à vous poser. Elle me taraude depuis un moment.

— Laquelle ?

— Que pouvez-vous me dire au sujet du père biologique d'Emma ?

— Rien. Absolument rien. Je l'ai rencontré une fois, à une soirée, et je ne l'ai jamais revu. Croyez-moi si je vous assure que je ne m'étais jamais conduite comme ça auparavant. Ce soir-là, j'étais contrariée et...

— Ce n'est pas ce qui m'intéresse, fit Heather en balayant les excuses de Laura d'un geste de la main. Je me demandais simplement s'il n'aimerait pas savoir qu'il a une fille.

Laura se voyait mal rechercher Dylan Geer et lui faire cette surprise. Non, c'était impensable !

— Je suis certaine qu'il ne se souvient même pas de moi. Et puis j'ignore où il habite et ce qu'il fait. De plus, insista Laura en riant, je ne veux pas qu'Emma ait un père volage. Elle a déjà une mère qui a été capable de se comporter comme une dépravée. C'est suffisant.

A son tour, Heather éclata de rire.

— Bien. Mais j'aimerais quand même que vous réfléchissiez à ce sujet. Après tout, cet homme n'est peut-être pas si mal. Il se pourrait qu'il puisse aider Emma à considérer la gent masculine d'une autre façon. Qui sait si cela ne vaudrait pas la peine de tenter quelque chose ?

A la maison du lac, Laura avait elle-même aménagé la pièce où elle travaillait au premier étage. Le plafond était constitué de larges lucarnes en Plexiglas, le plancher jonché de gros coussins, à l'exception du coin où elle avait installé bureau et ordinateur. Une personne allongée sur les coussins, le nez en l'air, pouvait presque se croire à l'extérieur. Dans un angle, un télescope sur roulettes était toujours prêt à être poussé sur le balcon qui faisait le tour de la maison et permettait à Laura d'observer n'importe quelle partie du ciel.

Bien des fois elle s'était endormie dans cette pièce, et elle allait sans doute recommencer ce soir-là. Vêtue d'un léger pyjama d'été, nichée sur l'un des gros coussins moelleux, elle évoquait certains souvenirs tout en contemplant la constellation d'Hercule. Depuis sa conversation avec Heather Davison, dans l'après-midi, elle était déjà beaucoup revenue sur son passé.

Penser à Dylan Geer l'embarrassait et lui plaisait en même temps. Si son attitude le soir de leur rencontre lui faisait monter le rose aux joues, elle se souvenait néanmoins de lui comme d'un homme d'une irrésistible séduction. Coucher avec lui cette nuit-là, ce parfait inconnu, avait été une expérience fort inhabituelle pour Laura, qui n'était pas du genre à fondre devant un homme. Élevée par un père pour qui rien n'était plus exaltant que de passer des heures dans une bibliothèque scientifique, elle avait à son tour adopté cette conviction. Ses camarades la trouvaient bizarre. Elle était bel et bien étrange, cette présidente du club d'astronomie, la seule fille dans les associations scientifiques. D'ailleurs, si elle comptait de nombreux amis parmi les garçons, très peu songeaient à la courtiser.

Même au lycée, elle pensait avant tout à sa future carrière. Avec son père, elle passait des soirées entières à consulter des prospectus universitaires en dressant la liste de ses faiblesses et de ses points forts. Elle doutait même de se marier un jour. La carrière à laquelle elle aspirait ne lui laisserait pas le temps de s'occuper d'un mari et d'enfants. Son intuition s'était réalisée, au détriment de Ray et d'Emma...

Elle avait fait l'amour pour la première fois à l'université, avec un ami qui avait voulu lui montrer ce qu'elle ratait. L'expérience avait été agréable, surtout parce qu'elle avait aimé partager l'intimité d'un être cher, mais elle avait rarement éprouvé cet élan irrésistible qui saisissait les autres filles devant un garçon séduisant et les rendait incapables de se refuser à lui.

Et puis, six ans plus tôt, elle était tombée sur Dylan Geer.

La soirée avait eu lieu chez Rhonda Giddings, une ancienne collègue du Smithsonian Museum, une simple relation de travail, mais qui avait invité tout le personnel du musée à pendre la crémaillère.

Il commençait à neiger quand Laura était arrivée chez Rhonda, de fort méchante humeur de surcroît. On venait de lui refuser le financement d'une recherche qu'elle s'était acharnée à obtenir. Déçue, en colère, elle se mit à boire. Peu habituée à l'alcool, elle fut rapidement grise et, en sortant du séjour pour aller dans la cuisine, elle se retrouva bouche bée dans les bras d'un homme magnifique. A cet instant-là, elle comprit ce qu'était un élan irrésistible. Elle sut aussi, sur-le-champ, qu'elle passerait la nuit avec lui.

Le regard dans les étoiles, sur son coussin moelleux, Laura laissa remonter à sa mémoire l'image de cet homme : ses yeux bleus, son regard pénétrant, ses cheveux noirs, son sourire amusé. Ils avaient dû se parler avant de se retrouver dans l'une des chambres du premier étage, mais elle ne put se rappeler un traître mot de leur conversation. Elle ne se souvenait pas plus de ce que Dylan faisait, de l'endroit où il vivait, de ce qui le liait à Rhonda. Elle n'avait en mémoire que le plaisir intense qu'elle avait pris à l'embrasser, à se trouver nue dans ses bras, pendant que la tempête de neige faisait rage à l'extérieur. Elle se souvint du corps de cet homme, de son contact, de ses mouvements. Peut-être avait-elle, au fil des années, embelli ses souvenirs, à force de les évoquer lorsqu'elle faisait l'amour avec Ray et manquait de stimulation. Mais ce qu'elle avait partagé avec Dylan n'était que sexuel. Avec Ray, elle avait vécu beaucoup plus : une grande amitié amoureuse.

Après cette nuit-là, elle s'était demandé si elle n'avait pas pris l'habitude de refouler l'ardeur de ses désirs afin de préserver un maximum d'énergie pour son travail. Il était possible qu'elle se fût leurrée elle-même à ce sujet, comme elle s'était leurrée en se répétant que peu lui importait d'avoir ou non des enfants. Car en apprenant qu'elle était enceinte, elle éprouva des instants de joie pure, simplement tempérée par la perspective de conjuguer carrière et maternité. Son père ne manqua pas de la mettre en garde et de l'engager à penser sérieusement à avorter. Ce fut la seule fois où elle se permit de le contredire.

Le flot de ses pensées fut interrompu par un bruit de sanglots qui venait de la chambre d'Emma. Laura jeta un coup d'œil à sa montre en se levant : 23 h 30. Pauvre chérie.

Elle trouva Emma dans le couloir, devant sa chambre, pieds nus, suçant son pouce et tremblant dans son petit pyjama en dépit de la chaleur de la nuit.

— Qu'est-ce qu'il y a, mon bébé ?

Emma suça son pouce un peu plus fort. Elle avait les joues rouges et ruisselantes de larmes.

— Dis-moi ce qui t'arrive, ma douce. Quelque chose t'a fait peur ? lui demanda Laura en s'accroupissant devant elle.

L'enfant posa sa tête sur l'épaule de sa mère, son petit corps traversé d'un long soupir après les pleurs. L'impuissance d'Emma à formuler ce qui l'avait effrayée fendit le cœur de Laura. Celle-ci regarda la chambre de sa fille et constata qu'elle était plongée dans l'obscurité.

— La veilleuse s'est éteinte, c'est ça ? Tu t'es réveillée dans le noir ?

Emma hocha la tête.

— Viens. Je vais mettre une autre ampoule, et après tu pourras te rendormir.

Dans la chambre, Laura découvrit qu'Emma avait encore mouillé son lit. Elle changea les draps, lui mit un pyjama propre, puis renonça à la laisser seule.

— Tu veux regarder les étoiles avec moi ?

Emma acquiesça.

Prenant sa main, Laura l'entraîna dans le couloir. Après la mort de Ray, Emma avait régulièrement tenté de se glisser dans le lit de sa mère. Il avait été difficile pour Laura de le lui interdire quand elle-même avait besoin d'un contact humain. Elle dut se répéter que prendre cette habitude ferait finalement plus de mal que de bien à l'enfant. En revanche, la garder avec elle sous les étoiles était une autre histoire.

Elles s'installèrent, serrées l'une contre l'autre, parmi les coussins.

— Tu reconnais Hercule ? demanda Laura.

Emma montra la constellation du doigt.

— Celle du Cygne ?

Emma désigna la constellation sans hésiter.

— Tu sais ce qu'est un cygne, n'est-ce pas ?

Emma ne hocha même pas la tête. Les yeux fermés, elle reposa sa tête sur l'épaule de sa mère, et Laura se souvint tout à coup de toutes ces soirées où elle avait observé le ciel avec son père. Elle entendait encore ses questions : « Où est Andromède ? Le Triangle ? Quelle est la plus grosse étoile de Persée ? » Comme si l'amour paternel lui avait été dispensé en fonction de ses réponses, elle avait toujours craint de se tromper. Emma n'avait jamais éprouvé une telle tension, et Laura s'en réjouissait. Elle caressa les cheveux satinés de sa fille qui était désormais aussi seule au monde qu'elle-même l'avait été, avec ce père passionné d'astrologie, la tête sans cesse dans les étoiles. Emma avait eu, en plus, une relation difficile avec l'homme qu'elle avait pris pour son père.

« Les hommes crient. Les hommes se suicident. »

Heather avait raison : Laura se devait de rechercher celui qui pourrait peut-être jouer un rôle important dans la vie de sa fille.

10

Afin de maintenir la montgolfière à la même altitude, Dylan augmenta la flamme des brûleurs. Le ballon avait suffisamment dévié de sa trajectoire pour renoncer à se poser sur l'un de ses sites d'atterrissage habituels.

— Je n'avais jamais vu un tel coucher de soleil, fit la passagère à son mari.

Le couple s'était offert ce vol pour son vingt-cinquième anniversaire de mariage. Au cours de la dernière heure, la femme, plus détendue, avait enfin cessé de se cramponner à la nacelle. Mais Dylan allait bientôt lui demander de s'agripper aux poignées de corde pour des raisons de sécurité.

— Regarde, dit le mari.

Il montrait la ligne de crête des monts Blue Ridge où, à l'approche du crépuscule, le rose cédait la place à un bleu-violet.

Dylan constatait que ses clients oubliaient d'être anxieux, alors qu'ils l'avaient entendu prévenir par radio son équipe que le vent les avait déportés vers le nord. C'était aussi bien. Ainsi ils profiteraient du vol jusqu'au bout.

Mais le jour tombait rapidement et il devenait urgent de se poser. Le champ de maïs, devant eux, n'était pas le terrain rêvé. L'équipe de Dylan serait obligée de demander au fermier l'autorisation d'utiliser son champ, l'atterrissage ferait des dégâts et les passagers auraient à se frayer un chemin parmi les plants de maïs pour rejoindre les voitures. Dylan se souvint que la femme s'était plainte d'arthrite aux genoux. Non, il valait mieux renoncer à ce champ.

— J'appelle Alex, dit-il dans son émetteur portable.

— J'écoute.

La voix d'Alex était clairement audible entre les rugissements des flammes, seuls bruits dans le silence de la nature.

— Je dois encore mettre le cap sur l'autoroute.

Dylan vit le couple se détourner du coucher de soleil pour le dévisager, puis échanger un regard. En souriant, il leur adressa un clin d'œil, même si son expression rassurante risquait de passer inaperçue dans la lumière déclinante.

— Très bien, fit Alex. A peu près à la même hauteur que l'autre jour ?

— Oui. Vous aurez le temps d'être sur place, les gars ?

— S'il nous pousse des ailes ! Non, t'en fais pas, mon vieux, on y sera.

— Alors à tout de suite.

Dylan raccrocha l'émetteur à sa ceinture et consulta l'altimètre.

— Il y a un problème ? demanda l'homme.

— Une broutille. Je vous ai expliqué qu'un

souffle de vent inattendu pouvait nous faire dévier, n'est-ce pas ?

Ses passagers hochèrent la tête, attentifs, le coucher de soleil complètement oublié.

— Eh bien, c'est ce qui nous est arrivé. On ne peut donc pas atterrir comme prévu. Mais on va se poser sur la bande médiane de l'autoroute.

Il avait évité de parler d'essai, soucieux de leur éviter un sentiment d'insécurité.

— Où ? fit la femme. Et la circulation ?

— On ne s'en occupe pas. Vous verrez, tout ira bien, assura-t-il d'une voix si calme que le couple se détendit aussitôt. Vous voyez ces arbres devant nous ?

Le couple hocha la tête en regardant la cime des arbres que le soleil couchant colorait d'un rose irréel.

— La nacelle va les effleurer, ce qui nous ralentira un peu, continua Dylan. De l'autre côté, il y a l'autoroute. Vous vous rappelez ce que je vous ai recommandé de faire en cas d'atterrissage par vent fort ?

— On doit regarder dans la direction du terrain d'atterrissage, répondit l'homme.

— Exact. Et si vous pliez les genoux en vous tenant aux cordes, tout se passera comme sur des roulettes.

Le doute se refléta dans les yeux de la femme.

— Non, je ne raconte pas de blagues, lui affirma Dylan.

En approchant des arbres, il délesta le ballon d'un peu d'air afin que la nacelle puisse raser la cime des arbres. De jeunes branches se cassèrent, des feuilles bruissèrent contre l'osier.

Mais si ces bruits le charmèrent, la femme s'agrippa de plus belle aux poignées de corde.

— Ça va ? s'inquiéta-t-il.

— C'est à vous qu'il faut demander ça, fit le mari.

Dans un éclat de rire, il fit baisser l'altitude du ballon de l'autre côté de la rangée d'arbres, au-dessus de la circulation. Ils auraient presque pu voir l'effarement des automobilistes tant ils étaient près des voitures.

Son équipe n'était pas encore sur place, mais Dylan n'en fut pas surpris.

— Pliez les genoux, dit-il à ses passagers. Et accrochez-vous.

Ils descendirent, touchèrent l'herbe et, poussés par le vent, glissèrent, mais sur une très courte distance. Étant donné les circonstances, on n'aurait pu faire mieux. Les genoux flageolants, ses passagers se jetèrent dans les bras l'un de l'autre, en riant de soulagement.

Quelques voitures s'arrêtèrent le long de la bande médiane et l'on vit leurs occupants sortir afin d'observer la scène plus aisément. Le camion d'Alex se gara derrière les véhicules, talonné par la fourgonnette de Brian.

— Voilà notre équipe de sauvetage, annonça-t-il au couple.

Brian vint attraper la corde d'arrimage pendant qu'Alex installait l'échelle.

— Je me demande pourquoi tu avais besoin de nous, fit Brian en guise de compliment.

— C'est une question que je me suis déjà posée, plaisanta Dylan qui aidait ses passagers à descendre.

Il ne leur restait plus qu'à ouvrir une bouteille de champagne pour fêter le succès du vol. Les automobilistes les dépassèrent en se tenant à une distance respectueuse. Parmi eux, quelques-uns ne manqueraient pas d'appeler Dylan et de se porter candidats pour un vol en montgolfière, au cours des prochains jours.

Le couple s'installa dans la fourgonnette de Brian qui devait les reconduire à la ferme de Dylan où était garée leur voiture.

Aidé d'Alex, Dylan démonta le ballon dans la pénombre grandissante, en jetant de temps à autre un coup d'œil à sa montre. Il avait rendez-vous. Pas avec Bethany, ça il n'y avait aucun doute. Mais alors, avec qui, bon sang ? Il était incapable de s'en souvenir.

Peu importait, pensa-t-il tandis qu'il chargeait la nacelle dans le camion avec Alex. Ce serait la surprise de la soirée.

11

Bien que Rhonda Giddings eût quitté le Smithsonian Institute, Laura parvint facilement à la joindre.

— Je suis contente de t'entendre, lui dit Rhonda. Comment vas-tu ?

— Ça va, mentit Laura, soucieuse d'éviter le récit de toutes les péripéties traversées depuis leur dernière rencontre. Je me demandais juste si...

— A partir de quand pourrons-nous observer facilement ta dernière découverte ? J'ai entendu dire que le spectacle de la comète de Brandon serait superbe.

— Oui, je l'espère. Dès l'été prochain.

— Formidable !

— Je t'appelle pour te demander de me rendre un petit service, Rhonda. J'essaie de joindre quelqu'un que tu avais invité à une soirée, chez toi, il y a plusieurs années. Six ans, exactement.

— Oh ! fit Rhonda en riant. Je dois te prévenir que ma mémoire n'est plus ce qu'elle était. De qui s'agit-il ?

— De Dylan Geer.

Le seul fait de prononcer ce nom donna à Laura envie de rentrer sous terre. Combien de personnes s'étaient aperçues qu'elle et Dylan avaient disparu dans une chambre du premier étage au cours de ladite réception ?

— Dylan Geer ! Pourquoi veux-tu... Ah, je vois ! Tu dois avoir envie d'un vol en montgolfière.

— Comment ?

— Je me trompe ?

— Oui. C'est pour une tout autre raison. Une raison personnelle. Désolée.

— Ça ne fait rien. Mais je ne pense pas avoir son numéro privé. En revanche, j'ai celui de son bureau. Attends un instant. Je prends mon carnet d'adresses.

Laura entendit Rhonda fouiller dans son sac puis tourner les pages de son carnet.

— J'ai offert un tour en ballon à mon mari, l'année dernière, pour son anniversaire, expliqua Rhonda.

— Ainsi Dylan propose ce genre de service ?

Ce n'était pas précisément ce que Laura espérait pour le père d'Emma, mais au moins cela ne manquait pas d'originalité.

— Oui. Il a complètement changé d'activité après avoir quitté la compagnie d'aviation pour laquelle il pilotait.

La vie de cet homme n'était pour Laura qu'un puzzle qu'elle ne risquait pas de reconstituer pour l'instant.

— Je le connais à peine. J'ignorais qu'il avait été pilote, remarqua-t-elle.

— Je ne sais pas ce qui s'est passé, mais il y a un bon moment qu'il a changé de travail. Il s'est installé dans la région des vignobles, a monté cette affaire et est devenu une sorte de play-boy, si mes renseignements sont exacts.

« Voilà qui promettait ! » songea Laura.

— Ça y est. J'ai son numéro.

Laura le nota puis mit rapidement un terme à la conversation.

— Voyages en ballon, j'écoute, annonça une voix masculine, très professionnelle mais néanmoins séduisante.

Seule sa nervosité empêcha Laura de répondre aussitôt.

— J'aimerais parler à Dylan Geer, finit-elle par dire.

— Lui-même à l'appareil.

— Dylan, je m'appelle Laura Brandon. Nous nous sommes rencontrés à une soirée chez Rhonda Giddings, il y a environ six ans.

Il y eut quelques instants de silence à l'autre bout du fil.

— Désolé. Je ne m'en souviens pas.

L'entrée en matière n'augurait rien de facile. Laura se mit à parler avec une rapidité incontrôlable.

— Je comprends. Et je suis désolée de vous tomber dessus comme ça. Rhonda venait de s'installer et pendait la crémaillère. Il y avait une tempête de neige. Nous nous sommes parlé par hasard et... nous avons fait l'amour. Aujourd'hui je vous appelle pour vous dire que vous avez une fille. Emma. Elle a été conçue cette nuit-là. Je n'ai jamais cherché à vous retrouver parce que, peu de temps après, je me suis mariée. Mais mon mari est mort récemment, Emma est traumatisée par sa mort, elle a perdu l'usage de la parole et... et c'est sa psychologue qui m'a suggéré de voir si...

— Oh là ! Doucement ! Reprenez au début. Vous me dites qu'on a couché ensemble, chez Rhonda ?

— Oui. Il y a six ans. Pendant une tempête de neige. On a failli rester bloqués.

— Je regrette, mais cela ne me dit rien. Comment vous appelez-vous déjà ?

— Laura Brandon. (Lui avait-elle seulement dit son nom ce soir-là ?) Je suis de taille moyenne. J'ai des cheveux châtains. Longs.

— Vous êtes sûre de parler à la bonne personne ?

— Oui. Certaine.

— Donc, vous pensez que votre fille est aussi la mienne ?

— Absolument. Il ne peut pas en être autrement.

— Vous m'avez parlé d'un mari. Il ne pouvait pas être le père ?

— J'étais déjà enceinte quand je me suis mariée. Et je n'avais pas de liaison.

Qu'il ait pu penser qu'elle avait passé une nuit avec lui tout en étant mariée la froissa. Mais, après tout, leur aventure ne faisait pas d'elle un modèle de vertu.

— On peut être enceinte avant...

— Je n'ai fréquenté l'homme qui m'a épousée qu'après notre rencontre. C'était un ami. Il savait que j'étais enceinte. Ça fait quelques mois qu'il est mort, et...

— Et vous me téléphonez parce que vous cherchez un nouveau père pour votre fille. Qu'est-ce qui fait de moi le meilleur candidat à sa succession ?

Irritée par son ton ironique, elle faillit raccrocher.

— Écoutez, la psychologue d'Emma m'a suggéré de voir si son père biologique — c'est-à-dire vous — serait prêt à jouer un rôle dans sa vie. Elle estime qu'un soutien paternel, un père attentionné, aiderait beaucoup Emma.

Elle entendit Dylan s'esclaffer.

— C'est vraiment dingue ! J'ignore qui vous êtes. Vous surgissez de nulle part, et vous voudriez que je m'occupe d'une enfant que je ne connais pas.

— C'est votre fille.

— Ça m'étonnerait. Je ne me souviens pas de notre rencontre et encore moins d'avoir passé la nuit avec vous.

— Pourrions-nous nous voir ? Nous parler de vive voix ?

Il soupira.

— Pour quoi faire ? Je suis désolé que vous ayez des problèmes avec votre enfant, mais j'imagine mal comment je pourrais vous aider. Écoutez, j'ai du travail, je dois rappeler un tas de gens, alors...

— Peut-être vous serait-il impossible de m'aider. D'accord. Mais j'aimerais au moins que...

— On m'appelle sur l'autre ligne. Excusez-moi... Laura, c'est ça ? Bonne chance.

Il raccrocha. Pendant quelques secondes, elle garda le récepteur collé à l'oreille. Plutôt que de faire cette démarche par téléphone, elle aurait dû se déplacer et se donner une chance d'être reconnue. Ainsi aurait-il plus difficilement échappé à la vérité. Cela dit, il n'avait pas l'air follement intéressant. Emma avait-elle besoin d'un père de cet acabit ?

Après le dîner, elle emmena Emma acheter des provisions. Du vivant de Ray, elle devait constamment surveiller la petite dans le magasin. Emma allait et venait, prenait sur les rayons des produits dont elle n'avait pas besoin, parlait à des étrangers. Maintenant, elle s'accrochait à elle ou au chariot — quand elle ne cherchait pas à s'y asseoir bien qu'elle fût trop grande désormais. Les gens essayaient de lui parler comme autrefois, mais la petite suçait son pouce et détournait les yeux.

— On va prendre des pêches, ma chérie, fit Laura en poussant le chariot vers l'étal de fruits.

Tout en regardant sa fille choisir les pêches, elle essaya de se mettre à la place de Dylan Geer. Comment eût-elle réagi si on l'avait appelée pour lui annoncer, à six ans de distance, qu'elle avait joué les géniteurs sans le savoir ? Elle se serait certainement sentie exposée à une recherche en paternité, motivée par des raisons financières. Une mère célibataire, une passe difficile, et tous les moyens sont bons pour essayer de s'en sortir...

De nouveau attentive au comportement

d'Emma, elle observa la façon dont sa fille évitait les quelques hommes qui faisaient leurs courses. Chaque fois que l'un d'eux s'approchait d'elles, Emma se réfugiait entre sa mère et le rayon. Mais elle le faisait si discrètement que Laura se demanda si c'était vraiment une nouveauté ou si elle avait simplement manqué de vigilance jusque-là.

« Les hommes crient. Les hommes se suicident. »

A peine de retour chez elle, Laura relut le numéro de Dylan. Puis, impulsivement, elle le composa, tomba sur un répondeur — non sans soulagement — et, haussant la voix d'une octave, laissa un message. Empruntant le premier nom qui lui vint à l'esprit, Susan Lane, elle annonça qu'elle voulait s'offrir un vol en montgolfière pour ses quarante ans. Quand elle eut raccroché, elle se regarda dans le miroir de sa chambre, perplexe. Qui aurait cru que Laura Brandon pût être si farfelue ?

12

Il faisait encore nuit lorsque Laura atteignit la région des vignobles, Dylan lui ayant proposé d'être chez lui à 5 heures du matin afin d'assister, en vol, au lever du soleil.

— Je viens chez vous ? s'était-elle étonnée.

— Tout l'équipement est dans ma grange. Et j'ai un champ où je peux décoller quand les vents sont favorables.

A partir du lac Ashton, il y avait une demi-heure de route à travers un paysage qui devait être magnifique dans la lumière du jour. Laisser Emma pratiquement en pleine nuit avait posé un problème que Laura avait résolu en demandant à Shelley, la baby-sitter attitrée d'Emma, de venir dormir à la maison du lac. Shelley serait ainsi sur place pour s'occuper de la petite à son réveil.

Elle s'arrêta au bord de la route et éclaira l'intérieur de la voiture afin de relire les indications communiquées par Dylan. Sa rue se trouvait juste après le prochain virage. Elle l'emprunta, se retrouva sous des frondaisons si épaisses qu'elles ne devaient même pas laisser passer le soleil, puis vit la boîte aux lettres que Dylan lui avait signalée. Une boîte aux lettres en bois, ordinaire, mais surmontée d'une petite montgolfière, multicolore, taillée dans du bois et éclairée par un minispot invisible.

Sur environ sept cents mètres, l'allée privée dessinait une courbe à travers les bois avant que n'apparût la maison. Les derniers mètres étaient bordés de lumières au ras du sol. Les fenêtres de la maison étaient également éclairées. Laura s'arrêta devant le garage, à côté de la fourgonnette, et sortit de la voiture. Entendant des voix sur sa gauche, elle regarda dans cette direction et, en dépit de la pénombre, aperçut une grange en bordure d'un champ où deux personnes s'activaient, sans doute autour du ballon. Pour la première fois, elle pensa à la randonnée elle-même avec une certaine excitation qui lui fit oublier quelques instants qu'elle avait eu jusque-là tout autre chose en tête.

En s'approchant de la maison, elle vit qu'elle était en rondins, petite et relativement neuve. Elle monta les marches du perron et, avant qu'elle ait eu le temps de frapper à la porte, Dylan apparut.

— Susan ?

Laura faillit rester muette. Dans l'éclairage du perron, la ressemblance entre Dylan et Emma était frappante. Mêmes yeux bleus, mêmes cheveux noirs. Et ce sourire avenant qui était autrefois celui d'Emma...

— Oui, dit-elle, la main tendue.

Elle s'attendait à ce qu'il la reconnût, mais il lui serra la main sans la moindre surprise. Soit elle ne lui avait pas fait grand effet la nuit de leur rencontre, soit elle avait beaucoup changé en six ans. La lumière venant de l'intérieur de la maison lui permit de remarquer des tempes légèrement grisonnantes et un front qui commençait à se dégarnir. Une petite montgolfière ornait sa combinaison de saut bleu-gris, à manches courtes, au-dessus de la poche.

— Mon équipe est en train de préparer le ballon dans le champ. Venez voir.

Ils se dirigèrent vers le champ. Nerveuse, elle entreprit de faire la conversation.

— Vous volez uniquement le matin et en fin de journée ?

— Oui. Pour avoir les meilleures conditions atmosphériques possibles.

— Et s'il pleut ?

— La pluie pose un problème. Avec le vent, c'est pire. J'en arrive à annuler environ quarante pour cent des vols prévus.

Ce matin-là, le ciel était dégagé et l'air très doux.

— J'ai l'impression que j'ai de la chance. Que faites-vous le reste de la journée ?

— Je dors. Je me lève presque tous les jours à 4 heures, ajouta Dylan en riant.

Ils arrivèrent au centre du terrain où un énorme ventilateur soufflait de l'air dans la bouche du ballon, encore au ras du sol. La toile se gonflait, mais sans que Laura pût distinguer ses couleurs. Deux hommes s'affairaient à l'arrière d'un camion qui attendait à proximité du ballon.

— Salut, Alex et Brian. Je vous présente Susan.

Les deux hommes levèrent les yeux de leur travail. Dans la demi-obscurité, ils semblaient très jeunes. L'un d'eux avait une queue-de-cheval, l'autre une barbe épaisse. Tous deux portaient des gants.

— Ça va, Susan ?

— Oui. Très bien. J'espère que vous connaissez votre métier.

— Moi aussi, fit Dylan. C'est la première fois qu'ils travaillent pour moi.

Laura eut une seconde d'effroi. Aussitôt Dylan lui toucha le bras.

— Je plaisante. On collabore depuis deux ans.

— Ah ! Je préfère.

Soudain, Dylan changea de ton pour lui expliquer où elle devait se tenir, quels imprévus pouvaient se produire et ce qu'elle devait faire dans chaque cas. Elle s'efforça de l'écouter attentivement, de hocher la tête quand il le fallait, alors qu'elle éprouvait le plus grand mal à se concentrer. N'allait-il pas finalement la reconnaître d'un moment à l'autre ?

— Tout est prêt, annonça l'un des hommes.

— Excusez-moi.

Dylan courut vers le ballon et alluma les brûleurs qui envoyèrent deux flammes bleu et rouge rugissantes dans la gueule du ballon. Lentement, la toile oscilla, acheva de se gonfler, puis s'éleva dans l'air, comme un énorme animal qui se serait brusquement animé, tandis que

Laura découvrait un entrelacs de rayures colorées sur l'immense toile.

Le ballon à la verticale, Dylan se hissa dans la nacelle.

Laura écouta les trois hommes vérifier la check-list, puis le barbu installa l'escabeau contre la nacelle.

— C'est à vous, dit-il à Laura en lui offrant sa main.

Elle monta jusqu'à la dernière marche, puis Dylan lui prit l'autre main pour l'aider à enjamber la nacelle.

— Posez le pied sur le réservoir de propane. Voilà. Très bien.

Quand elle eut les deux pieds sur le sol de la nacelle, elle alla s'installer dans un coin, comme le lui avait demandé Dylan. C'était presque la seule chose qu'elle avait retenue de ses instructions, écoutées d'une oreille distraite.

— Prête ? lui demanda Dylan.

Elle hocha la tête.

— On y va ! cria-t-il à ses coéquipiers.

Le barbu dénoua une corde attachée à l'essieu du camion, puis aida son patron à la remonter dans la nacelle. Dylan fit ensuite cracher aux brûleurs deux flammes courtes, mais qui produisirent un bruit presque assourdissant. Le jeune homme à la queue-de-cheval, jusque-là agrippé au bord de la nacelle, lâcha prise, et le ballon commença son ascension.

Elle fut plus lente, plus fluide que ne l'avait imaginé Laura, peu à peu éblouie. A l'est, le ciel commençait à s'éclaircir.

— C'est magnifique, dit-elle en songeant

qu'il devait entendre ce commentaire quotidiennement.

Ils commencèrent à glisser au-dessus des arbres, sans la moindre sensation de mouvement et dans un silence simplement brisé de temps à autre par le rugissement des flammes.

— Personne n'a été assez téméraire pour vous accompagner le jour de votre anniversaire ? lui demanda Dylan.

— Je préférais être seule.

— Je comprends. Rien n'est plus agréable que ce genre de vol en solitaire. Malheureusement, vous avez besoin de moi. Mais je vais essayer de me faire oublier.

S'arrachant à la contemplation du soleil levant, elle se tourna vers lui. Dans la lumière dorée, ses yeux devenaient d'un bleu translucide. Un phénomène qu'elle avait déjà observé chez sa fille et qui lui rappela définitivement la raison de sa présence dans cette nacelle.

— Dylan, je vous ai menti.

— A quel propos ?

— Je ne m'appelle pas Susan... avoua-t-elle, incapable de se souvenir du patronyme qu'elle lui avait annoncé. Je suis Laura Brandon.

Son nom le laissa sans réaction. Il avait dû l'oublier.

— Je vous ai appelé la semaine dernière. Au sujet de ma fille.

Il perdit son sourire et plissa les yeux.

— Ça alors ! C'est incroyable. A quoi jouez-vous ?

Elle avait été stupide d'employer ce stratagème qui ne pouvait que provoquer sa colère.

— Je sais que vous ne m'avez pas crue, l'autre jour. Mais il vous suffirait d'avoir une photo d'Emma sous les yeux pour être convaincu.

Elle sortit une photo de sa poche et, la main tremblante, la lui tendit, sans qu'il se décidât à la prendre.

— Regardez-la et vous comprendrez que c'est votre fille.

— Vous êtes folle. On devrait vous enfermer.

Elle continua à lui tendre la photo.

— Je sais. Je peux paraître bizarre. Mais je suis saine d'esprit, je vous l'assure, et...

— C'est la première fois que je vous vois. Et franchement j'espère que c'est aussi la dernière.

Dylan détacha sa radio de sa ceinture.

— J'appelle Alex, dit-il dans l'appareil.

Puis il revint à Laura.

— Vous pensiez que j'allais vous écouter parce que je ne pourrais pas fuir, n'est-ce pas ? Désolé, mais vous vous êtes trompée.

— Oui, fit la voix d'Alex dans la radio.

— On redescend.

— Un problème mécanique ?

— Non. C'est plus compliqué. Je me dirige sur le vignoble de Del Russo. J'y serai dans deux minutes.

— Nous aussi.

Laura le regarda raccrocher la radio à sa ceinture.

— Pardonnez-moi. J'ai fait une erreur.

— Taisez-vous. D'accord ? Je travaille.

Elle estima qu'il valait mieux se taire tandis qu'ils entamaient la descente. Elle fixa les yeux sur les arbres dont ils effleuraient déjà la cime. Soudain, elle les vit céder la place à un vignoble s'étendant vers l'horizon, en rangées parfaitement parallèles.

Deux hommes couraient vers le site de l'atterrissage. Il fallut deux minutes à Laura pour se rendre compte qu'il s'agissait d'Alex et de Brian. Elle se cramponna tandis que le ballon se dirigeait droit vers une rangée de vignes. Mais Dylan tira sur une corde latérale dans la nacelle, et le ballon se posa aussitôt, en douceur, entre deux rangées. Puis, en quelques secondes, il prit l'apparence d'un tas de chiffons multicolores, jetés en travers du vignoble.

— Aidez-la à descendre, demanda Dylan à ses hommes, d'une voix bourrue.

Celui qui avait une queue-de-cheval avança l'escabeau. Laura quitta la nacelle, les jambes tremblantes.

— Brian, tu la reconduis à la maison, ordonna Dylan sans un regard pour l'un ou l'autre.

Laura surprit le coup d'œil qu'échangèrent Alex et Brian, perplexes devant un tel changement d'humeur.

— Oui, m'sieur.

Brian, le barbu, se tourna vers Laura.

— Allons-y.

Elle le suivit à travers les vignes teintées d'un jaune laiteux par le soleil levant.

— Vous n'étiez pas très à l'aise là-haut, je suppose, fit Brian avant de monter dans le camion.

Elle put hocher la tête sans se dire qu'elle mentait.

Il lui ouvrit la portière. Elle s'installa sur son siège et boucla sa ceinture de sécurité.

Tandis qu'ils s'éloignaient du vignoble, Brian ajouta :

— Ne vous en faites pas. Ça arrive. Ma petite amie, elle, a été carrément malade. Je ne l'emmènerai plus jamais.

— C'est gentil de me consoler. Merci, répondit Laura.

Elle se plongea ensuite dans un silence que Brian attribua sans doute à un malaise physique, alors qu'elle n'éprouvait qu'embarras et regrets.

Avant de reprendre sa voiture, elle le remercia, puis s'éloigna suffisamment pour échapper à son regard avant de s'arrêter. Le front contre le volant, les yeux fermés, elle tenta de maîtriser ses tremblements. Quelle idiote ! Dylan n'avait pas été brillant non plus, mais elle le comprenait. Il avait dû se croire coincé là-haut avec une folle.

Au bout d'un moment, elle remit le contact et parcourut lentement la distance qui la séparait encore de la route. A la hauteur de la boîte aux lettres, elle s'arrêta de nouveau, prit la photo d'Emma, la retourna et nota son numéro de téléphone. Puis elle glissa la photo dans la boîte.

13

Dylan retournait les steaks de saumon dans leur marinade lorsqu'il entendit la porte d'entrée s'ouvrir. Sans bouger de la cuisine, il regarda dans le séjour.

— Bonjour ! dit-il en souriant à Bethany. Je suis content de te voir.

— Moi aussi.

Un sac en papier plein de provisions dans les bras, elle vint l'embrasser.

— Je ne peux pas te toucher. J'ai de la marinade sur les mains.

— J'ai apporté le dessert.

En la voyant sortir les cartons de chez Ben and Jerry, Dylan sourit. Bethany connaissait ses faiblesses.

— J'ai aussi pris ton courrier au passage puisque, apparemment, tu n'as pas réussi à aller jusqu'à ta boîte aux lettres aujourd'hui.

Elle posa le paquet de lettres et de prospectus sur le plan de travail.

— Merci.

Dylan se lava les mains et la serra dans ses bras afin de lui donner un vrai baiser.

— Qu'est-ce que c'est ? demanda Bethany en prenant une photo sur la pile de courrier.

Le temps de jeter un coup d'œil à la photo, Dylan sentit remonter la colère de la matinée.

— Où as-tu trouvé ça ? Dans la boîte ?

— Oui. Sans enveloppe. Qui est cette enfant ?

— Je n'en ai pas la moindre idée.

Dylan rejeta la photo sur le comptoir en la retournant. Ce fut ainsi qu'il constata que Laura Brandon lui avait laissé son numéro de téléphone.

De toute évidence Bethany ne le croyait pas. Mais elle n'était pas le genre de femme à insister, et il le savait.

De toutes ses conquêtes au cours des dernières années, elle était sa préférée. Photographe installée à son compte, elle posait aussi pour des magazines, et Dylan aimait la voir, par exemple, dans les pages du *Washingtonian*. Les cheveux courts d'un noir de jais, elle était bronzée à longueur d'année. Mais il l'appréciait avant tout parce qu'elle le comprenait mieux que quiconque. Elle savait qu'il tenait à sa liberté, ce dont il ne s'était jamais caché avec elle. Néanmoins, il craignait que cette tolérance ne fût qu'une façade. A trente et un ans, elle souhaitait se marier, avoir des enfants, et elle voulait de l'amour quand il ne pouvait lui donner que de l'affection. Au fond, elle ne devait accepter la situation qu'en théorie, et espérer qu'il change. Mais il l'avait cent fois avertie que si elle comptait se faire épouser, elle faisait fausse route.

Cependant, il lui avait concédé qu'il ne coucherait pas avec d'autres femmes. Comme elle était pour sa part incapable d'entretenir plusieurs liaisons en même temps, elle lui avait demandé d'en faire autant. Il avait accepté et s'en tenait à sa promesse. Oh, ce n'étaient pas les éventuelles complications affectives qui le retenaient, mais tout simplement le risque physique. En dépit de son envie de vivre au jour le jour, sans se soucier de l'avenir, il n'oubliait pas les maladies sexuellement transmissibles, et le sida en premier lieu. L'un comme l'autre avaient fait le test. Savoir que la monogamie sexuelle, tout du moins, le protégerait du danger lui assurait une tranquillité d'esprit appréciable.

Bethany prépara la salade et mit les pommes de terre à cuire dans le micro-ondes pendant qu'il faisait griller le poisson à l'extérieur. Puis ils dînèrent sur la table de jardin, installée sous les arbres, à l'abri des insectes grâce à des bougies parfumées à la citronnelle.

Il y avait quinze jours qu'ils ne s'étaient pas vus. Trouvant Bethany très en beauté, Dylan ne la quitta pas des yeux pendant tout le repas. Le dîner terminé, ils laissèrent la vaisselle dans l'évier et se précipitèrent dans la chambre. Ils firent l'amour, mais il sentit que quelque chose n'allait pas. Déjà, pendant le repas, elle avait peu parlé et elle affichait encore un curieux mutisme. Malgré son envie de céder au sommeil, Dylan préféra éclaircir la situation.

Il appuya sa tête sur l'oreiller de façon à voir l'aquarium installé dans le mur séparant la chambre du séjour — ce qui permettait de suivre du regard les évolutions des poissons de l'une ou l'autre pièce. Pour le moment, l'aquarium servait de lampe en diffusant la lumière du séjour dans la chambre où, sur le plafond, dansaient des vagues d'un bleu scintillant.

— Il me semble que quelque chose te tracasse, dit-il, le bras glissé autour des épaules de Bethany.

Bethany se serra contre lui.

— Non. Pas vraiment.

— Je ne te crois pas.

L'entendant prendre sa respiration, il se prépara à une discussion.

— Disons que cette photo trouvée dans ta boîte aux lettres me fait tout drôle.

— Pourquoi ?

— Parce que je ne comprends pas ce qu'elle signifie. Qui l'a déposée là ?

Dylan soupira. L'un des petits poissons tropicaux monta comme une flèche à la surface de l'aquarium puis piqua vers le fond et pénétra dans le château de céramique pour en ressortir aussitôt.

— Une femme avait réservé un vol ce matin. Seule. Une fois qu'elle m'a eu à sa merci, elle m'a raconté que j'étais le père de sa fille. Je ne l'ai même pas reconnue, cette femme. Je ne me souviens ni de son visage ni de son nom. Elle m'a tellement contrarié que je l'ai fait redescendre en vitesse. J'imagine que c'est elle qui a laissé cette photo en repartant.

— Et...

— Et quoi ?

— Cette histoire est vraisemblable ?

— Sa fille a cinq ans. Il faudrait qu'on se soit rencontrés il y a six ans. Je devrais au moins me souvenir d'elle, non ? Et puis, tu sais combien je suis scrupuleux en matière de contraception.

Bethany resta muette quelques instants.

— Tu étais en plein dans ta mauvaise passe...

Il n'avait pas voulu se le dire, mais elle avait raison. A l'époque, il aurait effectivement pu faire un enfant. Un tas d'enfants, même. Il se voulait prudent, mais il buvait tellement.

— Oui. En plein dedans.

— Alors, tu es peut-être le père de cette petite fille.

— Supposons que je le sois. Qu'est-ce que je suis censé faire ? Cette femme ne parle pas d'argent. Ce qui tombe bien, parce que je n'en ai pas à lui donner. Mais je ne suis pas plus riche de sentiments paternels.

— Tu te trompes en croyant que tu n'as rien à offrir, rétorqua Bethany en caressant son torse. Il m'arrive de me dire...

— Quoi ?

— Que tu pourrais être un bon père. Tu es plein d'entrain. Tu es honnête, gentil, attentionné.

Il se souvint que Laura Brandon lui avait dit que sa fille aurait bien besoin d'un père « attentionné ».

— Au cas où tu ne l'aurais pas remarqué, je ne suis pas du genre à m'engager facilement.

— Tu peux changer.

— Bethany... Je crains que tu fasses des projets qui n'ont aucune chance de se matérialiser.

— Oui. Ça me préoccupe aussi.

Il effleura sa joue.

— J'ai été aussi honnête que je peux l'être avec toi.

— Je sais, admit Bethany, la gorge nouée.

Dylan l'enlaça et la serra contre lui, en se disant qu'il n'avait jamais eu que ses étreintes à lui offrir.

14

Sur la porte de l'appartement de Sarah Tolley, un coin de l'ombre du projecteur commençait à se décoller. Laura le remit en place avant d'appuyer sur la sonnette. Comme la télévision hurlait, il fallut à Sarah quelques secondes avant de répondre.

— Bonjour, fit Laura en lui souriant.

Sarah lui rendit son sourire, mais avec un regard inexpressif. A l'évidence, elle la reconnaissait mal, bien que ce fût sa troisième visite.

— C'est le jour de la promenade ? demanda-t-elle.

Laura se sentit réconfortée. Au moins, Sarah était capable de faire cette association.

— Oui. Je suis Laura, vous vous souvenez ? Je vous ai emmenée faire une promenade la semaine dernière, et j'ai pensé que vous auriez peut-être envie d'en faire une autre.

— Oh, oui, bien sûr !

Sarah s'écarta pour laisser entrer son invitée.

— Je me souviens de vous. Vous aviez la photo d'un homme.

— Tout à fait. Des photos de mon père. Aujourd'hui je suis venue avec des photos plus anciennes. Ce sera peut-être plus facile pour vous de le reconnaître.

Sarah s'empara de la télécommande sur le canapé et éteignit la télévision. Puis elle revint à côté de Laura, prit les photos qu'elle lui tendait, les examina attentivement, plissa le front, secoua la tête. Elle souffrait visiblement d'être incapable de situer cet homme, et Laura regretta de lui imposer cette épreuve.

— C'est sans importance, affirma Laura.

Elle remit les photos dans son sac puis remarqua que Sarah avait enfilé sa jupe à l'envers.

— Laissez-moi arranger votre jupe avant de sortir.

— Ma jupe ? Oh ! Je l'ai mise à l'envers ?

— Oui. Je peux vous aider ?

Sarah ayant du mal à faire descendre la fermeture Éclair, Laura le fit à sa place, en se demandant comment Sarah avait pu être si distraite. Quand elle eut fait glisser la jupe sur les hanches étroites et la culotte en dentelle blanche de la vieille dame, Laura la retourna et la remonta.

— Voilà. Maintenant ça va. Et comme vous avez déjà mis des chaussures de marche, nous pouvons y aller.

— J'ai mis ces chaussures tous les jours, au cas où la jeune femme... au cas où vous viendriez me chercher.

Laura sentit son cœur se serrer. Elle avait tardé à revenir alors que Sarah l'attendait.

Lorsque, sorties de la maison de retraite, elles

entamèrent leur promenade, Sarah la surprit en l'interrogeant à son sujet :

— Où est votre famille ?

— Eh bien... mon mari est mort.

— Ah ? Le mien aussi.

— L'homme sur la photo, dans votre appartement ?

— Oui. Enfin, je crois qu'il est mort.

Comment un événement de cette importance pouvait-il échapper à la mémoire de Sarah ?

— J'ai une petite fille, dit Laura. Elle s'appelle Emma.

— Emma. Quel âge a-t-elle ?

— Cinq ans.

— Son père doit lui manquer.

— Il lui manque beaucoup, oui.

Il y eut un silence, le temps pour Laura de remarquer la lucidité du commentaire de Sarah. Puis, tout en se demandant si Sarah la suivrait, elle précisa :

— Mon mari — qui est donc décédé — n'était pas son vrai père. Son vrai père ne la connaît pas. J'ai tenté de lui parlcr, en espérant qu'il s'intéresserait à elle. Oh, je sais, c'est assez compliqué ! ajouta Laura en riant.

Ayant elle-même du mal à se convaincre de la limpidité de son explication et persuadée que Sarah avait dû perdre le fil dès la première phrase, Laura s'étonna de l'entendre lui demander :

— Qu'a-t-il dit, le vrai père ?

— Je lui ai d'abord parlé au téléphone. Il m'a dit qu'il n'avait pas envie de rencontrer Emma.

Puis, hier, je suis montée avec lui en ballon... Franchement, tout ça est assez confus.

— Vous êtes montée dans l'un de ces ballons ?

Sarah regarda le ciel comme si elle s'attendait à voir une montgolfière glisser au-dessus de leurs têtes.

— Oui. Il organise des vols. Alors, comme il avait refusé de me voir, j'ai fait une réservation sous un faux nom. Et quand on a été en l'air, tous les deux, seuls dans le ballon, je lui ai dit qui j'étais et j'ai essayé de lui montrer une photo de sa fille — d'Emma. Il s'est mis en colère, a fait redescendre le ballon aussitôt, et voilà... C'était fini !

— Vous devriez avoir honte.

— Moi, je devrais avoir honte ?

— Oui. Vous l'avez piégé. Vous n'avez pas été honnête avec lui. Pourtant, il était question de son enfant, de quelque chose de très important.

Laura reçut le reproche de Sarah comme une gifle.

— Je ne savais que faire. Mais croyez bien que je le regrette.

— Vous allez lui présenter des excuses, n'est-ce pas ?

— Il me semble qu'il vaut mieux que je l'oublie.

Laura commençait à se dire qu'elle n'avait pas la lucidité de Sarah quand brusquement la vieille dame s'immobilisa et regarda autour d'elle.

— Nous sommes sur la terre ou sur un bateau ? Quelquefois, je ne sais plus.

— Nous sommes sur la terre ferme, lui répondit Laura en posant une main réconfortante sur son dos. Regardez, il y a des arbres autour de nous.

— Oui. C'est vrai. La première fois que j'ai vu l'un de ces ballons, enchaîna Sarah, les yeux de nouveau levés vers le ciel, j'étais dans un train.

— Dans un train ?

— Oui. J'étais une passagère solitaire, dans un train.

Sarah, 1955

— Regarde !

Le petit garçon colla son visage à la vitre du train en montrant quelque chose dans le lointain. La femme blonde qui voyageait avec lui suivit son regard.

— Ah, oui ! Un ballon. Deux, même !

Assise juste de l'autre côté du couloir, Sarah n'avait pas besoin de tendre l'oreille pour entendre la conversation. Tournée vers l'enfant et la femme blonde — sans doute sa mère —, elle se pencha en avant et, à son tour, regarda le ciel. Au loin, elle vit les deux ballons, l'un jaune, l'autre bleu, glisser devant le soleil couchant. Le spectacle, splendide, faillit lui couper le souffle.

— En fait, il y en a trois, observa un homme

assis quelques rangées derrière la femme et le petit garçon.

Sarah céda à l'envie de changer de place, afin d'admirer plus aisément la scène, et s'installa sur le siège vide, juste devant l'homme.

Il n'y avait qu'eux quatre dans le wagon. Le passager, également solitaire, était passé à côté d'elle juste avant de monter dans le train. Sa ressemblance étonnante avec l'acteur James Stewart avait attiré le regard de Sarah. C'était un homme jeune, entre vingt et trente ans, grand, élancé, le visage empreint de bonté, dont le charme, à défaut d'une grande séduction, était évident. Sarah rentrait à Washington, après un court séjour dans sa famille à Bayonne où, avec ses cousins, elle était allée voir *Fenêtre sur cour*. Elle s'était demandé si cet inconnu avait aussi la voix de James Stewart. Maintenant elle savait que le passager solitaire, contrairement à l'acteur, avait une voix profonde et assurée.

— Vous voyez, là-bas ? demanda-t-il, penché par-dessus le siège de Sarah, en montrant le nord.

— Ah, oui !

Elle avait repéré le troisième ballon qui, mauve et blanc, se fondait presque dans la féerie du crépuscule.

— Ce doit être merveilleux de se trouver là-haut.

— Oh, certainement !

L'homme reprit sa place. L'entendant ouvrir son journal, Sarah se remit à lire le sien, tout en jetant des coups d'œil par la vitre jusqu'à la disparition des montgolfières.

La nuit était tombée et Sarah restait plongée dans sa lecture lorsque, soudain, le wagon se déporta violemment sur la gauche. Elle entendit le petit garçon pousser un cri et le sosie de James Stewart s'étonner :

— Qu'est-ce que... ?

Mais, avant qu'il ait pu terminer sa phrase, le wagon se déporta sur la droite cette fois, dans un crissement de freins assourdissant. Puis il sortit des rails en projetant les quatre passagers dans tous les sens. Ils heurtèrent les sièges et reçurent les bagages sur eux. Sarah tomba la tête la première sur le siège, de l'autre côté du couloir. Le journal de l'homme lui frôla le visage, suivi par le petit camion avec lequel l'enfant avait joué. Un cri d'effroi lui resta dans la gorge. Les lumières de la voiture vacillèrent plusieurs fois avant de s'éteindre et de plonger les passagers dans l'obscurité.

Ce fut l'affaire de quelques secondes. Le peu de clarté qui venait de l'extérieur permit à Sarah de se rendre compte que le wagon s'était retourné. Elle se retrouvait affalée sur le plafond de la voiture — devenu le plancher —, sa jupe retroussée au-dessus de ses jarretelles, ses chaussures envolées.

Quelque part derrière elle, l'homme demanda :

— Personne n'est blessé ?

Sarah baissa sa jupe et lentement essaya de s'asseoir en se demandant si elle n'avait rien de cassé.

— Je ne crois pas, dit-elle.

— Donny ? appela la femme blonde, tassée dans un coin du wagon...

— Je ne peux pas bouger, répondit le petit garçon, non loin de Sarah.

L'homme avança vers la femme.

— Tout va bien, madame ?

— Oui.

Elle se leva, en équilibre instable sur le plafond du train.

— Mais je suis inquiète pour Donny. Où est-il ?

— Ici.

Sarah se redressa sur les genoux. Dans la pénombre, elle pouvait voir l'enfant coincé dans l'espace, réduit par le choc, entre le porte-bagages et le plafond.

— Tu vas bien, mon petit ?

Les deux autres passagers se dirigèrent tant bien que mal vers eux.

— Oh, Donny ! Tu as mal ? Est-ce que tu peux te dégager ?

Le garçonnet pleurait dans la demi-obscurité qui ne permettait pas de voir s'il était blessé.

— Je ne peux pas bouger, se plaignit-il. Je veux sortir de là.

— On va s'occuper de toi, dit l'homme.

Il tira sur le porte-bagages, mais en vain. L'enfant laissa échapper un gémissement.

— J'ai peur ! cria-t-il.

— Ce n'est rien. Ça va aller, le rassura la passagère blonde.

— Il nous faut quelque chose pour écarter le porte-bagages du plafond, expliqua l'homme.

Sarah se souvint d'avoir vu sa valise voler à

travers le wagon. Alors, à quatre pattes, elle la chercha, la trouva puis la traîna jusqu'à l'homme.

— Parfait, dit-il.

A eux deux, ils entreprirent d'écarter le porte-bagages du plafond à l'aide de la valise, en la faisant glisser vers le petit garçon.

— C'était la bombe ? demanda l'enfant.

— Non, mon chéri, lui répondit la femme blonde.

Puis, à mi-voix, elle expliqua à ses compagnons d'infortune :

— Quelqu'un l'a effrayé en lui racontant que les communistes voulaient faire exploser une bombe atomique dans notre pays.

Sarah savait que le petit n'était pas le seul à redouter ce genre de chose. Dans son voisinage, trois familles s'étaient fait construire des abris antiatomiques.

La femme blonde prit la main du garçonnet.

— Donny, pense aux beaux ballons que l'on a vus tout à l'heure. Imagine qu'on est dans l'un de ces ballons en ce moment. D'accord ?

— Mais ce n'est pas vrai ! fit Donny, des larmes dans la voix.

— D'habitude, tu sais très bien faire semblant, je crois. Alors, faisons semblant d'être dans les airs. Le soleil se couche, les couleurs sont magnifiques. Que vois-tu du ballon ?

L'inconnue avait une voix si douce que Sarah sentit l'atmosphère s'apaiser autour d'eux tandis qu'avec l'homme elle poursuivait ses efforts pour dégager l'enfant.

— Je vois ma nouvelle maison, dit le petit.

— Oui ! Et tu vois aussi tes nouveaux parents ? Comment sont-ils ?

— Tout petits, vus d'ici.

La femme, soulagée, eut un éclat de rire : l'enfant savait encore plaisanter.

— Ça y est, fit l'homme quand la valise fut poussée le plus loin possible.

— Tu peux sortir de là, Donny ? demanda Sarah. Fais attention. Va doucement.

Sarah pensait à d'éventuelles blessures qui risquaient de s'aggraver si l'enfant faisait trop d'efforts.

Mais, en une minute, Donny parvint à glisser dans les bras de celle qui devait être simplement son accompagnatrice, et non sa mère, bien qu'elle pleurât de joie en le serrant contre elle. Sarah passa son bras autour de ses épaules.

— Je suis infirmière, dit Sarah. Laissez-moi m'assurer qu'il n'a rien.

— Oh, oui ! Merci.

La pénombre rendit l'examen difficile, mais apparemment Donny était indemne, du moins physiquement. Pendant que Sarah l'examinait, l'inconnu essayait d'ouvrir les portes aux extrémités du compartiment.

— Elles sont toutes les deux bloquées, annonça-t-il.

On entendit des sirènes au loin. Puis les phares des ambulances et des voitures de pompiers éclairèrent les abords du train. De leur wagon renversé, les quatre passagers pouvaient voir le reste du convoi. La plupart des voitures étaient couchées sur le côté. Quelques-unes s'étaient retournées comme la leur. Deux autres semblaient entièrement broyées, et l'une d'elles était, en plus, éventrée. La femme blonde déroba cette vision cauchemardesque à l'enfant en cachant son visage au creux de son épaule.

— Quel désastre ! dit l'homme.

Il sortit un stylo et un calepin de sa poche, et il commençait à prendre des notes quand un pompier frappa sur la vitre éclatée.

— Des blessés graves ? demanda-t-il.

— Non, répondit l'homme. Nous sommes indemnes.

— Dans ce cas, vous pouvez attendre un moment ? Nous avons des urgences dans d'autres wagons. On viendra vous délivrer dès que possible.

— D'accord.

Se tournant vers les deux femmes éclairées par les phares de l'une des ambulances, le passager ajouta :

— J'espère que vous pouvez attendre. Nous, au moins, nous sommes entiers.

— Absolument, fit la femme blonde, assise sur le porte-bagages, l'enfant dans les bras.

Sarah vint s'asseoir à côté d'elle et, à la lumière des phares cette fois-ci, recommença à examiner l'enfant. Des traces de larmes sur les joues, il avait simplement envie de dormir.

L'homme s'installa sur l'autre compartiment à bagages, face à ses deux compagnes d'infortune.

— Je me présente. Je m'appelle Joe Tolley. Je suis reporter au *Washington Post*. Où allez-vous, mesdames ?

— A Washington, répondit Sarah. J'étais de

passage dans le New Jersey pour voir de la famille, mais j'habite la capitale.

— Avec votre mari ? demanda-t-il, en haussant un sourcil.

— Une question indiscrète à laquelle je réponds non, dit Sarah dans un éclat de rire. Je suis infirmière et je travaille au Mercy Hospital. Mon nom est Sarah.

— Et le mien, Ann, indiqua l'autre passagère. Je suis assistante sociale, dit-elle en embrassant le petit garçon sur le front. Je conduis cet enfant chez ses nouveaux parents adoptifs, en Virginie. Lui qui a déjà traversé tant d'épreuves n'avait pas besoin de ça.

Voyant des larmes dans les yeux de sa voisine dont la compassion l'impressionnait, Sarah posa un instant sa main sur son bras.

— Comment une personne aussi sensible que vous peut-elle tenir le coup en exerçant votre profession ? Vous êtes plus bouleversée que ce petit par ce qui lui arrive.

Ann sourit.

— C'est effectivement un problème pour moi. Il n'y a que quelques mois que je fais ce métier, et ma chef me dit que je ne suis pas de taille. Je prends trop à cœur le sort des enfants dont je m'occupe.

— Si vous voulez savoir, intervint Joe Tolley, je crois au contraire que vous êtes faite pour ce travail. Ce sont les autres qui ne prennent pas suffisamment soin de ces enfants.

— Mais c'est trop dur pour Ann, observa Sarah. Nul ne peut prendre en charge toute leur souffrance.

— Vous avez raison, fit Ann. En tant qu'infirmière, vous pouvez comprendre ce quc cela représente.

A l'extérieur, des voix d'hommes s'élevèrent. L'une des ambulances démarra, sirène hurlante.

— Je travaille en psychiatrie, précisa Sarah. Et je sais combien il est facile de trop s'impliquer. Mais il est vrai qu'il faut absolument garder une certaine objectivité, autrement on n'est plus d'aucune aide.

— Je crois entendre ma chef.

— Je ne suis toujours pas convaincu, remarqua Joe, le regard fixé sur l'enfant. Il me semble que notre petit Donny a bien de la chance d'être accompagné d'Ann et non d'une personne au cœur sec qui se soucierait à peine de son devenir.

— Ma supérieure hiérarchique impute cette sensibilité au fait que je suis une femme sans enfant.

— Vous êtes mariée ? demanda Sarah.

— Non. Et j'ai déjà trente-quatre ans, murmura Ann comme si elle livrait un secret honteux.

Elle n'avait que deux ans de plus que Sarah. Mais, tandis qu'elle espérait se marier, Sarah, pour sa part, refusait de se faire des illusions. La vraie différence était là.

— Comment se passe le travail avec des malades mentaux ? demanda Joe à Sarah.

— C'est difficile. Mais c'est aussi un défi gratifiant. Magnifique.

— Vraiment ? fit Joe en riant. Et vos patients ne sont jamais dangereux ?

— Quelques-uns peuvent l'être.

— Il vous arrive d'avoir peur ? D'être dégoûtée, parfois ?

— Non. Je pense à ce qui a conduit ces gens à la folie. Leur enfance. La malchance. J'essaie de me représenter ce qui a pu les blesser si profondément et les rendre incapables de résoudre leurs problèmes. C'est le meilleur moyen de trouver en soi la compassion dont ils ont besoin.

Joe Tolley adressa à Sarah un sourire qui adoucissait tant son regard qu'elle en fut intimidée et préféra orienter la conversation sur son interlocuteur.

— Ainsi, vous travaillez pour le *Post* ?

— Oui. J'ai cette chance. Depuis l'année dernière. Après avoir travaillé pour quelques journaux de moindre importance.

— Qu'écrivez-vous ? demanda Ann.

— Je commente des faits de société. J'écris certains éditoriaux. A l'occasion, des critiques théâtrales. C'est d'ailleurs ce que je préfère.

— Vous avez vu *La Chatte sur un toit brûlant* ? demanda Sarah. J'ai très envie de voir cette pièce.

— Oui, je l'ai vue. Et je vous la recommande.

— L'année dernière, je suis allée voir *L'Héritage du vent*. C'était une histoire très forte, très prenante.

— Je constate que nous aimons le même genre de pièces, observa Joe avec ce sourire qui troublait Sarah.

— Parmi les articles que vous avez écrits, y

en a-t-il un que vous préférez aux autres ? Que vous jugez être le meilleur ?

— Pas vraiment. Mais ce que je peux vous dire, c'est que j'aime présenter les choses sous un angle inhabituel. J'aime faire ressortir le côté humain d'une histoire. Je ne veux pas m'en tenir uniquement aux faits. C'est pourquoi les éditoriaux me plaisent. Ils me permettent d'exprimer mes opinions.

L'enfant dormait pendant que les trois adultes menaient leur conversation. Sarah s'étonnait que l'on pût se sentir si proche des gens en l'espace de deux heures. Elle avait l'impression de connaître Ann et Joe depuis longtemps. Elle les appréciait tous les deux, les aimait même, bien qu'elle se trouvât un peu ridicule. Il y avait en eux une chaleur humaine qui la touchait profondément et, quand les secouristes finirent par les délivrer, elle éprouva un curieux sentiment de perte à l'idée de se séparer d'eux.

Avant de monter dans des ambulances différentes, ils se servirent du calepin de Joe pour échanger leurs adresses. Puis ils s'étreignirent avec chaleur.

Deux jours plus tard, Sarah pensait encore à ses compagnons de voyage quand elle lut un éditorial de Joe Tolley relatant l'accident. Il évoquait des étrangers devenus des amis dans l'adversité, trois adultes autour d'un enfant que le destin avait rapprochés en leur inspirant un intérêt et un respect mutuels. Au moment de la séparation, ces « étrangers s'étaient manifesté une réelle affection ».

« Si tous les rapports humains étaient placés

sous le signe d'un tel sentiment d'urgence, d'un tel rapprochement, nécessaire et sécurisant, avait-il conclu, le monde s'en porterait beaucoup mieux. »

Entre Meadow Wood Village et le lac Ashton, Laura conduisit sans cesser de penser à ce wagon renversé par le déraillement d'un train. Conteuse-née, Sarah lui avait permis de visualiser la scène sans effort.

A l'orée du bois qui entourait le lac, Laura s'arrêta devant la rangée de boîtes aux lettres pour prendre son courrier. Elle repéra rapidement la seule enveloppe qui ne renfermait pas une facture et qu'elle s'empressa d'ouvrir. A l'intérieur, elle trouva une feuille de papier sur laquelle on avait tapé une courte phrase : « Laissez Sarah Tolley tranquille. »

Elle retourna la feuille mais n'y trouva rien de plus. Quant à l'enveloppe, elle ne portait d'autre indication que le cachet d'un bureau de poste de Philadelphie. Elle eut froid dans le dos. Qui lui envoyait ce message ? Et pourquoi ?

Le front plissé, elle garda le regard fixé sur les mots étranges pendant un moment. Puis, agacée, elle jeta la feuille de papier sur le siège du passager et repartit. Peu importait l'origine de ce message. Il arrivait trop tard. Elle ressentait déjà une réelle tendresse pour cette pensionnaire de Meadow Wood Village, et il était hors de question de la laisser replonger dans sa solitude.

15

Cette photo, dès que Bethany la lui avait apportée, il aurait dû la jeter à la poubelle au lieu de la laisser traîner sur le bar. Maintenant, à chaque fois qu'il entrait dans la cuisine, son regard tombait dessus. Qu'attendait-il pour s'en débarrasser puisqu'il refusait encore de l'examiner, comme si elle menaçait de remettre en question l'insouciance de sa vie, comme s'il avait peur de ce qu'elle pourrait lui révéler ?

Un après-midi, Dylan se préparait un sandwich à la dinde lorsqu'il reposa impulsivement son couteau pour enfin contempler cette fichue photo. C'était le portrait, réalisé en studio, d'une très belle petite fille. Il n'eut pas besoin de la regarder longtemps pour comprendre qu'il était bien son père. Elle ressemblait beaucoup à sa sœur, au même âge. Comme elle, elle avait l'arc du sourcil gauche plus prononcé qu'à droite et des lèvres boudeuses. Le bleu limpide des yeux était celui de toute la famille. Celui qu'il observerait s'il se regardait dans une glace.

Il abandonna son sandwich, glissa la photo dans la poche de sa chemise et sortit s'allonger sur le hamac du balcon. Dans la brise d'été, les branches des arbres se balançaient mollement au-dessus de sa tête.

Bon. D'accord. Il avait finalement regardé la photo. Et puis ? Il n'avait pas menti à Laura Brandon lorsqu'il lui avait dit qu'il n'avait aucun souvenir d'elle. En revanche, il n'avait oublié ni la réception chez Rhonda ni la tempête de neige. Rhonda avait fêté son installation dans sa nouvelle maison, une maison qui faisait cinq ou six fois la surface de la sienne. Tout ça, il l'avait encore clairement à l'esprit, mais pour le reste c'était une autre histoire. Comme le lui avait fait remarquer Bethany, il traversait alors la période la plus confuse de sa vie.

Lui qui n'avait jamais été porté sur la boisson s'était rattrapé pendant les mois qui avaient suivi l'accident d'avion dont plusieurs de ses amis et Katy, sa compagne, n'avaient pas réchappé. Il avait vécu d'alcool, de cigarettes et de sexe. Tout était bon pour l'aider à oublier sa douleur.

Il sortit la photo de sa poche, la regarda de nouveau et trouva à l'enfant le sourire caractéristique de la famille. Évidemment qu'elle était de lui, cette petite ! Mais il ne se sentait pas pour autant tenu de réagir. Laura Brandon n'avait apparemment, sur le plan financier, aucune difficulté à élever sa fille. Jamais il n'avait voulu d'enfants, du moins depuis la disparition de Katy, et, aujourd'hui, il n'avait pas plus envie d'endosser les responsabilités de la paternité que de s'exposer à d'éventuels chagrins ou pertes irréparables. Cela dit, cette petite était là, et il avait l'impression de lire dans son regard tout ce qu'il aurait préféré ignorer.

Les jours suivants, il tenta de ne penser qu'à son travail. Mais rien ne put l'empêcher de ressortir de temps à autre le cliché afin de se rappeler, ni plus ni moins, que cette petite fille était la sienne.

Par un après-midi chargé d'humidité, alors qu'il revenait de la grange pour remplir sa bouteille d'eau, il comprit brusquement qu'il allait téléphoner à Laura. Sans même prendre le temps de poser la bouteille dans l'évier, il sortit la photo de sa poche, la retourna et, le numéro de Laura sous les yeux, décrocha le téléphone.

Dès qu'elle répondit, le son de sa voix ranima un instant la fureur qu'elle lui avait inspirée en lui tendant un piège.

— C'est Dylan Geer, annonça-t-il.

— Oh, Dylan, je suis vraiment désolée ! Je me suis conduite comme une idiote.

— Je ne vous le fais pas dire, remarqua-t-il en riant. Mais je n'ai pas été beaucoup mieux, il me semble.

— J'aurais dû vous écrire au lieu de vous annoncer ça de but en blanc, entre ciel et terre.

— C'est désormais sans importance, affirma Dylan, en retournant la photo pour admirer la fillette. Depuis, j'ai regardé la photo et je sais que vous m'avez dit la vérité. Elle a... je ne sais pas... les yeux, les sourcils, enfin tout. J'ai voulu rester indifférent, mais sans succès. J'ignore ce que vous attendez de moi, ou ce que je suis tenu de faire, mais je crois que nous devons nous parler, ajouta-t-il, un frisson d'anxiété dans le dos.

Laura cessa de retenir son souffle.

— Je suis soulagée par votre proposition. Merci. Comme je vous l'ai dit, je ne vous demande pas d'argent. J'aimerais seulement savoir si vous êtes prêt à jouer un rôle dans la vie d'Emma. Une vie plutôt compliquée en ce moment, souligna Laura en riant.

Devant son évidente nervosité, Dylan éprouva, à sa grande surprise, un élan de sympathie pour elle.

— Je comprendrais, reprit-elle, que vous refusiez. De mon côté, je me réserve le droit d'estimer que vous ne seriez d'aucun secours. Mais on peut au moins en discuter.

— D'accord. Vous voulez revenir ici ? Ou me rencontrer ailleurs ?

— Je crois que le mieux serait de nous voir en présence de sa psychologue. Elle pourrait nous aider à trouver une solution.

— Elle voit une... Pardon. Quel est le prénom de votre fille ?

— Emma.

— Emma suit une psychothérapie ?

— Oui. Je vous l'ai déjà dit, mais vous ne deviez pas écouter, fit Laura sans aucun reproche dans la voix. Son père... adoptif, mon mari, est mort en janvier, et...

— Ça, je m'en souviens.

Lui-même avait grandi privé d'un père : un facteur déterminant dans sa vie.

— Sa disparition a traumatisé Emma. Elle a perdu l'usage de la parole.

— Comment ça ?

— Elle ne dit plus rien. Elle est muette. Il lui

arrive de communiquer par gestes. En hochant ou en secouant la tête. C'est tout.

— Et ça dure depuis des mois ?

— Oui.

— Elle était... normale avant la mort de votre mari ?

Laura éclata de rire.

— Oui, si vous appelez « normal » un moulin à paroles.

— Pauvre gosse. Elle a vraiment changé, alors ?

— Elle a subi un gros choc.

— Quand pourrons-nous nous retrouver chez sa psychologue ?

— Un rendez-vous est déjà prévu pour vendredi prochain, à 13 heures. Vous pourriez venir ?

Le vendredi était toujours pour lui un jour chargé, avec des vols le matin et le soir. Il serait obligé de renoncer à sa sieste, ce qui n'était pas une mince affaire. Mais il accepta.

— D'accord, je viendrai. Donnez-moi l'adresse.

16

Laura s'apprêtait à sonner à la porte de Sarah lorsque Carolyn l'aperçut depuis le hall et se précipita vers elle.

— Madame Brandon ! Je suis contente de tomber sur vous.

Aussitôt Laura s'inquiéta.

— Tout va bien ?

— Oh, oui ! fit Carolyn, légèrement essoufflée. Je voulais simplement vous remercier de venir voir Sarah. Elle est transformée par vos visites.

— Vraiment ?

— Elle parle à tout le monde de ses promenades.

— Ah ? Nous ne sommes pourtant sorties que deux fois.

— Mais pour elle c'est un tel changement !

— Alors je ne comprends pas pourquoi elle a du mal à me reconnaître.

— En raison de sa maladie, il n'y a rien de plus normal. Mais, croyez-moi, sortir une fois par semaine l'enchante.

Laura hésita un instant puis chercha dans son

sac le mystérieux message qu'elle avait reçu. Si elle l'avait emporté avec l'intention de le montrer à Sarah, elle y avait renoncé chemin faisant afin de ne pas la contrarier.

— Regardez. Ce courrier m'est parvenu l'autre jour. Auriez-vous une idée de sa provenance ?

Carolyn lut le mot les sourcils froncés.

— Mon Dieu, non ! Oh, j'en ai le frisson !

— Si vous me dites que Sarah raconte ses sorties, peut-être que quelqu'un d'ici...

Laura regarda autour d'elle, vit, suspendus à une poignée, les chaussons de ballerine, roses et usés, qu'elle avait déjà remarqués et, sur la porte voisine, l'image d'un saint-bernard.

— Ne pensez-vous pas que l'on puisse jalouser Sarah au point de chercher à la priver de ses promenades ?

Les yeux levés vers le plafond, Carolyn sembla passer en revue les pensionnaires de la maison de retraite.

— Je ne vois pas de qui il pourrait s'agir. Il est vrai que certaines femmes envient Sarah parce qu'elle est toujours élégante et, disons, au-dessus du lot. Mais je n'imagine aucune d'elles chercher une machine à écrire pour taper ce message et vous le poster.

— Et puis, c'est vrai, il a été envoyé de Philadelphie...

Carolyn secoua la tête.

— Non, franchement, je ne pense pas que ça vienne d'ici, dit-elle en rendant la feuille de papier à Laura. Mais, je vous en prie, ne vous laissez pas intimider. Continuez à venir.

— Vous êtes vraiment attentive aux besoins de Sarah, n'est-ce pas ?

— Pas plus qu'à ceux des autres. Je dois cependant reconnaître qu'elle a quelque chose de particulier.

La conversation se prolongea quelques minutes, puis Carolyn retourna à ses occupations tandis que Laura sonnait à la porte de Sarah.

Sarah lui ouvrit, les yeux brillants.

— Je suis prête !

Elle portait déjà, comme les fois précédentes, ses chaussures de marche.

— Sarah, j'aimerais que l'on s'asseye une minute avant de sortir.

— Bien.

Surprise et un peu déçue, Sarah s'installa sur le canapé tandis que Laura prenait une chaise.

— Je me suis demandé si ce ne serait pas mieux pour vous de savoir exactement quand je viens. De cette façon, vous ne seriez ni surprise de me voir, ni déçue quand vous m'attendez pour rien.

— Oui, ce serait mieux.

— Aujourd'hui, nous sommes mercredi. Je pourrais venir tous les mercredis. A moins qu'il ne pleuve, bien sûr.

— Le mercredi, c'est le jour du bingo.

— Ah ? Par conséquent, il faudrait choisir un autre jour.

— Le bingo, c'est le soir.

— Alors, mercredi, ça va ?

Sarah sembla hésitante.

— Oui. Mais on n'est pas samedi aujourd'hui ?

— Non, nous sommes mercredi. Vous avez un calendrier ?

— Je ne crois pas.

— Je vous en apporterai un, et l'on cochera tous les mercredis, expliqua Laura en espérant qu'Alison pourrait garder Emma ces jours-là.

— Bon. On peut sortir, maintenant ? demanda Sarah, comme une enfant.

— Absolument.

En se dirigeant vers la porte, Laura remarqua, sur le mur de la kitchenette, un calendrier qui en était encore au mois précédent, mais se tut.

Dès qu'elle mit le pied dehors, Sarah retrouva son pas alerte et Laura, rassurée et réjouie, revint résolument à leur dernière conversation.

— Vous vous souvenez que je vous ai parlé l'autre jour du père de ma petite fille. De son vrai père : Dylan.

— Dylan ? répéta Sarah, en fronçant les sourcils.

— Celui qui organise des vols en montgolfière. Vous savez, c'est parce que je vous ai parlé de ces vols en ballon que vous m'avez raconté le déraillement du train.

— Ah ! le déraillement... Je voyageais seule dans un train.

— C'est ça.

Laura savait désormais comment s'y prendre pour rendre à la vieille dame sa lucidité. Et trouver l'occasion de revenir à une époque où elle avait toute sa tête était peut-être ce qui donnait aux yeux de Sarah tant de prix à ces promenades.

— J'aimerais bien savoir, fit Laura, ce qui s'est passé après le déraillement.

Sarah, 1955-1956

Sarah venait de distribuer à ses malades leurs médicaments quand, dans le bureau des infirmières, la réceptionniste apporta un bouquet de roses rouges dans un vase.

— Sarah Wilding, c'est pour vous.

Pendant quelques instants, Sarah se demanda s'il s'agissait d'une plaisanterie quelconque. Jamais on ne lui avait envoyé des fleurs, et aucun événement particulier n'était à l'ordre du jour. Lorsqu'elle avait obtenu son diplôme d'infirmière, ses parents lui avaient offert une belle composition de coquelicots et de gypsophiles, sans doute afin de compenser leur absence lors de la cérémonie.

— Pour moi ? s'étonna-t-elle en prenant le vase.

Elle le déposa sur le bureau, et ses collègues qui étaient présentes se regroupèrent autour d'elle. Dans le couloir, deux patients, curieux de savoir à qui étaient destinées les fleurs, se penchèrent vers la paroi vitrée.

— De qui viennent-elles ? demanda Pauline, l'une des infirmières.

Sarah sortit l'enveloppe du bouquet. Mais elle n'y trouva qu'un billet pour la représentation théâtrale du samedi soir de *La Chatte sur un toit brûlant*. Siège numéro 32, rangée F. Elle montra le billet à ses collègues, perplexe.

— Qui a pu t'envoyer ça ? demanda Pauline.

— Je n'en sais rien.

En fait, Sarah avait bien une idée, mais elle craignait de confondre espoir et réalité.

— Sarah a un admirateur secret ! fit Pauline en la serrant dans ses bras.

— Il n'y a que onze roses, remarqua quelqu'un.

— Ah, oui ! C'est étrange, observa Pauline qui s'était mise à compter les roses à son tour.

Sarah regarda le billet. Il y avait longtemps qu'elle souhaitait voir cette pièce, et seules deux personnes le savaient.

Depuis leur rencontre dans le train, elle n'avait cessé de penser à Joe Tolley. Après avoir lu son article sur le déraillement du train, elle en avait attendu d'autres et feuilletait le *Washington Post* chaque jour, de la première à la dernière page. Elle avait failli appeler Joe au journal, juste pour le plaisir d'entendre sa voix mais, craignant le ridicule, elle s'en était abstenue. Comment avait-elle pu s'éprendre d'un homme qui n'était pas pour elle ? Il devait être son cadet de plusieurs années, et puis, il était très séduisant, alors que, bien que pleine de vitalité, douée, intelligente, elle-même n'avait rien d'une beauté. La pénombre dans le wagon renversé l'avait certainement servie. De toute façon, ce billet et ces fleurs ne devaient pas venir de Joe Tolley. Plutôt d'Ann, l'assistante sociale au cœur d'or. Quoique, après tout, Joe avait peut-être envoyé ces cadeaux, mais simplement en guise de petit signe amical. Elle ne devait pas se faire des idées. Elle irait au théâtre et assisterait seule à la représentation d'une pièce qu'elle avait déjà vue, ce qui lui vaudrait au moins un doux sentiment de familiarité. Quant aux roses, certes elles étaient rouges, mais il n'y en avait que onze. La douzaine, symbole romantique, Joe l'avait évitée. Oh, elle allait devenir folle à trop essayer de résoudre l'énigme ! Samedi soir, elle irait au théâtre et se mettrait sur son trente et un... afin de parer à toute éventualité.

Quand elle arriva au théâtre, il était déjà là, assis sur le siège voisin, la douzième rose à la main. Il la lui tendit en souriant tandis qu'elle prenait place, le cœur battant.

— Quelle charmante surprise ! dit-elle tout en arrangeant autour de ses genoux la robe de mousseline noire qu'elle avait empruntée.

— Saviez-vous qui vous avait envoyé le billet ?

— J'espérais qu'il venait de vous, s'entendit-elle répondre, saisie par son audace.

— Et moi, j'espérais que vous auriez cet espoir, fit Joe en lui effleurant la main.

La représentation commença, mais Sarah, trop consciente de la présence de Joe, put à peine se concentrer. Elle respirait son parfum très agréable, sentait la manche de sa veste contre son bras nu et croyait à un miracle.

A l'entracte, ils se promenèrent dans le théâtre, commentèrent la pièce, parlèrent de ce qu'ils avaient fait depuis l'accident, se demandèrent comment allaient Ann et Donny. Sarah se sentit parfaitement à l'aise, jusqu'au moment où ils s'immobilisèrent et où Joe se tourna vers elle. Dans les lumières du hall, elle crut mourir d'embarras.

Pourtant, l'expression de Joe demeura la même. Un sourire éclairait son regard. Il l'avait en face de lui et semblait captivé. Elle commença à se sentir belle et, quand la pièce s'acheva, elle était littéralement transformée.

Joe l'emmena dans un petit salon de thé prendre un café et une pâtisserie. Ils parlèrent des films et des pièces qu'ils avaient vus. Pour la première fois, Sarah rencontrait quelqu'un qui avait vu toutes ses œuvres cinématographiques ou théâtrales préférées. Elle lui avoua qu'elle avait lu ses articles et lui donna son opinion. L'intérêt qu'il porta à ses critiques le poussa à prendre des notes.

— Vous êtes encore plus intéressante que je ne le pensais, dit-il à un certain moment.

Le salon de thé ferma, sans doute à une heure tardive dont Sarah ne s'était nullement souciée. Elle savait juste que leur conversation n'était pas terminée au moment de la fermeture. Elle avait encore une foule de choses à dire à Joe, comme si elle s'était réservée, toute sa vie, pour cette soirée-là. Quand elle lui parla de son âge, ce fut sans crainte de le décevoir, bien qu'elle sût déjà qu'il n'avait que vingt-cinq ans.

Ils quittèrent le bar. Dans la douce nuit de printemps, ils traversèrent la rue pour s'asseoir dans le parc, sur un banc, et parlèrent jusqu'à ce que l'aube blanchît le ciel étoilé.

Sarah apprit que Joe avait perdu son père quelques années plus tôt. Il vivait avec sa mère et sa sœur aînée : deux femmes très dépendantes de lui, qu'il qualifia d'affreusement conservatrices. Catholiques pratiquantes, elles allaient régulièrement à la messe, tandis que lui y assistait rarement, convaincu que le comportement quotidien de chacun comptait beaucoup plus que la fréquentation dominicale des églises. Pour sa part, Sarah avait été élevée dans la religion méthodiste, se rendant presque chaque semaine à la messe, mais elle n'en partageait pas moins son avis.

Elle lui parla de sa famille. De la mort de son père, dix ans plus tôt, de celle de sa mère, peu de temps après. Il ne lui restait pour toute famille que quelques cousins et cousines.

Joe sortit une pipe de la poche de sa veste et, dès qu'il l'eut allumée, Sarah comprit d'où venait cette odeur, riche, un rien épicée, qui émanait de lui. Il lui laissa prendre une bouffée. Quel plaisir de poser ses lèvres sur l'empreinte des siennes !

Malheureusement, elle inhala la fumée sans le vouloir, avant qu'il ait eu le temps de la mettre en garde. Elle toussa, rit et savoura le contact de sa main sur son dos quand il chercha à calmer sa toux.

Il voulait, disait-il, parcourir le monde. L'Afrique, dont la vie primitive l'attirait, le faisait rêver plus que toute autre contrée. Sarah s'imagina aussitôt descendant avec lui un fleuve sauvage, comme Hepburn et Bogart dans *African Queen*. Joe avait un côté aventureux qu'elle aimait.

Il la raccompagna chez elle. Elle eut du mal à

sortir de la voiture, du mal à se séparer de lui. Alors qu'elle se demandait s'il allait l'embrasser, elle se surprit à se pencher vers lui, sans attendre qu'il fît le premier pas. Jouer au chat et à la souris, hésiter à reconnaître qu'elle désirait cet homme — sans réserve — lui semblait impossible.

Il déposa un baiser aérien sur ses lèvres puis se redressa et lui sourit.

— Vous êtes prête à manquer la messe demain ? Nous pourrions faire une balade en montagne.

Ainsi commença leur histoire. Ils passaient ensemble tous leurs week-ends, à l'exception des quelques heures nocturnes où ils cédaient aux convenances et regagnaient leurs domiciles respectifs. Ils se voyaient aussi fréquemment pendant la semaine et se téléphonaient chaque jour, visitaient les musées, allaient au théâtre et au cinéma. Ils faisaient beaucoup de randonnées en montagne et parcouraient la ville en tandem. Joe, qui avait le goût du risque, aimait la montagne hors des sentiers balisés et s'amusait, sur le tandem, à louvoyer entre les voitures. Sarah le suivait sans aucune crainte. Leur relation évolua vers une intimité faite d'affection et d'amour passionné que Sarah n'avait jamais osé espérer.

La seule fausse note dans cette harmonie vint de la famille de Joe. Habituées à l'accaparer, sa mère et sa sœur n'auraient de toute façon jamais accepté facilement une femme auprès de lui, mais Sarah figurait à leurs yeux un affront particulier, en raison de son âge et de sa religion. A ces dissonances, Sarah ajoutait sa crainte de paraître trop disgracieuse à côté de leur séduisant Joe. Lui la trouvait belle, mais la plupart des gens ne la voyaient pas ainsi.

Un jour, elle lui fit remarquer qu'elle connaissait à peine sa mère et sa sœur, n'ayant eu avec elles que de brèves discussions, à de rares occasions. Bien décidée à les conquérir, elle suggéra à Joe de les emmener dîner en ville toutes les trois.

Joe se chargea de réserver une table Chez Seville, un petit restaurant confortable et calme, expliqua-t-il à Sarah, parfait pour bavarder tranquillement.

Quand elle fut attablée avec Mme Tolley et Mary Louise, Sarah se mit à regarder autour d'elle. La salle était effectivement confortable et calme. Il régnait aussi, dans l'éclairage tamisé, une discrète élégance. Mais, en observant plus attentivement le décor, Sarah vit que tous les tableaux qui ornaient les murs étaient des nus. Sans aucune exception. Elle regarda Joe, certaine qu'il avait voulu choquer sa famille, se dit qu'il ne manquait pas d'une certaine malice, mais n'en faillit pas moins pouffer.

Les dames Tolley n'avaient pas encore remarqué les tableaux, la mère de Joe n'ayant pour l'instant que critiques à l'esprit et à la bouche, au sujet de la table qu'on leur avait donnée.

— Nous sommes trop près de la cuisine, disait-elle — bien qu'il y eût plusieurs tables entre eux et la porte battante. Et mon verre est sale.

— Et pour comble de malheur, ajouta Mary Louise, à mi-voix, notre serveur est noir.

Comme le serveur s'approchait de leur table, Sarah redouta qu'il eût entendu cette remarque.

Joe lui sourit tandis que sa mère indiquait son choix d'un ton sec. Comment un homme si charmant, si drôle, si chaleureux, pouvait-il appartenir à cette famille détestable ? se demanda Sarah.

— Oh, Seigneur ! fit soudain Mary Louise en baissant la tête.

Pendant que le serveur allait transmettre leur commande, elle avait finalement jeté un regard autour d'elle.

— Maman, ne regarde pas ces tableaux, ajouta-t-elle précipitamment.

Aussitôt Mme Tolley se tourna vers le mur, sur sa gauche, et laissa échapper une exclamation de dégoût. Puis, furieuse, elle interrogea son fils :

— Tu savais qu'il y avait ce genre de tableaux ici ?

— Bien entendu. Je les trouve très réussis. J'en ai parlé l'année dernière dans l'article que j'ai consacré à ce restaurant.

Sa mère le fusilla du regard puis se tourna vers sa fille.

— Nous devrions nous lever et partir, Mary Louise.

Mary Louise se pencha à travers la table vers sa mère et posa un instant sa main sur la sienne.

— Nous avons déjà commandé, maman. Nous sommes obligées de rester.

Comme pour rassembler ses forces, Mme Tolley ferma les yeux. Quand elle les rouvrit, elle s'adressa à Sarah pour lui demander, avec une politesse forcée, comment se passait son travail avec les « fous ».

— Très bien, répondit Sarah. J'aime ce que je fais.

— Pourriez-vous obtenir une affectation normale ? s'enquit Mary Louise, une note d'espoir dans la voix.

— J'exerce normalement.

— Je veux dire : pourriez-vous soigner de vrais malades ? Au lieu de ces... vous me comprenez.

— Je soigne des gens qui sont réellement malades, expliqua Sarah en gardant son calme. Il vous suffirait de passer une journée avec eux pour comprendre qu'ils ne sont pas responsables de leur état.

— Vraiment ? s'étonna Mme Tolley. Moi, je crois que si on a reçu une bonne éducation, qu'on surveille sa nourriture et ses fréquentations, on évite les problèmes mentaux.

— Maman, c'est ridicule ! intervint Joe. Pense à ton amie, Mme Jackson. Qu'a-t-elle donc fait pour devenir folle ? Pardonnez-moi mon langage, ajouta-t-il en se tournant vers Sarah.

— Il s'agit d'un cas particulier, riposta Mme Tolley. Elle a eu le tort d'épouser un être paresseux et ivrogne.

— Tu l'as vue la semaine dernière, à la messe ? demanda Mary Louise. Elle s'était mis un mouchoir sur la tête en guise de chapeau.

— Oh, je sais ! fit Mme Tolley.

Elle se tourna vers Sarah.

— Dans votre religion, on n'a pas besoin

d'un chapeau pour aller à la messe, n'est-ce pas ?

— Non, ce n'est pas une obligation.

— C'est ce qu'il me semblait. Le respect de Dieu n'est pas le même.

— Maman, surveille tes propos, dit Joe.

— Et toi, les tiens. Ce qu'il peut être insolent ! ajouta Mme Tolley à l'adresse de Sarah. Il ne sera pas vraiment adulte avant d'avoir votre âge. J'espère que je serai encore là pour le constater.

— Maman !

Cette fois, Joe était réellement en colère. Sarah ne lui avait jamais vu un regard si noir.

— Ne vous inquiétez pas, Joe. On ne me blesse pas si facilement.

Elle lui dissimulait la vérité. Ces insultes lui faisaient mal, et elle attendait avec impatience la fin du dîner. Jusqu'au bout, elle fit bonne figure, mais n'y parvint qu'en pensant aux tableaux. Quelle meilleure façon aurait-elle pu trouver d'échapper à la triste réalité de cette soirée, où la mère et la sœur de Joe la bombardaient de questions stupides sur les troubles mentaux avcc des airs condescendants ?

Juste au-dessus de l'épaule de Joe, il y avait la plus belle peinture qu'elle eût jamais vue. En dépit de l'éclairage tamisé, ce que représentait le tableau lui apparut de plus en plus clairement au fur et à mesure que le temps passait. Un homme enlaçait une femme, en se tenant derrière elle. Tous deux étaient nus. On ne voyait qu'une jambe de l'homme, à la cuisse large et musclée. Une main frôlant la rondeur du sein, il avait l'autre sur la hanche de sa partenaire, à un doigt du triangle pubien. La femme était belle, avec de longs cheveux roux et la pointe des seins sombre et durcie.

Sarah sentit ses propres mamelons durcir pendant qu'elle étudiait la scène au lieu de se mêler à la conversation. Soudain, elle regarda Joe et comprit qu'il l'observait depuis un moment. Sachant sans aucun doute ce qu'elle voyait pardessus son épaule, il lui sourit avec un haussement de sourcils provocant. Une invite, se dit-elle. Ils n'avaient pas encore fait l'amour. Mais, à cet instant-là, elle aurait volontiers envoyé au diable sa mère, sa sœur — ces deux idiotes — et le reste des convives, arraché ses vêtements et fait l'amour avec lui, là, sur la table à la nappe blanche.

Le repas terminé, Joe laissa sa mère et Mary Louise rentrer seules et raccompagna Sarah à pied.

— Allez, fit-il tout à coup. Dites ce que vous avez sur le cœur.

L'espace d'un instant elle crut qu'il parlait de ses sentiments pour lui.

— Ce que j'ai à dire ?

— Oui. Au sujet de ma mère et de ma sœur. N'ayez pas peur, je ne me fâcherai pas.

Il la vit rire.

— Oh, non ! Ce ne serait pas correct.

— Vous préférez que ça vous reste sur le cœur ?

— Tout d'abord, je vous ferai remarquer que vous les avez sciemment provoquées en choisissant ce restaurant.

— Il ne vous a pas déplu, il me semble.

— C'était très bon.

— Je ne parle pas du menu.

Elle partit d'un nouvel éclat de rire. Tous les détails du tableau étaient gravés dans sa mémoire, et il lui suffisait d'y penser pour sentir son corps s'enflammer.

— Alors, insista Joe, que pensez-vous de ma mère et de ma sœur ?

Ils tournèrent au coin de la rue. Des maisons mitoyennes se faisaient face de bout en bout.

— Eh bien, je les trouve hypocrites, bigotes, bégueules et, au fond, superficielles.

— Vous avez oublié « vipères », remarqua Joe en riant.

Étonnée qu'il appliquât un tel qualificatif à ses deux plus proches parentes, elle dut cependant acquiescer.

— Oui, aussi.

Joe s'arrêta et se tourna vers elle.

— Mais vous ne vous êtes pas laissé impressionner.

Les mains sur ses épaules, il l'embrassa.

— C'était l'épreuve la plus difficile à franchir, reprit-il.

— Et j'ai échoué lamentablement.

— A leurs yeux, peut-être. Pas aux miens.

La tenant par la main comme un danseur de menuet, il l'entraîna vers le perron de la maison la plus proche. Puis, d'un geste ample, il enleva sa veste, la posa sur la dernière marche et fit signe à Sarah de s'asseoir dessus.

Elle jeta un coup d'œil aux fenêtres des maisons avant de s'asseoir en riant comme une adolescente.

— Qu'est-ce qu'on est en train de faire ? Si quelqu'un sortait...

— Chut !

Joe mit un genou à terre et embrassa la main de Sarah.

— Maintenant que je sais que ma mère et ma sœur ne risquent pas de vous impressionner, je pense que je peux formuler ma demande en mariage. Sarah, voulez-vous m'épouser ?

Elle avait pensé qu'il finirait par en arriver là, mais qu'il le fît à l'issue de ce dîner, où elle avait essuyé le dédain de sa mère et de Mary Louise pour sa religion et sa profession, la laissait abasourdie.

— Vous risquez de les perdre. De perdre votre famille, finit-elle par dire.

— Je les aime, malgré ce qu'elles sont, malgré ce qu'elles vous ont dit. Mais c'est avec vous que je veux passer le reste de ma vie, pas avec elles. Alors, vous m'épousez ?

Dans la lumière du perron, elle vit son regard brillant d'espoir.

— Bien sûr.

Elle avait une colocataire qui s'en allait toujours pendant le week-end. L'appartement était donc à eux, ce soir-là. Elle offrit à Joe une tasse de thé puis disparut dans sa chambre. Le cœur battant la chamade, elle se déshabilla, passa son peignoir, puis appela Joe.

Surpris de la trouver en peignoir, il s'appuya

au chambranle de la porte, muet mais souriant. Elle défit sa ceinture et laissa tomber le peignoir sur le sol. Il s'avança vers elle, le regard enveloppant sa nudité exposée à la fraîcheur de l'appartement.

Il ne la toucha pas, comme s'il voulait lui laisser l'initiative. Sans hésiter, elle déboutonna sa chemise, la fit glisser sur ses épaules, défit la boucle de sa ceinture, puis baissa sa fermeture Éclair. Elle l'entendit retenir son souffle quand sa main effleura son caleçon au passage. Puis, ne pouvant plus se retenir, il arracha le reste de ses vêtements et sema sur le visage et le cou de Sarah une pluie de baisers, à la fois fiévreux et tendres. Quand il la serra contre lui, elle sentit la rigidité brûlante de son sexe.

Rabattant la couverture, il renversa doucement Sarah sur le lit. Puis il la caressa et l'aima si fort qu'elle songea que, désormais, elle était comblée.

La mère et la sœur de Joe refusèrent d'assister au mariage qui eut lieu dans la petite église méthodiste que Sarah fréquentait depuis toujours. Joe n'en parut pas affecté. La joie que lui apportait Sarah compensait déjà tout sentiment de perte présent ou futur.

Ils avaient choisi de passer leur lune de miel en Floride, dans les Everglades dont la nature leur procurerait le parfum sauvage qu'ils n'avaient pas les moyens d'aller respirer en Afrique. Ils prirent l'avion immédiatement après la petite réception qu'ils avaient offerte à leurs amis. C'était le baptême de l'air de Sarah et, nerveuse, elle ne cessa d'agripper la main de Joe. Cette sensation de force qui émanait de lui la réconfortait. Pour la première fois de sa vie, elle pouvait s'appuyer sur quelqu'un. Des larmes de joie lui vinrent aux yeux, des larmes qu'elle voulut dissimuler en regardant à travers le hublot, afin que Joe ne se méprît pas.

Le lendemain matin, ils étaient encore couchés lorsqu'il se tourna vers elle et lui caressa la joue.

— J'ai un cadeau de noces pour toi.

Il se leva, suivi par le regard de Sarah posé sur son corps superbe, se dirigea vers la commode et, du premier tiroir, sortit un petit paquet enveloppé d'un papier cadeau. Il retourna dans le lit et offrit le paquet à Sarah qui attendit que Joe fût sous la couverture pour l'ouvrir.

C'était un écrin de velours contenant une magnifique broche en or qu'elle tourna et retourna entre ses doigts.

— On la met dans ce sens, lui expliqua Joe en la lui prenant des mains. Tu vois, ce sont nos initiales : J ici et S là, précisa-t-il en redessinant du bout du doigt les deux lettres d'or.

— Oh, que c'est beau ! Merci, Joe. Merci. Je porterai ce bijou toute ma vie.

Joe l'attira tendrement dans ses bras et enfouit ses lèvres dans ses cheveux.

— Nous allons faire de notre union quelque chose d'extraordinaire, Sarah. Nous allons voyager, aller au théâtre, rire ensemble. Tu porteras ta broche tous les jours. Et, au moins une fois par semaine, nous irons Chez Seville nourrir notre inspiration.

Sarah posa en riant la broche sur la table de nuit. Puis elle serra son mari dans ses bras, en songeant qu'elle passerait volontiers au lit, avec lui, ce premier jour d'un mariage promis à tous les bonheurs.

Elles arrivèrent devant l'entrée de la maison de retraite en même temps que s'achevait le récit de Sarah. Alors que Laura lui ouvrait la porte, Sarah s'étonna :

— C'est ici que je rentre ? C'est dans cette maison que je vis ?

— Oui. Nous avons beaucoup marché aujourd'hui.

— Oh, oui, c'est sûr !

Sarah pénétra dans le hall, les bras levés au-dessus de la tête, en signe de victoire, à la manière de Sylvester Stallone sur un ring quand il incarne son personnage de Rocky. Laura ne put s'empêcher de rire aux éclats.

Sarah montra du doigt le couloir qui menait à son appartement.

— Par ici ?

— Exact.

Laura l'accompagna de crainte qu'elle ne se trompât de porte, tout en s'interrogeant sur le sentiment de tristesse dont elle était la proie. Les détails intimes du récit qu'elle venait d'entendre l'avaient mise mal à l'aise, bien que Sarah eût été très spontanée. Mais, au fond, elle devait surtout ressentir la nostalgie d'un amour intense, mélange de passion et de tendresse, si bien décrit par Sarah mais qu'elle-même n'avait jamais connu.

— Entrez un instant, lui proposa Sarah quand elle fut devant sa porte.

— Non. Je ne peux pas. Emma, ma petite fille, m'attend.

Sarah ouvrit sa porte.

— Alors, je vous revois demain ?

— Non, pas demain. Souvenez-vous, je vous dis que je viendrai tous les mercredis. On se voit mercredi prochain.

— Ah !

Laura ne parvint pas à savoir si le visage de Sarah reflétait de la confusion ou de la déception. Peut-être les deux à la fois.

— Je vous ai écoutée avec plaisir parler de votre vie avec Joe. Vous avez eu beaucoup de chance de le rencontrer.

— Oui. J'ai eu beaucoup de chance. Mais la chance n'est pas faite pour durer.

17

Laura passa une nuit blanche à la veille de son rendez-vous avec Dylan Geer et Heather Davison. Puis elle faillit oublier de préparer le petit déjeuner d'Emma qui ne pouvait lui manifester son mécontentement à voix haute. Finalement elle lui donna un petit pain chaud avec de la gelée de groseilles et un verre de jus d'orange.

— Il faut que tu te dépêches, ma chérie. Je dois te déposer chez Cory avant d'aller en ville.

Emma s'arrêta de mâcher, le regard inquiet.

— Son père n'est pas là... Tu sais, c'est un homme très gentil. Mais, n'aie crainte, de toute façon. Il ne reviendra pas avant la fin de la semaine.

Visiblement rassurée, Emma recommença à manger, mais la voyant traîner, comme à son habitude, Laura finit par lui enlever son assiette.

— Tu te laves les mains, et on y va, Emma.

Emma avait à peine disparu quand le téléphone sonna. Laura le regarda en se disant qu'elle n'avait pas le temps de répondre puis, craignant qu'Heather ne cherchât à la joindre pour annuler le rendez-vous, elle se ravisa.

L'appel venait du directeur littéraire des éditions qui publiaient Ray. Il déclina son identité — sans que Laura retînt son nom —, puis expliqua le motif de son coup de téléphone.

— Voilà, nous avons besoin d'une photo de Ray pour la jaquette du livre et notre service commercial. Vous en avez une ?

— Sûrement.

Laura fit glisser ses doigts dans sa chevelure en essayant de se souvenir des dernières photos de Ray. La plupart étaient en fait des photos de famille classiques. Il y en avait peu où on le voyait seul.

— Je pourrais vous donner le portrait fait à l'université, suggéra-t-elle.

— Oui. Ce serait parfait. Mais nous en avons besoin très rapidement. Je dois aussi vous dire que nous aurons besoin de vous poser pas mal de questions pour la promotion du livre. Vous savez, c'est une publication qui nous enthousiasme. Au risque de vous choquer, je soulignerais que la disparition de votre mari ajoute à la valeur de son ouvrage. Elle fait de lui un martyr de sa cause. Peut-on dire que Ray s'est tué parce qu'il ne supportait plus de se sentir limité dans son action en faveur des sans-abri ? Serait-ce une déclaration pertinente ?

La question prit Laura de court. Elle n'avait pas envisagé les choses sous cet angle-là.

— Oh ! Je crois qu'en réalité plusieurs facteurs ont joué.

« En premier lieu mon comportement », songea-t-elle.

— Qu'a-t-il fait exactement pour les sans-abri ?

— Il serait plus simple de demander ce qu'il n'a pas fait, rectifia Laura. On lui doit tout un village de tentes, des parrainages d'enfants. Il a...

Laura s'interrompit un instant en voyant Emma réapparaître. Elle jeta un coup d'œil à sa montre.

— Écoutez, je ne peux pas tout vous énumérer maintenant. Je suis prise par le temps. Je dois sortir.

— Bien. Dans ce cas, notre attachée de presse vous rappellera. Mais nous attendons la photo. Vous pourriez nous l'envoyer en exprès ?

— Oui. Comptez sur moi.

— Ah ! Une dernière chose. Il nous faut un autre titre. *L'hôtel affiche complet* n'est pas très accrocheur.

Laura songea aux nuits que Ray avait passées à sc creuser la tête pour trouver un titre.

— Moi, il me plaît, dit-elle.

— Nous avons pensé à *La Honte*.

— Pourquoi ?

— Comme Ray le souligne dans son livre, la politique sociale ne fait que perpétuer le problème des sans-abri. C'est une cruauté dont nous devrions avoir honte.

— Oui. Mais je ne pense pas que Ray aurait aimé ce titre.

— Il nous semble convenir. Écoutez, vous m'envoyez la photo, d'accord ?

Laura frissonna en raccrochant. Elle avait eu l'impression de parler à un vautour. S'efforçant de sourire, elle se tourna vers sa fille.

— Allons-y, ma chérie. Je t'emmène voir Cory.

Dans la salle d'attente du cabinet d'Heather Davison, Dylan feuilletait machinalement un vieux numéro de *People*. De temps à autre, il rencontrait le regard souriant de la secrétaire, Mme Quinn, comme l'indiquait la plaque posée sur son bureau, charmante femme à l'air maternel, et se demandait si elle connaissait la raison de sa présence. Savait-elle qu'il était embarqué dans une histoire rocambolesque ? Devinait-elle qu'une partie de lui-même avait envie de se sauver ?

Il se retenait en se répétant qu'il se devait d'être là. Ce n'était pas chose facile, mais son devoir, néanmoins. La photo de l'enfant ne prêtait pas à confusion : elle était bien sa fille. Par conséquent, il avait pour obligation de l'aider de son mieux.

Il n'avait ni vu Bethany ni parlé avec elle depuis qu'elle lui avait apporté la photo avec son courrier, une semaine plus tôt. Elle lui avait laissé des messages, mais il avait fait en sorte de la rappeler lorsqu'il la savait absente, en lui laissant à son tour des messages sur son répondeur. Non, il ne cherchait pas à lui cacher quelque chose. Simplement il n'avait pas envie de parler d'Emma. Bethany avait beau lui manquer, il était décidé à ne pas la revoir avant d'appréhender plus clairement cette histoire. Alors, au lieu de la voir, il avait repris contact avec une autre femme, une femme qui ne songeait qu'à se distraire et ne risquait pas de lui poser des questions fondamentales.

C'était la première fois qu'il mettait les pieds dans un cabinet de psychologue. En tout cas, de son propre chef. Après l'accident d'avion qui l'avait privé de sa compagne, on l'avait engagé à suivre une thérapie de groupe. Mais une seule séance lui avait suffi. Le même jour il avait renoncé à la fois à la thérapie et à son métier de pilote. Comment le simple fait de parler aurait-il pu l'aider ? C'était ridicule. Rien ne pouvait lui rendre Katy.

La porte d'entrée s'ouvrit, et il vit Laura Brandon entrer avec un air soulagé dès qu'elle constata sa présence, comme si elle n'y avait pas cru.

— Bonjour, dit-il en se levant.

Les joues rosies, elle était particulièrement jolie. Il comprit ce qui avait pu l'attirer, six ans plus tôt, en regardant sa luxuriante chevelure brune aux reflets dorés, ses grands yeux noisette, ses longs cils noirs. Emma tenait beaucoup plus de lui que de sa mère.

— Merci d'avoir accepté de venir, dit-elle.

— De rien.

Il allait se rasseoir quand une autre femme apparut.

— Bonjour, Laura, dit-elle avant de lui tendre la main. Je suis Heather Davison. Vous devez être Dylan ?

— Oui, bonjour.

Dylan serra la main d'Heather, en dissimulant sa surprise. Avec sa queue-de-cheval et sa salopette bordeaux sur un tee-shirt rose, elle avait l'air d'une adolescente.

Tous trois entrèrent dans le cabinet d'Heather qui se laissa tomber dans son grand fauteuil de cuir pendant que Dylan et Laura s'installaient dans les deux autres fauteuils, disposés côte à côte. Comme pour un couple, songea Dylan, quelque peu mal à l'aise.

— Je commencerai par vous féliciter, Dylan, fit Heather. Votre démarche m'inspire du respect. Il vous fallait du cran pour venir ici.

Dylan changea de position dans son fauteuil.

— Je n'ai pas l'impression d'en avoir beaucoup en ce moment.

— Que ressentez-vous ?

— Je suis tout simplement terrifié.

Les deux femmes sourirent devant sa franchise.

— En tout cas, votre présence me ravit. Mais je dois m'assurer que vous mesurez la gravité de la situation avant de vous laisser prendre une décision qui changerait radicalement le cours de votre vie et de celle d'Emma.

Dylan s'entendit déglutir. Sa nervosité l'effara tandis qu'Heather se penchait en avant.

— Vous devez être absolument certain de pouvoir vous engager vis-à-vis d'Emma. Elle a déjà perdu un père, et le choc est rude. Si la situation devait se renouveler, elle pourrait ne jamais s'en remettre. J'ajoute qu'il y a un préalable, en ce sens que Laura ne doit éprouver aucun malaise à l'idée de vous laisser entrer dans l'existence de sa fille.

La psychologue s'exprimait résolument, malgré son apparence juvénile. Dylan hocha la tête.

— Ça, je le comprends. En revanche, je saisis mal ce qui se passe avec cette enfant. Laura m'a dit qu'elle ne parlait plus depuis la mort de son père.

— En effet. Mais elle présente aussi d'autres régressions. Et elle s'accroche désespérément à sa mère. N'est-ce pas, Laura ?

Laura acquiesça.

— En premier lieu, elle se sent mal à l'aise dès qu'elle est en présence d'un homme, poursuivit Heather, et c'est d'abord pour cette raison que j'ai voulu vous rencontrer. Emma ne voit dans les hommes que colère et hostilité. Si vous voulez l'aider, il vous faudra faire très attention avec elle.

Dylan approuva d'un signe de tête, tout en se demandant pourquoi cette enfant était si perturbée.

— Elle fait aussi des cauchemars. Ou, du moins, nous le pensons, puisqu'elle ne peut pas parler. Elle mouille son lit également, ce qui n'arrivait plus depuis deux ans.

— Mais pourquoi ? finit par demander Dylan. J'ai vu des enfants perdre leur père sans pour autant régresser à ce point...

Heather se tourna vers Laura.

— Vous n'avez pas parlé de la mort de Ray ?

— Je n'ai pas vraiment eu l'occasion de le faire...

D'instinct, Dylan se prépara à une explication pénible.

— Mon mari s'est suicidé, lui expliqua Laura en le regardant droit dans les yeux. J'étais sortie. Ray était censé surveiller Emma. Il s'est tiré une balle dans la tête, dans notre chambre. Quand je suis rentrée, Emma sanglotait au pied de l'escalier. J'ignore si elle l'a vu se donner la mort ou si elle est montée dans la chambre après le coup de feu. Mais, en tout cas, voilà le résultat.

Dylan vit les larmes voiler le regard de Laura. L'enfant n'était pas la seule à porter la blessure de ce suicide.

— Mon Dieu, quelle cruauté que d'imposer un tel spectacle à une enfant !

— Quand on est en pleine dépression, comme Ray l'était, on ne doit pas avoir les idées claires, vous savez.

Bien que Laura eût réagi sans violence, Dylan regretta ses paroles impulsives.

— Il est exact que Ray souffrait d'une dépression pathologique, observa Heather. Toutefois Laura prend un peu trop facilement sa défense. Si Ray a fait beaucoup de bien dans sa vie, il semble, en revanche, d'après ce que j'ai pu comprendre, qu'il n'a pas manifesté beaucoup d'amour ni d'attention à Emma, précisa-t-elle, avec un regard d'excuse à l'attention de Laura.

— Il essayait également de faire publier un livre et n'obtenait que des refus, reprit Laura. Et puis, il pensait que je le négligeais au profit de ma carrière.

— Que faites-vous ? demanda Dylan en se

rendant compte qu'il ne savait presque rien de cette femme.

— Je suis astronome. Je travaille au Smithsonian Institute, j'enseigne à Hopkins et, en même temps, je fais des recherches qui m'obligent à beaucoup voyager. Mais pour l'instant je me consacre à Emma.

Voyant son visage refléter un sentiment de culpabilité, Dylan faillit lui prendre la main afin de la réconforter.

— Moi, j'ai été pilote pendant des années. Je sais à quel point le fait de voyager sans cesse pèse sur une vie de couple.

— Si vous entrez dans la vie d'Emma, intervint Heather, ce ne sera pas pour vous substituer à Ray, mais pour jouer votre véritable rôle : celui du père biologique.

— Emma n'aurait-elle pas hérité de la fragilité mentale de son père ? De son père adoptif ?

— Non.

Heather se pencha en avant. Jambes écartées, coudes sur les genoux, elle offrait l'image même de la sincérité.

— Et cela, il faut que ce soit clair dans votre esprit, Dylan. Emma est une enfant parfaitement saine et normale, mais traumatisée. Elle souffre de ce qu'on appelle le stress post-traumatique.

Bien qu'il n'eût aucune intention de fuir, il se sentit néanmoins rassuré par le jugement d'Heather sur Emma.

— Je mentirais si je prétendais n'éprouver aucune angoisse, avoua-t-il. Je veux dire que je n'ai aucune expérience des enfants. J'étais le cadet de la famille. Ma sœur a deux enfants, mais je les vois rarement. (Et il ne savait jamais très bien que leur dire.) Devenir responsable d'une enfant — et dans la situation qui est celle d'Emma — ne faisait pas vraiment partie de mes projets... Mais rien ne peut me faire oublier qu'elle est ma fille, précisa-t-il en souriant. J'ai des obligations envers elle. D'autant plus, peut-être, que je sais ce qu'elle a traversé. Je veux la voir.

Heather sembla hésitante.

— A condition que vous ne vous soyez pas forgé une image romantique de cette enfant. Que ferez-vous si vous la trouvez insupportable ? Si, en fin de compte, elle ne vous plaît pas ?

— Vous savez, soupira Dylan, tout cela me tombe sur le dos. Je ne l'ai pas cherché. D'abord, je ne voulais même pas regarder sa photo. Mais je n'arrivais pas à la jeter non plus. Puis j'ai fini par la regarder et... voilà ! Je suis convaincu qu'elle est ma fille. Elle me tapera peut-être sur les nerfs de temps en temps. Mais n'est-ce pas le lot de tous les parents ? Ni elle ni moi ne sommes parfaits. Il n'empêche que je veux l'aider. Je ne peux pas me dire qu'un être, qui est de ma chair et de mon sang, est là, en train de se débattre, de souffrir, et ne pas bouger.

Se tournant vers Laura, Dylan s'aperçut qu'elle tentait de refouler ses larmes.

— Je veux que Dylan rencontre Emma, dit-elle brusquement. Je tiens à ce qu'elle connaisse son père.

En dépit de ses visibles réticences, Heather hocha la tête.

— D'accord. Mais y a-t-il quelqu'un... une femme, peut-être, qui risquerait de ne pas apprécier l'irruption d'Emma dans votre vie? demanda-t-elle à Dylan.

S'il pensa furtivement à Bethany, Dylan n'en fut pas moins catégorique :

— Non. Je suis libre et j'entends le rester.

— Bien. Il ne nous reste plus qu'à préparer au mieux votre rencontre avec Emma.

La discussion se poursuivit un moment. Heather suggéra à Laura une lecture qui permettrait à Emma de saisir la différence entre un père adoptif et un père biologique. Elle conseilla également à Dylan deux livres dont il nota les titres.

— Il arrive, lui précisa-t-elle, qu'un enfant affligé du même mutisme qu'Emma retrouve plus facilement la parole avec une personne qu'il ne connaît pas, si cette personne semble attendre naturellement que l'enfant lui parle. Essayez d'adopter cette attitude lorsque vous rencontrerez Emma pour la première fois. Avec moi, ça n'a pas marché, mais vous aurez peut-être plus de chance.

Tout en conduisant sur le chemin du retour, Dylan pensa à la description que les deux femmes avaient faite d'Emma. Qu'elle ait été maltraitée par son père adoptif le bouleversait. Mais, à part cela, à quoi avait ressemblé son enfance jusque-là? Qu'aurait-il pu lui apporter s'il avait connu son existence? Elle avait une mère assez folle pour coucher avec lui sans le connaître — réflexion sexiste, certes, puisqu'il avait eu une attitude identique qu'il ne se reprochait pas. Une mère, en tout cas, qui n'avait pas hésité à le coincer dans son ballon afin de lui parler de sa fille. Ce qu'il avait pu être furieux ! Mais maintenant le souvenir de cette ruse idiote le faisait hurler de rire.

Néanmoins, tout cela n'avait pas de sens. Il comptait parmi ses amis des hommes qui avaient des enfants qu'ils préféraient ne pas connaître. Peut-être ignoraient-ils ce que l'absence d'un père représentait ? Toutefois si, un an plus tôt, on lui avait appris qu'il avait une fille, il aurait sans doute affiché la même indifférence.

Jusqu'au jour où il aurait eu sous les yeux la photo d'Emma.

18

Laura avait le souffle court. Elle l'avait déjà remarqué lorsqu'elle s'était demandé ce qu'elle servirait à Dylan pour le dîner, avant de se dire qu'elle devait penser surtout à Emma et d'opter finalement pour des steaks hachés, des épis de maïs et une salade de pommes de terre. Pourtant, pendant que la vendeuse mettait la salade dans un récipient en plastique, son incapacité de respirer normalement lui avait tout bonnement fait croire à un problème cardiaque.

En fin d'après-midi, elle prépara le repas sans que sa respiration se fût améliorée. Mais désormais elle accusait ses nerfs. Emma trahissait la même fébrilité. Elle ne cessait de courir d'une pièce à l'autre, une Barbie entièrement nue à la main, entre deux haltes devant la fenêtre donnant sur l'allée.

— Il sera ici vers 17 h 30, lui expliqua Laura, à sa quatrième halte. Regarde l'horloge. Tu le verras arriver quand la grande aiguille sera sur le six et la petite entre le cinq et le six.

Emma écouta sa mère, les yeux rivés sur l'horloge, puis courut dans le séjour et alluma la télévision. Quelques minutes plus tard, elle revint coller son nez à l'une des fenêtres de la cuisine. Appréhendait-elle la venue d'un étranger ou avait-elle hâte, au contraire, de le voir? Laura ignorait la réponse et le regrettait.

Quelques jours auparavant, elle avait longuement parlé à sa fille.

« Tu te souviens de Marti, Emma? lui avait-elle demandé tout en la bordant. Tu sais, vous aviez l'habitude de jouer ensemble quand on habitait l'ancienne maison. »

Emma avait hoché la tête.

« Tu te souviens aussi que Marti avait deux papas ? »

Emma répéta son signe de tête, puis serra le lapin en peluche dans son cou.

« Eh bien, le papa qui vivait avec elle était son père adoptif. Et le papa qu'elle allait voir dans une autre maison était le papa qui lui avait donné la vie. »

Les yeux levés vers le plafond, Emma plissa le front.

« Tu sais comment une maman et un papa font un bébé, n'est-ce pas ? »

Emma opina du chef. On lui avait déjà parlé de sperme et d'ovule, mais elle n'avait jamais demandé comment le contact s'établissait.

« Eh bien, poursuivit Laura, Marti est née grâce au sperme du papa qui ne vivait pas avec elle. Parce que le papa qui donne son sperme n'est pas toujours celui qui élève l'enfant. Dans ce cas-là, le papa qui élève l'enfant, qui vit avec lui, est le papa adoptif. Comme M. Linder. »

En réalité, M. Linder était le beau-père de

Marti, un assez piètre beau-père d'ailleurs, mais, en l'occurrence, peu importait.

« Tout le monde n'a pas deux papas, insista Laura. La plupart du temps, on n'a que le papa qui a donné son sperme. Comme Cory. Mais toi, tu as — tu avais — les deux. »

La surprise qui se peignit sur le visage d'Emma indiqua à Laura que sa fille la suivait.

« Ray — papa — était ton père adoptif. Il t'aimait comme s'il t'avait donné la vie. Tu avais beaucoup d'importance pour lui. »

Emma se mit à tirailler l'oreille de son lapin avec ses petits doigts fins, délicats, en détournant le regard de sa mère. A l'évidence, elle ne croyait pas du tout à ce que Laura venait de lui dire.

« Tu as aussi le papa qui t'a fait naître. Tu ne l'as encore jamais rencontré, lui. Mais je lui ai parlé l'autre jour, et il voudrait te voir. »

Les yeux d'Emma s'agrandirent. De surprise ? De terreur ? Laura n'aurait su le dire.

« Pas maintenant, ajouta-t-elle aussitôt. Pas tout de suite. Seulement quand tu auras envie de le rencontrer. J'ai un livre qui t'aidera à mieux comprendre ce que je viens de t'expliquer. On le lira demain, d'accord ? »

Emma n'eut aucune réaction. Laura se pencha sur elle pour l'embrasser, alluma la veilleuse puis sortit en se reprochant d'avoir encombré l'esprit de sa fille à l'heure du coucher. C'était idiot. Emma avait déjà assez de mal à dormir.

Elles lurent trois fois le livre recommandé par Heather, et Dylan leur envoya des photos de lui afin d'éviter à Emma de se trouver en présence d'un parfait étranger. Cependant, Laura n'avait aucune idée de ce qu'Emma comprenait, ressentait, ou de ce qui lui échappait.

A 17 heures, elles allèrent chercher le courrier dans la boîte aux lettres, au bout de l'allée. Laura passa en revue les enveloppes tout en retournant vers la maison. Il y en avait encore une — longue, blanche — sans l'adresse de l'expéditeur. Elle hésita un moment puis l'ouvrit et, brusquement, s'immobilisa.

« Perdre la mémoire est parfois une bénédiction. Sarah n'est rien pour vous. Ne retournez pas là-bas. »

Elle regarda le cachet de la poste. Ce courrier venait non de Philadelphie, mais de Trenton.

Impatiente, Emma tira sur le tee-shirt de sa mère.

— D'accord, ma chérie, on y va.

Laura plia la lettre et la mit dans la poche de son short. « Ne retournez pas là-bas... » N'y avait-il pas une menace implicite ? Devait-elle prévenir la police ? Ne lui dirait-on pas qu'elle se faisait des idées, ce qui était probablement le cas ? Mais, dès qu'elle fut rentrée chez elle, elle pensa soudain qu'elle vivait bien isolée dans cette maison perdue parmi les arbres et, angoissée, elle verrouilla les portes.

A 17 h 30 précises, Dylan arriva. Emma regarda par la fenêtre. Quand elle le vit dans l'allée, elle courut au premier étage se réfugier dans sa chambre, sans que Laura cherchât à l'en empêcher.

— Bonjour, Dylan.

— Vous vivez dans un coin perdu, observa-t-il.

En chemise bleue à manches courtes et short kaki, il tenait sous le bras un paquet cadeau rectangulaire et, à la main, une assiette en carton recouverte d'un papier aluminium.

— Vous pouvez parler ! rétorqua Laura.

— Effectivement, dit-il, en la suivant dans la cuisine. On est vraiment au bord d'un lac ?

Il regarda par la fenêtre l'épais rideau boisé qui ne laissait entrevoir qu'une tache bleu-vert. Laura la lui désigna du doigt.

— Là. On l'aperçoit.

— Ah, oui !

Il s'écarta de la fenêtre et tendit à Laura l'assiette en carton.

— J'ai apporté le dessert. Un gâteau au chocolat. J'espère qu'Emma aime ça.

— Elle adore.

Laura lui prit l'assiette qu'elle posa sur le plan. Ce qu'il y avait dans le paquet, elle le savait déjà. Il lui avait demandé quel cadeau plairait à Emma. « Une Barbie médecin, lui avait-elle répondu. — Une Barbie médecin ? J'ignorais que ça existait. On n'arrête pas le progrès. »

— Vous voulez un soda ou du thé glacé ? Emma est dans sa chambre. Je vais essayer de la convaincre de descendre.

— Du thé glacé, s'il vous plaît.

S'il était nerveux, rien ne transparaissait.

— A propos, dit-elle en lui versant du thé, quand je suis allée acheter le livre qu'Heather m'a recommandé pour Emma, j'ai pris en même temps ceux qu'elle vous avait suggéré de lire, pour vous éviter le déplacement.

Au risque de paraître trop pressante, elle ne voulait rien laisser traîner quand le bien-être de sa fille était en jeu.

— Je les ai achetés, et je les ai déjà lus.

— Déjà ?

— Je tiens à réussir, pas à échouer, Laura. J'en ai même lu plusieurs autres, ajouta-t-il en riant. Je crois que je pourrais travailler dans une garderie maintenant.

Elle aurait pu l'embrasser.

— Je monte chercher Emma.

La petite était assise sur son lit, entourée de ses peluches, le dos appuyé contre le mur. Avec son pouce enfoncé dans la bouche, elle avait l'air d'une enfant de trois ans.

— On va aller en bas, ma chérie. Dylan voudrait te voir.

Alors qu'elle s'attendait à un refus obstiné, Laura eut la surprise de voir Emma descendre du lit et lui prendre la main.

— Tu dois être Emma, fit Dylan, souriant, en voyant la petite entrer dans la cuisine.

L'enfant se cacha à demi derrière Laura qui posa une main sur la tête de sa fille.

— Emma, voici Dylan, le papa qui t'a donné la vie. Tu te souviens ?

Dylan tendit vers l'enfant le paquet qu'il avait apporté.

— Je suis venu avec un petit cadeau. Pour fêter notre rencontre.

Emma bougea subrepticement derrière sa mère.

— Allez, ma chérie. Prends le cadeau.

Lentement Emma s'avança vers Dylan, prit le paquet, mais retourna à côté de Laura avant de l'ouvrir. Le papier déchiré, elle ne put cacher son plaisir en découvrant son contenu. Les yeux brillants, elle eut l'un de ces francs sourires que sa mère lui voyait si rarement ces derniers temps.

— Elle te plaît ? demanda Dylan.

Serrant son trésor tout neuf contre sa poitrine, Emma se glissa de nouveau derrière sa mère.

— Bien, fit Laura à Dylan. J'espère que vous n'avez rien contre les hamburgers. C'est ce qu'Emma préfère, et j'ai pensé...

— C'est une excellente idée. Que puis-je faire pour vous aider ?

— Vous pourriez peut-être préparer la salade avec Emma, suggéra Laura en espérant que rapprocher le père et la fille dissiperait la tension. Emma, ma chérie, lave-toi les mains, ajouta-t-elle.

Emma posa la boîte contenant la poupée sur le bar et, obéissante, grimpa sur le tabouret et se lava les mains. Quand elle eut fini, Laura lui tendit un grand bol plein de feuilles de laitue déjà lavées.

— Tu peux les déchirer et les mettre dans le saladier, d'accord ? Dylan, je vous laisse couper les tomates et le concombre.

Tout en s'affairant, Dylan posa quelques questions à Emma. Qu'avait-elle fait dans la journée ? Quel était son jouet préféré ? Aimait-elle nager dans le lac ? Mais il n'obtenait d'autre écho que le mutisme de l'enfant, concentrée sur son travail. Laura se sentait navrée pour lui. Elle devinait sa frustration devant ses vaines tentatives pour provoquer une réaction. Rencontrant son regard par-dessus la tête d'Emma, elle lui adressa un sourire de sympathie. Au moins, Emma ne le fuyait pas et n'était pas restée dans sa chambre comme elle l'avait redouté. Mais, quand elle sortit sur le balcon afin d'allumer le gril, la petite sauta du tabouret et courut derrière elle. Laura fit comme si de rien n'était et vit sa fille reprendre spontanément sa place quand elles retournèrent dans la cuisine.

— Emma, sais-tu ce que fait Dylan dans la vie ? demanda-t-elle tout en sortant d'un placard un saladier en faïence.

La petite continua son travail sans lever les yeux.

— Il a un ballon, une montgolfière, et il organise des vols.

Emma releva la tête, mais son regard n'eut aucune expression particulière.

— Tu sais ce que c'est, une montgolfière, Emma ? lui demanda Dylan.

Elle le regarda sans bouger la tête.

— Je peux t'en dessiner une, si tu veux.

Laura s'apprêta à aller chercher de quoi dessiner dans le séjour mais fut devancée par sa fille qui revint avec une boîte de crayons et une feuille de papier qu'elle posa à côté du saladier.

En moins d'une minute, Dylan dessina sa montgolfière, sans oublier les rayures entrelacées de la toile et en faisant même figurer un couple dans la nacelle.

— Regarde. Ici, j'allume deux flammes qui

chauffent l'air dans le ballon. Quand l'air est chaud, le ballon se gonfle et s'élève au-dessus du sol. Les gens se tiennent dans ce grand panier et glissent au-dessus des arbres, ajouta-t-il en dessinant quelques arbres.

Un sourire flottait sur les lèvres d'Emma. Laura en eut chaud au cœur. Et, tandis qu'elle les regardait tous les deux — le père et la fille —, elle se demanda si Dylan voyait, comme elle, à quel point son visage se reflétait dans celui d'Emma.

Cependant, Emma ne voulait pas rester seule avec lui. Dès que Laura allait voir le gril, elle la suivait.

— Va déposer ta Barbie dans ta chambre, ma chérie. Quand tu seras redescendue, on se mettra à table.

Laura et Dylan sortirent sur le balcon où Dylan regarda son hôtesse retourner les steaks hachés.

— J'espérais qu'elle me parlerait, dit-il. Mais ça n'a pas marché. Heather avait pourtant dit que si un étranger lui donnait le sentiment d'attendre des réponses, elle arriverait peut-être à sortir de son mutisme.

— Il ne faut pas vous en vouloir. Vous savez, moi qui suis sa mère, donc la personne avec qui elle devrait se sentir le plus à l'aise, je n'ai pas plus réussi que vous. En tout cas, elle ne vous fuit pas. Et ce n'était pas évident.

— J'ai dû être trop optimiste, je suppose.

Dylan prit le plat dans lequel Laura venait de mettre les steaks et le porta sur la table pliante.

— Elle ressemble beaucoup aux enfants de ma sœur.

— Elle *vous* ressemble.

— J'ai tout de suite compris qu'elle était ma fille en voyant sa photo, dit-il en souriant. Mais quand je l'ai vue devant moi... Eh oui, j'ai une fille ! C'est incroyable !

Dès qu'Emma fut redescendue, ils s'attablèrent. Dylan parla encore un peu de sa montgolfière, puis changea de sujet.

— Ta maman m'a dit qu'elle est astronome. Ce doit être un travail très intéressant.

Brusquement, la petite se leva et disparut à l'intérieur de la maison. Dylan et Laura se regardèrent.

— J'ai dit quelque chose qui lui a donné envie de fuir ?

— Je ne le sais pas plus que vous, fit Laura, perplexe.

Quelques instants plus tard, Emma revint avec la photo, encadrée, de la cinquième comète de Laura.

— Elle essaie de vous dire que j'ai découvert quelques comètes, expliqua Laura, émue par le geste de sa fille.

— Vraiment ?

Dylan prit la photo, la regarda et, soudain, comprit ce qui lui avait échappé jusque-là.

— Laura Brandon... Ne me dites pas que... Ce serait l'une des comètes de Brandon ?

Laura et sa fille hochèrent la tête de concert.

— C'est le numéro 5.

— Ça alors ! Dis-moi, Emma, tu sais que tu as une maman très célèbre ?

De nouveau intimidée, Emma se cacha derrière sa mère.

— Quand j'étais pilote — je pilotais de gros jets —, j'ai vu cette comète à haute altitude plusieurs fois. C'était un spectacle magnifique.

— J'ai aussi eu l'occasion de la voir d'un avion. On avait l'impression d'être tout près.

— Vous en avez découvert d'autres depuis, n'est-ce pas ?

— Oui. Cinq de plus.

— Ce qui fait dix en tout ! Ce doit être un record.

Laura éclata de rire.

— Non. J'en suis loin. Mais la dernière que j'ai découverte est bien plus grosse que celle-ci. L'été prochain, on pourra l'observer à l'œil nu.

— Donc, votre domaine de recherches, ce sont les comètes ?

— En fait, non. Mon travail consiste à étudier l'atmosphère des planètes. Chercher de nouvelles comètes, c'est mon hobby. J'y consacre mes heures de loisir. J'ai un télescope chez moi.

— Vraiment ?

Laura sentait que la conversation commençait à ennuyer Emma qui, de plus, n'avait pas grand appétit. Elle avait à peine touché à son hamburger. Mais, pour une fois, Laura n'insisterait pas pour qu'elle en mange un peu plus.

— Tu veux que l'on sorte un jeu, ma chérie ? On jouera tous les trois, et ensuite on goûtera le gâteau que Dylan a apporté.

Ils rentrèrent et jouèrent pendant un moment. Collée à sa mère, Emma continua d'observer

Dylan avec méfiance, mais Laura restait optimiste. Dylan était agréable, gentil, attentif. Il y avait un espoir de réussite.

A 20 heures, elle coucha Emma qui rechigna à lui lâcher la main. Refusait-elle, ce soir-là, de se retrouver seule dans sa chambre ? Ou bien de voir sa mère retourner auprès de Dylan ?

— Tu as passé une bonne soirée, ma chérie ?

Emma haussa les épaules et serra plus fort son lapin sur sa poitrine.

— Un jour, on pourrait aller voir Dylan dans son ballon. Ça te plairait ?

L'enfant hocha la tête.

— Bon. Dors bien, ma chérie.

Tout en retirant sa main, Laura se pencha sur sa fille et l'embrassa. Mais Emma ne la laissa pas partir sans lui montrer la veilleuse.

— Je l'allume, ne t'inquiète pas.

Dans le séjour, Laura trouva Dylan debout près de la bibliothèque. Il regardait attentivement une photo où on la voyait avec Ray et Emma qui n'avait alors que deux ans et ressemblait à une petite sauvageonne.

— C'est votre père ? Le grand-père d'Emma ?

Habituée à cette question, Laura éclata de rire.

— Non, c'est Ray.

— Votre mari ? Oh, pardonnez-moi. Je pensais...

Voyant Dylan rougir, Laura eut un nouvel éclat de rire.

— Vous n'êtes pas le premier à vous méprendre. Ray avait vingt et un ans de plus que moi.

— Emma est adorable sur cette photo. Elle l'est toujours, en fait. Ce doit être difficile pour vous de chercher constamment à deviner ce qu'elle pense.

— Oui. Mais ce doit être encore plus douloureux pour elle d'essayer de communiquer malgré son mutisme.

— Comment était-elle avant ?

— Vous voulez voir une vidéo ?

— Oh, oui !

Laura fouilla dans un tiroir plein de cassettes, sous la télévision, trouva celle qu'elle cherchait et l'introduisit dans le magnétoscope. Puis, tandis que Dylan s'installait sur le canapé, elle s'assit dans le fauteuil le plus proche de l'écran.

— Elle avait quatre ans quand j'ai tourné ce film. Nous étions au Brésil où je travaillais dans un observatoire. Vous allez la voir avec la petite fille de sa baby-sitter. Elles s'étaient déguisées toutes les deux pour jouer un sketch.

Emma et Carlita apparurent sur l'écran en riant et en se prenant les pieds dans le tissu qu'elles avaient noué autour de leur taille. Elles portaient des écharpes sur les cheveux et des anneaux aux oreilles. Leur sketch n'eut pour les adultes ni queue ni tête mais, à l'évidence, les enfants voyaient les choses autrement. Emma était la plus bavarde et s'exprimait par moments dans un portugais appris auprès de Carlita et de sa mère. En fait, elle était d'une volubilité étonnante et n'hésitait pas à interrompre Carlita quand la petite essayait de prendre la parole.

Dylan en restait coi. Laura, qui n'avait pas regardé la cassette depuis longtemps, avait le cœur serré en se disant qu'Emma avait complètement perdu sa vitalité et sa confiance en elle-même.

Le film terminé, le magnétoscope éteint, le silence devint pesant. Ce fut Dylan qui finit par le rompre.

— Mon Dieu ! Quelle pie !

— C'est la vraie Emma. Elle a commencé à parler tôt, et elle n'arrêtait pas. Même quand, au début, elle ne faisait que babiller. Et s'il n'y avait personne autour d'elle, eh bien, elle parlait seule... Elle aimait tellement communiquer que je me demande vraiment ce qu'elle éprouve maintenant. Elle qui partageait sans cesse ses pensées, comment peut-elle accepter son mutisme ? Son bavardage nous rendait parfois fous, Ray et moi, mais aujourd'hui je donnerais n'importe quoi pour l'entendre de nouveau.

Les yeux fixés sur l'écran vide, Dylan semblait au bord des larmes. Laura elle-même n'en était pas loin.

— Je me sens impuissant.

Sa voix trahissait un tel sentiment de défaite qu'elle craignit de le voir abandonner la partie.

— Vous allez quand même vous accrocher ? demanda-t-elle.

— Oui. Absolument. Je vous l'ai promis, Laura. Je ne fais pas que passer.

Devant le sérieux de son expression, elle fut convaincue de sa sincérité.

— J'ai beaucoup perdu, ajouta-t-il, en ignorant jusqu'ici son existence.

— Vous m'en voulez de vous l'avoir cachée ?

— Pas du tout. Parce que, en fait, je n'aurais pas été prêt à assumer mon rôle de père plus tôt. Croyez-moi.

Dans un soupir, Laura se rejeta au fond de son fauteuil.

— Je consacre mon temps à jouer les détectives en ce moment. Les gens que j'aime sont des mystères pour moi. J'ignore ce qui se passe dans la tête d'Emma. Et puis il y a cette femme...

D'un geste de la main, Laura balaya son idée. A quoi bon parler de cela ? Mais Dylan s'étonna.

— Quelle femme ?

— Oh, c'est une longue histoire !

— Personne ne m'attend.

Dylan s'enfonça dans le canapé, prêt à écouter Laura patiemment.

Elle lui raconta la mort de son père et la promesse qu'elle lui avait faite. Ses visites à Sarah Tolley, son incapacité de découvrir le lien entre son père et cette personne. Puis elle parla des messages qu'elle avait reçus et sortit le second de sa poche pour le lui lire.

— « Perdre la mémoire est parfois une bénédiction. Sarah n'est rien pour vous. Ne retournez pas là-bas », lut-elle en sentant de nouveau un frisson d'effroi la parcourir.

Dylan se pencha en avant, les coudes sur les genoux.

— Bizarre, dit-il. Elle n'a pas de famille ?

— D'après mon père, non. D'ailleurs, à la maison de retraite, on m'a fait remarquer qu'elle ne recevait aucune visite.

— Et vous, vous n'avez aucune idée de ce qui la liait à votre père ?

Laura secoua la tête.

— Auraient-ils été amants ?

— Ce n'est pas impossible. Ma mère est morte quand j'avais sept ans. Toutefois, à ma connaissance, papa avait des amies, mais pas de maîtresse attitrée. S'il fréquentait Sarah, je n'en ai jamais rien su. Et, hélas, Sarah n'a pas l'air de s'en souvenir.

— Il voyait sans doute quelqu'un. Les hommes ne vivent pas comme des moines.

— Je veux bien le croire, fit Laura en souriant. Mais, pour l'instant, je n'ai aucun indice.

— Est-ce que cette femme — Sarah — dissimulerait ses souvenirs, pour une raison ou une autre ?

— Qui sait ? fit Laura, bien que cette pensée ne l'eût jamais effleurée.

— Admettons qu'elle ait été la maîtresse de votre père. Dans ce cas, il y a peut-être quelqu'un, quelque part, qui ne veut pas que vous le sachiez.

— Ça n'a pas tellement de sens.

— Non, c'est vrai...

Visiblement Dylan partageait sa perplexité. Mais, au bout de quelques secondes, il regarda vers la fenêtre.

— La nuit est claire, non ? Vous avez votre télescope ?

— Si j'étais chez vous, est-ce que je vous demanderais si vous avez votre ballon? fit-clle, tout sourires, avant de consulter sa montre. Vous voulez voir ma dernière comète?

Ils montèrent au premier étage et suivirent le couloir. Sur le seuil du bureau de Laura, Dylan s'immobilisa brusquement en regardant les larges lucarnes.

— Oh! Étonnant!

Laura ouvrit la porte-fenêtre qui donnait sur le balcon.

— Je vais installer le télescope dehors. La nuit est si belle!

Elle poussa avec précaution l'appareil sur le balcon, puis jusqu'à la face nord de la maison, en ayant à l'esprit la position exacte de sa comète à cette heure de la nuit. Elle fit les réglages nécessaires, colla son œil à l'oculaire et repéra le corps céleste encore minuscule et flou qui promettait de devenir spectaculaire en se rapprochant de la Terre.

— Venez regarder.

Dylan se baissa vers l'oculaire.

— Vous voyez cette nébuleuse, à droite du champ de vision?

— Une nébuleuse? répéta Dylan en riant. Qu'est-ce que c'est? Cette masse blanchâtre, là?

— Oui. Et juste à sa gauche, en plein milieu du champ, il y a une minuscule boule un peu floue.

— Je la vois. C'est la comète?

— Exact.

— Elle n'a pas de queue.

— Elle n'apparaît pas pour le moment. Mais l'année prochaine elle sera impressionnante.

— Cette comète sera aussi grosse que celle de Hale-Bopp ?

— Plus grosse, je pense. Pour l'instant, je ne peux pas en être absolument certaine.

Dylan continuait à observer le ciel lorsque Laura osa lui poser la question qui la taraudait depuis plusieurs jours.

— Vous n'avez jamais été marié ? Dans le cabinet d'Heather, vous avez dit que vous étiez très attaché à votre liberté.

— Eh bien, non... répondit-il, l'œil toujours collé à l'oculaire. J'ai vécu maritalement pendant plusieurs années, mais c'est une longue et douloureuse histoire. Depuis, j'ai toujours refusé de m'engager.

— A cause de cette histoire ?

— En grande partie.

— Cependant vous avez promis de vous engager vis-à-vis d'Emma.

— C'est autre chose, dit-il en s'écartant du télescope. Elle est ma fille.

Extrêmement touchée par ces mots, Laura se dit qu'enfin elle n'était plus seule.

Ils consacrèrent la moitié de la nuit à regarder le ciel au télescope, ce que Laura n'avait pas fait depuis la mort de Ray. Passer la nuit en compagnie des étoiles avait perdu sa magie depuis qu'elle savait que ses observations célestes avaient contribué au malheur de Ray. Mais ce soir, elle retrouvait l'émerveillement et la joie que son père avait instillés en elle. Elle entendait dans sa voix les vibrations de la vie chaque fois qu'elle donnait une explication à Dylan. Au bout du compte, quand tout devenait mystère autour d'elle, le ciel lui restait fidèle. Elle pouvait encore le comprendre et compter sur lui.

19

— C'est une horloge ? s'étonna Sarah.

— C'est à la fois une horloge et un calendrier.

Laura se félicitait encore de son achat. Elle l'accrocha au mur de la kitchenette, sous l'œil perplexe de Sarah. Sur le côté droit, l'appareil affichait de gros chiffres noirs et, à gauche, le mois, la date et le jour de la semaine.

— Il vous suffira de presser ce bouton chaque matin pour changer la date, expliqua Laura en joignant le geste à la parole. Vous voyez ? A la date d'aujourd'hui, on lit mercredi. Donc, si vous poussez bien ce bouton chaque jour, vous saurez quand nous serons mercredi. Le jour où je viens vous chercher pour sortir. S'il pleut, comme la semaine dernière, j'apporterai une vidéocassette.

Le mercredi précédent, il y avait eu de l'orage, et Laura avait loué *African Queen* parce que Sarah avait mentionné ce film en lui parlant de Joe Tolley. Mais si la vieille dame avait pris beaucoup de plaisir à revoir le film, Laura avait regretté qu'elle n'ait pas repris le fil de ses souvenirs.

— Vous êtes prête ?

Question inutile. Sarah était déjà dans le couloir.

Dehors, Laura tenta d'emprunter un parcours différent des fois précédentes, mais Sarah s'obstina à prendre leur chemin habituel.

— Je vous ai dit que Dylan voulait rencontrer Emma, n'est-ce pas ? Vous vous en souvenez ? demanda Laura, tout en marchant à côté de Sarah.

— Dylan ?

Évidemment qu'elle ne s'en souvenait pas... Pourquoi Laura s'obstinait-elle à lui parler de sa vie ? Quoique, après tout, ce fût une façon comme une autre d'amorcer la conversation.

— Oui. Le père de ma fille. Son père biologique. Ils ont fait connaissance, l'autre soir.

— Oh ! Quel âge a... votre petite fille ?

Le nom d'Emma s'était déjà égaré dans l'esprit confus de Sarah.

— Cinq ans. Elle a été très intimidée, mais je pense que ça s'est plutôt bien passé pour un premier contact.

— Il lui a plu ?

— Difficile à dire. Emma ne parle pas. Je ne peux être sûre de ce qu'elle a ressenti. Quelque chose l'a beaucoup impressionnée, il y a quelques mois, et elle est devenue muette.

Sur le point d'expliquer ce que « muette » signifiait, Laura eut le sentiment que Sarah comprenait et y renonça.

— Ah ! fit Sarah. Qui est cette enfant ? Votre fille ?

— Oui.

— Quel âge a-t-elle ?

— Cinq ans, répéta patiemment Laura.

— Et elle est muette ? Ce doit être très frustrant pour vous.

— Absolument.

Sarah regarda le clocher qui s'élevait dans le lointain.

— J'ai eu une patiente muette, autrefois.

— Vraiment ? fit Laura, sincèrement intriguée.

— Elle a failli me faire perdre la tête à mon tour.

Laura éclata de rire.

— Parlez-moi d'elle.

Sarah, 1956

Joe s'engagea dans la longue allée au bout laquelle, au sommet d'une colline verte, se dressait un immense bâtiment de pierres noircies par le temps.

— C'est Sainte-Margaret ? demanda Sarah.

— Oui. Regarde le panneau.

Joe montrait du doigt un petit panneau blanc, planté à flanc de colline, et sur lequel on lisait : *Hôpital psychiatrique Sainte-Margaret*.

— C'est incroyable. On dirait la maison des horreurs.

Sarah venait pour un entretien d'embauche. Peu après leur mariage, Joe et elle s'étaient installés à la limite du Maryland, dans une petite maison ravissante, jouxtant un parc, mais trop éloignée de l'hôpital où Sarah travaillait. L'éventualité d'un engagement à Sainte-Margaret, proche de chez elle, l'avait d'autant plus enthousiasmée que l'établissement était réputé. Mais, vu de l'extérieur, rien ne le laissait deviner.

L'allée s'incurvait devant l'entrée principale où Joe arrêta la voiture.

— Tu es sûre de vouloir rentrer en taxi ?

— Oui. Ça ira.

Sarah se pencha vers Joe pour l'embrasser.

— Bonne chance. Appelle-moi au bureau pour me raconter comment ça s'est passé, lui dit-il.

Sarah sortit de la voiture et fit un signe à son mari tandis qu'il redescendait l'allée. Puis elle lissa la jupe de son uniforme, prit une longue inspiration et poussa le battant de l'impressionnante porte en bois massif de la « maison des horreurs ».

Le hall monumental aux lambris sombres était éclairé, trois étages plus haut, par une verrière qui projetait jusqu'au rez-de-chaussée des colonnes de lumière dorée. De larges carreaux de marbre, blancs et noirs, taillés en losange, constituaient le dallage. Des voix résonnaient en douceur et il régnait dans ce hall une atmosphère d'élégance surannée, dépourvue de l'odeur habituelle des hôpitaux.

— J'ai rendez-vous avec l'infirmière-chef, annonça Sarah à la réceptionniste. Mme Love, je crois.

L'employée l'invita à prendre un siège. Près de dix minutes s'écoulèrent avant que Sarah ne vît arriver Mme Love, une femme jeune, séduisante, en uniforme blanc. Le sourire engageant, elle conduisit Sarah à son bureau d'un pas très alerte et la fit s'asseoir en face d'elle.

— Quelle jolie broche, remarqua Mme Love.

Sarah toucha le col de son uniforme. Joe lui avait suggéré de retirer le bijou avant l'entretien, mais elle n'avait pu s'y résoudre. N'avait-elle pas promis de le porter toujours ?

— C'est le cadeau de mariage de mon époux. Jusqu'à présent on m'a permis de le porter pendant mon travail. Mais si vous...

— Oh, non ! Ce n'est pas un problème. Nous aimons toutes personnaliser notre uniforme. Moi, j'ai cette petite chose, précisa Mme Love, en montrant la chaîne en or qu'elle portait à son cou.

— Elle est magnifique.

Mme Love jeta un coup d'œil au dossier ouvert devant elle.

— Bien. J'ai lu votre curriculum vitae, et je l'ai trouvé très intéressant. Ce que vous avez fait à Mercy devrait vous permettre de vous adapter facilement ici.

Sarah remarqua que Mme Love lui donnait le sentiment d'être déjà engagée. L'entretien qui suivit fut d'ailleurs avant tout une formalité amicale, menée essentiellement par Mme Love. Elle présenta à Sarah les innovations pratiquées par l'établissement en matière de traitements, parla de son équipement ultramoderne, puis de son directeur, le Dr Peter Palmiento, avec un enthousiasme qui lui donna des couleurs.

— Vous devez déjà connaître son nom, fit-elle.

Sarah connaissait en effet Peter Palmiento. Tout le monde rêvait de travailler avec ce spécialiste qui révolutionnait la psychiatrie.

— Oh, oui !

— C'est lui qui assure la renommée de notre hôpital, et grâce à lui nous disposons d'un équipement que nous n'oserions même pas espérer ailleurs. Nous menons ici des recherches passionnantes que le Dr P. parvient toujours à faire financer. Il possède un pouvoir considérable mais n'en reste pas moins un homme charmant. Tout le monde l'adore.

Sarah en arriva à se demander si Mme Love parlait d'un être humain ou d'un dieu.

— Cet hôpital permet un travail extraordinaire, conclut l'infirmière-chef.

— J'en ai l'impression en effet, remarqua Sarah, qui commençait à craindre de ne pas être à la hauteur.

Mme Love respira profondément afin de revenir sans tarder à des considérations plus terre à terre.

— A présent, parlons de votre salaire et de vos horaires.

— Vous voulez dire que vous m'engagez ?

— Oui, bien sûr, répondit Mme Love en riant. Si vous êtes d'accord.

— Oh, oui !

Quand salaire et emploi du temps furent déterminés et acceptés, Mme Love fit visiter l'établissement à sa nouvelle recrue, et Sarah put se dire que le hall majestueux n'avait été qu'une première surprise. Elle se crut, en découvrant une chambre vacante, non dans un hôpital psychiatrique mais dans un hôtel au charme ancien. La chambre possédait même une salle de bains particulière. Un luxe dont toutes n'étaient pas équipées, mais néanmoins la plupart d'entre elles, expliqua Mme Love.

Au fond du hall, on trouvait un salon avec divers jeux et une télévision. Quand les deux femmes y pénétrèrent, quelques malades levèrent la tête, mais retournèrent très vite à leurs activités. A côté, il y avait une petite salle de théâtre et, un peu plus loin, un salon de beauté.

— Une apparence soignée permet de mieux se porter, expliqua Mme Love. C'est en particulier un excellent moyen de combattre la dépression.

— Vous offrez là un service extraordinaire.

L'émerveillement submergeait Sarah. Comparé à Sainte-Margaret, Mercy semblait enferré dans le Moyen Age.

Elles montèrent l'escalier jusqu'au troisième étage — le secteur 3, comme l'appelait Mme Love. Sarah perçut immédiatement la différence d'atmosphère. Il y régnait un silence pesant, rompu de temps à autre par quelques éclats de voix étouffés. A un moment donné, un cri perçant résonna dans le couloir.

Mme Love montra la porte derrière laquelle le cri avait jailli.

— C'est la pièce où l'on met les malades en isolement.

Sarah hocha la tête. A Mercy, il y avait aussi une cellule de ce genre d'où s'échappaient des cris d'extrême solitude. En revanche, le laboratoire plein d'électroencéphalographes fut une découverte. Jusqu'ici, Sarah n'avait même pas eu l'occasion de voir un seul de ces appareils.

— Je pourrai apprendre à les utiliser? demanda-t-elle.

— Bien sûr. C'est l'une des choses que vous constaterez ici : chacun est encouragé à développer ses dons et à satisfaire son désir de savoir.

De l'autre côté du couloir, Mme Love laissa Sarah regarder à travers une lucarne, dans un dortoir où dormaient plusieurs hommes et femmes.

— C'est ce que nous appelons la salle de sommeil.

— Ils dorment artificiellement?

— Oui. Nous expérimentons les effets de certains médicaments en fonction du type de maladie mentale. Cela fait partie des recherches du Dr Palmiento.

Sarah éprouva une certaine gêne à l'idée que ces patients servaient de cobayes. Mais quoi de plus normal dans un service de recherches?

Elles passèrent devant la salle où se pratiquaient les électrochocs. Une salle bien plus grande et mieux équipée que celle dont Sarah avait l'habitude. A l'époque de ses études, le recours aux électrochocs lui avait paru une pratique détestable, mais, depuis, elle avait pu constater l'amélioration spectaculaire que ce genre de traitement provoquait chez les plus dépressifs. S'il se produisait une perte de mémoire, elle était généralement temporaire, et la mélancolie régressant peu à peu, les patients reprenaient leurs activités. Dans la plupart des cas. Tous ne réagissaient pas au traitement de la même façon et, parfois, on assistait à une aggravation de leur état. Ne serait-il pas intéressant de se pencher sur ce phénomène ? Sarah se proposa d'en parler au Dr Palmiento et sourit, enthousiasmée à l'idée de travailler dans une institution si dynamique.

— Et voici le bloc opératoire, annonça Mme Love, au bout du couloir.

— Le bloc opératoire ?

— On y pratique surtout des lobotomies.

Sarah ne put refréner un sursaut d'effroi qui, par bonheur, échappa à Mme Love. Si la pratique en était courante dans plusieurs hôpitaux de la région — sauf à Mercy —, Sarah ne pouvait s'empêcher de la considérer comme barbare. Une erreur, sans doute, de sa part. Un manque de modernisme. Qu'attendait-elle pour s'y faire ? La pratique n'avait-elle pas d'ailleurs été couronnée par le prix Nobel ?

— Là, c'est le bureau du Dr Palmiento, lui indiqua Mme Love, devant la porte qui faisait face au bloc opératoire. Oh, regardez ! Il est justement ici ! Aimeriez-vous le saluer ?

— Je... je ne voudrais pas le déranger, fit Sarah, intimidée par cet homme, après tout ce qu'elle avait entendu à son sujet.

Mais Mme Love frappa à la porte vitrée et passa la tête dans le bureau.

— Bonjour, Dr P. Puis-je vous présenter notre nouvelle infirmière ?

A travers la vitre, Sarah vit un homme d'une soixantaine d'années lever les yeux de ses dossiers.

— Je vous en prie. Faites-la entrer.

— Voici Sarah Tolley. Sarah, vous avez devant vous le Dr Palmiento. Ou Dr P., comme nous l'appelons ici.

Le médecin se leva et s'avança vers Sarah, le sourire chaleureux.

— Bonjour, docteur.

Il serra avec enthousiasme la main que Sarah lui tendait. C'était un homme extrêmement beau. Quoi d'étonnant à ce que Mme Love en fût visiblement amoureuse ?

— Bienvenue à bord, madame Tolley.

Les cheveux châtains, à peine grisonnants, il avait le visage légèrement marqué et beaucoup de douceur dans les traits. Mais quelque chose détonnait : le regard de ses yeux verts. Un regard perçant, dérangeant, en totale disharmonie avec le reste de son apparence. Sarah avait observé ce genre de regard chez plusieurs patients psychotiques dont c'était le seul signe extérieur d'un profond trouble mental. Elle retira sa main aussi vite que la politesse l'y autorisa. Mais que lui arrivait-il ? C'était idiot d'être prise de panique devant ce médecin brillant, dont on louait l'humanité, simplement parce qu'il avait un regard perçant.

— Dans quel service travaillera Mme Tolley ? demanda le Dr Palmiento.

Il s'adressait à Mme Love, mais le regard rivé

sur Sarah, qui ne put s'empêcher de détourner les yeux.

— Dans le secteur 3.

— Ah ! fit le médecin avec la joie expansive d'un homme qui aime son travail. Vous devez être une excellente infirmière. Joyce n'enverrait pas n'importe qui travailler dans ce service.

— Merci de votre confiance, fit Sarah en souriant à sa chef.

— J'ai pris cette décision, expliqua Mme Love au médecin, parce que Mme Tolley est passionnée par la recherche et a déjà une petite expérience en chirurgie.

— Non, pas vraiment, rectifia Sarah qui se voyait mal assister à des lobotomies. Je n'ai pas pratiqué d'intervention depuis que j'ai quitté l'école d'infirmières.

Ils ignorèrent son objection, d'ailleurs formulée faiblement.

— Je travaille moi-même essentiellement dans le secteur 3, précisa le Dr Palmiento. C'est là que nous mettons nos malades les plus sérieusement perturbés.

Bien que soucieuse d'éviter un excès de révérence à la manière de Mme Love, Sarah déclara :

— J'ai entendu dire que vous accomplissiez un travail extraordinaire.

Souriant, le médecin hocha la tête, puis posa la main sur l'épaule de Sarah.

— Votre collaboration nous sera précieuse, dit-il.

Une fois dans le couloir, Mme Love se tourna vers Sarah.

— C'est quelqu'un, n'est-ce pas ? dit-elle.
— Son travail le passionne.

Sarah dissimulait les sentiments mitigés que lui inspirait le Dr Palmiento. C'était un médecin, pas un patient, se répéta-t-elle. Un psychiatre de grande notoriété. Se fier à un regard pour ébaucher un diagnostic n'était vraiment pas sérieux.

Sa première semaine à Sainte-Margaret se passa sans aucun remous. Elle eut en charge deux patientes — deux femmes qui souffraient de dépression — qu'elle trouva attachantes, et elle leur manifesta, comme à ses précédents malades, l'attention qu'elle jugeait nécessaire à la guérison, quel que fût le trouble à traiter. Elle leur parlait avec tendresse et les prenait dans ses bras quand elles avaient particulièrement besoin de réconfort.

Vers la fin de cette première semaine, elle dut s'occuper d'une nouvelle malade, Karen. Quarante ans, mère de trois enfants et femme d'homme politique, Karen avait sombré dans le mutisme six ans plus tôt. Jamais encore Sarah n'avait eu affaire à un mutisme si profond, si sévère. Le mari de Karen affirmait ne se souvenir d'aucun événement traumatisant pour sa femme. Un jour de printemps, Karen avait tout simplement cessé de parler, disait-il. Elle avait même cessé de chanter alors qu'elle avait fait partie de la chorale de l'église pendant dix ans.

Déterminée à découvrir les racines du mal, Sarah consacra jour après jour des heures entières à lui parler, espérant ainsi faire remonter à sa conscience le traumatisme qui lui avait fait perdre sa voix. Patiente, infiniment douce, Sarah tentait de créer un climat de confiance tel que Karen finirait par s'ouvrir à elle.

L'approche du Dr P. était tout autre. Au troisième jour d'hospitalisation de Karen, il fit irruption dans la chambre où Sarah entourait sa malade de paroles attentives.

— Horrible bonne femme ! cria-t-il.

Sarah en resta bouche bée. A qui s'adressait-il ? Karen le fixa, ses grands yeux noyés de tristesse.

— Je sais par votre mari que vous négligez vos enfants, continua le Dr P., le regard furibond. Vous êtes le genre de femme qu'il faudrait supprimer. Jamais vous n'auriez dû être mère.

Sur ce, il disparut, laissant Sarah tremblante tandis que Karen demeurait totalement inexpressive.

Sarah posa une seconde sa main sur le bras de sa patiente puis se leva.

— Je reviens tout de suite, dit-elle en se dirigeant vers la porte.

Elle trouva le médecin dans le couloir, devant la salle de sommeil. N'ayant pas eu l'occasion de lui parler depuis qu'elle lui avait été présentée, elle regrettait amèrement d'entamer leur collaboration dans une atmosphère de conflit. Mais il lui était impossible d'étouffer sa colère.

— Pardonnez-moi, docteur, mais je ne comprends pas votre façon de faire avec Karen. Elle est si fragile.

Le Dr Palmiento toucha l'épaule de Sarah, en arborant son chaleureux sourire.

— Vous contestez ma méthode ?

A l'évidence, il s'indignait, mais sur le mode badin.

— Non... Enfin, oui. Cette personne a besoin d'un soutien, pas...

— Occupez-vous d'elle à votre manière. Moi, je fais comme je l'entends, rétorqua le médecin qui semblait engager Sarah dans une compétition amicale. Nous verrons qui de nous deux gagnera.

Pendant plusieurs semaines, Sarah continua à passer une heure chaque jour à parler à Karen, parfois en lui tenant la main. Durant ce même laps de temps, le Dr P. adressa reproches et invectives à la patiente. S'il l'apercevait dans le couloir, il la couvrait d'un flot d'injures.

Un jour, Sarah conduisait Karen au salon quand le Dr P. les croisa, fit quelques pas derrière elles, puis lança à Sarah, assez fort pour que tout le monde l'entende dans le hall :

— J'espère que vous l'emmenez au salon de beauté, madame Tolley. Quoique je doute qu'on puisse faire quelque chose pour elle. Elle est bonne pour la chirurgie esthétique.

Karen fit alors volte-face et, pour la première fois, Sarah vit son regard s'animer.

— Laissez-moi tranquille, fils de pute ! hurla Karen.

Sarah se figea, stupéfaite d'entendre la voix de sa patiente, tandis que le médecin s'éloignait.

— J'ai l'impression d'avoir gagné un round, madame Tolley, lança-t-il par-dessus son épaule.

Tout le monde l'aimait, alors qu'il inspirait à

Sarah des sentiments de plus en plus confus. D'humeur changeante, il était tantôt chaleureux, paternel et profondément humain, tantôt glacial, voire cruel. Mais tous s'accordaient à dire qu'il avait fait preuve de génie avec Karen. Depuis qu'elle était sortie de son mutisme, elle ne cessait de progresser en usant toutefois d'un langage émaillé de blasphèmes et de notes délirantes. Oui, Sarah, devait l'admettre : l'approche du Dr Palmiento avait marché. Mais à quel prix ? Quel était, sur l'esprit de la malade, l'impact des insultes et le sentiment d'être traitée comme un objet d'études, non comme un être humain ?

Que le Dr Palmiento expérimentât de nouveaux médicaments sur ses patients enthousiasmait son équipe. Sarah surprit un jour le commentaire d'une infirmière :

— Si ma mère devait entrer dans un hôpital psychiatrique, je voudrais que ce soit ici et pas ailleurs. Elle bénéficierait au moins du traitement le plus avancé.

Mais il n'y avait rien à faire : les expériences du grand patron rendaient Sarah nerveuse. Elle le voyait injecter à des patients, jour après jour, une substance appelée LSD, dans le but, disait-il, « d'abattre le mur dont ils s'entouraient ». Le LSD effrayait Sarah. Il rendait les malades imprévisibles. Certains se mettaient à hurler, essayaient d'escalader les murs, ou bien tentaient de se jeter par la fenêtre. D'autres dormaient pendant des jours, agités par des cauchemars insondables. Et le Dr P. observait toutes ces réactions d'un œil clinique, en prenant une foule de notes et en réunissant des fonds afin d'aller plus loin dans ses expérimentations.

A certains patients — dont quelques-uns étaient soignés par Sarah —, il faisait subir des électrochocs. Pour l'une de ses malades — une femme si déprimée qu'elle avait voulu s'étrangler, sa culotte autour du cou, attachée à la poignée de la porte —, Sarah elle-même avait demandé des électrochocs. Mais elle ignorait encore à ce moment-là que le Dr P. utilisait cent cinquante volts plusieurs fois dans la même journée, au lieu des cent dix volts que l'on administrait d'ordinaire à quelques jours d'intervalle. Au lieu de soumettre le patient à un seul choc, il le bombardait huit fois ou plus de ces cent cinquante volts, et ce en pleine convulsion. Les malades ne savaient plus où ils se trouvaient ni qui ils étaient. Puis le Dr P. leur faisait avaler son cocktail de médicaments, en expliquant qu'il cherchait à provoquer une « confusion extrême », dans le but d'éradiquer le mode de pensée et le comportement inadaptés de ses malades. Il ne restait plus ensuite qu'à les rééduquer. En théorie, sa méthode avait un sens, mais Sarah trouvait qu'en pratique elle améliorait rarement l'état des malades.

Elle finit par confier ses préoccupations à Mme Love qui lui adressa un sourire condescendant.

— Le Dr P. est en avance sur son temps, Sarah. Vous êtes une femme intelligente. Vous savez que les gens ont tendance à se moquer des génies. Ou à vouloir leur faire la leçon. Pensez à

Einstein qu'on a cru débile. A Copernic qu'on a pris pour un fou.

— Je crains que les méthodes pratiquées dans cet hôpital n'aggravent l'état de certains patients.

— Vous êtes encore trop nouvelle pour pouvoir vous rendre compte des réels progrès qui s'opèrent ici. Il faut avoir une vue plus large des choses. Un jour, vous verrez, les traitements du Dr P. seront appliqués dans d'autres hôpitaux.

— C'est que... ils sont si différents de ceux auxquels j'étais habituée à Mercy.

— Ma chère, je ne veux pas critiquer Mercy. C'est un bon établissement. Mais il faut reconnaître que leur approche de la maladie mentale a quelques décennies de retard. Ne vous opposez pas au progrès, Sarah.

Sarah resta dubitative. Joyce Love pouvait-elle avoir raison ? Tout le monde encensait le Dr P. et respectait l'« important travail » qu'il accomplissait. Elle se demanda si elle aurait fait partie de ceux qui avaient raillé Copernic. Elle se promit de faire preuve à l'avenir d'une plus grande ouverture d'esprit.

20

Il faisait encore nuit sur la région des vignobles. Bien que l'on fût en plein mois d'août, le fond de l'air avait une agréable fraîcheur dont Laura voulut profiter en baissant les vitres de la voiture.

— Ce n'est pas merveilleux de se promener de si bonne heure ? demanda-t-elle à Emma.

L'enfant attachée sur la banquette arrière avait froncé les sourcils quand Laura lui avait annoncé qu'elles allaient voir Dylan, et elle n'avait pas dû comprendre pourquoi elles se levaient avant le jour. Mais elle avait sauté de son lit dès que sa mère lui avait dit que Dylan serait dans sa montgolfière.

Sentant que le ballon éveillait l'intérêt de sa fille, Laura avait expliqué :

— Il le fait voler très tôt le matin pour que ses passagers puissent assister au lever du soleil.

La veille, en début de matinée, elle avait emmené Emma à l'opposé de la région des vignobles, dans le Maryland, poussée par le besoin de voir Sainte-Margaret, l'hôpital qui lui avait donné des frissons en écoutant le récit de Sarah. Mais, comme elle le découvrit, l'établissement psychiatrique n'existait plus. C'était désormais un pensionnat. Cependant, vu de la rue, le bâtiment ressemblait encore à la maison des horreurs, et Laura avait facilement imaginé les plaisanteries qu'il devait inspirer aux jeunes qu'il hébergeait.

Elle avait tenu à y pénétrer pour voir au moins l'entrée qui avait tant impressionné Sarah. Laissant la voiture dans l'allée, elle avait pris sa fille par la main, monté les marches du perron et poussé les lourds battants de l'austère double porte. Le hall était tel que Sarah l'avait décrit, à l'exception de l'éclairage qui n'avait rien de lumineux ce jour-là. Et puis, c'était maintenant un va-et-vient de jeunes filles en uniforme qui remplaçait celui des médecins et infirmières sur le dallage à losanges.

« Je peux vous aider ? lui avait demandé une jeune femme en venant vers elles.

— Je voulais simplement voir ce hall », avait répliqué Laura en souriant.

En fait, elle aurait aimé visiter tout l'établissement, jusqu'à la salle de sommeil. Les étudiantes y vivaient-elles aujourd'hui ? Mais l'expression de la jeune femme était suffisamment éloquente pour qu'elle comprît qu'une curiosité pure et simple ne permettait pas de franchir le périmètre du hall.

Elle fit demi-tour avec sa fille et, dehors, sous le soleil voilé, se dit qu'il fallait être un peu folle pour venir jusqu'ici, simplement dans le but de voir ce bâtiment. Ray avait eu raison.

Elle commençait à être obsédée par Sarah Tolley, comme elle l'avait été par toutes ses entreprises.

Deux daims se tenaient dans l'obscurité à l'entrée de l'allée menant chez Dylan.

— Oh, regarde, Emma !

Elle arrêta la voiture sur le bord de la route et montra du doigt les jolis daims.

— Une mère et son petit.

Emma colla son visage à la vitre, mais il faisait trop sombre pour que Laura pût voir son expression. Emma avait appris qu'un petit daim s'appelait un faon. Ce mot lui venait-il à l'esprit ? La frustration s'empara de Laura et, au bord des larmes, elle aurait volontiers supplié sa fille : « Parle-moi, Emma. Je t'en prie. Dis-moi ce que tu penses. »

Elle redémarra et s'engagea dans la longue allée sous les arbres. Deux camionnettes attendaient devant le garage. Elle fit en sorte de se garer sur le côté de façon à ne gêner personne. En sortant de sa voiture, elle aperçut plusieurs silhouettes au centre du champ.

Prenant Emma par la main, elle se dirigea vers le lieu des préparatifs. Sans doute impressionnée par l'obscurité, Emma, la main crispée sur celle de sa mère, avançait à contrecœur.

— Tu vois ces gens là-bas ? Ils préparent le ballon, expliqua Laura.

Le ciel s'éclaircissait si rapidement que, en s'approchant de la montgolfière, Laura put se rendre compte que Dylan préparait l'allumage des brûleurs. Elle voulut le montrer du doigt à

Emma mais se ravisa, en se souvenant que sa fille avait froncé les sourcils quand elle lui avait parlé de lui.

Dès qu'il leva les yeux de son travail, elle lui fit signe. Il s'adressa à Alex qui s'affairait à côté de lui puis vint à leur rencontre.

— Voilà deux de mes femmes préférées !

Il eut ce sourire qui rappelait sans ambiguïté à Laura pourquoi et comment sa fille avait été conçue, puis il s'accroupit devant la petite, dans sa combinaison de saut bleu, les mains protégées par d'épais gants de travail.

— Tu viens regarder le ballon monter dans les airs ?

Emma se cacha à demi derrière sa mère.

— Vous pourriez lui expliquer un peu ce que vous êtes en train de faire ? suggéra Laura.

— Bien sûr, fit-il en se relevant. D'abord on remplit l'enveloppe — le ballon — avec de l'air froid. Mais avant qu'il soit complètement rempli, on chauffe l'air. Je t'ai expliqué, Emma, que c'est l'air chaud qui fait décoller le ballon. Alors, quand tu verras deux grandes flammes, il ne faudra pas avoir peur. Ce sera normal.

Quelque chose, derrière Laura et Emma, attira l'attention de Dylan. Laura se retourna et vit un homme et une femme qui, venant de l'allée, marchaient dans leur direction.

— Excusez-moi, fit Dylan en allant à leur rencontre.

Après une brève conversation, Dylan retourna au ballon tandis que les nouveaux arrivants se postaient à côté de Laura et d'Emma. D'un âge avancé, ils arboraient un sourire de plaisir anticipé.

— Vous devez être les passagers de ce vol matinal, leur dit Laura.

— Oui, répondit l'homme.

En riant, la femme précisa :

— Je me demande encore comment j'ai pu laisser mon mari m'entraîner dans cette aventure.

— Nous fêtons nos cinquante ans de mariage aujourd'hui. Comme j'ai toujours eu envie de monter en ballon, je me suis dit que ce pourrait être le cadeau rêvé pour des noces d'or.

— Félicitations, fit Laura en pensant au prétexte qu'elle avait utilisé pour rencontrer Dylan. C'est une merveilleuse idée.

— Vous êtes déjà montée dans l'un de ces engins ? demanda la femme, visiblement soucieuse d'être rassurée.

— Oui.

Emma leva brusquement les yeux vers sa mère.

— C'est vrai, ma chérie. J'ai fait un vol avec Dylan, il y a quelques semaines, avoua Laura. C'est sensationnel, ajouta-t-elle à l'adresse de la femme. Vous allez adorer.

— Vous êtes des amies du pilote ? demanda l'homme. De Dylan Geer ?

— Effectivement. Je m'appelle Laura. Et voici Emma.

L'homme regarda la petite.

— Tu as un très joli prénom. Quel âge as-tu, Emma ?

Emma colla son visage contre la jambe de sa mère.

— Elle est timide, vous savez.

Que dire d'autre ? Laura détestait qualifier Emma de timide, mais aucun livre pour parents ne lui avait expliqué l'attitude à adopter devant une enfant frappée de mutisme. Restait à savoir si elle ne prenait pas le risque de trop influencer sa fille, de lui insuffler une timidité encombrante. Une timidité qui, pour le moment, semblait réelle, mais ne correspondait en rien à l'Emma d'autrefois.

Remarquant que la petite retenait son souffle, Laura regarda vers le ballon. Debout devant l'ouverture ronde de la toile, Dylan venait d'allumer les brûleurs.

— Regarde, ma chérie. Dylan commence à chauffer l'air. Tu vas voir le ballon se redresser lentement.

La silhouette de Dylan se dressait dans le cercle de lumière, les muscles des bras nettement visibles. Mais la chaleur que ressentait Laura pouvait-elle être celle de la flamme ? L'espace d'un instant, elle se souvint du dîner de Sarah avec Joe et sa famille, de son émoi devant les nus accrochés aux murs du restaurant. Sarah n'avait-elle pas éprouvé cette même sensation de chaleur dans tout le corps ? se demanda Laura en étouffant un rire.

« Dylan est le père d'Emma, s'admonesta-t-elle. Et tu n'as pas besoin qu'il soit autre chose... »

Tandis que la toile multicolore s'élevait peu à peu au-dessus de la nacelle, Emma s'écarta de sa mère et s'avança lentement vers la montgolfière. Sur le point de l'appeler, Laura se retint. Pourquoi lui refuser ce petit acte d'indépendance tant qu'elle ne gênait personne et ne s'exposait à aucun risque ? Emma s'immobilisa à bonne distance du ballon et, les mains nouées dans le dos, resta là à observer la scène, sans doute avec les yeux écarquillés d'émerveillement que lui prêtait sa mère. Attendrie, Laura trouva sa fille bien petite devant la montgolfière, la nuque étroite, si fragile, sous la queue-de-cheval. Puis elle détacha son regard d'Emma pour le poser sur le ballon, en essayant d'imaginer toute la magie dont le spectacle devait se parer à travers des yeux d'enfant.

Aux côtés d'Emma, elle suivit l'installation des deux passagers dans la nacelle. En riant comme une écolière, la femme la fit sourire et lui rappela Sarah. Mais Sarah était seule dans sa maison de retraite, l'esprit vacillant, alors que cette femme avait un mari, fêtait leur cinquantième anniversaire de mariage, montait dans un ballon et s'apprêtait à voler dans les airs. Pourquoi le destin avait-il été si cruel avec Sarah ? Laura refoula précipitamment les larmes qui lui montaient aux yeux, tout en songeant qu'elle pourrait peut-être rendre à la vieille dame des visites plus fréquentes.

— Je vous retrouve dans une heure, lui cria Dylan depuis la nacelle. On se préparera un petit déjeuner. Au revoir, Emma, ajouta-t-il en faisant un signe à sa fille.

Laura appréciait son attitude envers Emma. Pour un homme qui n'avait aucune habitude des enfants, il avait su, en l'occurrence, se souvenir de la présence de la fillette, et jamais il n'oubliait de lui parler, en dépit de son mutisme.

Elles regardèrent le ballon prendre de l'altitude pendant qu'Alex montait dans le camion. Puis Brian les reconduisit vers l'allée.

— Dylan vous demande de prendre votre voiture et de me suivre, annonça-t-il. On va le rattraper. Essayez de ne pas me perdre de vue. On sera peut-être obligés de s'engager dans une direction imprévue. On ne sait jamais. Quelqu'un peut être malade, par exemple...

Devant le sourire que lui adressa Brian, Laura comprit qu'il était au courant de ce qui s'était passé entre elle et Dylan dans la montgolfière. Elle attacha Emma sur son siège et redescendit l'allée, derrière Brian.

Dylan aperçut Alex et Brian tandis qu'il dirigeait le ballon vers l'un de ses terrains d'atterrissage favoris : le pâturage désert d'un fermier, bien disposé à l'égard de son activité. Mais ce n'était pas son équipe qu'il avait cherché à localiser.

— On va être secoués ? demanda sa passagère.

— Pas du tout. Vous aurez droit à un atterrissage en douceur.

Détendue pendant le vol, elle avait partagé le plaisir de son mari, mais était redevenue anxieuse dès qu'ils avaient entamé la descente au-dessus des arbres.

Balayant le pâturage du regard, Dylan finit

par repérer Laura et Emma qui s'avançaient vers ses équipiers. A son soulagement s'ajoutait l'impatience de les retrouver. Il voulait aider cette enfant de toutes ses forces, bien qu'il ne sût comment s'y prendre. Il avait envie de faire renaître l'émerveillement qu'il avait lu dans ses yeux pendant qu'elle suivait les préparatifs du vol. D'ordinaire, les enfants qui assistaient au gonflement du ballon lui posaient un tas de questions et s'approchaient le plus près possible de lui, débordant de curiosité. Pourquoi le ballon ne s'enflammait-il pas ? Comment le pilotait-il ? Il avait senti Emma consumée par ces mêmes interrogations. Rien ne devait être plus pénible pour elle que de déborder de questions impossibles à formuler.

Quand il eut aidé ses passagers à descendre, il démonta le ballon avec ses équipiers. Puis il fit reconduire le couple jusqu'à sa voiture par Brian, pendant qu'il rentrait avec Laura et Emma.

Dès que la petite pénétra chez lui, elle se précipita vers l'aquarium, attirée par les poissons exotiques aux couleurs chatoyantes. Alors, sans outrepasser la distance dont elle avait besoin entre eux, Dylan s'approcha d'Emma et passa en revue tous les types de poissons. Tandis que, les mains nouées dans le dos, la tête levée et les yeux reflétant les couleurs de l'aquarium, elle lui offrait son profil, il remarqua qu'elle avait les longs cils sombres de sa mère, et un petit nez ravissant. S'il eut envie de glisser derrière son oreille la mèche de cheveux qui s'était échappée de la queue-de-cheval, il n'osa avancer la main vers cette enfant qui l'émouvait plus qu'il n'aurait su le dire.

Ils dégustèrent une salade de fruits et des beignets. Au sujet du ballon, Laura posa les questions enfantines que sa fille aurait pu formuler. Dylan répondit en termes très simples, le regard allant de l'une à l'autre et, bien qu'Emma parût totalement absorbée par son repas, il sut qu'elle l'écoutait.

En l'absence d'un lave-vaisselle qu'elle s'abstint de noter, Laura l'aida à récurer les assiettes, pendant qu'Emma contemplait de nouveau l'aquarium.

— Ces poissons lui plaisent, observa-t-elle en essuyant une assiette.

— Elle n'en a jamais eu ?

— Non. Elle n'a eu qu'un cochon d'Inde qui s'appelait Michael. Et qui est mort depuis longtemps.

— Est-ce que lui acheter un aquarium serait une bonne idée ?

Dylan se mit à rincer un verre tout en pensant déjà aux poissons qu'il choisirait.

— Oh, oui ! Certainement.

Devant la maison, Alex apparut, le ballon plié avec soin à l'arrière du camion. Dylan le regarda à travers la fenêtre se diriger vers la grange.

— Vous avez deux équipiers qui connaissent leur travail, remarqua Laura en suivant son regard.

— Oui. On peut le dire, acquiesça Dylan en tendant à Laura le verre à essuyer. Ils sont formidables. Mais Alex suit des cours de pilotage, ce qui signifie que je vais le perdre. En attendant, la semaine prochaine, il part en croisière avec sa petite amie. Une façon de me préparer à son départ.

Laura se tourna vers lui, la surprise peinte sur le visage.

— J'y suis.

— Pardon ?

— Je vous ai parlé de Sarah, cette dame âgée à qui je rends visite dans une maison de retraite.

— L'amie de votre père.

— Oui. Elle a été infirmière sur des bateaux de croisière. Or mon père a fait quelques croisières dans sa vie. C'est peut-être sur l'un de ces bateaux qu'ils se sont rencontrés.

— Je parie que vous avez raison.

Dylan ferma le robinet puis il prit l'éponge et essuya la paillasse. Laura semblait obsédée par l'énigme que représentait cette femme, mais il se devait de reconnaître que lui-même était intrigué.

Le petit bruit qu'il perçut soudain dans le séjour, ce grincement vaguement familier, l'intrigua quelques secondes. Puis son cœur ne fit qu'un bond.

— Les fusils ! fit-il en laissant tomber l'éponge.

Il se précipita dans le séjour où Emma avait ouvert l'armoire vitrée qui contenait la collection de fusils de son père. Hissée sur le dossier d'un fauteuil, elle essayait d'en décrocher un.

— Descends de là ! lui hurla-t-il en se précipitant vers elle. Écarte-toi de ces armes !

Emma se retourna, la tête dans les épaules. Terrifiée par la colère qui résonnait dans la voix de Dylan, elle perdit l'équilibre, tomba sur le bras du fauteuil puis, à la renverse, sur le plancher. Sanglotante, elle courut vers sa mère qui se tenait, stupéfaite, à l'entrée de la pièce. Emma s'agrippa à elle, en larmes, la tête enfouie au creux de sa hanche.

Dylan referma la porte de l'armoire, les mains tremblantes, mais incapable de se souvenir si ces armes étaient ou non chargées. Elles ne devaient pas l'être, en fait. Il s'était probablement emporté pour rien.

Laura se pencha sur sa fille.

— Tu le sais, Emma, dit-elle avec douceur et fermeté. Tu ne dois pas jouer avec des fusils.

— Je suis désolé, fit Dylan. J'ai eu si peur qu'elle...

— Je comprends très bien. Vous avez voulu prévenir le pire. Tu t'es fait mal en tombant, Emma ? Non ? Ça va ?

Emma pressa de plus belle son visage contre sa mère. Le regard tourné vers la télévision qui occupait un angle du séjour, Laura demanda à Dylan :

— Elle peut regarder des dessins animés pendant qu'on finit de ranger ?

— Bien sûr.

Dylan retourna dans la cuisine pendant que Laura installait Emma devant la télévision. Quand elle l'eut rejoint, elle s'appuya au bar, les bras croisés sur la poitrine.

— Ils étaient chargés ?

— Je n'en sais rien. Ces fusils appartenaient à mon père. Moi, je n'aime pas les armes, fit Dylan en esquissant un sourire. Après sa mort, j'ai tout mis dans cette armoire sans vérifier s'ils étaient ou non chargés. Jusqu'à présent, ça n'avait jamais posé de problème.

Il avait le sentiment de raconter des idioties. Comment pouvait-on posséder des armes chez soi et ne pas se soucier du contenu des chargeurs ?

— Depuis que Ray s'est suicidé, elle est fascinée par les armes. Elle joue avec — ce ne sont que des jouets, bien sûr — pendant ses séances de thérapie. Elle a certainement cru que celles-ci étaient aussi en plastique.

Dylan se passa la main dans les cheveux.

— Je n'aurais pas dû crier comme ça.

— Vous n'avez pas eu le choix. C'était une urgence.

— Je suis censé contrôler ma colère en sa présence. Heather a insisté là-dessus.

— Ce n'était pas de la colère, mais de la peur. Je me trompe ?

— Non. Mais je pense qu'Emma n'a pas fait la différence.

— Elle s'en remettra, fit Laura sur un ton que Dylan trouva peu convaincu.

Depuis la cuisine, il ne voyait que la tête d'Emma émergeant du canapé, mais il l'imaginait, les yeux bouffis et rouges, le pouce dans la bouche. Si elle pouvait parler, elle supplierait sans doute sa mère de la ramener chez elle, de l'éloigner de ce méchant homme qui prétendait être son père.

Regardant autour de lui, il estima que tout était impeccable.

— Merci de m'avoir aidé à faire la vaisselle.

— De rien. Moi, je vous remercie pour le petit déjeuner et le spectacle du décollage, répondit Laura.

Puis elle se dirigea vers le séjour, suivie de Dylan.

— Viens, ma chérie. Il est temps de rentrer.

Emma éteignit la télévision et courut vers la porte, sans le moindre regard pour sa mère ou Dylan, et sortit aussitôt. Ils la trouvèrent sur les marches du perron où pas une seule seconde elle ne se tourna vers eux.

— Elle est furieuse, fit Dylan, avec calme.

Désemparé, il avait le sentiment d'avoir perdu la partie.

— Expliquez-lui ce qui s'est passé, lui suggéra Laura, tout aussi calme.

Dylan s'approcha de l'enfant mais en restant derrière elle.

— Je regrette d'avoir crié après toi, Emma. J'ai eu peur que tu ne te blesses en jouant avec les fusils. Ce sont de vrais fusils. Il y a peut-être des balles dedans. J'ai voulu te protéger.

Alors que la petite avait enfoncé la tête dans ses épaules, comme pour se boucher les oreilles, Laura posa un instant la main sur le bras de Dylan et lui adressa un sourire en passant à côté de lui.

— On se téléphone. Merci encore. Et ne laissez pas cet incident vous torturer.

21

Leur promenade hebdomadaire à peine commencée, Laura demanda à Sarah :

— N'auriez-vous pas rencontré mon père au cours d'une croisière, Sarah ? Je me suis souvenue, l'autre jour, qu'il en avait fait plusieurs dans sa vie.

— Avec quelles compagnies ?

Laura chercha vainement la réponse.

— Ça, je n'en sais rien.

— Où est-il allé ? J'étais surtout aux Antilles. Mais je préférais l'Alaska.

— Je sais qu'il est allé une fois aux Antilles.

— Comment s'appelait-il déjà ?

— Carl Brandon.

— Il avait un dirigeable, n'est-ce pas ? Une fois j'ai vu l'*Akron*. Je devais avoir dix ans.

— Un dirigeable ? Non, il...

— Ah, non, une montgolfière ! Il organise des vols.

— Non. Ça, c'est Dylan. Le père de ma fille. Je parlais de mon père, à moi. Carl.

Sarah secoua la tête, découragée.

— Je suis perdue.

Sa petite phrase eut une résonance tellement pathétique que Laura glissa un bras autour de ses épaules et la serra contre elle.

— Ne vous inquiétez pas. C'est sans importance. Pensons à notre promenade. Profitons-en, et si vous le voulez, vous continuerez à me parler de votre travail à Sainte-Margaret.

Sarah, 1956-1957

— Ils cherchent à m'empoisonner, déclara Julia, une nouvelle malade, en repoussant le plateau de son repas.

— Pas du tout, lui répondit Sarah. Qu'est-ce qui serait empoisonné, d'après vous ?

— Les pommes de terre.

Sarah prit une cuillerée de purée et l'avala.

— Vous voyez ? Je ne mangerais pas cette purée si elle était empoisonnée. Je la trouve délicieuse, en plus.

Lentement, Julia reprit sa fourchette et se mit à manger. Sarah sourit. Elle réussissait à faire progresser cette patiente, considérée par tous comme un cas incurable.

Agée de vingt-huit ans, Julia était très belle. Elle avait une somptueuse chevelure auburn qui lui arrivait à la taille et qui était la seule chose qu'elle acceptait encore d'entretenir. Elle la brossait plusieurs fois par jour et la lavait régulièrement. C'était un véritable plaisir pour l'œil.

Selon le diagnostic de l'hôpital, Julia était schizophrène. On l'avait mise dans le secteur 3 après qu'elle eut cassé le nez d'une fille de salle dans le secteur 2. Mais, depuis ce transfert, elle avait déjà blessé une aide-soignante et tenté de se fracasser le crâne contre un mur de sa chambre. Elle avait aussi passé une nuit entière à chanter à tue-tête, mais cela après l'une des fameuses injections de LSD du Dr Palmiento.

Le médecin avait prévenu son équipe :

« Nous n'avons pas eu de cas aussi grave que celui de Julia Nichols depuis longtemps. Elle a cassé le bras d'un enfant de son voisinage parce qu'elle croyait qu'il lui volait certaines choses. Elle dit entendre des voix qui lui ordonnent de faire du mal aux autres et de se faire du mal à elle-même. Le LSD va la sortir de son univers. Il va faire tomber le mur de sa résistance au traitement. C'est probablement le seul moyen de prendre le mal à la racine. »

Sarah n'en était pas persuadée. Le Dr P. maniait de plus en plus facilement la seringue et injectait du LSD à des patients sans beaucoup se préoccuper, selon elle, de leur profil médical.

Elle commençait à se sentir à la traîne, le don de soi étant sa seule approche. Elle avait toujours misé sur la relation entre le malade et le personnel hospitalier, pour peu qu'elle fût fondée sur l'empathie et le souci d'aider. Mais une telle démarche finissait par lui paraître ridicule en comparaison des techniques avancées du Dr P.

Un après-midi, à la cafétéria, une jeune infirmière souriante vint s'asseoir à sa table.

— Bonjour. Je m'appelle Colleen Price.

Elle était petite et adorable avec ses cheveux courts, coiffés en coup de vent. Sarah, qui l'avait remarquée dans le secteur 2, posa son sandwich sur son plateau et se présenta :

— Sarah Tolley, enchantée.

— C'est moi qui m'occupais de Julia Nichols quand elle était dans mon service. J'ai entendu dire que vous avez pris la relève.

Les deux jeunes femmes parlèrent un moment de l'histoire de Julia.

— Maintenant, le Dr Palmiento lui injecte du LSD, fit Sarah.

Colleen retira la feuille de laitue de son sandwich, qu'elle posa sur le bord de son assiette.

— Et ça l'aide ? demanda-t-elle.

— Il est encore trop tôt pour le savoir.

— Vous estimez que c'est ce qu'il lui faut ?

Sarah hésita. Désapprouver le Dr P. constituait un blasphème, mais elle lut dans le regard de Colleen des pensées identiques aux siennes.

— J'ai le sentiment que ce n'est la bonne approche pour personne.

— Je suis comme vous, avoua Colleen en souriant, mais à mi-voix. D'une façon générale, je doute même la plupart du temps de l'efficacité des méthodes du Dr P.

— Depuis combien de temps êtes-vous ici ?

— Près d'un an.

— Moi, je suis arrivée il y a seulement deux mois. Certaines choses me révulsent. Les électrochocs à haut voltage, entre autres.

— Et cette façon de les pratiquer quotidiennement sur certains malades !

— Et la salle de sommeil !

— Ah ça ! Mais qu'est-ce qu'on leur administre, au juste, dans cette salle ? L'autre jour, j'ai vu deux malades qui erraient dans le couloir comme des zombies, en se heurtant aux murs. L'un des deux a même uriné par terre.

— Ils ont droit à un petit cocktail d'un peu de tout, fit Sarah qui énuméra des noms de médicaments. Vous avez vu la pièce où on les met en isolement? reprit-elle.

La découverte de ce local avait bouleversé Sarah. C'était moins une chambre qu'une sorte de longue boîte rectangulaire, qui faisait penser à un cercueil. Les malades portaient des lunettes qui les maintenaient dans l'obscurité, pendant que des écouteurs leur diffusaient constamment un bourdonnement monotone. On leur enveloppait les bras et les jambes afin de réduire le sens du toucher, et, en dehors des repas et du bain, ils restaient enfermés dans la boîte. Le traitement durait un mois. Aux yeux du Dr P., ce n'était qu'une autre façon de créer cet état d'extrême confusion auquel il accordait tant d'importance.

— Je me sens à la traîne, expliqua Sarah, car je n'arrive pas à comprendre comment un tel traitement peut faire plus de bien que de mal.

— C'est le mot « torture » qui me vient à l'esprit, acquiesça Colleen.

Sarah se rejeta contre le dossier de sa chaise, à la fois soulagée et déconcertée par cette conversation.

— Je pensais que je devenais folle. Tout le monde encense le Dr P. et applaudit à ses innovations. Je commençais à me dire que j'appartenais à une autre époque.

— Peut-être. Mais, dans ce cas, nous sommes deux.

— Je me demande si je ne devrais pas travailler ailleurs. Tous les soirs je rentre chez moi sens dessus dessous.

Sarah eut la surprise de voir Colleen avancer le bras, lui prendre la main et se pencher vers elle.

— Surtout, ne partez pas ! Écoutez-moi. J'ai eu envie de démissionner un million de fois. Mais si ceux qui, comme nous, se soucient vraiment de l'intérêt des malades s'en vont, alors il n'y aura plus personne pour les protéger.

— Vous croyez que personne d'autre ici ne se préoccupe de leur bien-être ? Vous croyez que le Dr P. s'en moque lui aussi ?

Colleen resta un instant pensive.

— Je pense que le Dr Palmiento est convaincu de bien faire. Il est bourré d'optimisme et de confiance en ses méthodes, et c'est ce que j'apprécie chez lui. Il essaie vraiment de guérir ses malades, et son objectif final est le même que le nôtre. Le personnel a aussi envie de guérir les gens. Tout le monde suit le Dr P. pour les meilleures raisons du monde. Mais moi, je n'y crois pas à ces méthodes. Vous non plus. Et j'estime que nous devons rester pour essayer d'équilibrer la balance.

— Vous connaissez d'autres réfractaires aux méthodes du Dr P. ?

— Quelques-unes, oui. Elles ont d'ailleurs été plus nombreuses. Mais, ici, dès qu'on émet une critique, on se fait renvoyer. C'est pourquoi je me tais. D'après vous, de quoi aurait besoin Julia Nichols ?

Sarah n'avait plus faim. Elle abandonna le

reste de son sandwich et repoussa l'assiette sur le côté de la table.

— Je crois qu'il lui faudrait un traitement antipsychotique. Et puis de la compréhension et du respect. Elle a besoin que quelqu'un l'écoute. Le Dr P. n'écoute que ce qu'il veut entendre. Autrement, il se fâche. Comment peut-on espérer qu'elle guérisse, qu'elle devienne une jeune femme saine d'esprit, si on la traite comme un chien ? demanda Sarah, le regard plongé dans celui de sa nouvelle amie.

— Évidemment... C'est pourquoi elle a besoin de vous. Nous avons toutes les deux la même approche. Un jour, nous ouvrirons une petite clinique. En attendant, nous devons rester ici et faire tout ce qui est en notre pouvoir pour aider ces malades.

Colleen avait raison. Il fallait qu'elles s'accrochent et mènent une lutte constante en faveur des patients, tout en évitant les affrontements.

Colleen changea brusquement de sujet.

— Vous êtes mariée ?

— Oui. Mon mari est journaliste au *Washington Post*. Et vous ?

— Je suis divorcée, répondit Colleen d'une voix terne, comme si elle en avait honte. Mais j'ai un petit garçon de deux ans, Sammy. Il est mon soleil, ajouta-t-elle en souriant. Vous avez des enfants ?

Sarah et Joe espéraient en avoir et s'y employaient de leur mieux.

— Pas encore, répondit Sarah. Qui s'occupe de Sammy pendant que vous travaillez ?

— Mon ex-belle-mère. C'est une perle. Alors que son fils est un crétin.

Sarah prit l'habitude de déjeuner avec Colleen tous les jours. Leurs conversations — qu'elles concernent leur profession ou leur vie privée — lui donnaient la force de remonter dans son service et de retrouver ses malades.

Il lui semblait progresser un peu avec Julia, qui devenait capable de lui parler normalement de son enfance pendant une heure d'affilée. Sur la base de cette amélioration, Sarah avait obtenu l'arrêt des injections de LSD. Et quand le Dr P. avait évoqué la possibilité de mettre Julia dans la chambre de sommeil, Sarah avait également réussi à l'en dissuader.

Elle en était là lorsque tout lui échappa brutalement.

Un jour, après le déjeuner, elle entra dans la chambre de Julia alors que la jeune femme brossait sa magnifique chevelure. Julia lui sourit puis changea aussitôt d'expression. Ouvrant un tiroir de la commode, elle fit voler dans la pièce les vêtements qu'il contenait, comme mue par le besoin urgent de retrouver quelque chose.

— Vous me l'avez volée ! hurla-t-elle.

Sarah recula, impressionnée par la colère de Julia.

— Qu'est-ce que je vous ai volé ?

— Ma broche !

Julia montrait du doigt le bijou épinglé sur le col de Sarah.

— Elle était là, dans ce tiroir, et vous l'avez prise !

— Vous parlez de cette broche ? Mais c'est

le cadeau de mariage de mon mari. Vous savez bien que je la porte tous les jours, Julia.

Julia sortit violemment le tiroir de la commode, le retourna, le secoua.

— Elle était là-dedans et maintenant elle est sur vous ! s'écria-t-elle, les yeux fixés sur le col de l'uniforme.

— Regardez, fit Sarah en osant s'avancer d'un pas. Vous voyez que cette broche forme un S et un J. S pour Sarah, J pour Joe. Mon mari et moi.

Julia resta sourde à l'explication de Sarah. Avec une force impressionnante, elle balança le tiroir d'avant en arrière puis le lança vers son infirmière. Sarah se baissa mais ne put éviter de recevoir le coin du tiroir sur la tempe.

La douleur fut vive. La main plaquée sur sa blessure, Sarah ouvrit la porte et se précipita dans le couloir.

— Appelez la sécurité ! cria-t-elle.

Deux gardes couraient déjà vers la chambre. Quelqu'un avait dû les prévenir en entendant les hurlements de Julia. Appuyée contre le mur, la main ensanglantée, Sarah écouta les bruits qui venaient de la chambre tandis que les deux hommes essayaient de contenir Julia.

L'une des collègues de Sarah vint appliquer un morceau de gaze sur sa tempe blessée.

— Vous avez besoin de points de suture. Et Julia Nichols d'un petit séjour dans la chambre de sommeil.

— Non, protesta Sarah faiblement.

Puis elle s'évanouit.

Le lendemain matin, le Dr Palmiento la fit venir dans son bureau.

— Comment allez-vous ?

Il se leva, posa sa main sur son épaule, visiblement soucieux, et la conduisit vers une chaise.

La plaie avait demandé simplement trois points de suture, mais les maux de tête déclenchés par la violence du choc persistaient.

— Ça va, répondit Sarah en souriant. Je n'aurais pas dû discuter avec elle. Il y avait certainement un autre moyen de...

— Chut...

Le Dr P. s'assit à demi sur le bord de son bureau.

— J'ai pris une décision en ce qui concerne Julia Nichols. Je tenais à vous en parler.

Sarah pensa à la salle de sommeil, mais se demanda si elle aurait la force de discuter.

— Elle faisait des progrès, remarqua-t-elle. Je me dis qu'elle était...

D'un geste, le Dr P. l'interrompit.

— Je vous ai laissé les mains libres avec elle. Vous avez voulu miser sur la parole, le contact, bien. Ayant observé cette approche moi-même pendant des années, j'ai pu constater son échec à partir d'un certain degré de perturbation mentale. Mais je m'étais dit qu'avec Julia vous aviez peut-être une chance. Maintenant je suis certain qu'il n'y a qu'une façon de la débarrasser de sa violence.

Il marqua une hésitation, son regard perçant rivé sur Sarah.

— Je lui ferai une lobotomie, mercredi prochain.

— Une lobotomie ? répéta Sarah, effarée.

— Oui. Ça lui permettra de se contrôler beaucoup mieux.

— Parce qu'elle sera dans un état de stupeur permanent ! Jusqu'à la fin de ses jours !

En lançant ce genre de remarques à Palmiento, Sarah ne savait si elle faisait preuve d'un courage fou ou d'une phénoménale inconscience.

— S'il vous plaît, Dr P., permettez-moi de faire quelques recherches. D'autres méthodes se sont déjà révélées concluantes avec des malades comme Julia, lui expliqua Sarah en pensant que cette idée de recherches le séduirait. Je vous en prie. Laissez-moi essayer avant de passer à une intervention aux conséquences définitives.

— Il n'existe pas d'autres méthodes performantes pour les malades de ce genre.

Le médecin se pencha vers Sarah, en la regardant comme si elle manquait de vivacité d'esprit.

— Tout au fond de vous-même, vous le savez, n'est-ce pas ?

— Mais une lobotomie n'est pas une façon de guérir les gens. C'est simplement un moyen de les rendre plus dociles. De les abrutir, de les infantiliser...

— Vous avez besoin de vous informer sur la lobotomie, Sarah, coupa Palmiento en se redressant. Vous ne pourrez pas continuer à travailler avec nous si l'efficacité de cette opération dans le traitement de la maladie mentale vous échappe.

Sarah regarda ses mains, posées sur ses genoux, tandis que la migraine la tenaillait.

— Je travaille en psychiatrie depuis trente ans. Vous n'avez qu'une dizaine d'années à votre actif, il me semble.

Sarah se redressa à son tour, avec fierté.

— Treize ans, précisa-t-elle.

— Vous connaissez ma réputation, continua le médecin. Je suis considéré comme l'un des plus grands psychiatres de ce pays.

— Oui, je le sais.

— Eh bien, cela devrait vous faire comprendre que je suis probablement meilleur juge que vous. Je pratiquerai une lobotomie sur Julia Nichols, mercredi prochain, à 15 heures. Et, puisqu'elle est votre patiente, vous y assisterez.

— Vous voulez que... ? fit Sarah, horrifiée.

— Vous avez reçu une formation en assistance chirurgicale, n'est-ce pas ?

— Seulement pendant mes études, et...

— Écoutez. Bien que vous manquiez encore d'un certain discernement en ce qui concerne l'efficacité des différents traitements, je vous considère comme l'une de nos meilleures infirmières. Désormais, vous m'assisterez lors de toutes mes interventions chirurgicales. Je me charge, avec Mme Love, de votre formation.

Sarah ne savait plus que dire. Elle était infirmière, c'était son métier, et elle devait obéir à ses supérieurs.

Ce soir-là, elle parla de cette affaire avec Joe.

Avant de s'endormir, ils en discutèrent encore, blottis l'un contre l'autre.

— Peut-être a-t-il raison, dit Joe en lui caressant les cheveux. Peut-être faut-il parfois détruire une partie du cerveau pour soulager les malades d'une insupportable torture. Si cette méthode a été distinguée par le prix Nobel, ce n'est sans doute pas sans raison.

— Je refuse de croire qu'il n'y ait pas d'autre solution. Julia est si... belle, Joe. Si jeune. Et elle a tant de fougue.

Joe effleura le pansement de Sarah.

— Je n'en doute pas, fit-il dans un éclat de rire.

— Crois-moi, ça va être horrible. Je n'ai pu obtenir qu'une chose : qu'il ne lui rase pas le crâne. Elle a une chevelure magnifique, et c'est tout ce dont elle se soucie encore.

— Elle a de la chance de t'avoir, dit Joe en embrassant sa femme. Et moi aussi.

Julia fut conduite au bloc opératoire sur un chariot, vêtue d'une blouse d'hôpital. On lui avait administré un simple sédatif, juste de quoi endormir sa combativité. Les yeux ouverts, elle sourit en reconnaissant Sarah malgré son bonnet et son masque.

— Bonjour, Julia, lui dit Sarah à travers le masque.

Elle aida le garçon de salle à installer Julia sur la table d'opération. Joyce Love était également présente et prête à assister le Dr P.

Julia chercha la main de Sarah qui surmonta

sa surprise pour serrer très fort la main de la jeune femme dans la sienne. Comme Julia semblait prise d'effroi, Sarah était maintenant heureuse de se trouver auprès d'elle. Dans cette épreuve, Julia avait au moins besoin de la présence d'une personne dont le dévouement lui était assuré.

Le Dr Palmiento arriva, vêtu de sa blouse de chirurgien, son masque sur le visage.

— Comment vous sentez-vous, Julia ? demanda-t-il avec ce ton paternel qu'il savait si bien adopter.

Il serra l'épaule de la jeune femme.

— Ça va, répondit-elle.

— Bien. Alors je vais mettre ce masque sur vos yeux, pour ne pas que cette lumière intense vous éblouisse. N'est-ce pas qu'elle fait mal aux yeux, cette lumière ?

Il masqua les yeux de Julia puis prit le rasoir. « Non, se dit Sarah, c'est impossible, il ne va pas lui raser le crâne. » Mais Palmiento ne s'en priva pas.

Se tenant de l'autre côté de la table d'opération, face à lui, Sarah le regarda.

— Vous aviez promis, lui rappela-t-elle.

Le Dr P. leva entre ses doigts une longue mèche de cheveux auburn.

— Ça, dans une demi-heure, elle n'y pensera même plus.

Il semblait agacé et, en dépit de toute l'indignation qui bouillait en elle, Sarah se tut.

— Seringue.

Joyce Love tendit une seringue contenant un

anesthésique local que le Dr P. injecta au niveau de la partie crânienne à inciser.

Une simple anesthésie locale pour une lobotomie, c'était encore une chose que Sarah détestait. Mais, selon le Dr P., il n'existait aucun autre moyen de détecter « la portion malade du cerveau qui devait être enlevée ».

Bien qu'elle ne fût pas facilement impressionnable, Sarah eut l'estomac retourné par le bruit et la poussière osseuse que provoqua le trépan. Tout en espérant ne pas se faire remarquer, elle fixa le mur au lieu d'observer le déroulement de l'opération.

Le médecin demanda instrument après instrument. Du coin de l'œil, Sarah vit Joyce lui obéir puis tendre finalement à Palmiento la spatule d'acier. Le moment de l'irrémédiable destruction était arrivé.

— Julia, quel âge avez-vous ? demanda le Dr P.

— Int... huit ans, articula la jeune femme avec difficulté.

— Bien, fit le médecin.

Sarah l'imagina en train de creuser plus profondément avec sa spatule dans la partie du cerveau exposée à sa manipulation.

— Pouvez-vous compter jusqu'à dix pour moi, Julia ?

Julia émit des sons inintelligibles, et Palmiento poursuivit son horrible besogne.

— Chantez-moi une comptine, Julia, demanda-t-il quelques minutes plus tard.

— Blablabla, dit Julia.

— Comptez jusqu'à dix, Julia.

Ce fut le silence.

Le mur se brouilla devant les yeux de Sarah. La combativité, la fougue de Julia s'étaient envolées.

Dès qu'elle put se retirer, Sarah s'excusa et alla se réfugier dans la salle de repos du personnel soignant. Enfermée dans l'un des box, elle sanglota, consciente que la mutilation de Julia resterait à jamais gravée dans son propre cœur.

22

Après deux heures de cauchemars et de larmes, Emma avait finalement réussi, avec l'aide de sa mère, à se rendormir. Laura avait retrouvé son lit ainsi que les livres sur la maladie d'Alzheimer qu'elle avait empruntés à la bibliothèque. Parcourant index et titres de chapitres, elle cherchait à s'assurer que les récits détaillés, racontés avec clarté et enthousiasme — comme ceux de Sarah —, ne pouvaient être un effet de cette maladie. Car elle commençait à se demander si les expériences menées à Sainte-Margaret ne sortaient pas tout droit d'un esprit perturbé. En tout cas, elles frôlaient l'incroyable. Qui aurait pu confiner un malade, pendant un mois, dans une pièce rectangulaire aux dimensions d'un cercueil ? La mémoire de Sarah devait être livrée à de sérieuses confusions.

Dans l'un des ouvrages, Laura put lire que « les souvenirs anciens mais vivaces des personnes atteintes de la maladie d'Alzheimer engendrent l'impression trompeuse d'une grande lucidité ». Voilà qui allait dans le sens de ses observations ! Rien n'était plus spectaculaire que la façon dont Sarah passait de son évocation du passé, vivante, détaillée à l'extrême, à la confusion quand, l'instant suivant, elle regardait la rue et ne savait même plus si elle était sur la terre ferme ou sur la mer. D'une visite à l'autre, elle oubliait encore le nom de Laura. Toutefois, elle savait associer ses apparitions aux promenades tant attendues.

Laura s'était enfin décidée à éteindre et à se préparer à dormir quand le téléphone sonna.

— J'espère que je ne te réveille pas.

C'était la voix de Ray. Laura en eut le souffle coupé, le temps de réaliser qu'elle avait Stuart au bout du fil.

— Stuart ! Tu as la voix de Ray. L'espace d'une seconde j'ai cru que...

— Oh, je suis désolé !

— Tu n'y peux rien, remarqua-t-elle en riant.

— Écoute, je sais qu'il est tard, mais je viens de tomber sur un article que j'aimerais te lire.

— Vas-y.

L'article était consacré à la publication prometteuse du livre de Ray Darrow, *La Honte*. Le titre donna à Laura envie de grincer des dents, mais elle sentit sa gorge se serrer en entendant les louanges du journaliste qui décrivait Ray comme le grand défenseur d'une cause humanitaire.

— « Si tous les politiciens lisent ce livre édifiant, on peut s'attendre à des bouleversements sociaux. » Pas mal, non ? ajouta Stuart.

— J'espère que Ray entend ça, répliqua Laura en fermant les yeux.

— C'est exactement ce qu'il souhaitait. Il n'a pas voulu nous léguer autre chose.

Longtemps après avoir raccroché, Laura resta les yeux ouverts, sans trouver le sommeil. Le bras tendu vers la place vide de Ray, elle se sentit submergée par la douleur de l'avoir perdu. Il avait été un bon mari. Si on oubliait sa fureur quand elle avait décidé de respecter la dernière volonté de son père. Si on oubliait son impatience avec Emma.

Elle secoua la tête, irritée par la façon dont Heather Davison s'acharnait à noircir le portrait de Ray, et fâchée contre elle-même, car elle commençait à croire que la psychologue avait peut-être raison.

23

Alison Becker appela Laura à l'heure du petit déjeuner.

— Nous devrons fêter un autre jour l'anniversaire de Cory, annonça-t-elle. Elle a eu mal au ventre toute la nuit.

— Oh, la pauvre !

Laura pensait moins à Cory qu'à Sarah, à qui elle avait promis une visite pendant qu'Emma serait chez les Becker. Laura ne savait plus que faire, bien qu'il fût probable que Sarah eût oublié sa promesse. Mais si ce n'était pas le cas, elle allait l'attendre, chaussée pour sa promenade, et cela, Laura ne pouvait le tolérer.

— Je peux vous aider ? demanda-t-elle à Alison.

— Non. Je vous remercie. Jim vient de sortir pour faire quelques courses. Ça va aller.

Le téléphone raccroché, Laura s'attabla de nouveau, face à Emma.

— C'était la mère de Cory, ma chérie. Cory est malade. Elle devra attendre pour fêter son anniversaire.

Emma regarda, à travers la fenêtre, dans la direction de la maison des Becker.

— Je sais que tu es déçue.

Comment Laura le savait-elle ? Comment pouvait-elle encore deviner ce que pensait ou ressentait son enfant ? Égarée dans un gigantesque jeu de devinettes, elle partageait son temps entre une petite fille qui refusait de communiquer et une vieille dame qui n'avait plus les moyens de le faire.

L'un des livres qu'elle avait lus disait qu'il pouvait être bénéfique de rapprocher une personne atteinte de la maladie d'Alzheimer d'un enfant. A plus d'un titre, l'un et l'autre étaient au même niveau.

En un éclair, Laura prit une décision.

— Puisque tu ne peux pas aller chez Cory aujourd'hui, je vais t'emmener chez une amie, Emma.

Dès que Sarah ouvrit sa porte, son regard tomba sur Emma.

— Oh, vous êtes venue avec Janie ! dit-elle, le sourire radieux.

— Janie ? Non, c'est Emma, ma fille. Emma, je te présente Mme Tolley.

Emma s'appuya contre sa mère, mais sans sa timidité habituelle, et elle n'hésita pas à pénétrer dans l'appartement. La curiosité avec laquelle elle regardait Sarah n'avait rien d'étonnant : les personnes âgées faisaient peu partie de son univers.

En les conduisant vers le canapé, le regard

rivé sur l'enfant, Sarah se heurta à une petite table basse et fit tomber par terre le portrait de son défunt mari. Laura le ramassa et le remit à sa place.

— Janie va venir se promener avec nous ?

— Si vous n'y voyez pas d'inconvénient, ma fille nous accompagnera, oui. Mais elle s'appelle Emma. Je vous ai parlé d'elle. Vous vous souvenez ?

Sarah s'assit sur le bord du canapé et se pencha vers Emma.

— Tu as une bien jolie poupée. Quel est son nom ?

Emma tendit la Barbie à Sarah qui prit la poupée sur ses genoux.

— Quel est son nom, Janie ? répéta Sarah.

— Vous vous souvenez, Sarah ? Je vous ai dit qu'Emma ne parle pas.

— Tu ne veux plus parler ? Pourquoi, ma petite Janie ?

Sarah semblait presque refuser délibérément le prénom d'Emma.

Emma fronça le nez, haussa les épaules et s'agita contre le bras du canapé.

— Bien, je vois que vous avez vos chaussures de marche, fit Laura. Tu veux aller aux toilettes avant de sortir, Emma ?

Emma fit un signe de tête négatif.

— Bon. Alors c'est moi qui y vais. Je reviens dans une minute.

En allant vers la salle de bains, Laura jeta un coup d'œil à l'horloge-calendrier qu'elle avait offerte à Sarah et dont la date avançait de trois jours. Laura prit le temps de la rectifier, en se disant que Sarah devait appuyer sur le bouton plus d'une fois par jour.

Elle se lavait les mains lorsqu'elle entendit, à travers la cloison, Sarah demander :

— Tu vas déjà à l'école, Janie ?

Où avait-elle donc pris ce prénom ? Mais Laura ne se posa pas longtemps la question.

— Je ne suis pas Janie ! Je m'appelle Emma.

La voix d'Emma, forte et claire !

Laura retint son souffle. Il y avait si longtemps qu'elle n'avait pas entendu cette voix qu'elle en avait presque oublié le son. Une voix plutôt grave pour une si petite fille. Et forte. Et, en cet instant, un rien indignée.

Elle n'osa se précipiter vers sa fille pour la serrer dans ses bras. Le miracle pouvait être fragile. L'oreille collée à la porte, elle écouta Emma répondre aux questions de Sarah, bien qu'elles fussent adressées à une enfant nommée Janie.

— Ma poupée s'appelle Barbie... J'ai cinq ans, et je suis déjà en maternelle.

Les larmes aux yeux, Laura jeta un coup d'œil vers le miroir de la salle de bains, vit son nez rougi, prit du papier hygiénique et sécha ses larmes. Puis elle ouvrit la porte, décidée à n'exprimer ni joie ni étonnement, à faire comme s'il ne s'était rien passé de particulier.

— Tu es prête à venir avec nous, Emma ? demanda-t-elle en s'attendant à une réponse.

Mais Emma se contenta de reprendre sa Barbie à Sarah et alla attendre près de la porte.

Voyant Sarah distraite par la présence d'Emma, Laura s'abstint de provoquer toute plongée dans le passé. Malheureusement, quelles que fussent les questions de Sarah, la petite refusait de nouveau de parler. Son retour au silence fit doublement mal à sa mère. Laura savait qu'il était dû à sa présence. Elle répondit elle-même aux questions de Sarah concernant sa fille, en renonçant à l'entendre appeler Emma par son vrai prénom.

Mais, à la fin de la promenade, elle remarqua tout de même :

— Vous devez connaître une petite Janie...

Sarah eut un regard lointain.

— J'en ai connu une. Mais je n'ai pas le droit d'en parler.

Accélérant soudain le pas, Sarah fit comprendre à Laura que la conversation était terminée.

Dans la soirée, Laura appela Dylan. Étendue sur les coussins jonchant le plancher de son observatoire, elle voyait la lune apparaître de temps à autre derrière un voile gris.

— Emma a parlé aujourd'hui, annonça-t-elle.

— Non, sans blague ! Racontez-moi.

— Ce matin, je l'ai emmenée avec moi voir Sarah. Et pendant que j'étais dans la salle de bains, Sarah lui a demandé...

Laura s'interrompit. Elle venait d'entendre une voix de femme appeler : « Dylan ? »

— Vous n'êtes pas seul ? fit-elle, déçue.

— Ce n'est pas un problème. Attendez une seconde.

Elle perçut un bruit de voix étouffées et

compris que Dylan avait mis sa main sur le récepteur avant de répondre à... son invitée ? Sa petite amie ?

— Allô ? dit-il en revenant en ligne. Vous me disiez que vous aviez emmené Emma chez Sarah et que Sarah lui avait posé une question ?

— Oui. J'étais dans la salle de bains. Sarah lui a demandé si elle allait à l'école, en l'appelant Janie pour je ne sais quelle raison, et, soudain, Emma a répondu, indignée : « Je ne suis pas Janie ! »

Dylan éclata de rire.

— Bravo, Emma ! Et alors ? Ah ! Je vous demande encore une seconde.

La voix féminine se faisait de nouveau entendre, mais cette fois Dylan ne prit pas la peine de couvrir le récepteur.

— Ils sont dans le placard. Sur la dernière étagère. L'escabeau est juste à côté de la porte. Bon, me revoilà ! reprit-il.

— Je vous dérange.

— Non. Pas du tout. Alors, elle a retrouvé sa voix ? Ellc continue à parler ?

— Non. Elle est retombée dans son mutisme dès que je suis sortie de la salle de bains.

Il y eut un silence.

— Dommage. J'imagine que c'est extrêmement frustrant.

Surprise par la compassion qu'exprimait sa voix, elle en eut les larmes aux yeux.

— Au moins, je sais qu'elle peut encore parler.

— Est-ce que Sarah aurait fait exprès de

l'appeler par un autre nom, histoire de la pousser à réagir ?

— Je n'y avais pas pensé... Mais je sais qu'elle m'a raconté qu'elle avait eu une muette parmi ses malades quand elle était infirmière dans un hôpital psychiatrique. Et le psychiatre avait réussi à la faire parler en la provoquant.

— Donc, elle a peut-être voulu tenter la même expérience.

— Je n'en sais rien. Sarah n'a pas l'esprit très clair, vous savez.

— Elle l'a peut-être plus que vous ne le croyez. Écoutez, je dois sortir maintenant, mais dites-moi quand je peux revoir Emma. Si elle accepte de me revoir. J'aimerais tellement que l'incident de l'autre jour n'ait jamais eu lieu.

— Vous pourriez venir lundi soir ? On doit aller chez Heather dans la matinée. Puis, dans l'après-midi, je compte repeindre le séjour. Je n'aurai certainement pas le temps de préparer quelque chose mais on commandera une pizza ou...

— Je viendrai en début d'après-midi et je vous aiderai.

— Non. Je vous en prie. Je ne cherchais pas à me faire aider.

— C'est mon jour de congé. Je serai chez vous vers 13 h 30. D'accord ? Vous avez un rouleau pour moi ou j'en apporte un ?

— Ça va. J'en ai un deuxième.

— Alors, à lundi.

Quand elle eut raccroché, Laura se versa un verre de thé glacé et l'emporta sur la véranda où elle s'installa dans l'un des rocking-chairs.

Montant des rives du lac, le coassement des grenouilles rythmait le silence de la nuit. Mais, ce soir-là, elle ne trouva pas le réconfort que lui apportait d'ordinaire une soirée paisible.

Dylan était un être foncièrement bon, et l'intérêt qu'il portait à Emma ne faisait aucun doute. Alors, si elle avait effectivement trouvé l'homme attentif et gentil prêt à jouer un rôle dans la vie de sa fille, pourquoi se sentait-elle si contrariée par la présence d'une femme chez Dylan ? C'était absurde. Elle n'avait aucun droit de regard sur sa vie privée. Sur ce plan, il ne devait rien à une femme avec laquelle il n'avait eu qu'une aventure d'une nuit et qu'il n'avait même pas reconnue. Et puis, il avait clairement exprimé son désir de vivre sans attaches. Pourquoi n'arrivait-elle pas à hausser les épaules en pensant à la voix féminine qui les avait interrompus ? Elle imaginait Dylan partageant le rire de cette femme, dans son séjour ou peut-être dans le hamac installé derrière la maison. Elle les imagina même au lit. Il la caressait, lui faisait l'amour, conscient de chacun de ses gestes. Non pas comme il avait fait l'amour avec elle, six ans plus tôt.

Et alors ? Cet homme ne lui appartenait pas.

Résolue à se concentrer sur autre chose, elle pensa à Emma, au fait qu'elle avait enfin parlé, à Sarah qui s'était entêtée à l'appeler Janie, à la couleur qu'elle allait choisir pour le séjour. Cependant elle savait que, lorsqu'elle irait dormir, Dylan serait omniprésent dans ses rêves.

24

— Tu penses encore à ce coup de téléphone, fit Bethany dans la voiture.

Comme ils avaient prévu d'aller au cinéma, Dylan avait écourté sa conversation avec Laura, alors qu'il aurait aimé l'entendre parler plus longtemps de l'événement du jour. Emma était finalement sortie de son mutisme ! De ce fait, il restait sur sa faim, et Bethany avait raison.

— Désolé. Parle-moi de ton travail. Tu ne m'as pas dit que ton agent t'avait trouvé quelque chose d'intéressant ?

Il ne savait plus très bien ce qu'elle lui avait annoncé en arrivant. Il lui semblait qu'elle réfléchissait avant d'accepter une proposition, tentante, certes, mais qui risquait de l'empêcher de poursuivre sa carrière de mannequin.

— Écoute, Dylan, je n'ai pas envie de parler de travail. J'ai envie de parler de nous. De ce qui se passe entre nous. Ou, peut-être, devrais-je dire : de ce qui ne se passe pas.

— Je ne te suis pas, fit Dylan, surpris par le ton accusateur de Bethany, mais les yeux rivés sur la route.

— Je connais les règles, Dylan. Je sais que nous n'avons pris aucun engagement l'un envers l'autre. Mais j'aimerais tout de même être traitée avec un peu plus de respect.

— Je ne vois pas ce que tu veux dire, s'étonna-t-il, persuadé de ne lui avoir jamais manqué de respect.

— Ça fait plusieurs semaines que nous ne nous sommes pas parlé une seule fois. Qu'est-ce que je dois penser ?

— On s'est laissé des messages, non ?

L'argument était faible. Il aurait pu trouver le temps de l'appeler quand il la savait chez elle.

Ils venaient d'arriver sur le parking du cinéma. Dylan se gara, coupa le contact et commença à ouvrir sa portière. Mais Bethany le retint.

— Non. On reste ici et on s'explique. S'il te plaît.

Dylan retira sa main de la poignée et se tourna vers elle.

— Très bien.

Sa chevelure était si noire qu'elle se confondait avec la pénombre ; en revanche Dylan voyait parfaitement ses yeux et y lisait une foule de questions.

— Sois honnête avec moi, Dylan. Nous avons été francs tous les deux. Il nous arrive de sortir avec d'autres personnes, et nous le savons. Mais il y a quand même toujours eu un lien particulier entre nous, il me semble.

— Oui, dit-il en lui prenant la main. Tu as raison.

— Alors j'ai besoin de savoir si quelqu'un

est en train de prendre ma place auprès de toi. Je n'en ferai pas une maladie. Mais il faut que je le sache.

Hésitant, Dylan regarda la marquise qui abritait l'entrée du cinéma à travers le pare-brise. Puis il serra plus fort la main de Bethany dans la sienne.

— Oui, quelqu'un est en train de prendre ta place, Bethany. Une petite fille de cinq ans.

La tête penchée sur l'épaule, Bethany fronça les sourcils.

— Je ne comprends pas... Ah, si ! Tu veux parler de la gamine sur la photo ?

— C'est ça.

— Je savais qu'elle était ta fille.

— Pourquoi ?

— Il suffisait de jeter un coup d'œil à cette photo. Elle a tes yeux, tes cheveux, ton sourire.

— Oui, n'est-ce pas ? remarqua Dylan, ravi et souriant.

— Mais j'imagine que ce n'était pas elle au téléphone. C'était sa mère ?

— Exact.

— Et cette femme, que représente-t-elle au juste pour toi ?

Dylan connaissait suffisamment Bethany pour sentir qu'elle avait peur. Il se voulut rassurant.

— Elle n'est que la mère de l'enfant. Emma — la petite fille — a perdu son père il y a quelques mois. Depuis, elle avait cessé de parler. Et puis, aujourd'hui, il y a eu un moment où elle a retrouvé la parole. Voilà pourquoi sa mère m'appelait.

— Tu t'es... engagé auprès d'Emma ? Je veux dire : tu la vois ?

Dylan soupira.

— Oui. Ça m'est difficile de t'expliquer... J'ai évité de te voir ces derniers temps parce que j'ai besoin de me concentrer, de ne penser qu'à cette enfant pour le moment. J'ai cinq ans à rattraper. Tu peux comprendre ça ?

Un sourire effleura les lèvres sublimes de Bethany.

— Oui, parfaitement. Et j'apprécie que tu prennes tes responsabilités. Néanmoins...

— Néanmoins ?

— J'aurais préféré que tu n'entendes jamais parler d'elle.

Le film ennuya Dylan, mais nullement Bethany et, dans la voiture, elle ne cessa d'en parler, sans que Dylan comprît ce qu'elle racontait. Pendant toute la projection, il avait pensé à Emma, s'était réjoui de la revoir lundi, en espérant être capable de lui faire oublier l'incident. Il s'était dit qu'il lui achèterait un petit pinceau afin qu'elle soit en mesure de les aider à repeindre le séjour.

Il s'engagea dans son allée avec Bethany blottie contre lui, ses cheveux soyeux contre son cou. Elle caressait sa cuisse d'une main de plus en plus insistante, mais il n'était pas intéressé. Restait à savoir comment il allait réussir à la décourager.

Il s'arrêta devant le garage, prit sa main et l'immobilisa sur son genou.

— Je crois que nous devrions parler encore un peu.

— Je n'en ai pas envie.

Bethany lui retira sa main pour glisser ses doigts sous sa chemise.

— Je veux faire l'amour.

— Je le sais, Beth, mais...

— Mais quoi ? s'exclama-t-elle, s'écartant de lui pour l'observer. Je ne te reconnais pas, Dylan. J'avais choisi ce film parce que je pensais qu'il te plairait et que tu avais besoin de te changer les idées. Et puis je constate que c'est raté. Je te sens encore plus distant que tout à l'heure.

— C'est vrai. Désolé. Mais je... je suis vraiment accaparé par autre chose. Je ne sais comment te dire. Je n'arrive même pas à me l'expliquer. Jamais je n'ai voulu d'enfant, et voilà que je découvre que j'ai une fille, et je me sens des obligations envers elle. C'est même plus que ça. Je la trouve... adorable, fit-il, surpris d'employer un tel adjectif. Pendant le film, j'ai cherché ce que je pourrais lui faire comme cadeau, où l'emmener pour la distraire, comment réussir à la mettre suffisamment en confiance pour la sortir définitivement de son mutisme... Je n'arrête pas de penser à elle. C'est peut-être de la folie, je n'en sais rien. Mais voilà ce qui m'arrive.

— Non, ce n'est pas de la folie. Seulement, j'aurais préféré avoir une autre rivale. Je n'ai vraiment pas l'habitude d'être en compétition avec une petite fille de cinq ans.

— Il n'y a pas de compétition. Sois simplement patiente.

Bethany soupira, les lèvres pincées.

— Tu ne veux pas que je reste, n'est-ce pas ?

Elle était splendide. Dylan voyait, dans le clair de lune, le gonflement de ses seins. Il avait attendu de faire l'amour avec elle ce soir, de se réveiller, comme d'habitude, en riant, en parlant, en recommençant à faire l'amour. Et pourtant, ses caresses insistantes venaient de l'agacer. Il commençait à perdre ses marques.

— Non, pas ce soir. Excuse-moi.

Elle tenta vainement de sourire, puis se pencha vers lui et posa un baiser sur sa joue.

— Tu m'appelles. D'accord ?

Dylan la regarda sortir de la fourgonnette pour rejoindre sa voiture. Quand ses feux arrière eurent disparu sous les arbres, il ouvrit sa porte en regrettant de l'avoir blessée. Puis le remords céda la place au soulagement. Enfin il pouvait recommencer à songer à sa fille sans que personne n'interrompît le fil de ses pensées.

25

Laura entendait encore sa fille parler à Sarah. Pendant qu'elle recouvrait le sol au pied des murs à repeindre, la petite voix indignée d'Emma résonna dans sa tête : « Je ne suis pas Janie ! » Et Laura ne put s'empêcher de sourire.

Dans la matinée, à l'occasion de leur séance de thérapie, Heather lui avait suggéré de venir la prochaine fois avec Sarah. Mais elle s'était aussitôt dit que cette initiative perturberait la vieille dame. Ne suffisait-il pas de lui proposer un itinéraire différent pour que Sarah fût prise de panique ? Elle avait besoin de ses repères, de ses habitudes. Toutefois, Laura avait peut-être une chance de la convaincre. Une chance d'aider Emma de cette manière.

Installée au beau milieu de la pièce, Emma peignait avec ses doigts sur des feuilles blanches. Laura ne l'avait pas encore prévenue que Dylan venait, alors qu'il arriverait dans quelques minutes.

— Emma ? dit-elle en ouvrant une boîte de peinture crème.

La petite leva les yeux. Elle avait les doigts

tout bleus et l'odeur de la peinture à l'eau emplissait la pièce.

— Dylan va venir nous rejoindre. Il veut nous aider à repeindre les murs.

Immédiatement, Emma recommença à se pencher sur ses barbouillages.

— Je sais. Tu penses qu'il a été méchant avec toi, l'autre jour. Mais il faut que tu comprennes qu'il a eu peur. Il ne voulait pas que tu te fasses mal.

Emma fit la sourde oreille et, tandis qu'elle étalait du bleu sur sa feuille, Laura se mit à peindre le mur le plus proche de la cuisine.

Un crissement de pas sur le gravier annonça l'arrivée de Dylan. Laura sortit le chiffon qu'elle avait fourré dans la poche de son short, s'essuya les mains et alla lui ouvrir tandis qu'Emma restait penchée sur sa peinture.

— Oh, je vois que vous avez déjà commencé ! La couleur est jolie. Et je constate qu'Emma peint elle aussi.

La petite ne releva même pas la tête en entendant son nom.

— J'espérais qu'Emma nous aiderait, continua Dylan.

Il prit dans la poche de son jean un petit pinceau qu'il tendit à l'enfant en s'accroupissant devant elle.

— Tu crois que tu pourrais nous aider ?

— Elle n'est pas trop jeune ? fit Laura, persuadée que Dylan en demandait trop à Emma.

Mais, à sa grande surprise, la petite prit le pinceau et se leva.

— Viens, tu vas faire ce côté. D'accord ?

La main sur son épaule, Dylan poussa doucement Emma vers le mur du fond.

— Tu passes la première couche. Et ta maman et moi, on passera la seconde.

Laura se mordit la lèvre en regardant sa fille étaler lentement la peinture sur le mur. En dépit de son application, il était évident que tout serait à refaire, mais peu importait. Dylan montra à l'enfant comment débarrasser le pinceau d'un excès de peinture en se servant du bord du plateau à rouleaux. Devant cette scène attendrissante, Laura sentit son cœur fondre.

Ils travaillèrent tous les trois jusqu'à ce qu'en fin d'après-midi Cory arrivât avec sa mallette de poupées. Les deux petites filles montèrent dans la chambre d'Emma.

— Elles ont combien de Barbie ? demanda Dylan.

Laura éclata de rire.

— Mieux vaut ne pas le savoir !

Elle se sentait un rien embarrassée de se retrouver seule avec Dylan. Il était censé être là pour Emma et non pour l'aider à peindre.

— Ne vous croyez pas obligé de rester. Ce travail dépasse le cadre de vos obligations parentales.

— On a presque fini. Et ensuite, si vous n'avez pas de projet pour la soirée, on pourrait peut-être aller patiner.

— En août ?

— Vous ne connaissez pas la patinoire d'Upperville ?

— Je ne savais même pas qu'elle existait.

— Ce sont les vrais amateurs de patinage qui

la fréquentent. Mais c'est surtout la pizzeria qui vaut le coup. On peut y dîner. Enfin, si vous pensez qu'Emma serait contente d'y aller.

Ne pouvant préjuger de la réaction de sa fille, Laura hésita.

— Elle n'a jamais patiné.

Laura pensait aussi au poulet qu'elle avait mis à décongeler, et à son dos qui lui faisait mal. Néanmoins elle aimait cette proposition spontanée et le fait de rester avec Dylan toute la soirée. Au moins, elle ne l'imaginerait pas chez lui, avec cette femme. Mais quelle folie de ressentir un tel soulagement !

— D'accord. On y va.

— Regardez-la. Elle est ravie.

Laura suivait du regard les évolutions de sa fille sur la glace. Pour une première fois, Emma faisait des merveilles. On aurait dit qu'elle patinait depuis sa naissance. De temps à autre, quand elle avait brusquement besoin d'être rassurée, elle faisait demi-tour et venait prendre la main de sa mère. A part cela, elle semblait heureuse de patiner seule, et cette manifestation d'indépendance enchantait Laura.

— Elle n'a jamais eu beaucoup l'occasion de faire du sport, expliqua-t-elle. Ray lui lisait des histoires, l'emmenait au musée. (Ou dans les rues de Washington, ajouta-t-elle in petto.) Mais il n'était pas une personne très... physique.

— Il lui a appris à faire du vélo ? A nager ? A jouer au ballon ?

— Non.

Laura songea au corps flasque de Ray, mais aussi à son esprit aiguisé, et elle s'en voulut de le déprécier devant Dylan.

— Ce n'était pas sa faute, s'empressa-t-elle de préciser. Il avait déjà cinquante-six ans quand elle est née, et il était avant tout un intellectuel. Il ne pouvait pas faire ce genre de choses. Mais il lui avait appris à se servir d'un vélo à quatre roues. Moi, l'année dernière, je lui ai appris à nager. Aujourd'hui, elle semble avoir oublié. Elle a même peur de l'eau.

— Je pourrais peut-être arranger ça. Je vous emmènerai nager un de ces jours. Il y a une plage au bord du lac ?

— Une petite, oui.

— Je deviens fou quand je ne me dépense pas assez physiquement.

Comme pour illustrer ses propos, Dylan virevolta sur la glace avec une fougue qui amusa Laura.

Pendant un moment, ils patinèrent en silence. Laura observa Emma qui essayait, les lèvres pincées par l'effort, d'imiter une autre petite fille en train de patiner en arrière. Elle pensa à la proposition de Dylan, disposé à emmener Emma nager.

— Je ne vous donne pas le sentiment de vous utiliser, j'espère, lui dit-elle.

— M'utiliser ? Vous voulez dire vous servir de moi pour vous aider à vous en sortir avec Emma ?

Elle hocha la tête.

— N'ayez crainte. On ne me fait pas faire ce dont je n'ai pas envie.

— Vous êtes un célibataire endurci qui mène sa vie comme il l'entend et qui n'a pas l'intention de changer de cap, quoi qu'il arrive.

— Exactement.

— Oui, mais j'ai l'impression que vous avez fait entrer ma fille dans votre vie.

Dylan ralentit, presque au point de s'immobiliser, et la regarda.

— Je suis son père, dit-il.

— Vous n'étiez pas tenu d'aller jusque-là. Surtout qu'elle a l'air de menacer votre mode de vie.

Il repartit, en l'incitant ainsi à le rattraper. Puis, pendant un moment, tandis qu'ils patinaient côte à côte, il garda le silence.

— Mon père a abandonné sa famille quand j'avais sept ans, expliqua-t-il enfin. Nous étions trois : ma mère, ma sœur âgée de neuf ans et moi. Ce fut d'autant plus dur qu'il avait été un bon père. Il s'occupait beaucoup de nous. Je l'adorais. Et puis, un matin, il a disparu. Comme ça, fit-il avec un claquement de doigts. Ma mère n'en revenait pas.

Soudain Dylan sourit en montrant Emma.

— Regardez-la.

Emma tentait de faire une pirouette sur la glace. Elle tomba mais, dès qu'un adolescent l'eut aidée à se relever, elle reprit vaillamment son patinage.

— Elle est vraiment douée, observa Dylan. On pourra en faire une championne. Si vous n'y voyez pas d'inconvénient, ajouta-t-il, en modérant son enthousiasme.

— Moi, je suis d'accord, fit Laura en riant,

mais il faudra lui demander son avis... Alors, dites-moi, pourquoi votre père a-t-il abandonné sa famille ?

— Eh bien, il nous a fallu un certain temps pour comprendre. On a fini par découvrir qu'il avait une femme et deux enfants dans un autre État. Il voyageait beaucoup pour son travail et avait pu mener une double vie sans problème. L'autre femme connaissait notre existence. Quand elle en a eu assez de cette situation, elle lui a demandé de choisir. C'est ce qu'il a fait. A notre détriment.

— Il a complètement coupé les ponts ? Vous ne pouviez pas le voir pendant les vacances ou...

— Il nous a rayés de son existence. On ne l'a jamais revu. C'est par son cousin qu'on a su ce qui s'était passé. Aujourd'hui, il est mort. A cinquante ans, il a eu une crise cardiaque. J'espère que je n'ai pas hérité de sa prédisposition aux problèmes cardiaques. Ni de sa malhonnêteté, ni de sa duplicité, précisa Dylan d'un ton amer. En tout cas, vous comprenez désormais pourquoi, sachant que j'ai une enfant, je ne peux pas la laisser grandir sans son père.

— Oui, je comprends.

— Je me demande bien pour quelle raison je garde la collection de fusils d'un homme que j'ai détesté. D'autant que je déteste aussi les armes.

Dylan acheva ses aveux dans un éclat de rire. Mais Laura perçut la douleur derrière sa gaieté forcée.

— Vous avez certainement eu une enfance difficile.

Il haussa les épaules.

— Oh, j'ai simplement été aguerri ! Mais c'est vrai que j'aurais pu l'être autrement. L'absence de mon père a laissé un vide en moi.

Laura pensa à sa propre enfance. Elle avait perdu sa mère à l'âge où Dylan avait perdu son père, mais cette perte, personne n'en avait été responsable. Et puis son père lui avait tant insufflé son amour de l'astronomie qu'elle n'avait jamais ressenti un vide en elle. D'inspiration en défi, d'incitation en contrôle parfois excessif, il avait largement comblé ce vide.

— Est-ce qu'Emma comprend ce qui est arrivé à Ray ? demanda Dylan brusquement. Je veux dire : est-ce qu'elle comprend ce qu'est la mort ?

— Heather m'a expliqué que les enfants de moins de sept ans ne peuvent pas comprendre que la mort est quelque chose d'irréversible. Par conséquent, je... Vous savez, Dylan, de toute façon, je n'ai aucune idée de ce qu'elle comprend ou non. De ce qui l'effraie, de ce qu'elle pense. Elle ne me parle pas.

Tandis qu'ils continuaient à patiner, Dylan prit le coude de Laura.

— Elle le fera, affirma-t-il avec assurance. Elle a parlé à Sarah. Ce n'est plus qu'une question de temps maintenant.

— Vous savez, je vais emmener Sarah à la prochaine séance de thérapie. Bien que je craigne qu'elle en soit très perturbée.

— Vous vous faites beaucoup de souci pour les autres, n'est-ce pas ? observa Dylan avec douceur. Vous ne voulez pas ternir la mémoire de Ray. Vous avez peur de m'utiliser. D'utiliser Sarah. Cette femme et moi pouvons assumer la responsabilité de nos actes.

N'ayant jamais considéré qu'elle pût se montrer soucieuse d'autrui à l'excès, Laura fut étonnée par le jugement de Dylan. Et puis, en ce qui concernait Sarah, il n'avait pas l'air de comprendre.

— Vous, d'accord, vous savez ce que vous faites. Mais pas Sarah. Par bien des côtés, elle est comme une enfant. Elle ne saura pas refuser ma proposition. Elle ne comprendra même pas où je veux l'emmener, ajouta Laura, la voix prête à se briser.

— Vous êtes gentille, Laura, remarqua Dylan en lui pressant le coude.

Jamais personne ne l'avait décrite ainsi. Elle pensa aux articles qui lui avaient été consacrés et qui la présentaient comme une « brillante astronome », une « scientifique acharnée », une « observatrice obstinée du ciel ». Sa gentillesse n'avait jamais été évoquée. Dylan ne la connaissait pas suffisamment.

— Au sujet de votre père et de Sarah... Je me suis dit qu'ils s'étaient peut-être effectivement rencontrés à l'occasion d'une croisière, mais sans devenir amants. Il est possible qu'il soit tombé malade et qu'elle l'ait soigné.

Laura s'immobilisa.

— Oui ! Ce doit être quelque chose comme ça. Elle lui a peut-être même sauvé la vie. Pas forcément au cours d'une croisière, d'ailleurs. Mais le lien a bien pu s'établir de cette façon, en effet.

— D'où le sentiment de votre père de lui être redevable.

— C'est très possible, mais je ne peux pas compter sur la mémoire de Sarah pour m'en assurer, observa Laura, résignée, en recommençant à glisser sur la glace.

Elle remarqua qu'Emma avait ralenti l'allure. Il serait bientôt temps de quitter la patinoire.

— Je suis désolée de vous avoir dérangé, l'autre jour, avec mon coup de téléphone.

— Vous ne m'avez pas dérangé.

— J'avais cru comprendre qu'il n'y avait pas de femme dans votre vie.

— Je n'ai jamais dit ça. J'ai dit que je n'avais pas d'attaches. Pas de liaison sérieuse. Pas une femme...

— Mais un tas de femmes ?

— N'exagérons rien, fit Dylan en riant. Disons quelques-unes.

— Elles s'accommodent de ce partage ? Ou bien elles l'ignorent ?

— Oh, non, elles savent ! Souvenez-vous de ce que je vous ai dit tout à l'heure. Je n'ai pas voulu hériter de la duplicité de mon père. Je n'y céderai jamais, quel que soit le prix à payer. Certaines femmes ne le supportent pas. Alors elles cessent de me voir.

— Mais d'autres le tolèrent ? Je ne vois pas comment elles font.

— Vous seriez surprise par le nombre d'entre elles qui partagent mon refus de tout attachement.

Laura resta perplexe. Sans doute Dylan avait-il été dégoûté du mariage par la situation de sa famille. Et puis, il y avait cette « longue et douloureuse histoire » à laquelle il avait fait allusion quinze jours plus tôt.

— Regardez, Emma commence à être fatiguée, dit-il.

— Je sais.

— On devrait partir ?

— Oui.

Espérant qu'elle ne s'était pas montrée trop indiscrète, elle le regarda rejoindre Emma, s'accroupir devant elle, lui parler, puis se relever et revenir vers elle.

— Elle en a assez, je crois. Elle n'a pas hoché la tête, mais elle n'a pas fait le contraire non plus.

Emma se retourna et leur fit signe tout en se dirigeant vers le bord de la patinoire.

— C'est étonnant comme vous savez vous y prendre avec les enfants, remarqua Laura.

Évidemment, elle le vit rire.

— On ne m'avait encore jamais dit ça.

— Peut-être parce que les enfants vous laissaient indifférent jusqu'ici.

Elle se trouva bien audacieuse, mais Dylan hocha la tête, avec un petit sourire.

— Ce doit être ça, fit-il.

Puis il s'élança, derrière Emma, vers le bord de la patinoire.

26

— Entrez, chère amie.

Sarah tenait sa porte ouverte, un rien surprise et nerveuse.

— Je vais aller mettre mes chaussures, et je serai prête.

Elle disparut dans sa chambre. A l'évidence, en dépit du calendrier, pourtant facile à utiliser, elle n'avait aucune idée du jour.

Laura l'attendit dans le séjour d'où elle pouvait voir le calendrier sur le mur de la kitchenette. Une fois de plus, il était en avance — de deux jours, ce matin-là. Elle alla rectifier la date puis retourna dans le séjour et vit Sarah réapparaître sans chaussures.

— Je n'arrive pas à les trouver.

— Vous voulez que je vous aide ?

Laura la suivit dans la petite chambre, très ordonnée et propre, dont les rideaux s'harmonisaient au dessus-de-lit fleuri. Quelqu'un avait collé des étiquettes sur les tiroirs de la commode afin de permettre à Sarah de se souvenir facilement de leur contenu.

Dans la penderie, on repérait tout de suite les chaussures de marche de Sarah parmi les autres.

— Les voilà ! fit Laura.

Elle les prit et les tendit à Sarah qui les regarda comme si elle les voyait pour la première fois.

— Ce sont celles que je mets pour aller me promener ?

Laura hocha la tête.

— Bien, répondit Sarah en haussant les épaules.

Pendant que, assise au bord du lit, Sarah enfilait ses chaussures, Laura songeait que sa confusion devenait inquiétante. Que s'était-il passé en quelques jours ? Combien de fois avait-elle oublié où elle se trouvait ou mis sa jupe à l'envers ? D'après ce que Laura avait lu, le mal ne pouvait qu'empirer.

Une brise légère, rafraîchissante, les enveloppa dès qu'elles sortirent de la maison de retraite.

— C'est le printemps ? demanda Sarah.

— Non. Mais on peut se tromper, précisa Laura en voulant rassurer la vieille dame. Nous sommes le 26 août, l'été est presque fini, et l'air est frais. Profitons-en ! C'est agréable, non ?

— Oh, oui !

Sarah se mettant, comme toujours, à marcher vaillamment, Laura dut allonger le pas pour la rattraper.

Quelques mètres plus loin, elle entama la conversation :

— Je voulais vous demander quelque chose.

La dernière fois, je suis venue vous voir avec ma petite fille, Emma. Vous vous en souvenez ?

— Non, avoua Sarah, l'air peiné.

— Ça ne fait rien. Ce que je voulais vous dire, c'est qu'Emma, qui était muette depuis des mois, s'est mise à parler avec vous. Vous m'aviez raconté que vous aviez une malade muette : Karen. Vous vous souvenez de Karen ?

— Le Dr P. la maltraitait.

— C'est ça. Mais finalement il avait réussi à la sortir de son mutisme. Comme vous l'avez fait avec Emma. Vous l'avez provoquée intentionnellement, n'est-ce pas ? Pour qu'elle parle ?

— Je n'ai jamais maltraité quelqu'un.

— Je n'ai pas dit ça. Mais vous l'avez appelée Janie jusqu'à ce qu'elle finisse par vous dire qu'elle s'appelait Emma.

Sarah porta sa main à sa bouche, l'air pensif.

— Janie est venue ici ? Je croyais avoir rêvé.

— Non, vous n'avez pas vu Janie. En tout cas pas en ma présence. (Laura observa le profil de Sarah.) Cette Janie existe-t-elle vraiment ? Je croyais que, peut-être...

— Janie existe. Mais je ne dois pas parler d'elle.

Sarah jeta un coup d'œil derrière elle, comme si elle craignait d'être suivie.

— Qui vous l'interdit ?

La régression provoquée par la maladie d'Alzheimer favorisait la création de personnages imaginaires, comme dans l'univers des enfants. Janie en faisait-elle partie ? Aurait-on dit à Sarah qu'elle passerait pour folle si elle parlait de Janie ?

— Le Dr P. répondit Sarah. Et monsieur D.

Monsieur D. ? Sarah semblait s'éloigner de plus en plus de la réalité. Attristée, Laura passa son bras autour de ses épaules.

— Je suis votre amie, Sarah. Vous pouvez me parler de Janie, si vous voulez.

Sarah la regarda comme si elle cherchait à s'assurer de l'authenticité de ses paroles. Puis elle se lança dans la suite de ses souvenirs.

Sarah, 1958

Finalement, après trois ans de mariage, Sarah attendit un enfant. Partageant sa joie sans mélange, Joe commença à se ruiner pour le futur bébé, entreprit de retapisser les murs de la pièce qu'il lui réservait, et n'hésita pas à sortir au milieu de la nuit afin de satisfaire les envies d'olives ou de chocolat de sa femme.

Sarah continua à travailler à Sainte-Margaret jusqu'à ce que son état — au sixième mois de sa grossesse — handicapât son activité. Avec Joe, elle discuta souvent de ce qu'elle ferait après la naissance du bébé. Reprendrait-elle ou non son travail ? Joe dut reconnaître, non sans humiliation, que son salaire suffirait difficilement à les faire vivre tous les trois. Il leur faudrait économiser du matin au soir s'ils voulaient joindre les deux bouts.

Sarah ne se réjouissait pas à l'idée de confier son enfant à une baby-sitter pour aller travailler. Mais, en même temps, elle se souvenait de sa conversation avec Colleen, du danger que courraient leurs malades si les méthodes du Dr P. n'étaient plus contrebalancées par une approche humaine. Parfois Sarah se réveillait la nuit en pensant à ce que serait le sort des patients, entièrement livrés aux méthodes de Palmiento.

Colleen lui servit d'exemple. Mère d'un jeune garçon, elle n'en travaillait pas moins à plein temps. Bien sûr, sans mari, Colleen n'avait pas le choix. En revanche, elle avait une belle-mère qui gardait Sammy toute la journée, alors que la mère de Joe avait coupé les ponts avec son fils depuis son mariage. Mais l'une de leurs voisines s'était déjà proposée pour garder le bébé. Sarah finit par se mettre d'accord avec Joe pour prendre six mois de congé supplémentaires après la naissance de l'enfant. Ils géreraient leur budget avec la plus grande prudence, verraient comment ils s'en sortiraient et décideraient en conséquence si Sarah reprendrait ou non son travail.

Un soir d'avril, pendant qu'ils regardaient la télévision, des contractions surprirent Sarah et, avec un mois d'avance, l'inquiétèrent sérieusement.

Joe la conduisit aussitôt à l'hôpital où le médecin lui assura qu'il s'agissait d'une fausse alerte. Mais, devant l'anxiété persistante de Joe, ils gardèrent néanmoins Sarah jusqu'au jour suivant.

Elle alla se coucher le lendemain soir avec de telles douleurs dans le dos qu'elle ne put s'endormir. Allongée sur le côté, elle laissa Joe la masser, mais l'intensité des douleurs la priva de soulagement.

Juste avant l'aube, les contractions reprirent.

— On devrait aller à l'hôpital, Sarah.

— Ils vont encore me renvoyer à la maison.

Mais quand elle s'aperçut que le lit était mouillé, elle se souvint brusquement que chez certaines femmes les contractions se font ressentir au niveau du dos. Et elles se succédaient maintenant sans interruption.

— Non, je crois que tu as raison. On ferait mieux d'y aller.

Pendant qu'elle cherchait à se lever, Joe courut sortir des vêtements de la penderie puis revint vers elle.

Elle avait réussi à se lever, mais se rendait compte qu'elle accoucherait avant d'avoir atteint l'hôpital.

— Joe, le bébé arrive trop vite pour que tu aies le temps de m'emmener, expliqua-t-elle en s'efforçant de rester calme. Je vais m'allonger de nouveau. Et toi, tu appelles une ambulance.

D'ordinaire si calme, Joe s'affola.

— Comment ? Le bébé va naître ici ?

Il voulut l'aider à se recoucher, mais elle le repoussa.

— Ça va. Dépêche-toi d'aller téléphoner.

La situation était plus délicate encore qu'elle ne l'avait cru. Dès qu'elle fut allongée, elle sut que le bébé arriverait avant l'ambulance. Un bébé prématuré, fragile, qu'elle risquait de perdre. L'angoisse conjuguée à la douleur lui fit monter les larmes aux yeux.

Joe revint au pas de course dans la chambre.

— Ils arrivent, dit-il en se précipitant vers elle.

— Le bébé aussi, Joe.

— Qu'est-ce que tu veux dire ?

— Juste ce que je viens de te dire.

Soudain agacée, elle le regretta aussitôt. Elle ne devait pas s'en prendre à Joe, seul capable, pour l'instant, de la secourir.

— Pour être plus précise, Joe, tu vas devoir m'aider.

Elle vit dans son regard un éclair de panique, immédiatement chassé par la force tranquille dont il avait déjà si souvent fait preuve.

— Bien. Je t'écoute. Que dois-je faire ?

Sarah n'avait assisté qu'à quelques accouchements pendant ses études, et jamais dans de telles circonstances. La voyant gémir et chercher se mots, Joe lui prit la main.

— Apporte des serviettes de toilette propres, lui demanda-t-elle.

Le souffle à demi coupé, elle rejeta les couvertures et remonta sa chemise de nuit sur ses hanches pendant que Joe sortait de la chambre. Elle le vit revenir, les bras chargés de serviettes.

— Ça s'accélère, lui annonça-t-elle.

— Qu'est-ce que je fais ?

— Une serviette... sous moi.

Elle n'avait plus la force de résister au besoin de pousser, bien que ce fût peut-être trop tôt. Prise dans un tourbillon, elle sentait à peine la présence de Joe, assis au bord du lit, entièrement concentré sur ce qui se passait entre les jambes de sa femme.

— Prends une autre serviette pour attraper le bébé, souffla-t-elle. Il sera gluant et...

— Je le vois ! s'écria Joe. Qu'est-ce que je dois faire ? J'essaie de le tirer ?

— Non. Il vient par la tête ou... ?

Elle claquait si fort des dents que ses tempes en vibraient.

— Oui. Par la tête. Il a beaucoup de cheveux.

— Évite-moi d'être déchirée. Mets simplement ta main sur son crâne et il ne sortira pas.

Mais, laissant échapper un hurlement, elle comprit qu'il était trop tard pour s'épargner une déchirure. Une seconde plus tard, elle s'en moquait. L'enfant était dans la serviette, entre les mains de Joe.

— Il va bien ?

Elle souleva sa tête pour tenter de voir le bébé.

— C'est une fille, annonça Joe, souriant.

Sarah se redressa sur les coudes, mais ne vit rien qu'un amas de rouge sur le jaune du tissu-éponge.

Avec un calme que démentait son regard, Joe remarqua :

— J'ai... J'ai l'impression qu'elle ne respire pas.

— Nettoie-lui la bouche avec un coin de la serviette.

Sarah avait peur. Un an plus tôt, l'une de ses collègues avait perdu un bébé à la naissance. « Mon Dieu, faites qu'elle vive », pria-t-elle.

Dès que le bébé eut la bouche nettoyée, il poussa un petit cri aigu puis un grand cri qui révélait toute sa vigueur. Sarah se laissa retomber sur le dos, soulagée, et ferma les yeux tandis que le monde extérieur s'emplissait d'un hurlement de sirène.

Elle passa avec l'enfant près d'une semaine à l'hôpital, bien qu'il n'y eût aucun problème. Joe quittait son bureau de bonne heure et s'attardait auprès de sa femme et de sa fille jusqu'à ce qu'on le priât de sortir. Sarah remarqua que les infirmières permettaient à Joe de rester plus longtemps que les autres pères. Comme il avait participé à l'accouchement, elles devaient le sentir plus attaché à son enfant que ne l'étaient généralement les hommes obligés de se tenir à distance pendant la délivrance.

Ils donnèrent à la petite fille le prénom de la tante chérie de Sarah. Sarah fut soulagée de constater que l'enfant ressemblait plus à Joe qu'à elle. Le lien fut d'emblée exceptionnel entre le père et la fille, et Sarah attribua cette particularité au fait que Joe avait été le premier à tenir leur fille entre ses mains, à l'admirer, à pleurer de joie en la regardant. Il s'occupa de Janie avec autant d'habileté et d'enthousiasme que Sarah, et fit d'elle sa petite princesse.

Il devint évident que s'ils voulaient rester dans leur jolie maison, près du parc, Sarah devait reprendre son travail. A l'idée de laisser Janie à leur voisine, Mme Gale, et d'en être séparée cinq jours par semaine, elle eut mal dans tout le corps. Néanmoins, au fond d'elle-même, elle savait qu'elle n'était pas faite pour rester à la maison. Elle ne l'avoua qu'à Joe, tant elle se trouvait égoïste et peu maternelle. Mais, au-delà de la honte qu'elle éprouvait, il y avait cette nécessité de retrouver la stimulation que lui procurait son travail. Et puis les patients avaient aussi besoin d'elle à Sainte-Margaret.

Joe lui expliqua que ce qu'elle ressentait n'avait rien à voir avec le fait d'être une femme, puisqu'il partageait ses sentiments. Mais lui put modifier ses horaires afin de rester avec Janie une partie de la matinée. Ainsi, elle ne serait avec Mme Gale que l'après-midi.

Quelques jours avant de retourner à Sainte-Margaret, Sarah donnait le biberon à Janie lorsqu'elle vit le Dr Palmiento apparaître au journal télévisé. Elle monta le son aussitôt tout en regardant, effarée, Palmiento échanger une poignée de main avec le président Eisenhower. Le commentaire du journaliste apprit à Sarah que le médecin venait de recevoir une récompense pour son travail à l'hôpital psychiatrique. Elle s'affaissa sur sa chaise, déchirée entre la fierté de seconder cet homme et l'incompréhension. Comment pouvait-on accorder une distinction officielle à un médecin qui recourait à des méthodes si contestables ?

— Je suis tellement heureuse que tu sois revenue !

Sarah venait de retrouver Colleen qui l'avait remplacée pendant son absence et était toute perturbée par ce qu'elle avait observé dans le service de sa collègue.

— Les choses se sont aggravées, dit-elle, tandis qu'elles s'attablaient avec leurs sandwichs à la cafétéria. J'ai besoin que l'on me dise que je n'ai pas perdu la tête.

— Qu'est-ce qui s'est aggravé ?

Colleen roula les yeux. Elle s'était laissé pousser les cheveux et de courtes ondulations blondes encadraient maintenant son visage.

— Il y a cet homme... ce gamin, devrais-je dire, qui a été engagé pendant ton absence. Aujourd'hui, il est déjà le bras droit du Dr P. On l'appelle monsieur D.

Sarah éclata de rire.

— Monsieur D. ? Et cet homme adhère aux méthodes du Dr Palmiento ?

— Mieux que ça ! Il en invente de nouvelles, et il est devenu le responsable du programme de guidage psychologique.

— C'est-à-dire ?

En huit mois, la situation semblait avoir énormément changé.

— Il n'y a que Palmiento et ce garçon pour le savoir exactement. Il utilise des casques, ajouta Colleen en se penchant vers Sarah comme pour lui livrer un secret.

— Des casques ?

Sarah éclata de rire une seconde fois. Mais elle savait qu'elle ne tarderait pas à perdre la bonne humeur qu'elle avait puisée auprès de Joe et de sa fille.

— Ils ressemblent à ceux que portent les footballeurs. Mais, à l'intérieur, ils sont munis d'écouteurs reliés à un grand magnétophone posé sur la table de nuit des malades. La bande passe en continu. Quand elle s'arrête, on la fait repartir, et le patient finit par l'écouter quinze heures par jour.

Sarah commença à avoir des soupçons. C'était trop ridicule.

— Tu rêves, dit-elle.

— Non. Tu pourras bientôt t'en rendre compte.

— Et sur ces bandes, qu'est-ce qu'il y a ?

— Des messages enregistrés par le Dr P. Chacun a sa bande personnelle et entend, par exemple : « Vous n'êtes qu'un imbécile. Vous avez détruit votre mariage. Vous êtes un(e) bon à rien. »

— Quoi ?

— Les mêmes choses reviennent sans cesse. Les malades écoutent ça pendant un mois environ. Puis c'est remplacé par des messages positifs. Du genre : « Vous aimez votre famille. Vous êtes une excellente épouse et mère. Vous adorez votre mari. »

Les traits de Sarah s'étaient affaissés.

— Dis-moi que tu plaisantes.

— Pas du tout. Et il arrive que les malades — ceux qui ne sont pas assommés par les drogues ou les électrochocs — se mettent à pleurer ou à hurler en entendant ces enregistrements.

Sarah eut un soupir exaspéré.

— Quand vont-ils enfin trouver quelque chose qui aidera vraiment à soulager les gens ? demanda-t-elle.

— Ils disent que c'est la solution. Il faut faire sortir le mal avant de pouvoir aller mieux.

— Et Palmiento aura encore droit à des félicitations !

Sarah regarda son sandwich puis le repoussa.

Elle avait perdu l'appétit. Elle était de retour à Sainte-Margaret.

Le Dr P. pratiqua deux lobotomies dans la semaine et, apparemment heureux qu'elle fût de retour, requit sa présence au bloc opératoire. Constatant qu'elle ne se sentait plus déchirée par le spectacle de la destruction d'un esprit, Sarah s'inquiéta. S'était-elle déjà endurcie à ce point ?

L'une de ses nouvelles malades avait été surnommée Cendrillon par tout le service, parce qu'elle croyait que ses cheveux et ses vêtements étaient maculés de cendres et qu'elle essayait constamment de s'en débarrasser. La cinquantaine, négligée, obèse, elle avait cependant un visage et un comportement dont la douceur attirait Sarah. Ce fut à son propos qu'elle rencontra enfin monsieur D., après avoir beaucoup entendu parler de lui depuis son retour.

Son bureau était adjacent à celui du Dr P. et presque aussi grand. Sarah comprit immédiatement pourquoi Colleen lui avait parlé d'un « gamin ». Monsieur D. avait l'air d'avoir, au plus, dix-neuf ans, mais, sachant qu'il préparait un doctorat de psychologie, on pensait qu'il devait être plus âgé... en dépit de ses boutons d'acné.

— Je vous en prie, asseyez-vous.

Monsieur D. resta debout en attendant que Sarah s'installât, en face de lui, de l'autre côté de son bureau. Sensible à son sourire engageant, elle se sentit mieux disposée à son égard.

— Je suis ravi de faire enfin votre connaissance, madame Tolley. On m'a fait des éloges sur votre travail.

— Merci.

— Je voulais vous expliquer comment nous pensons traiter votre patiente, Mme Lucas. Que l'on appelle ici Cendrillon, je crois.

Il parlait comme un homme mûr, quoique d'une façon légèrement gauche, mais n'avait rien de la suffisance que Sarah lui avait prêtée en raison de sa position.

— Cendrillon, oui, répondit-elle.

— Nous comptons lui faire suivre un programme qui a été élaboré en votre absence et auquel nous avons donné le nom de guidage psychologique.

— Vous parlez des enregistrements.

— C'est cela. C'est un programme très intéressant, précisa monsieur D., les joues soudain rosies. Nous administrerons à Mme Lucas les médicaments que le Dr P. jugera adaptés à son cas, puis nous la mettrons en salle de sommeil, avec un casque muni d'écouteurs. Ces écouteurs sont reliés à une bande magnétique qu'elle écoutera pendant toute la journée, à l'exception des pauses pour aller aux toilettes et pour les repas. Vous, vous lui donnerez les soins habituels réservés aux patients en salle de sommeil. Vous lui ferez sa toilette et vous la retournerez sur le lit pour éviter les escarres.

Sarah se sentit au supplice sur sa chaise.

— Qu'y aura-t-il sur la bande magnétique ?

— Des messages élaborés à partir de ses séances avec le Dr P. Nous retiendrons ce qui est, pour elle, particulièrement chargé sur le plan émotionnel. Elle aura aussi un fil attaché à la jambe gauche et chaque message négatif sera accompagné d'une petite décharge électrique.

— Oh ! monsieur D. ! C'est trop, protesta Sarah.

— Pas du tout.

Il se pencha vers elle en souriant, ses cheveux noirs accrochant la lumière du plafonnier, les yeux brillants. En dépit de l'acné, c'était un bel homme.

— Cela a pour but d'effacer ses pensées négatives avant de les remplacer par des pensées positives. De changer son comportement en économisant des milliers d'heures de thérapie.

« Et sans aucun contact humain », songea Sarah. Mais elle se tut devant ce gamin qui avait déjà un pouvoir qu'elle ne devrait pas remettre en question. Toutefois, d'un ton qu'elle s'efforça de rendre agréable, elle osa lui demander :

— Avez-vous déjà vu ce traitement aider quelqu'un ?

Détournant les yeux, monsieur D. se mit à remuer quelques papiers sur son bureau.

— Nous n'en sommes qu'au début de nos recherches. Mais nous pouvons déjà observer des effets bénéfiques, expliqua-t-il.

Puis il rassembla certains documents et se leva afin de signifier à Sarah que l'entretien était terminé.

Elle sortit de son bureau en songeant qu'il savait mal mentir. Il avait parlé avec conviction, sauf en ce qui concernait son dernier commentaire : mal à l'aise, il avait alors détourné le regard. C'était mieux que rien. Au moins, quand il tenterait de lui en faire accroire, elle le saurait.

Pendant trois semaines, Cendrillon resta allongée sur son lit, les yeux fermés ou fixés au plafond, les écouteurs aux oreilles, le visage sans expression, prenant ses repas en silence. Certes, elle en oubliait de brosser les cendres imaginaires. Mais était-ce ce que l'on pouvait appeler une amélioration ? Sarah en doutait sérieusement.

— Ils tuent en chaque malade sa personnalité, et ils appellent ça un progrès, dit-elle à Colleen, un jour, à la cafétéria.

— Je sais.

Colleen porta une cuillerée de potage à ses lèvres.

— Il faut vraiment que l'on fasse quelque chose.

— Mais quoi ?

— Raconter à quelqu'un ce qui se produit ici.

Sarah vit son amie rire.

— Cet hôpital est considéré comme l'un des meilleurs établissements psychiatriques du pays, expliqua Colleen, et Palmiento vient de recevoir une distinction très convoitée. Qui voudra croire que deux petites infirmières en savent plus long que lui ? D'ailleurs, nous faisons peut-être fausse route, Sarah. Nous avons peut-être des idées démodées. Qui nous dit que ces traitements ne sont pas appliqués dans les meilleurs hôpitaux ?

— J'espère bien que non. Même s'ils finissent par marcher, ajouta Sarah en se penchant vers Colleen, le prix à payer est trop élevé. Personne ne peut prétendre à un succès si les malades perdent leur dignité en cours de route.

— Ce qui est certain, c'est qu'on ne fera pas de vagues sans être renvoyées. J'ignore ce qu'il en est pour toi, mais moi, j'ai besoin de travailler. Et comme Palmiento veillera à nous barrer la route, nous ne serons engagées nulle part ailleurs.

Bien que Colleen eût entièrement raison, Sarah ne parvint pas à surmonter son malaise. Même chez elle, ses préoccupations prenaient le dessus. Il lui arrivait de se réveiller en pleine nuit, après s'être vue en isolement à Sainte-Margaret, et de s'assurer instinctivement de la présence de Joe à côté d'elle. Elle allait même chercher Janie et l'installait entre eux deux. Les nuits de cauchemar, c'était la seule façon pour elle de se sentir en sécurité, bien au chaud, en paix avec le reste du monde.

— Démissionne, lui suggéra Joe, un soir. On se débrouillera. Ce travail te mine.

Ils étaient assis dans le séjour. Janie venait de boire son biberon et dormait sur l'épaule de sa mère.

— Je ne peux pas partir comme ça. Il se passe là-bas des choses terribles, j'en suis certaine, et je ne veux pas abandonner mes malades.

— Si tu es sûre de ce que tu dis, alors il faut réagir d'une façon ou d'une autre.

— Et si me je faisais des idées ?

Joe prit le bloc-notes et le stylo qui ne le quittaient jamais.

— Établissons une liste de tout ce qui te paraît suspect. On y verra peut-être plus clair après.

Sarah se mit à énumérer ce qui la perturbait, soulagée par le simple fait d'en parler.

— Il y a d'abord les lobotomies. Je sais qu'on en pratique ailleurs, mais certainement pas avec une telle fréquence. Puis les électrochocs. Palmiento utilise un voltage élevé et les multiplie, même pendant que les malades sont en pleine crise. Ensuite, l'isolement. Les patients sont enfermés dans une toute petite chambre — une sorte de boîte, en fait... Puis le programme extravagant de guidage psychologique de monsieur D. Les médicaments — on en donne beaucoup trop et sans discernement. Le manque de contact humain avec les malades qu'essaient de pallier quelques infirmières. On dirait qu'ils veulent automatiser les soins.

Sarah posa un baiser sur la tempe de Janie, se leva et mit le bébé dans le couffin, à côté de sa chaise. Puis elle se rassit tandis que Joe étudiait la liste.

— Tu es sûre que ces méthodes ne sont pas de plus en plus répandues ? Après tout, Palmiento...

— J'ai lu pas mal de revues spécialisées ces derniers temps. Nulle part il n'est question de ce genre de choses. Je peux même te dire que la lobotomie n'a plus la faveur des médecins. Et si l'on teste de nouveaux médicaments, ce n'est pas à l'échelle de ce qui se pratique à Sainte-Margaret.

La liste sur les genoux, Joe se renversa contre le dossier de sa chaise.

— Je crois qu'il faut vraiment faire quelque chose. Pourquoi ne pas appeler le Conseil national de psychiatrie ? Tu ne seras pas obligée de décliner ton identité.

Sarah avait pensé, puis renoncé à cette démarche. Savoir qu'elle pouvait appeler anonymement la soulagea, car, après avoir énoncé devant Joe tout ce qui lui paraissait suspect, elle se sentait plus que jamais décidée à intervenir auprès des plus hautes instances.

Le lendemain matin, elle commença par prévenir l'hôpital qu'elle serait en retard, puis elle téléphona au Conseil national de psychiatrie, en demandant à parler à la personne responsable du comité d'éthique. Après quelques minutes d'attente, un homme prit la communication. La liste de Joe sous les yeux, elle énuméra lentement les méthodes qu'elle entendait dénoncer. Elle imagina son correspondant en train de noter ce qu'elle lui disait entre deux rares manifestations de sa présence au bout du fil. Sa voix monocorde rappelait à Sarah celle des patients en salle de sommeil.

— Je vous remercie pour ces informations, dit-il quand elle eut fini. Mais je ne crois pas avoir entendu votre nom.

— Je préférerais ne pas vous le donner.

— Nous en avons besoin pour enregistrer le dossier. Comme pour assurer la crédibilité de votre rapport.

— Je travaille dans cet hôpital. Cela devrait suffire à me rendre crédible.

— Comment puis-je être certain que vous n'êtes pas l'une des patientes ?

— Je ne suis pas malade. Je travaille là-bas...

Sarah faillit dire depuis combien de temps, puis se rendit compte que ce serait un moyen de l'identifier.

— Vous devez me croire sur parole, fit-elle.

— Bien. Je transmets ces informations aux autorités concernées.

Sarah raccrocha en éprouvant une légèreté qu'elle n'avait pas connue depuis longtemps. Cette fois-ci elle avait fait tout ce qui était en son pouvoir.

Laura tint ouverte la porte de la maison de retraite pour Sarah. La vieille dame pénétra dans le hall d'un pas bien plus lent qu'au moment de sortir. Elles avaient marché beaucoup aujourd'hui, mais si Laura elle-même se sentait fatiguée, elle devait avant tout cette fatigue au récit de Sarah. Impressionnée par ce qui s'était passé à Sainte-Margaret, elle était également perplexe depuis qu'elle avait appris l'existence de la petite Janie. Son père ne lui avait-il pas dit sur son lit d'hôpital que Sarah n'avait pas de famille ? Joe pouvait être mort. Mais Janie ?

Quand elles arrivèrent devant la porte où était collée l'image du projecteur, elle osa poser la question qui risquait de raviver un souvenir particulièrement douloureux :

— Où est Janie maintenant ?

— Elle est partie.

— Vous voulez dire...

Incapable de demander plus précisément si Janie était morte, Laura laissa sa phrase en suspens.

— Janie se cache, fit Sarah.

Puis, après avoir dit au revoir à Laura, elle entra dans son appartement et referma la porte derrière elle.

27

Laura et Emma revenaient de l'aire de jeux en bordure du lac lorsque, soudain, Emma serra plus fort la main de sa mère. Laura suivit le regard de la petite et, derrière l'écran d'érables, aperçut Dylan assis sur leur véranda, une grande boîte dans les bras.

— Oh ! Dylan nous attend ! fit-elle en ignorant l'anxiété de sa fille.

Prévenue de sa visite, elle connaissait aussi le contenu du paquet.

— Je crois qu'il a quelque chose pour toi, ma chérie.

Aussitôt, la main d'Emma se détendit. Laura secoua la tête. Comment pouvait-elle avoir une enfant si matérialiste alors qu'avec Ray ils avaient toujours vécu modestement ?

La veille, au téléphone, elle avait donné à Dylan le feu vert pour qu'il apporte son cadeau, puis, lui ayant parlé de Janie, la fille de Sarah, ils avaient passé une demi-heure à tenter de comprendre pourquoi, d'après Sarah, Janie se cachait.

Dylan descendit les marches du perron quand il les vit approcher de la maison.

— J'ai apporté quelque chose pour Emma.

— C'est gentil, Dylan.

Laura regarda sa fille dont les yeux étaient rivés sur le paquet.

— Vous voulez qu'elle l'ouvre ici ou à l'intérieur ?

— C'est lourd. Il vaut mieux que je le porte à l'intérieur tout de suite.

Emma se précipita dans la maison et les attendit au milieu du séjour, avec des yeux écarquillés qui firent rire Dylan.

— Vous avez une petite fille bien rapace ! remarqua-t-il à mi-voix.

— C'est aussi la vôtre...

Il posa le paquet sur le plancher.

— Vas-y, Em. Ouvre-le.

Assise par terre, Emma déchira le papier d'emballage et découvrit un aquarium vide qui la laissa sans réaction.

— Tu sais ce que c'est, Emma ? lui demanda sa mère.

Emma hocha la tête, un sourire flottant sur ses lèvres. Alors Dylan vint s'asseoir de l'autre côté de l'aquarium.

— Il faut qu'on lui trouve une place. Tu aimerais qu'il soit dans ta chambre ou dans une autre pièce ?

Aïe ! Dylan avait oublié qu'Emma ne pouvait répondre que par oui ou par non, et Laura ne fut pas étonnée de la voir le fixer sans bouger.

— Dans ta chambre ? fit-il.

Emma hocha la tête.

— D'accord. On va filtrer de l'eau et la laisser se réchauffer pendant que nous irons à Middleburg acheter de jolis poissons.

Emma se tourna vers sa mère.

— Oui, ma chérie, je viens avec vous.

— Bien. Commençons par l'installer, proposa Dylan en se levant. Tu me montres ta chambre ?

A son tour, Emma se leva, prit la main de sa mère et se laissa entraîner au premier étage.

Ils trouvèrent l'emplacement idéal en déplaçant une étagère qu'ils installèrent perpendiculairement au mur, avec l'aquarium sur la dernière planche afin qu'Emma pût le regarder des deux côtés. Dylan filtra de l'eau, la versa dans l'aquarium et installa le chauffe-eau sous le regard attentif d'Emma et de sa mère.

— Je viendrai le nettoyer tous les quinze jours, expliqua-t-il.

Cela faisait partie de l'accord conclu avec Laura quand il lui avait demandé la permission d'apporter un aquarium.

— Ta maman s'est engagée à contrôler le filtrage et la température de l'eau chaque semaine. Mais ce sera à toi de nourrir les poissons, Emma. Deux fois par jour. Maman te regardera faire, au moins au début. Tu crois que tu y arriveras ?

Emma fit oui de la tête tandis que Laura souriait à Dylan qui venait de lui faire très plaisir. Ray n'avait jamais dit « maman » en parlant d'elle. Avec lui, elle aurait entendu : « Ta mère te regardera faire », formule qui le tenait à distance de la petite et d'elle-même...

Ils parlèrent de poissons pendant les vingt minutes de route qui les séparaient de Middleburg, et Laura en apprit plus qu'elle ne l'avait jamais souhaité sur les algues, les roches vivantes et le pH de l'eau. Mais, dans le magasin, elle resta en retrait, laissant Emma choisir avec Dylan poissons et accessoires. Le nez collé aux aquariums, Emma avait envie de tous les poissons qu'elle trouvait beaux. Patiemment, Dylan lui expliqua pourquoi certains d'entre eux ne pourraient vivre dans un aquarium comme le sien, conçu pour un entretien facile, mais trop petit pour eux. Il parvint aussi à la convaincre qu'elle devait limiter le nombre de ses pensionnaires afin de leur permettre de vivre sainement. Quand il posa le carton de sacs en plastique contenant les poissons dans la voiture, Emma avait laissé ses frustrations derrière elle.

Assise sur un coin du lit, Laura observait sa fille et Dylan transférer les poissons dans l'aquarium lorsque le téléphone sonna. Dès qu'elle se leva afin de prendre l'appel dans sa chambre, Emma oublia l'aquarium pour la suivre. Elle n'était pas encore prête à rester seule avec Dylan. D'un regard, Laura s'excusa.

— Ça ne fait rien, affirma Dylan. Je me contenterai de la compagnie de vos tétras néons.

Pendant que sa mère décrochait le téléphone posé sur la table de nuit, Emma se jeta sur le lit.

— Madame Darrow ? fit une voix de femme.

Comme personne ne l'appelait ainsi, Laura crut à un démarchage quelconque.

— Désolée, mais il n'y a pas de Mme Darrow ici.

— Vous n'êtes pas l'épouse de Ray Darrow ? s'empressa-t-on de demander avant qu'elle raccrochât.

— Si... Qui êtes-vous ?

— Oh, je vois ! Vous répondez au nom de Brandon. Excusez-moi. J'avais oublié. Je m'appelle Becky Reed, et je suis responsable du service commercial de Lukens Press, l'éditeur de votre défunt mari.

— Ah !

Laura s'assit au bord du lit et, aussitôt, Emma vint poser la tête sur les genoux de sa mère.

— Pardonnez-moi. Je ne voulais pas être désagréable. Mais mon nom est bien Laura Brandon.

— Je comprends. Voilà, je vous téléphone pour vous parler de la promotion du livre. Nous avons déjà envoyé les exemplaires de presse, et nous avons des propositions de talk-shows...

— Mais... Ray est mort.

— Pas vous ! Et comme rien ne vaut la télévision pour assurer le lancement d'un livre, nous entendons en profiter au maximum. Nous espérons que vous accepterez de parler au nom de votre mari. Qui mieux que vous le connaît ?

— Mais je ne...

— Vos découvertes vous ont habituée aux interviews. Je me souviens de l'une d'elles, que j'ai lue l'année dernière dans *Time*, si mes souvenirs sont exacts.

— C'est possible, fit Laura. Et de quoi

devrai-je parler ? Le livre repose sur le travail de Ray, pas sur le mien.

— Vous devez néanmoins savoir ce qu'il a fait pour les sans-abri. Aucun témoignage ne pourrait être plus probant que le vôtre. Ni plus poignant.

— Je ne suis pas sûre d'avoir le temps.

L'argument pouvait paraître léger, étant donné qu'elle avait mis ses activités professionnelles entre parenthèses. Mais elle n'en éprouvait pas moins l'impression d'être débordée.

— Je consacre mon énergie à ma fille, ajouta-t-elle en caressant les cheveux d'Emma. Elle traverse une période difficile depuis la mort de Ray. Et...

— Nous tiendrons compte de vos obligations.

Becky Reed marqua une courte pause puis adopta un ton quelque peu didactique.

— J'ai l'impression que vous ne saisissez pas tout à fait l'importance du livre. S'il n'est pas le premier à parler des sans-abri, il est, en revanche, capable de sensibiliser tous les responsables, comme aucun autre ne l'a fait jusqu'ici. Le chapitre concernant les malades mentaux qui errent dans la rue est, à lui seul, une dénonciation terrible. Ce sera le livre dont tout le Capitole parlera. Nous pensons que le président lui-même le lira. Mais il n'y aura pas autant de retentissement sans talk-shows. Nous vous demandons de bien vouloir nous apporter votre collaboration.

— Bien, fit Laura dans un soupir. Je vais y réfléchir.

Quand elle eut raccroché, elle regarda sa fille. Emma suçait de nouveau son pouce, les yeux grands ouverts fixés sur elle.

— Viens, ma chérie. Allons voir comment Dylan se débrouille avec nos poissons.

Il avait eu le temps de tous les mettre dans l'eau. Mais, le pouce toujours dans sa bouche, Emma s'avança lentement vers l'aquarium et le regarda d'un œil morne.

— Ne sont-ils pas magnifiques, nos poissons ? lui demanda Laura.

Bleus, or, mouchetés de brun, les tétras néons baignaient dans la lumière qui traversait l'aquarium et éclaboussaient la chambre de leurs reflets colorés. Mais Dylan sentait Laura aussi préoccupée qu'enthousiaste.

— On dirait que vous êtes verte, remarqua-t-il en scrutant son visage, la tête penchée sur l'épaule.

Il se tenait de l'autre côté de l'aquarium et s'essuyait les mains avec un chiffon.

— Mauvaises nouvelles ? demanda-t-il.

— Pas vraiment, fit Laura en se rasseyant sur le lit d'Emma. Plutôt... dérangeantes.

— Eh bien, racontez-moi, suggéra Dylan en posant le chiffon sur une étagère.

— C'était un appel de la maison d'édition qui publie l'ouvrage de Ray. Ils voudraient que j'appuie la promotion du livre en participant à des talk-shows.

— C'est bien, non ? On ne parle pas tellement de livres à la télé.

— Oui, c'est bien. Mais alors pourquoi ça ne me réjouit pas ?

— Je me le demande. Expliquez-moi.

Laura se mit à se masser les tempes du bout des doigts.

— Ray est parti. Je veux tourner la page au lieu de revenir en arrière et de revivre ma douleur. Ce qu'on me demande me fait l'effet d'un souci de plus. C'est idiot, bien sûr. Je dois me ramollir, devenir incapable d'affronter plusieurs choses à la fois sans sentir mon équilibre menacé.

Emma, qui était restée devant l'aquarium, revint lentement vers sa mère puis, brusquement, se laissa tomber sur le plancher et roula sous son lit. Au cours des semaines qui avaient suivi la mort de Ray, elle avait passé des heures entières cachée sous des meubles. Selon la première psychologue que Laura avait consultée, il n'y avait pas de quoi s'alarmer. Emma recherchait simplement un sentiment de sécurité et il fallait la laisser faire. Mais qu'elle recommençât tout à coup devenait déconcertant.

Devant le regard perplexe de Dylan, Laura se contenta de hausser les épaules en espérant dissimuler son inquiétude.

— Écoutez, Laura, fit Dylan comme si de rien n'était. Vous avez en effet pas mal de problèmes à résoudre. L'autre jour, vous m'avez dit que votre vie était devenue un jeu de devinettes. Vous essayez d'aider des personnes sans réussir à savoir ce qui se passe en elles...

Il jeta un coup d'œil vers le sol, sous le lit,

comme s'il craignait de faire une erreur en parlant ainsi en présence d'Emma.

— Vous avez déjà un lourd fardeau à porter, reprit-il. Refusez ces émissions si vous trouvez que c'est trop pour vous.

— Je ne sais pas... Il semble que je devrais tout de même les faire pour Ray.

Dylan regarda de nouveau vers Emma, puis fit signe à Laura de sortir dans le couloir avec lui.

Les yeux brûlant de larmes, elle le suivit et s'éloigna avec lui de la chambre.

— Cela fait des mois qu'elle ne fait plus ça.

— Elle a recommencé parce qu'on parlait de Ray, je pense.

— Sa mort continue de la perturber.

— Et elle ne peut même pas en parler ! Comment voudriez-vous ne pas vous sentir débordée, Laura ? Vous avez trop de soucis en ce moment. Si vous voulez envoyer cette histoire de talk-shows au diable, n'hésitez pas. Il y aura au moins une personne qui vous soutiendra.

Laura eut un pâle sourire. Elle aurait volontiers serré Dylan dans ses bras.

— Merci.

— De rien. Comptez sur moi si vous avez besoin de quelqu'un pour vous remettre les idées en place. Maintenant il faut que je me sauve, ajouta-t-il en consultant sa montre.

Il s'arrêta dans la chambre d'Emma avant de redescendre. Depuis le couloir, Laura l'écouta parler à l'enfant invisible.

— Je dois m'en aller, Emma. Mais il faut d'abord que je te dise quelque chose. Tu as vu le grand aquarium, chez moi ? Quand je suis contrarié, ou très fâché, ou triste, enfin quand ça va mal, je m'assois devant l'aquarium et je regarde les poissons. Ça me calme à chaque fois. Voilà. C'est tout ce que je voulais te dire.

Il ressortit de la chambre, fit signe à Laura et se dirigea vers l'escalier.

Appuyée contre le mur, elle le regarda s'éloigner en se disant que, pour la première fois de sa vie, elle se sentait amoureuse.

28

— Il pleut, annonça Laura dès que Sarah lui ouvrit sa porte.

Sarah se tourna vers la fenêtre, déçue.

— Pas beaucoup.

— Par moments, si.

Laura pénétra dans l'appartement, une vidéocassette à la main.

— J'ai apporté un film. Mais je préférerais que l'on parle.

Elle n'avait cessé de se poser des questions au sujet de la fille de Sarah et souhaitait savoir ce qu'elle était devenue.

— Moi aussi, fit Sarah. Je vais vous raconter ce qui est arrivé à Joe. Je ne l'ai pas encore fait, n'est-ce pas ?

— Il lui est arrivé quelque chose ? s'étonna Laura en passant ses doigts dans ses cheveux mouillés. Je m'interrogeais plutôt au sujet de Janie.

— Joe vient avant Janie.

Sarah regarda autour d'elle comme si elle cherchait quelque chose, puis ajouta :

— Oui, c'est ça. Et, pour l'un comme pour l'autre, les souvenirs sont douloureux.

— Ne vous obligez pas à parler d'eux si...

— Aujourd'hui, le 3 mai, on aurait pu fêter l'anniversaire de Joe, fit Sarah en souriant.

Laura se tourna vers la kitchenette et vit que le calendrier indiquait le 31 août — c'était en réalité le 29 —, mais elle n'eut pas le cœur de contrarier Sarah.

— Donc, c'est le jour rêvé pour parler de lui.

— Oui, fit Sarah en s'avançant vers le canapé. Je vais vous dire ce qui est arrivé à Joe. A l'amour de ma vie.

Sarah, 1959

Après son appel au Conseil national de psychiatrie, Sarah s'attendit à des changements à Sainte-Margaret, mais force lui fut de constater qu'apparemment personne n'avait tenu compte de ses préoccupations. Les patients continuèrent à tomber dans la torpeur qu'engendraient les méthodes du Dr Palmiento. Toutes visaient le même but : faire table rase du passé. Forger un autre mental. Que ce fût à l'aide des médicaments, des électrochocs, des messages enregistrés, de la technique d'isolement dans la chambre-cercueil. En cours de processus, Palmiento tuait l'âme des gens.

Sarah se sentit de plus en plus bouleversée par la dégradation de l'état des malades. Il lui arriva de se demander si elle était encore saine d'esprit. Aux réunions de l'ensemble du service, pendant que le Dr P. parlait de progrès chez certains malades, Sarah, dont l'opinion était diamétralement opposée, commençait à s'interroger sur sa propre définition du progrès.

Un soir, elle rêva qu'on l'avait mise elle-même dans la salle de sommeil, bourrée de médicaments, avec l'un des casques sur la tête. Incapable de bouger, elle voyait le Dr P. pousser vers elle l'appareil à électrochocs portable. Elle se réveilla en hurlant et se trouva ridicule quand Joe la prit dans ses bras afin de la réconforter, comme un bébé qui se réveille la nuit en pleurant.

— J'ai un plan, annonça Joe lorsqu'elle se fut calmée.

— Un plan ? C'est-à-dire ?

Elle s'écarta de lui, intriguée, mais, dans les ténèbres de la chambre, l'expression de Joe lui échappa.

— Je vais me faire admettre à Sainte-Margaret. Comme ça, je pourrai observer ce qui se passe sur le terrain. Ensuite j'écrirai ce que j'ai vu dans le journal.

Sarah se redressa, atterrée.

— Jamais tu ne feras une chose pareille !

— Pourquoi ? Je trouve l'idée excellente. J'entre sous un faux nom. Personne ne saura que je suis ton mari. Ils me prendront pour un malade comme un autre, et je verrai comment il me traite.

— Ça ne marchera pas, Joe. Ils vont t'abrutir de médicaments. Tu ne comprends pas ? Au bout d'une journée, tu auras oublié ton nom.

— Les médicaments ? Je les recracherai dès qu'ils auront le dos tourné.

— Et s'ils te font subir des électrochocs ?

— Je compte sur toi pour m'éviter le pire.

— Joe, c'est de la folie ! fit Sarah en riant.

Bien qu'elle le connût suffisamment pour se dire qu'il ne lançait jamais de défis en l'air, elle espérait encore se tromper.

— Tu n'as pas l'air de comprendre que je ne pourrai pas être avec toi constamment. Tu ne seras peut-être même pas dans mon service. Et je n'ai pas le pouvoir que tu sembles m'accorder.

— Qu'est devenu ton esprit aventureux, Sarah ? remarqua-t-il en la soupçonnant d'avoir perdu son imagination et de devenir une vieille dame timorée.

Se redressant, il lui prit les mains et les posa sur ses genoux.

— Écoute. J'ai bien l'intention de garder toute ma tête. Je serai prudent. Il faut absolument que quelqu'un, venu de l'extérieur, se rende compte de ce qui se passe là-bas et le fasse savoir, tu ne crois pas ?

— Oui. Mais pas toi.

— Si.

— Joe, je peux démissionner, si tu veux.

— Trop tard. Ma décision est prise.

Il n'avait rien perdu de son goût du risque et de l'investigation, en bon journaliste qu'il était, et vouloir le retenir ne servait à rien.

— Mme Gale gardera Janie toute la matinée pendant que je serai là-bas. Évidemment, mes tête-à-tête avec ma fille vont me manquer.

A l'évidence, il avait tout prévu depuis un moment.

— Joe, je n'arrive pas à croire que tu vas...

— Allez, explique-moi quels symptômes je dois feindre. Quelle est la meilleure façon de se retrouver avec l'un de ces charmants casques sur la tête ?

Si l'entreprise était effrayante, elle pouvait néanmoins porter des fruits. Les conséquences d'une révélation publique des méthodes employées à Sainte-Margaret justifiaient, peut-être, tant de témérité. Mais Sarah devrait veiller sur Joe sans relâche.

Quand il eut appris à feindre des symptômes dépressifs aigus, Joe se fit admettre à l'hôpital sous le nom de Frederick Hamilton. Voulant éviter de mettre son amie Colleen dans une situation délicate, Sarah s'abstint de lui révéler le plan de son mari, si bien que personne en dehors d'elle ne sut la vérité.

Le jour où Joe entra à l'hôpital, elle se sentit anéantie. Tandis que le Dr Palmiento interrogeait son mari, elle ne cessa de se demander si le psychiatre le jugerait suffisamment atteint pour l'admettre dans son service. Puis, à 14 heures, elle eut la réponse : Joe serait l'un de ses patients. Elle le vit passer à côté d'elle dans le corridor, flanqué de deux robustes garçons de salle. Il lui adressa un clin d'œil, et l'un des deux hommes lui murmura à l'oreille :

— Faites attention, madame Tolley. Il se prend pour un don Juan.

Sarah faillit rire, mais de soulagement, en se disant qu'elle serait toute la journée à proximité de Joe.

Une fois seul avec elle dans la chambre, il exprima l'exaltation que lui procurait cette aventure.

— Je me suis inventé une vie sinistre, expliqua-t-il. Palmiento a tout gobé. Je ne me savais pas si bon comédien.

— Chut ! fit Sarah en lui préparant son oreiller. Ne sois pas trop content de toi. Des jours difficiles t'attendent.

— Je te dis que ça va marcher. Regarde, c'est toi mon infirmière !

Il l'attrapa par le poignet et essaya de l'attirer vers lui pour l'embrasser.

— Non, Joe, fit-elle en riant. Ne te trahis pas. Je ne veux pas penser à ce qui arriverait s'il découvrait la vérité.

Pendant deux jours, Sarah glissa dans sa poche les médicaments prescrits pour Frederick Hamilton. Quand une autre infirmière ou le Dr P. était présent, Joe feignait de prendre les cachets, puis les donnait à Sarah dès que le champ était libre. Elle lui recommanda de faire semblant de dormir et d'ignorer ce qui se passait autour de lui, ce qu'il fit malgré son esprit parfaitement alerte. Il était certes un bon comédien. Assez bon du moins pour tromper Palmiento et monsieur D. quand ils vinrent l'examiner un matin et qu'ils le crurent profondément endormi. Dans l'après-midi, il expliqua à Sarah qu'il avait ainsi pu surprendre une conversation nullement destinée à ses oreilles.

— Qu'ont-ils dit ?

— Je ne m'en souviens pas mot à mot. Je n'ose pas prendre de notes ici. Mais, si j'ai bien compris, ils mènent des expériences de restructuration de la personnalité.

— Ça, je le sais. Ils essaient de débarrasser les gens de leur conduite « inadaptée ».

— Ils ne s'arrêtent pas là. Ils cherchent à établir des techniques de contrôle de l'esprit. Tu sais, comme le font les Soviétiques.

— Tu es fou !

— Non. Je t'assure qu'ils ont pour but de manipuler les gens. Ils ont parlé d'un malade, en salle de sommeil, qu'ils sont en train de soumettre à un... lavage de cerveau ! C'est l'expression qu'ils ont employée. Lavage de cerveau. Et tout excités ils ont dit : « Ça marche. » Et puis l'un des deux, le Dr P. — je suis sûr que c'était lui —, a ajouté que c'était un premier pas vers le contrôle de l'esprit.

Effarée, Sarah se laissa tomber sur le bord du lit et oublia sa prudence pour prendre la main de Joe.

— Je pensais qu'ils essayaient des techniques, pas très probantes mais nouvelles, afin d'aider les malades. Cela dit, j'ai toujours eu le sentiment qu'ils en faisaient des cobayes.

— C'est le cas. Tout ce que tu as pu observer tient de l'expérimentation, non ? N'ont-ils pas recours à des traitements que l'on n'utilise nulle part ailleurs ?

— Mais... c'est du domaine de la recherche...

— Ils outrepassent le domaine de la recherche,

Sarah. Ce qu'ils font est contraire à l'éthique médicale.

— Bon. Maintenant que tu as compris, tu sors d'ici pendant que tu peux encore le faire.

— Mon enquête commence à peine, Sarah !

Elle regarda leurs mains nouées.

— J'en ai assez de dormir sans toi.

— Moi aussi. Et Janie me manque terriblement. Ce doit être horrible d'être l'un de ces patients cloués ici, sans voir sa famille pendant des semaines.

Sarah se leva de crainte de fondre en larmes si elle s'attardait encore auprès de Joe.

— Bien. Tu rassembles les informations dont tu as besoin et puis tu te sauves avant qu'ils fassent de toi un véritable malade.

Le lendemain, le Dr P. revit Joe et se déclara peu satisfait des résultats de son traitement.

— J'espérais que la prise de médicaments suffirait à provoquer l'ouverture, expliqua-t-il à Sarah. Mais il refoule encore trop de choses. Nous allons lui injecter du LSD pendant quelques jours. Faites-lui sa première piqûre ce soir.

Si Sarah n'osa pas protester, en revanche, elle n'eut pas une seule seconde l'intention de s'exécuter.

Joe regarda la seringue avec laquelle elle pénétra dans sa chambre en fin de journée.

— Tu piques dans une veine ou dans la hanche ?

— Nulle part. C'est pour ton matelas.

Elle retira le capuchon, planta l'aiguille dans un côté du matelas et appuya sur le piston.

— Soit ! fit Joe. Mais comment suis-je censé réagir à ce produit ?

— A toi de choisir, répondit-elle en recouvrant l'aiguille de son capuchon. J'ai vu de tout. Il y en a qui grimpent aux murs, d'autres qui pleurent comme des bébés, d'autres encore qui ont des hallucinations. Fais comme tu veux, conclut-elle avec une irritation engendrée par la peur.

Comprenait-il ce qu'elle ressentait ? Elle céda à l'envie de le supplier :

— Je t'en prie, Joe. Renonce à aller plus loin. Ça devient trop dangereux. Chaque fois que je vois Palmiento avec toi, je suis prise de panique. Il lui arrive de faire les injections lui-même. Et comme plusieurs infirmières sont absentes à cause d'un virus gastrique et que je dois m'occuper de trois fois plus de malades, je ne vais peut-être pas pouvoir...

— Une injection ne me ferait peut-être pas de mal. C'est le seul moyen pour moi de savoir ce que les gens ressentent.

— Ne parle pas de ça, Joseph Tolley.

— Quelle est la durée des effets du LSD ? Je veux dire : pendant combien de temps me faut-il en simuler les effets ?

— Ça dépend. Quatre ou cinq heures, en général. Parfois plus longtemps. Mais, lança Sarah avant de sortir, sache que certaines personnes ne s'en remettent jamais totalement.

Le corridor résonna d'un bruit de vomissement. Le virus qui contaminait le service venait de faire une autre victime. Elle pria pour que Joe lui échappât. Ils n'avaient vraiment pas besoin de ça.

Le lendemain matin, elle se dit en voyant son mari qu'il avait opté pour la crise hallucinatoire. Recroquevillé sur son lit, le dos au mur, il avait un regard de paranoïaque qui lui fit froid dans le dos.

— Tu mimes très bien la démence, tu sais, observa-t-elle.

Mais quand elle le vit fermer les yeux et trembler, elle comprit que quelque chose n'allait pas. Consultant aussitôt sa fiche, elle découvrit que ce qu'elle avait redouté était arrivé : Palmiento avait vu Joe dans la soirée et, croyant à des effets satisfaisants du LSD sur son malade, lui avait fait lui-même une injection.

— Oh, Joe, tu l'as laissé faire !

Sarah s'assit sur le lit et caressa la joue de son mari apeuré.

— Il ne faut pas que ça recommence. Tu m'cntcnds ?

Joe hocha la tête, les bras serrés sur sa poitrine tremblante. Sarah arracha la couverture du lit et lui en couvrit les épaules.

Avait-il tenté de s'opposer à l'injection ou l'avait-il acceptée au nom de son enquête ? De toute manière, c'était maintenant sans importance. Il ne fallait plus se préoccuper que de sa souffrance et le sortir de là au plus vite. Dès que le délire se serait apaisé, elle se chargerait de le soustraire à cette folie. Comme elle possédait la clef de la porte ouvrant sur l'escalier de service, il lui serait facile de faire disparaître dans la nature Frederick Hamilton, un homme que personne ne pourrait retrouver puisqu'il n'existait pas.

Quand elle eut élaboré son plan, elle commença à se détendre un peu. Tout au long de la journée, elle surveilla son malade et, quand elle le vit retrouver ses esprits, lui dévoila son plan.

— J'ai appelé Mme Gale, annonça-t-elle en posant la seringue sur la table de nuit. Elle gardera Janie jusqu'à 19 heures. Par conséquent, dès que l'équipe de jour sera partie, je te ferai descendre par l'escalier de service.

— Non, Sarah. Je reste. Maintenant je connais les effets de cette drogue... Comment s'appelle-t-elle déjà ?

— C'est du LSD.

Elle s'inquiéta qu'il eût déjà oublié ce nom.

— Oui, je sais ce que ça fait, maintenant, reprit-il. Et ce n'est pas drôle. Tout devient violet. Absolument tout. Violet et mou. J'ai vraiment eu peur de rester englué dans ce monde violet et mou. Mais, voilà, c'est terminé, je vais bien, et j'ai envie de passer à l'expérience suivante.

Sarah s'efforça de parler à voix basse malgré la peur et la colère qui montaient en elle.

— Non, Joe. Tu ne peux plus rester. Regarde ce qui s'est passé hier soir, pendant mon absence. C'est trop dangereux.

— J'ai survécu, non ?

— Je t'en prie. Aucun reportage ne vaut la peine de prendre tant de risques.

— Je ne suis pas de ton avis. Il se passe ici quelque chose qu'il faut élucider absolument. Toi-même tu le pensais.

Appelée par l'une de ses collègues dans le corridor, Sarah se leva.

— Je reviens aux alentours de 18 heures, dit-elle avant de sortir. Et tu me suivras, Joe. Tout cela va trop loin.

Brusquement, Joe attrapa la seringue sur la table de nuit, retira le capuchon et s'enfonça l'aiguille dans la cuisse, sans prendre le temps de baisser son pyjama.

— Je reste.

Sarah comprit qu'elle n'avait pas en face d'elle le mari dont elle connaissait l'esprit rationnel, mais un homme drogué.

A l'heure où elle revint, il était encore trop bruyant et trop agité pour qu'elle l'entraîne dans l'escalier sans se faire repérer. Elle devait se résoudre à attendre un jour de plus, mais, quand elle ressortit de la chambre, elle se heurta à un monsieur D. dont le regard était soupçonneux. L'avait-il entendue parler à Joe ? Elle s'cfforça de sourire.

— Pensez-vous qu'il soit prêt pour écouter les enregistrements ? lui demanda monsieur D.

— Oui ! affirma-t-elle avec un enthousiasme exagéré.

Jamais elle n'avait été en faveur de cette pratique. Toutefois les enregistrements satisferaient peut-être définitivement la curiosité de Joe. Et puis, quand il serait dans la salle de sommeil, elle saurait au moins où le trouver vingt-quatre heures sur vingt-quatre.

— Je n'en suis pas si sûr, remarqua monsieur D.

Au ton de sa voix, elle comprit que sa question n'avait servi qu'à la sonder.

Elle se réveilla le lendemain matin souffrant du virus intestinal qui faisait des ravages dans son service. Elle s'habilla néanmoins pour aller travailler, emmena Janie chez Mme Gale, mais n'eut que le temps de retourner chez elle pour vomir.

En pensant à Joe, elle fut prise de terreur. Les effets du LSD avaient dû se dissiper, et elle devait à tout prix faire en sorte de lui éviter une nouvelle injection. Mais ce ne fut qu'à 10 heures qu'elle put sortir de la salle de bains pour appeler l'hôpital et demander Colleen.

Son amie se trouvait précisément dans le secteur 3 ce matin-là.

— Écoute, Colleen. Écoute attentivement. Je vais te mettre dans une situation délicate, mais...

— Qu'est-ce qui t'arrive ?

— Joe est dans mon service. Il s'est fait passer pour un malade parce qu'il voulait observer lui-même les méthodes de l'hôpital et écrire un article.

— Tu plaisantes ?

Colleen s'appliquant à parler d'une voix calme, Sarah comprit qu'elle n'était pas seule.

— Il est dans la chambre 11. Sous un faux nom : Frederick Hamilton. J'ai fait semblant de lui donner des médicaments, mais ensuite Palmiento lui a injecté du LSD. Moi, j'ai attrapé le virus et il m'est impossible de venir ce matin.

Sarah dut ravaler la bile qui lui remontait de nouveau dans la gorge avant d'ajouter :

— J'essaierai de venir cet après-midi, mais en attendant je voudrais que tu ailles t'assurer qu'il va bien...

Colleen ? Tu m'entends ?

— Oui...

Colleen devait être très gênée par la présence d'une autre personne.

— Je... j'ai assisté le Dr P. ce matin, quand il a soumis ce patient à une séance d'électrochocs.

— Comment ? Qu'est-ce que tu dis ? Colleen, tu ne serais pas en train de m'expliquer que... que Joe a subi des électrochocs ?

— M. Hamilton. Oui.

— Oh, mon Dieu !

Sarah s'appuya contre le mur, en luttant contre la nausée.

Pourquoi ne se sont-ils pas contentés de le mettre en salle de sommeil ?

Elle se souvint de l'air soupçonneux de monsieur D. lorsqu'elle était tombée sur lui, la veille, et pensa avec horreur connaître la réponse. Les électrochocs représentaient le meilleur moyen d'effacer de la mémoire de Joe ce qu'il avait pu découvrir dans le service.

— Il faut que je te quitte, dit-elle.

Puis elle raccrocha sans plus attendre.

A trois reprises elle dut aller vomir avant de pouvoir rappeler l'hôpital et demander le bureau du Dr P., tout en s'empressant de chercher ce qu'elle allait lui dire. En désespoir de cause, il ne lui restait plus qu'à avouer la vérité. Ou, du moins, en partie.

— Oui, madame Tolley ?

— Docteur Palmiento, il s'est produit une terrible erreur. Frederick Hamilton, hospitalisé dans mon service, est en fait mon mari, Joseph Tolley. Il est journaliste et il voulait faire un article sur... sur les traitements que reçoivent nos malades. J'ai essayé de l'en dissuader sans y parvenir. Mais il est parfaitement sain d'esprit et je veux qu'il sorte de l'hôpital immédiatement.

Devant le silence à l'autre bout de la ligne, Sarah crut deviner que Palmiento cherchait à prolonger sa douleur.

— Je sais que vous allez me renvoyer, et je le comprends. Mais pour l'instant, ce qui compte, c'est que vous laissiez mon mari rentrer chez lui.

La gorge serrée, Sarah s'efforçait de prendre une longue inspiration quand elle entendit le Dr P. lui dire :

— Croyez-vous vraiment qu'un homme « parfaitement sain d'esprit » demanderait de lui-même à être admis dans un hôpital psychiatrique ?

— Si c'est un journaliste d'investigation, pourquoi pas ?

— Vous pourriez me dire ce que votre mari a découvert ?

— Pas grand-chose. Sinon qu'il a fait l'expérience du LSD, et des électrochocs, si je ne me trompe. Il me semble que ça suffit. J'aimerais venir le chercher.

Palmiento lui imposa un autre silence avant de réagir et d'expliquer sur ce ton paternaliste qu'elle ne supportait plus :

— Je sais que vous aurez du mal à accepter ce que je vais vous dire, madame Tolley, mais je pense que votre mari a voulu, par amour, vous protéger jusqu'ici. Il vous a caché combien il était malheureux. Aujourd'hui, il souffre d'une sévère dépression. Le fait qu'il soit venu sous un faux nom était évidemment une ruse, mais dont vous êtes la seule victime. Il ne savait pas comment vous faire comprendre qu'il avait besoin d'être hospitalisé.

— C'est faux ! Je connais mon mari. Il est plus heureux, plus satisfait de sa vie que la plupart des gens que j'ai pu rencontrer...

— Il gardait tout pour lui, Sarah. Vous connaissez ce genre de malades, n'est-ce pas ? Sans nos traitements, ils ne parviennent jamais à libérer ce qu'ils cachent.

— Je viens le chercher.

— Il ne veut pas partir. Il a lui-même signé sa fiche d'admission et le formulaire qui nous autorise à lui administrer tous les traitements que nous jugeons utiles dans son cas. Vous connaissez ce document, n'est-ce pas, Sarah ?

Elle le connaissait et savait qu'il n'impliquait aucune restriction.

— Mais il... c'est un... il n'est pas un vrai malade !

— Vous auriez peut-être vous-même besoin d'une certaine thérapie, Sarah. Il faut que vous arriviez à accepter le fait...

— Vous êtes dément !

Il y eut un nouveau silence, puis Palmiento prit un ton sec.

— Et vous, vous êtes évidemment renvoyée.

Palmiento raccrocha, laissant Sarah frissonner de dégoût et d'angoisse. Quand elle voulut se lever, prise de vertige, elle dut s'appuyer contre le canapé. Mais il était urgent d'aller chercher Joe. Ils l'avaient démasqué et étaient capables de le torturer pour lui faire dire ce qu'il savait. Ils le mettraient peut-être en isolement. Il fallait s'attendre à tout avec eux.

Ses vomissements la retinrent chez elle jusqu'en fin d'après-midi, et elle se mit en route pour l'hôpital avec l'impression d'être vidée et d'avoir tout juste la force de se tenir assise. Elle monta dans son service aussi rapidement qu'elle le put, mais trouva un autre malade dans la chambre de Joe.

Prise de panique, elle interrogea la première infirmière qu'elle vit dans le corridor.

— Où est M. Hamilton ?

— Il a quitté sa chambre ce matin.

— Pour aller où ?

— Je l'ignore.

— On l'a mis en salle de sommeil ? En isolement ?

— Non. Il a quitté l'hôpital.

Ils l'avaient laissé partir ! Son coup de téléphone à Palmiento avait finalement produit son effet. Mais pourquoi Joe n'était-il pas rentré à la maison ? S'était-il rendu à son bureau pour se mettre aussitôt au travail ? Ça lui ressemblait, quoique.... Colleen avait parlé d'électrochocs et, dans ce cas, il n'avait pu être question pour lui de retrouver aussitôt son autonomie. Sarah sentit son cœur s'affoler, sa tête tourner. L'auraient-ils mis à la rue sans se soucier de son état ? Elle se dirigea vers le bureau du Dr Palmiento, les mains cherchant un semblant d'appui contre le mur.

Elle frappa à la porte, fut priée d'entrer et vit Palmiento se lever et venir vers elle, le bras tendu. D'un haussement d'épaules, elle repoussa sa main.

— Asseyez-vous, madame Tolley. Il faut que nous ayons une discussion tous les deux.

Sarah ne bougea pas.

— Où est mon mari ?

Le Dr P. resta debout mais s'appuya à son bureau, les bras croisés.

— Je suis allé le revoir après votre appel et j'ai pu constater que son état dépressif s'était sensiblement aggravé. J'en ai conclu qu'il ne me restait plus qu'une chose à faire.

Sarah se figea, assaillie de soupçons et espérant de toutes ses forces se tromper.

— La lobotomie s'est très bien passée, annonça le Dr P.

Elle eut un petit rire étrange, une sorte de cri étouffé.

— C'est un nouveau genre de plaisanterie ?

Le Dr P. fit la moue et la contempla avec cette fausse sympathie dont il était coutumier.

— Je sais que tout cela est difficile à croire. Il y a encore quelques jours, vous pensiez avoir un mari en pleine santé, alors qu'il ne cessait de dissimuler sa détresse. Mais, faites-moi confiance, il va beaucoup mieux maintenant. Il en a fini avec sa terrible souffrance psychique.

— Je ne vous crois pas. Où est-il ?

Palmiento lui tendit le dossier de Frederick

Hamilton qu'elle ouvrit lentement pour lire ce que le médecin avait lui-même consigné : « Dépression profonde et irréversible. Tendances suicidaires. Lobotomie pratiquée sur le patient le 7 mai 1959, à 13 heures. Opération bien tolérée. »

Elle referma le dossier et répéta simplement sa question, d'une voix plus calme cette fois-ci.

— Nous l'avons transféré dans un établissement spécialisé, répondit le Dr P. Vous ne pouviez pas assurer chez vous la surveillance dont il a besoin en ce moment.

— Où l'avez-vous envoyé ? Dans quel genre d'asile ?

— Pour l'instant, il vaut mieux que vous l'ignoriez. Vous devez d'abord vous ressaisir. Vous...

Soudain, elle s'avança vers Palmiento, les bras levés, prête à l'empoigner. Il esquiva son attaque puis, tout en lui parlant sur ce ton condescendant qu'elle haïssait, il lui attrapa les poignets. Se libérant, elle lui cracha au visage, pivota sur ses talons et sortit aussi précipitamment que ses jambes flageolantes le lui permettaient.

Quand elle eut regagné sa voiture, assise derrière le volant, elle chercha à reprendre son souffle et se dit qu'elle retrouverait Joe coûte que coûte. Mais jamais elle ne retrouverait le mari, le journaliste qu'un plan téméraire, imprudent, avait perdu définitivement. Joe ne serait même plus capable de la reconnaître.

— Où est-il ? demanda Laura.

Elle s'était rapprochée de Sarah, assise sur le

canapé, et avait pris la main de la vieille dame dès que les larmes avaient accompagné la fin de son récit.

— Je ne sais pas, répondit Sarah qui essuyait ses yeux avec le mouchoir en papier que Laura lui avait donné. Je l'ai cherché partout, mais en vain. Jamais je ne l'ai revu.

— Mon Dieu...

Apparemment incroyable, cette histoire sortait-elle tout droit de l'imagination de Sarah ? Une fois de plus, Laura eut des doutes puis se ravisa en repensant à la richesse des détails et à la cohérence du récit.

— Qu'avez-vous fait ? Vous avez prévenu la police ou...

Brusquement, Sarah se leva et d'un geste de la main mit fin aux questions de Laura.

— Je n'en peux plus.

Elle agita ses mains comme pour les débarrasser d'une substance poisseuse.

— Vous avez apporté un film ? On le regarde ?

Laura jeta un coup d'œil à sa montre.

— Je regrette, Sarah, il faut que je rentre. Mais je vous laisse la cassette.

Il était un peu tard pour que Sarah, fatiguée, puisse suivre le film. Mais elle avait visiblement un besoin urgent de se changer les idées, d'oublier le passé.

— Bon, fit-elle après un instant d'incertitude. D'accord. Pourriez-vous mettre le film dans... cette chose, pour moi ?

— Dans le magnétoscope ? Bien sûr.

Laura mit la cassette dans l'appareil puis embrassa Sarah.

— A la semaine prochaine, Sarah.

Sur le chemin du retour, Laura ne cessa de penser à la douleur de la vieille dame lorsqu'elle évoquait Joe et à l'aura maléfique de Sainte-Margaret. Puis, en approchant de chez elle, elle se souvint tout à coup des messages sibyllins qu'elle avait reçus par courrier et se posa une question. Leur auteur n'aurait-il pas, après tout, simplement cherché à éviter à Sarah la résurgence d'un passé trop douloureux ?

29

Il allait passer la nuit avec Bethany après une longue éclipse, et il y avait pensé toute la journée.

Malheureusement, Bethany n'était pas très expansive ce soir-là. Au restaurant, elle avait à peine parlé et s'était encore renfrognée depuis qu'ils étaient revenus chez lui. Assise à côté de lui, sur le canapé, elle but le décaféiné qu'il lui avait préparé puis fixa son regard sur l'aquarium sans mot dire.

— A force d'essayer de deviner ce que tu penses, fit Dylan en glissant un bras autour des épaules de Bethany, j'ai l'impression d'être avec Emma, remarqua-t-il en lui effleurant la tempe. Qu'est-ce qui se passe dans cette tête ?

— Rien.

Quelle dérobade ! Mais il fallait qu'elle s'épanchât avant d'aller au lit, s'il ne voulait pas l'entendre exposer ses griefs après l'amour, et passer la nuit à tenter de se racheter. Il la connaissait bien.

En revoyant le déroulement de la soirée, il repéra vite le moment où l'humeur de Bethany s'était assombrie. En fait, il avait suffi qu'elle le trouvât au téléphone avec Laura en arrivant chez lui, son sac de voyage en bandoulière.

Laura avait commencé par lui raconter comment Emma et sa petite amie Cory avaient transformé les étagères autour de l'aquarium en bureaux de poupées.

Puis elle lui avait parlé de sa visite à Sarah dans l'après-midi et de l'aventure incroyable du mari de Sarah qui s'était fait passer pour un malade mental et avait finalement subi une lobotomie.

Bethany était arrivée à ce moment-là, en s'annonçant bruyamment, au grand regret de Dylan. Laura avait dû imaginer un véritable défilé de femmes chez lui.

« Je vous dérange encore », avait-elle dit.

Cette fois-ci, au lieu de l'engager à poursuivre leur conversation, il lui avait proposé de lui téléphoner le lendemain puis l'avait remerciée de son appel.

« Qui était-ce ? avait demandé Bethany.

— Laura. »

Quand il lui parla de l'aquarium et des poupées Barbie, Bethany le regarda, effarée, comme s'il avait perdu la tête.

« C'est toi que j'entends parler de poupées Barbie ? »

Elle l'embrassa, lui versa un verre de vin avec des gestes brusques qui révélaient sa contrariété. Quelques heures plus tard, était-ce le même agacement qui durait ?

Sa main se fit plus ferme sur son épaule.

— Je sens que quelque chose ne va pas,

Bethany. Et ne dis pas le contraire. Raconte-moi.

Elle se pencha en avant pour poser sa tasse sur la table basse, puis, se dégageant de son étreinte, se tourna vers lui.

— Sais-tu combien de fois tu as prononcé le nom d'Emma, ce soir ?

— Non. Je n'ai pas fait attention.

— Trente-quatre fois, et je n'ai commencé à compter qu'au restaurant.

— Tu as compté ? Qu'est-ce que ça pouvait...

— Et le nom de Laura ? Vingt-trois fois !

— Ne te fiche pas de moi, Beth...

— Tu prétends ne pas t'intéresser à la mère d'Emma, mais tu en parles beaucoup, tu vois. Maintenant, si je te demandais de deviner combien de fois tu as prononcé mon nom, que dirais-tu ?

Le jeu était perdu d'avance, quoi qu'il pût répondre.

— Je n'en sais rien, avoua-t-il.

— Deux fois, Dylan. Deux fois, répéta-t-elle, les yeux brillant de colère. Et tu voudrais que je passe la nuit avec toi ?

— Je croyais que c'était ton intention. Tu es venue avec ton sac...

Elle se leva d'un bond.

— Laisse tomber ! Je m'en vais.

Elle se dirigea vers la cuisine où elle avait déposé son sac. Dylan la suivit, furieux à son tour.

— Si je t'ai ennuyée en parlant d'Emma, pourquoi ne m'as-tu rien dit ? Tu étais trop occupée à compter ? Trop occupée à me prendre en défaut ?

Il vit Bethany remettre son sac en bandoulière et s'avancer vers la porte.

— Cette brave vieille Bethany, fit-elle. Toujours là quand on a besoin d'elle. Tu te décharges sur elle de toutes tes préoccupations, et elle t'écoute avec sympathie. Et, en plus, il faudrait qu'elle couche avec toi ! Une sacrée copine, hein ? Eh bien, moi, j'en ai marre d'être ta copine, Dylan !

Bethany sortit en laissant claquer la porte derrière elle, tandis que Dylan restait sidéré. Ils étaient là, à boire un café, blottis l'un contre l'autre sur le canapé, et la minute suivante, elle explosait. Apparemment elle avait été sous pression toute la soirée. La colère n'avait cessé de monter en elle alors qu'il n'avait que le nom d'Emma à la bouche.

Une demi-heure plus tard, sachant qu'elle devait être rentrée, il lui téléphona. Mais elle refusa de lui parler.

— Ne m'appelle pas, d'accord ? Je ne tiens pas à t'entendre avant que tu saches ce que tu veux.

Il y eut un silence pendant lequel Dylan comprit qu'elle pleurait. Puis elle ajouta :

— Je t'aime, Dylan. Je sais que ce n'est pas la même chose pour toi, et je ne peux plus t'attendre. Je crois que... qu'il vaut mieux que je te dise que je vais... voir un autre homme. Tu es obsédé par cette histoire, et je sens trop que tu en as pour très longtemps.

Après avoir raccroché, il se vautra au fond du

canapé, observa le va-et-vient des poissons dans l'aquarium, seule source de lumière dans la pièce, et se souvint d'avoir expliqué à Emma que ce genre de contemplation l'apaisait lorsqu'il se sentait contrarié ou triste. Pour l'heure, il était les deux à la fois.

Ce qu'il voulait, c'était voir comment sa fille avait aménagé ses étagères et la regarder jouer. Avait-elle donné un nom à ses poissons ? Question qui n'aurait pas de réponse. Tout restait bloqué dans la tête de la petite. Pour toujours. Non, pas pour toujours. Simplement jusqu'à ce qu'elle soit prête à sortir de son mutisme.

Bethany avait raison : il ne pensait plus qu'à sa fille. Quant à ce qu'elle lui avait dit au sujet de Laura, il se demandait encore s'il avait réellement prononcé son nom vingt-trois fois dans la même soirée...

30

Le lendemain, après avoir pensé une partie de la nuit à Sarah seule avec ses souvenirs tragiques, Laura retourna à la maison de retraite. Ses préoccupations au sujet de Sarah présentaient au moins un avantage : elle en oubliait d'être tourmentée par la vie sentimentale de Dylan.

— On peut aller se promener ? lui demanda Sarah dès qu'elle lui ouvrit sa porte. J'ai mis mes chaussures aujourd'hui.

— Oui, bien sûr.

A peine dans l'appartement, Laura tourna son regard vers la photo du jeune Joe Tolley, sur la table basse. Elle le vit différemment ce matin-là. Son sourire en coin et son œil malicieux permettaient effectivement de l'imaginer se lançant dans la folle et dangereuse aventure d'une hospitalisation à Sainte-Margaret.

— Le film vous a plu ? demanda Laura.

— Un film ?

— Celui que j'ai laissé hier dans votre magnétoscope.

Sarah jeta un coup d'œil à l'appareil.

— Oh ! Je ne crois pas que je l'aie regardé. J'ai pensé à Joe tout le temps.

Laura éjecta la cassette du magnétoscope, la posa près de son sac sur le comptoir de la kitchenette, puis alla ouvrir la porte d'entrée pour Sarah.

En dépit du sentiment de faire preuve de cruauté vis-à-vis de la vieille dame, elle reparla de Joe.

— Vous m'avez raconté des choses bien tristes au sujet de Joe, remarqua-t-elle.

Sarah hocha la tête.

— Et vous m'avez dit que vous ne l'aviez jamais revu. C'est exact ?

— Joseph Tolley, fit Sarah dans un soupir, était un homme bon, charmant, intelligent, aventureux. Mais il s'est, en fin de compte, comporté comme un idiot.

Sarah, 1959

Dans la demi-heure qui suivit l'annonce du drame, Sarah alla reprendre Janie chez Mme Gale. Bouleversée, l'estomac encore retourné par les vomissements de la matinée, elle ne savait plus que faire. Comme un automate, elle donna le biberon à Janie, joua un moment avec elle, la coucha. Puis elle s'assit dans le séjour et regarda à travers la fenêtre les lumières de la rue.

Joe — tout au moins celui qu'elle avait connu — avait disparu et elle n'arrivait pas à se faire à l'idée que cet homme à l'esprit brillant et qui savait si bien prendre la vie du bon côté avait été détruit en quelques minutes par une opération barbare. Elle savait pourtant que ce n'était pas la première fois qu'elle restait effarée par la façon dont Palmiento pratiquait ce genre d'intervention sur des gens qui, probablement, n'en avaient pas besoin. Elle le soupçonnait, en ce qui concernait Joe, d'avoir découvert ce qui se tramait. Alors, bien sûr, il n'avait rien trouvé de plus efficace pour le bâillonner que de détruire son esprit.

Mais elle, elle conservait un esprit clair, et elle savait ce que Joe avait découvert. Il avait entendu Palmiento lui-même parler de ses expérimentations. De ses essais de manipulation mentale. De lavage de cerveau. Autant d'informations qu'elle allait transmettre aux autorités : police ou FBI. Toutefois, dès le lendemain matin, elle commencerait par rappeler le Conseil national de psychiatrie pour raconter ce qui était arrivé à Joe. Palmiento devait être sanctionné.

Elle passa la nuit à pleurer comme si elle tentait de se vider de larmes encombrantes, en prévision du combat qui s'annonçait.

Dans la matinée, elle parvint à joindre le président du Conseil national de psychiatrie et, cette fois, donna son identité. Mais à peine avait-elle entamé son récit qu'elle fut interrompue par son correspondant.

— Je ne comprends pas un mot de ce que vous dites.

Elle pleurait en dépit de toutes les larmes qu'elle avait versées dans la nuit. Elle sanglotait et forçait sa voix, et se disait qu'elle devait donner l'impression d'être folle.

— J'étais infirmière à Sainte-Margaret, expliqua-t-elle en s'efforçant de se dominer. J'avais le sentiment qu'il s'y passait des choses bizarres, et je vous avais... enfin, j'avais déjà alerté le Conseil.

— Des « choses bizarres » ? Qu'entendez-vous par là ?

— Des expérimentations. Cruelles, inhumaines. Et puis mon mari, qui est reporter au *Washington Post*, s'est fait admettre là-bas comme patient pour essayer de découvrir ce qui s'y tramait vraiment. Quand ils — le Dr Palmiento et ce monsieur D., dont je ne connais même pas le nom —, quand ils se sont aperçus de ce que faisait mon mari, ils l'ont lobotomisé, lui ont fait quitter l'hôpital, et maintenant ils refusent de me dire où il se trouve.

Le correspondant de Sarah mit quelques secondes à réagir.

— Tout cela me paraît invraisemblable, finit-il par dire.

— Je vous en prie, croyez-moi ! Envoyez quelqu'un examiner le dossier de mon mari. Qui n'est pas à son nom, mais à celui de Frederick Hamilton.

— Peter Palmiento est l'un de nos plus grands psychiatres, madame.

— Je connais sa réputation, mais je ne suis pas sûre qu'il la mérite. Avait-on consigné mon précédent appel ?

— Je vais le vérifier. Mais si vous avez réellement appelé, cela a dû être fait.

— Je n'avais pas donné mon nom. Et il n'y a pas eu de suites. Vous savez, mon mari n'est pas le seul à avoir souffert là-bas.

— Très bien, madame. J'ai beaucoup de mal à vous croire, mais je vais vérifier personnellement.

— Quand ? Ils ne veulent pas que je le voie. Je veux le voir.

— J'appelle Pete dans la journée.

« Pete. » Comme si cet homme et Palmiento étaient de vieux copains...

Sarah raccrocha puis se recroquevilla dans un coin du canapé, le regard perdu. Elle ne comprenait pas qu'ils aient transféré Joe, aussitôt après l'opération. Auraient-ils menti ? Elle appela Colleen à l'hôpital et entreprit de tout lui raconter, mais Colleen l'interrompit.

— Je sais. Et suis navrée, Sarah. Ils ont découvert ses intentions et l'ont lobotomisé.

Sortant de la bouche de Colleen, ces mots prirent une réalité accablante.

— Tu sais où ils l'ont envoyé ?

— J'ai consulté son dossier. Il n'y a rien à ce sujet.

— Je n'arrive pas à croire qu'ils s'en soient débarrassés si vite. Tu ne penses pas qu'il soit encore là ? Tu pourrais regarder dans toutes les chambres, Colleen ?

Colleen marqua une hésitation.

— Monsieur D. m'a fait appeler dans son bureau, ce matin. Il m'a appris que tu étais renvoyée et m'a dit que... que je ne devais plus avoir aucun contact avec toi.

— Pourquoi ?

— Il a été clair : si je veux garder mon travail, je ne dois plus te parler.

— Je t'en prie, Colleen. Essaie de savoir si Joe est toujours à l'hôpital. Personne n'a besoin d'être au courant de tes recherches, insista Sarah, blessée de constater que Colleen faisait passer les ordres de monsieur D. avant leur amitié.

— D'accord, fit Colleen, non sans réticences. Je ferai le tour de tous les services.

Les heures semblèrent s'éterniser. Sarah sortit à deux reprises promener Janie dans son landau. Entre-temps, elle tint l'enfant sur ses genoux jusqu'à ce que Janie, cherchant à se libérer, se mît à gémir. Puis elle faillit oublier de la nourrir, tant elle était préoccupée.

Dans la soirée, Colleen l'appela pour lui dire qu'elle avait vainement cherché Joe du dernier étage au rez-de-chaussée.

— Je me souviens d'avoir vu une ambulance, hier après-midi, précisa-t-elle. Sur le moment, je n'ai pas fait le rapprochement, mais il est probable qu'elle venait pour lui.

« Ou bien... Joe avait succombé à la lobotomie », se dit Sarah, horrifiée. Elle-même n'avait jamais vu un patient succomber à l'opération, mais elle avait entendu parler d'accidents mortels. Peut-être même avaient-ils voulu sa mort. Ce qui expliquerait leur refus de répondre à ses questions.

Le lendemain matin, elle réfléchissait à ce qu'elle allait faire, quand le téléphone sonna. C'était un appcl de la secrétaire du Dr Palmiento qui lui demandait de venir immédiatement le voir à l'hôpital.

Elle s'habilla, déposa Janie chez Mme Gale et prit le chemin de Sainte-Margaret.

Monsieur D. avait rejoint Palmiento dans son bureau. Ils se levèrent lorsqu'elle entra, mais elle n'avait que faire de leur courtoisie.

— J'exige que l'on me dise où se trouve Joe, lança-t-elle. Si toutefois vous ne l'avez pas tué pendant l'opération

— Je vous en prie, asseyez-vous, fit le Dr P.

— Contentez-vous de me dire...

— Asseyez-vous, chère madame, insista Palmiento d'une voix plus ferme cette fois-ci.

Elle obtempéra, à contrecœur, en se demandant pourquoi elle se laissait encore impressionner par cet homme.

Palmiento reprit sa place derrière son bureau, croisa les mains devant lui et lui expliqua, d'un ton léger, mais le regard toujours aussi perçant :

— J'ai rencontré le président du Conseil national de psychiatrie, hier. Nous avions à disputer une partie de golf qui nous a donné l'occasion de discuter longuement. Je lui ai exposé en détail l'état mental de votre mari, ainsi que votre besoin de tout nier en bloc.

— Joe ne souffrait d'aucune maladie mentale ! rugit Sarah, en se faisant l'impression d'être un animal sauvage, un fauve prêt à tout pour défendre sa petite famille.

Monsieur D. vint s'asseoir sur la chaise, à côté d'elle.

— Nous comprenons que ces révélations soient douloureuses pour vous.

Il lui parlait d'une voix si douce qu'elle faillit, en dépit de sa fureur, poser sa tête sur son épaule. Mais non, prudence ! C'était un loup déguisé en agneau.

— Vous devez vous sentir trahie par votre mari.

— Par Joe ?

— Oui. A vous, il vous disait que tout allait bien. Mais à nous, il nous a avoué combien sa vie le décevait. Il pensait même souvent au suicide.

— Ce n'était pas Joe qui disait ça, mais Frederick Hamilton, un personnage fictif !

Monsieur D. eut un sourire peiné.

— Ne vous leurrez pas. Vous prenez pour de la fiction les véritables sentiments de Joe. Vous pensez que sa demande d'admission dans cet hôpital était une ruse, alors qu'en fait c'était un appel au secours. Pouvez-vous comprendre cela ?

— Non !

Sarah voulut se lever mais sentit aussitôt la main de monsieur D. peser sur son épaule.

— Joe m'aimait, continua-t-elle. Il aimait Janie, notre fille. Il n'aurait jamais voulu...

— Son dossier médical prouve la détérioration de son état, l'interrompit le Dr P. J'ai proposé à Cliff de le lui montrer, mais il ne l'a pas jugé nécessaire.

Sarah put imaginer la conversation entre les deux hommes, émaillée de ce genre de phrases : « Elle refuse de voir la vérité. Elle est démente. Elle nous en veut de l'avoir renvoyée. »

— Bien, j'accepte de vous croire, assura-t-elle avec un geste de renoncement. Mais dites-moi simplement où est Joe, et je...

— Cliff considère, comme moi, que, pour l'instant, il vaut mieux que vous ne cherchiez pas à le voir. Vous êtes bien trop fragile...

— Bon Dieu, arrêtez !

Sarah se leva si brusquement cette fois-ci qu'elle prit monsieur D. de vitesse.

— Je ne suis ni fragile ni folle !

Monsieur D. avança la main vers elle.

— Rasseyez-vous, madame Tolley. Nous avons quelque chose de très important à vous expliquer, précisa-t-il, après un regard à Palmiento qui venait de signifier son approbation d'un signe de tête.

Le ton chargé de sous-entendus de monsieur D. calma instantanément Sarah. Elle s'enfonça dans son siège, menacée par le retour de la nausée, mais décidée à ne pas être malade devant ces deux individus.

Monsieur D. avança son fauteuil à roulettes vers elle jusqu'à ce qu'ils fussent face à face.

— Le Dr Palmiento et moi-même avons eu une longue discussion, avant de conclure qu'il était nécessaire de vous faire entrer dans la confidence. Mais sachez que, dès votre premier contact avec le Conseil national de psychiatrie, nous avons été prévenus.

— Comment...

— Peu importe. Ce qui compte maintenant, c'est que vous ne disiez à personne — sans exception possible — ce que vous savez des techniques utilisées à Sainte-Margaret. C'est un secret d'État, madame Tolley.

— Je ne comprends pas.

Monsieur D. se pencha vers elle, le regard empreint d'une sincère compassion.

— Les Soviétiques et les Chinois ont mis au point des techniques de contrôle de l'esprit que nous ne maîtrisons pas encore. Il s'est produit des événements graves que vous ignorez peut-être. Par exemple, au cours de la guerre de Corée, plus de soixante-dix pour cent des prisonniers américains retenus en Chine ont signé des pétitions appelant à l'arrêt de l'intervention américaine, et certains ont fait de fausses confessions. Le plus effrayant, c'est que ces derniers, une fois libérés, n'ont pas voulu revenir sur ces confessions. Ils avaient subi un lavage de cerveau, Sarah. Ne croyez-vous pas qu'il faille s'alarmer quand nos ennemis peuvent manipuler ainsi nos concitoyens sans que nous sachions comment ils s'y prennent ? Il revient au Dr Palmiento et à quelques autres... pionniers... de perfectionner nos propres méthodes de contrôle de l'esprit. Nous devons absolument rattraper, et même dépasser, les techniques de nos ennemis.

Les paroles et la ferveur de monsieur D. laissèrent Sarah abasourdie.

— Mais... qu'impliquent exactement ces méthodes ? Est-ce que vous faites allusion au guidage psychique ? Aux électrochocs ? A l'isolement des malades ?

— Tout cela fait partie de notre recherche. Ainsi que l'utilisation de certaines drogues.

— Comme le LSD ?

— Entre autres, fit monsieur D. en se rejetant, avec un soupir, au fond de son fauteuil. Je viens de vous donner beaucoup d'informations, Sarah. Peut-être trop. Mais le Dr Palmiento et moi-même pensions que nous vous devions la vérité.

— Qui a autorisé ces... expérimentations ?

— Notre gouvernement. Si bien que, si vous cherchiez à informer la CIA ou le FBI, vous ne pourriez leur dire que ce qu'ils savent déjà. Ce sont eux qui financent nos recherches.

— Qui les financent !

— Oui. Cela doit rester entre nous, Sarah. Seuls le Dr P. et moi-même — et vous, maintenant — savons d'où viennent les fonds.

— Mais comment osez-vous mener vos expérimentations sur des gens que vous n'avez pas préalablement consultés ?

— Nous ne les menons jusqu'au bout que sur les malades irrécupérables.

— Ce n'est pas une justification ! Je pense vraiment que quelqu'un doit tirer le signal d'alarme.

— Et faire échouer un programme longuement élaboré ? intervint le Dr Palmiento. Un programme qui a l'accord du gouvernement et qui est destiné à contrer la menace soviétique ?

— Joe était le grain de sable dans la machine, n'est-ce pas ? Il en savait trop, et il fallait le faire taire.

— C'est parfaitement inexact, répondit Palmiento. Votre mari était malade.

Sarah comprenait qu'elle ne parviendrait jamais à le faire avouer. Par ailleurs, c'était un médecin très respecté, considéré comme l'un des génies de la psychiatrie, couvert de récompenses, et, face à lui, elle n'était qu'une épouse fragilisée, induite en erreur par son mari.

Monsieur D. reprit la parole :

— Si nous vous avons apporté toutes ces informations, c'est avant tout parce que nous avons besoin de vous, Sarah. Nous ne demandons qu'à vous réintégrer dans notre équipe. Vous avez besoin de surmonter votre douleur, mais vous restez pour nous une très bonne infirmière — la meilleure de votre service —, et nous comptons sur vous, maintenant que vous êtes en mesure d'apprécier l'importance de nos recherches.

— Je ne veux en rien participer à vos prétendues recherches, rétorqua Sarah en se levant. Je ne veux plus rien avoir affaire avec vous ni avec cet hôpital. Vous avez détruit mon mari, vous aggravez l'état de vos malades, et vous voudriez que je rejoigne votre équipe, en toute connaissance de cause ? Jamais !

— Vous avez l'esprit confus en ce moment, fit monsieur D. sur un ton de sincère sympathie. Ce qui se comprend très bien. Mais pensez à ce que l'on vient de vous dire. A ce problème de sécurité nationale...

— Je ne vous crois pas. Nous sommes dans un pays libre. Nous ne sacrifions personne au nom de la sécurité nationale. Je ne peux pas imaginer un seul instant que le gouvernement approuve vos actes. Je vais de ce pas raconter à... à un responsable politique ce que j'ai entendu ici.

Sarah se dirigeait vers la porte quand le Dr Palmiento la rappela.

— Juste une minute, madame Tolley, fit-il, le ton menaçant.

Il se leva lentement avec un regard qui la clouait au mur. Elle préféra fermer un instant les yeux, en se disant que sa première impression avait été la bonne : son regard était celui d'un fou furieux.

— Que me voulez-vous ?

— Vous avez une petite fille, n'est-ce pas ? Avez-vous envie qu'elle subisse le même sort que votre mari ? Ou pire, peut-être ?

Sarah étouffa une exclamation, puis riposta, mais d'une voix tremblante.

— Abstenez-vous de menaces vaines.

— Mes menaces ne sont jamais vaines. Je vois un problème, je le résous. Votre mari, Joseph Tolley, était un problème et je m'en suis chargé. Rapidement, même, ne trouvez-vous pas ?

— Il me semble que l'on pourrait éviter les menaces, intervint monsieur D. en s'interposant entre Sarah et Palmiento.

Visiblement, il tentait de calmer le jeu et, pour la première fois, Sarah soupçonna le jeune étudiant en psychologie de vouloir se démarquer un tant soit peu de son mentor.

— Pas moi, fit Palmiento. Si Mme Tolley voulait bien comprendre qu'elle ne peut rien révéler de nos méthodes sans entraîner des conséquences graves, nous la laisserions partir tranquillement. Mais elle ne semble pas mesurer la gravité de la situation. Alors, madame Tolley, je vous préviens : restez muette et aucun mal ne sera fait à votre enfant. Mais, si vous parlez, certaines personnes, encore plus attachées que moi à nos recherches, et qui disposent d'un autre pouvoir que le mien, se chargeront de réagir. C'est compris ?

Tandis que Sarah se taisait, les jambes en coton, Palmiento s'avança vers elle.

— C'est compris ? répéta-t-il. Jurez-nous que ce que vous savez ne quittera pas cette pièce.

— Je le jure, fit Sarah en reculant, le regard détourné.

Puis elle se précipita hors du bureau de Palmiento, hors de Sainte-Margaret, en espérant ne jamais être obligée de remettre les pieds dans cette maison des horreurs.

31

En revenant de sa visite à Sarah, Laura trouva sur son répondeur un long message de Becky Reed qu'elle écouta, appuyée contre le comptoir de la cuisine.

« Désolée de vous appeler pendant le week-end mais il y a urgence. Nous avons reçu des propositions pour deux talk-shows sur des télévisions locales et — tenez-vous bien — pour l'émission d'Oprah Winfrey ! Vous n'êtes pas sans connaître l'importance de cette émission. Elle ne passera qu'au moment de la parution de *La Honte*, en novembre, mais elle doit être enregistrée à la fin du mois prochain. Il faudrait donc que vous nous répondiez immédiatement, si vous acceptez d'y participer — ce que nous espérons vivement. »

Becky avait laissé son numéro personnel en demandant à Laura de l'appeler dès son retour.

Encore sous le choc du récit de Sarah, Laura avait eu du mal à se concentrer sur le message. Les murs de la cuisine semblaient se rapprocher d'elle. Assurer la promotion du livre de Ray était bien, en ce moment, la dernière chose qui la tentait.

Elle téléphona à Stuart, dans le Connecticut, pour lui parler du message.

— Oprah ! Mais c'est formidable, s'exclama-t-il.

— L'enregistrement de l'émission est pour fin septembre. C'est trop tôt. Je...

— Tu as encore un mois devant toi. Comment peux-tu éprouver si peu d'enthousiasme, Laura ? Ray aurait été tellement heureux.

— Écoute, je n'ai pas envie de me charger de ce travail. Tu pourrais peut-être le faire à ma place.

Il y eut un silence. Puis Stuart observa :

— Ma collaboration n'aura jamais le même impact que celle de sa femme. N'oublie pas non plus que tu as déjà un nom très connu, depuis que tu découvres des planètes. Bon sang, je ne vois pas où est le problème !

— Il n'y a pas de vrai problème. Simplement, je ne contrôle plus rien en ce moment.

Par la fenêtre, elle regarda dehors, vers le lac. Ici et là apparaissaient les premières feuilles automnales bien que ce fût seulement la fin août.

— Emma est toujours muette, et elle recommence à se cacher sous les meubles.

Elle se rendit compte qu'elle prenait pour alibi ce qui n'était arrivé qu'une fois ces derniers temps, et se sentit coupable.

— J'essaie de la rapprocher de son père biologique, et...

— Quoi ? Si vite ?

— Il y a déjà huit mois que Ray est mort, Stuart...

Elle se mit à expliquer comment Dylan était entré dans leurs vies.

— Quand même, tout cela me paraît précipité, commenta Stuart. Tu es sûre que c'était ce qu'il y avait de mieux pour Emma ?

Non, elle n'avait pas cette certitude, mais elle en avait décidé ainsi et se sentait trop fatiguée pour se justifier.

— C'est un type bien, en tout cas. Et la psychologue d'Emma est satisfaite de cet arrangement.

— Je te sens contrariée, Laurie.

— Je viens de voir Sarah. Tu sais, cette femme dont mon père voulait que je m'occupe. Ce qu'elle m'a raconté aujourd'hui m'a remuée, je dois dire.

— Que t'a-t-elle donc dit ?

Laura soupira.

— Je n'ai aucune envie d'en parler maintenant.

— Ça t'aiderait peut-être.

— Je suis trop fatiguée, Stuart.

Il se tut un instant.

— Laurie, pourquoi te fais-tu du mal ? Pourquoi continues-tu à voir cette femme si tu reviens dans cet état ? A quoi ça sert ? Tu as déjà assez de choses sur le dos.

— Mais je pense à elle ! Ça lui fait du bien de me voir. De plus, j'éprouve de l'affection pour elle. Elle me manquerait si je la laissais tomber.

— Tu te sens trop épuisée pour t'occuper du livre de ton mari, mais tu trouves le temps de...

— Je n'ai pas dit que je ne m'occuperais pas du livre de Ray, rectifia promptement Laura.

— Tu ne crois pas que tu lui dois bien ça ?

Le sentiment de culpabilité que lui valait la mort de Ray revint aussitôt l'accabler.

— Bon. D'accord, je ferai ce qu'il faut. Simplement, ça me rend nerveuse. Je ne sais ce que je vais dire. Comment je vais expliquer sa disparition...

— Écoute, est-ce que tu veux que je vienne te voir ? Je fais la tournée de mes clients dans ta région la deuxième semaine de septembre. On pourrait préparer quelque chose ensemble.

— Oui, ça m'aiderait. Merci.

Elle raccrocha avec un sentiment de faiblesse, de harcèlement et de honte. Que se passait-il ? Comment pouvait s'expliquer qu'elle n'eût aucun désir de soutenir l'œuvre de son mari ?

Le lendemain après-midi, Dylan vint la chercher pour l'emmener nager avec Emma. Emma, qui adorait nager auparavant, refusait depuis le début de l'été de tremper un seul orteil dans l'eau, et n'accepta de les suivre que si Cory les accompagnait.

Laura avait elle-même éprouvé de l'anxiété, dans la matinée, en sortant ses deux maillots de bain de leur tiroir. L'un avait dix ans et les élastiques du slip étaient complètement détendus. L'autre n'avait que trois ans, mais c'était un maillot une pièce, noir, qui eût mieux convenu à une quinquagénaire. Habituée à ne porter que des vêtements pratiques, sans se soucier de la mode, Laura avait regretté, ce matin-là, d'avoir négligé de regarder dans ses tiroirs. Elle aurait volontiers acheté quelque chose d'un peu plus seyant.

Elle jeta finalement son antiquité à la poubelle, puis enfila le maillot noir et se planta devant le miroir. Depuis la mort de Ray, elle avait maigri et le remarquait surtout au niveau des jambes et des seins. Un vague bronzage s'arrêtait à mi-cuisses et juste en dessous des épaules. Un an plus tôt elle ne l'aurait même pas remarqué, et elle fut agacée de se dire qu'elle se sentait mal à l'aise simplement parce qu'elle pensait au regard de Dylan. Sur le maillot, elle passa un short qu'elle n'enlèverait que sur la plage.

Dylan arriva en chemise hawaïenne et caleçon de bain, avec son bronzage de sportif.

— Je constate que vous avez toutes les deux besoin d'aller plus souvent à la plage, remarqua-t-il en approchant son bras de celui de Laura.

Au même instant, Emma arriva en courant dans le séjour puis, voyant Dylan, s'immobilisa, de nouveau intimidée.

— Tu vois, Emma, fit Dylan, à chaque fois que tu regardes cette pièce, tu peux te dire que c'est aussi grâce à toi qu'elle est si jolie maintenant.

Emma tourna son regard vers un mur.

— Elle m'a aussi aidée à choisir les rideaux.

— Ah, Emma est faite pour la décoration !

— Va prendre tes affaires, ma chérie, dit Laura en riant.

En chemin, ils s'arrêtèrent chez Cory, et les

deux petites filles partirent vers le lac en laissant Dylan et Laura derrière elles. Il faisait chaud. Avant même d'être arrivée sur la plage, Laura transpirait.

— L'eau va nous rafraîchir agréablement, fit Dylan.

Petit croissant de terrain sablonneux, la plage était réservée aux familles vivant en bordure du lac. Un garçonnet était assis sur des bouées de sauvetage, les cheveux blonds décolorés par le soleil, la peau couleur caramel. Deux jeunes couples prenaient le soleil, allongés sur leurs draps de bain. Seuls un enfant et une jeune femme étaient dans l'eau et se tenaient dans le petit bain, délimité par un cordage.

Laura et Dylan étalèrent leurs serviettes sur le sable pendant que Cory se glissait dans sa bouée verte en forme de dragon.

— Viens, Emma, cria la petite en courant vers le lac.

— Tu as ta bouée ? demanda Laura à sa fille.

Le pouce dans la bouche, Emma secoua la tête.

— Viens dans l'eau, Emma, insista Cory.

En voyant Cory avec de l'eau jusqu'aux mollets, Laura se leva, prit son matelas pneumatique et suivit l'enfant afin de la surveiller. Puis, une fois dans l'eau, elle se tourna vers la plage, le temps d'observer que Dylan, accroupi, parlait à Emma. Emma n'avait pas reculé, mais dérobait son regard. « Que lui dit-il ? » se demanda Laura, intriguée.

— Poussez-moi, s'il vous plaît, lui cria Cory.

Laura fit avancer la petite sur l'eau pendant

que Dylan se relevait puis venait la rejoindre, l'air résigné.

— Merci d'avoir essayé, lui dit-elle.

— Il n'y a rien à faire. Elle ne veut pas bouger.

L'enfant qui barbotait près de sa mère appela Cory pour jouer avec lui.

— Je peux y aller ?

— Oui, répondit Laura en faisant un signe à la mère du garçon. Mais ne va pas trop loin. Je ne veux pas te perdre de vue.

Elle regarda Cory s'éloigner puis se hissa sur le matelas pneumatique, s'allongea sur le ventre et observa sa fille, petite statue bleue et beige dont les orteils touchaient à peine l'eau.

— Elle me fait de la peine, avoua Dylan, les mains sur les hanches, en regardant vers la plage. Elle a envie de venir. Ça se voit sur son visage.

— Je sais.

— Et de voir Cory jouer avec ce petit garçon, ce doit être encore plus dur pour elle... Comment faites-vous pour supporter cette situation ?

— Je la supporte mal. Mais j'en ai un peu plus l'habitude que vous.

Dylan se plongea dans l'eau puis s'appuya à la corde en y allongeant les bras.

— Alors, comment va Laura ?

— Laura se ramollit, répliqua-t-elle en laissant courir ses doigts sur l'eau. J'ai accepté de participer aux talk-shows.

— Pourquoi ?

— Le frère de Ray a joué sur mon sentiment de culpabilité, hier soir.

— Vous êtes vraiment faible, commenta Dylan en feignant le dédain.

— Je n'en doute pas. Mais quel genre d'épouse aurais-je été si j'avais refusé ?

Dylan ignora sa question.

— Et vous n'êtes pas plus stressée, maintenant ? reprit-il.

— Oh, que si !

Elle passa sous silence une autre cause de stress : le fait de porter un maillot de bain si peu seyant devant lui... Elle voyait son torse luisant de gouttes d'eau, ses bras plus musclés qu'elle ne l'aurait cru, et se demandait ce qu'il pensait de son corps pendant ce temps. De ses jambes pâles ? De la cellulite sur ses cuisses ?

— Que m'avez-vous raconté, l'autre soir, au téléphone ? Le mari de Sarah aurait subi une lobotomie ? Ça paraît incroyable, non ?

— Vous n'en avez entendu que la moitié ! Après la lobotomie, ils ont confié leur secret à Sarah.

Laura lui exposa les allusions de Palmiento à l'accord gouvernemental sur les expérimentations visant un contrôle de l'esprit.

— C'est effectivement quelque chose qui s'est fait, expliqua Dylan. Mais pas ici. Enfin, je ne crois pas, fit-il en regardant le ciel, comme pour rassembler ses souvenirs. Il me semble que ça s'est passé au Canada. Dans les années cinquante. La CIA était impliquée.

— Je me souviens aussi de ça, vaguement. Quand Sarah a commencé à me parler de ce genre de recherche, je n'ai pas été tout à fait surprise. Ils se servaient de malades mentaux ?

— Oui, je crois, entre autres.

— Je me suis demandé si la personne qui m'a envoyé ces messages anonymes ne cherchait pas à protéger Sarah contre ses horribles souvenirs.

— Viendraient-ils de sa fille ? De cette Janie qui se cache ?

Laura réfléchit. Que la fille de Sarah ait voulu éviter à sa mère trop de détresse paraissait bel et bien plausible.

— Mais si Janie se souciait de sa mère, elle s'en occuperait, elle viendrait la voir, non ?

— Peut-être que ça lui est impossible. Si elle se cache — pour une raison ou une autre —, la peur doit la retenir.

Laura regarda Cory et le petit garçon qui s'aspergeaient mutuellement.

— J'aimerais vraiment savoir ce qui est arrivé à Joe, fit-elle. Sarah n'a jamais réussi à connaître le sort qu'ils lui ont réservé. A-t-il été placé quelque part ? L'ont-ils tué ? Elle n'en sait rien. Il me semble que ce serait un soulagement pour elle d'apprendre enfin la vérité. Il se peut même qu'il soit encore en vie.

— On peut survivre si longtemps à une lobotomie ?

Le soleil commençait à décliner, mais donnait encore aux yeux de Dylan ce bleu translucide qui fascinait Laura.

— Je l'ignore. Mais n'oublions pas qu'il était plus jeune que Sarah — de sept ans, je crois. Néanmoins, s'il vit encore, il est sûrement dans un triste état... J'aimerais quand même tenter de le retrouver.

— Pour le bien de Sarah ou pour satisfaire votre propre curiosité ?

— Là encore, je n'en sais rien, répondit Laura en souriant. Et en même temps, je crois que je vais aussi essayer de retrouver Janie.

— Eh oui ! Pourquoi pas ? plaisanta Dylan. Vous n'avez rien d'autre à faire.

Aussitôt Laura retrouva sa gravité.

— Je trahis mon obsession, n'est-ce pas ?

— Non. Votre intérêt. Votre enthousiasme. Ray a fait preuve de cruauté à votre égard en voulant vous en priver.

Prête à défendre Ray, Laura se mordit la langue avant que son plaidoyer lui échappât.

Le regard rivé sur la plage, Dylan s'écria soudain :

— C'est insupportable ! Je ne peux pas voir Emma comme ça, figée, au bord de l'eau. On dirait une gosse abandonnée. Rentrons.

— D'accord.

Laura descendit du matelas pneumatique et avança vers la plage.

Le soleil avait disparu derrière les arbres quand ils mirent le pied sur le sable. Cory venait de s'asseoir avec Emma sur un drap de bain et frissonnait dans sa serviette.

— Vous voulez rester pour dîner ? demanda Laura à Dylan tout en se séchant.

— Non. Je vous remercie, mais j'ai un rendez-vous.

Laura se frotta les épaules avec une application suspecte.

— Ce sera pour une autre fois.

Au moins, il avait été franc, et elle sut à quoi

s'en tenir. Pendant qu'elle admirait son torse, lui ne voyait en elle que la mère d'Emma, une femme dans un maillot de vieille dame, rien de plus. Il devait avoir un tas de petites amies, séduisantes et libres. Sans enfant... Soit ! Mais s'ils n'entretenaient qu'une relation amicale, alors elle pouvait lui demander qui il voyait ce soir. Où il irait avec sa petite amie. Ce qu'il ressentait pour elle.

Et puis, non, elle ne lui demanderait rien de tel. Elle ne voulait pas savoir.

32

Il avait rendez-vous avec une femme qu'il ne connaissait pas. Exercice futile comme il en avait pris l'habitude depuis plusieurs années. Mais cette personne était une amie d'Alex et, privé de Bethany, il s'était laissé convaincre de la rencontrer. Tout en allant la chercher chez elle, il se jura de ne pas parler d'Emma et de Laura — ni même de penser à elles. Les reproches de Bethany n'étaient pas oubliés.

Il trouva facilement l'adresse de cette personne dans Middleburg et sonna à la porte ornée d'unc couronne de fleurs séchées.

— Bonsoir. Je suis Sherry. Entrez.

Il découvrait une très jolie femme, avec de longs cheveux noirs et un corps impossible à ignorer. Il l'observa pendant qu'elle allait et venait dans le séjour, à la recherche de son sac, de ses clefs, de ses lunettes pour le cinéma. Puis elle disparut dans une autre pièce, parla à quelqu'un et réapparut en souriant.

— J'ai donné mes dernières consignes à la baby-sitter.

Elle avait donc des enfants. D'ordinaire, cela

l'aurait laissé indifférent, mais, ce soir-là, il s'en réjouit, tout en essayant de dissimuler son plaisir.

Pendant le dîner, il parvint à ne pas parler d'Emma, interrogea Sherry sur son passe-temps favori, l'équitation, et réussit avec un certain succès à écouter attentivement ses réponses.

Le film — l'une de ces histoires que l'on fait traîner en longueur, à la manière des cinéastes britanniques — lui laissa le loisir de retourner en pensée à la plage et de se demander s'il n'aurait pas pu trouver une façon de convaincre Emma de se baigner.

Dans la voiture, après le film, il s'autorisa enfin à interroger Sherry sur ses enfants.

— J'en ai trois, dit-elle. Trois filles. De neuf, sept et cinq ans. J'espère que ça ne vous refroidit pas.

Elle semblait s'excuser, et il crut comprendre que sa petite famille avait dû inciter plus d'un prétendant à prendre la fuite.

— Pas du tout, affirma-t-il. Depuis quelque temps, je m'occupe beaucoup d'une petite fille de cinq ans.

Il se fit l'effet d'un alcoolique dans un bar qui ne peut s'empêcher d'entamer une conversation, tout en sachant qu'une fois les vannes ouvertes il n'y aura pas de fin.

— Oh ! Vraiment ? Et pourquoi ?

Il faillit raconter qu'Emma était sa nièce, mais mentir n'était pas son fort.

— C'est ma fille, avoua-t-il, en savourant l'écho de ces mots si neufs pour lui.

— Vous avez une fille ? Je croyais que vous n'aviez jamais été marié.

— C'est exact. Et il y a encore un mois, j'ignorais son existence.

— Oh !

Visiblement, Sherry soupçonnait une longue histoire derrière cette révélation et jugeait plus sage de ne pas insister.

— Parlez-moi de votre fille de cinq ans. Comment est-elle ? Qu'aime-t-elle faire ?

— Emma — ma fille — a quelques problèmes en ce moment. Si bien que j'ignore ce qui est normal à son âge.

— Eh bien, Jenny adore nager ! Elle suit des cours de gymnastique. Elle collectionne les baigneurs et les poupées Barbie.

— Comme Emma. Enfin, en ce qui concerne les Barbie.

Il raconta à Sherry qu'il avait offert un aquarium à Emma, et qu'Emma avait transformé ses étagères en bureaux pour ses poupées.

— Ça ne m'étonne pas, fit Sherry. Les enfants manifestent souvent beaucoup de créativité.

Une pointe d'ennui perçait-elle dans sa voix ? Dylan s'en moqua.

— Emma aimait nager. Et puis, subitement, elle a eu peur de l'eau, poursuivit-il. Est-ce que vous savez comment je pourrais lui redonner l'envie de nager ?

— Non, pas du tout. Mes trois enfants sont de vrais poissons.

Sherry tenta de revenir à des sujets d'adultes. Elle le questionna sur son travail, parla du film qu'ils venaient de voir. Mais Dylan regrettait qu'elle n'eût pas spécialement envie de parler de ses filles.

Quand il se gara sur le parking, devant chez elle, Sherry prit son sac posé sur le plancher de la fourgonnette.

— Je vous aurais bien dit de rester, fit-elle, mais il est déjà tard et je dois reconduire la baby-sitter chez elle.

— Je vous raccompagne jusqu'à votre porte.

Selon toute apparence, elle ne l'appréciait pas beaucoup, et il s'en moquait. Il la laissa devant sa porte sans même l'embrasser, bien persuadé qu'ils partageaient la même indifférence.

Sur le chemin du retour, il se rendit compte qu'elle ne lui avait posé aucune question au sujet de Laura. Si elle lui avait demandé : « Quelles sont vos relations avec la mère de votre fille ? », il aurait sans doute bredouillé : « Oh ! nous sommes simplement amis ! »

Jetant un coup d'œil, à travers le pare-brise, vers le ciel piqué de diamants, il se remémora la nuit où, avec Laura, il avait observé les étoiles au télescope. Une expérience qu'il aurait volontiers renouvelée sur-le-champ.

33

Assise dans la salle d'attente du cabinet d'Heather face à Sarah, Laura observait la vieille dame qui regardait fixement la plaque portant le nom de la secrétaire et se répétait à voix haute : « Mme Quinn... Mme Quinn. » Puis soudain Sarah se tourna vers elle.

— Nous sommes toujours à Meadow Wood Village ?

— Non. Nous sommes chez la psychologue d'Emma, et vous allez jouer avec la petite dans la salle de jeux. Comme Emma ne parle qu'à vous, sa psychologue a pensé que votre présence serait utile.

Sarah regarda Emma qui, assise dans un coin de la pièce, s'ingéniait à faire tenir en équilibre un cheval en plastique sur une pile de cubes.

— Je vais jouer avec Janie ?

— Oui. Mais pas ici. Dans une salle réservée au jeu. Vous aiderez beaucoup Janie... je veux dire Emma, en jouant avec elle. Je vous en serai très reconnaissante.

Laura vit Sarah hocher la tête, mais avec tant

de confusion sur le visage qu'elle eut envie de la serrer dans ses bras.

Heather sortit de son cabinet et se présenta à Sarah. Puis elle la conduisit avec Emma dans la salle de jeux, les installa toutes les deux à une grande table sur laquelle étaient posées une maison de poupée et une boîte pleine de petites figurines. Laura, soulagée de constater que Sarah parvenait à s'asseoir aisément dans l'une des chaises pour enfant, passa en compagnie d'Heather dans la pièce contiguë, d'où elles pourraient observer la salle à travers le miroir sans tain.

Emma se mit à parler dès qu'elle fut seule avec Sarah.

— Choisissez vos poupées, lui dit-elle, en tenant la boîte et ses figurines de plastique devant elle.

Laura jeta un coup d'œil vers Heather qui souriait en entendant la voix d'Emma pour la première fois. Sarah prit une poupée représentant un homme.

— Non ! Pas celle-là, s'écria Emma avant de se radoucir. Je peux la prendre, s'il vous plaît ?

Mais elle enleva la poupée de la boîte sans attendre la réaction de Sarah.

Sarah choisit une figurine de jeune fille.

— Celle-ci est jolie. Tu la veux, Janie ?

Exaspérée qu'on l'appelle Janie, Emma roula les yeux et fit rire sa mère.

— Je m'appelle Emma Brandon Darrow, précisa la petite d'une voix ferme. Maintenant, mettez votre poupée dans l'une des pièces de la maison, s'il vous plaît.

— Au moins, elle n'a pas oublié ses bonnes manières, murmura Heather à Laura.

Pendant une demi-heure, elles observèrent le jeu de Sarah et de l'enfant, prompte à donner des directives à la vieille dame.

— C'est vraiment intéressant, commenta Heather. Je découvre un aspect d'Emma qu'elle me cachait bien.

— Je l'avais toujours connue ainsi : pleine d'assurance et quelque peu autoritaire.

Emma n'avait plus rien de la petite fille lugubre qui vivait dans la maison du lac, que le noir effrayait, qui mouillait son lit et restait seule sur la plage pendant que sa copine jouait dans l'eau.

— Rien n'est plus encourageant, assura Heather. Elle a tellement de ressort. Je sais que c'est difficile à croire en ce moment, Laura, mais je pense qu'elle va très bien s'en sortir.

— Si elle savait que je l'observe, elle se refermerait aussitôt. Ça me fait mal.

— C'est passager. Ne vous en faites pas. Vous pourriez revenir avec Sarah ? Elle semble à son aise.

— Je verrai. Peut-être.

Sarah tenait tour à tour un rôle d'enfant et d'adulte, tantôt jouant à la poupée avec autant de concentration qu'Emma, tantôt la guidant, à la façon d'une grand-mère. Mais, dans un rôle ou dans l'autre, et quel que fût l'agacement d'Emma, elle s'obstinait à appeler la petite Janie.

A la fin de la séance, Laura entraîna la vieille dame et l'enfant dans la voiture, et attacha leurs ceintures de sécurité avant de prendre le chemin de la maison de retraite.

— Vous vous êtes bien amusées ? leur demanda-t-elle en quittant le parking.

— Où étions-nous ? fit Sarah.

A l'arrière, Emma resta silencieuse.

— Chez une psychothérapeute, expliqua Laura. Vous avez joué avec Emma dans la salle de jeux.

— Nous allons nous promener maintenant ?

— Non. Pas aujourd'hui. Je vous reconduis chez vous, puis je retourne à la maison avec Emma. Mais je viendrai vous voir demain et nous irons nous promener. On dit qu'il va faire très beau.

— Je mettrai mes chaussures de marche dès que je serai habillée.

— C'est une bonne idée.

Laura se tourna quelques secondes vers Sarah, le temps de la voir sourire en pensant à la promenade du lendemain.

— Peut-être que tout en marchant, ajouta Laura, vous me direz ce qui vous est arrivé après avoir quitté votre travail à Sainte-Margaret.

Sarah, 1959

Sarah avait peur du Dr Palmiento et de monsieur D. Sachant ce qu'ils avaient été capables de faire entre les murs d'une institution reconnue, elle se demandait avec angoisse jusqu'où ils oseraient aller, hors de ces murs. En tout cas, il était évident qu'ils chercheraient à sauvegarder leurs prétendues recherches à n'importe quel prix. Les menaces à peine voilées de Palmiento à l'égard de Janie résonnaient encore aux oreilles de Sarah.

Elle décida de quitter la ville, vendit la maison qu'elle avait achetée avec Joe et s'installa dans un appartement à une cinquantaine de kilomètres de là. Le déménagement fut douloureux. Elle eut l'impression de rayer de sa vie Joe et les souvenirs qui se rattachaient à lui. Mais, fort heureusement, il lui restait Janie, le lien le plus solide qui pût encore l'unir à son mari. Et puis, chaque jour, elle portait la broche qu'il lui avait offerte le jour de leur mariage.

Elle trouva un travail à Emery Springs, un hôpital psychiatrique proche de son appartement et où, grâce à Dieu, l'on ne pratiquait aucune des techniques « avancées » en usage à Sainte-Margaret. Pendant ses heures de loisir, elle repartit à la recherche d'un Joseph Tolley — ou d'un Frederick Hamilton — dans les institutions environnantes. Nulle part elle ne trouva trace ni de l'un ni de l'autre, et elle commença à se demander s'ils ne l'avaient pas inscrit sous un autre nom d'emprunt. Enfin, si Joseph avait survécu à sa lobotomie.

Colleen fut la seule personne rencontrée à Sainte-Margaret avec laquelle elle osa rester en contact. Renvoyée aussitôt après le départ de Sarah, Colleen avait également reçu des menaces concernant son enfant, Sammy. Elle cherchait désespérément un autre emploi, sans avoir les moyens de déménager, et Sarah se sentait responsable de ses malheurs, évidemment provoqués par l'échec du plan trop aventureux de Joe.

Bien qu'inconsolable, Sarah puisait en elle la volonté de rester gaie et optimiste pour le bien de Janie. Peu à peu, elle se détendit et commença à se sentir en sécurité chez elle comme à son travail, quoiqu'elle cherchât constamment, sans se l'avouer, un moyen d'avertir une personne bien placée de ce qui se passait à Sainte-Margaret. Elle restait persuadée que le gouvernement ne pouvait pas soutenir les expériences de Palmiento. Si, malgré tout, elle se trompait, le fait d'alerter le FBI ne changerait rien, évidemment. Mais, dans le cas contraire, elle mettrait ainsi un terme au calvaire des malades du Dr P. Toutefois, comment oublier que Palmiento avait réussi à savoir, dès le début, que c'était elle qui avait contacté le Conseil national de psychiatrie ? Oui, elle se souciait du sort des malades. Mais il y avait Janie et l'obligation de la protéger. Le numéro du FBI restait néanmoins affiché sur le mur de la cuisine, à côté du téléphone, en attendant qu'elle eût un jour le courage d'appeler.

Un samedi de novembre, aux premières heures du matin, elle était en train de faire du ménage, quand un coup de sonnette la surprit. Elle attendait bien une voisine à qui elle avait offert de venir prendre un café, mais il était encore un peu tôt.

Elle posa son balai contre le mur de la cuisine, passa près de Janie qui jouait dans son parc, alla ouvrir puis, étouffant une exclamation, recula d'un pas malgré elle.

— Je n'ai pas voulu vous faire peur, fit monsieur D. en souriant.

— Pourquoi êtes-vous ici ? Comment avez-vous obtenu mon adresse ?

— Puis-je entrer ? J'ai quelque chose d'important à vous dire.

Sarah marqua une hésitation puis accepta, en se disant qu'elle laisserait la porte ouverte et, s'il le fallait, appellerait ses voisins au secours.

— C'est votre petite fille ? demanda monsieur D. en s'avançant vers le parc de Janie.

Janie lui tendit les bras, particulièrement avide depuis quelque temps d'un contact masculin, mais Sarah s'interposa entre elle et monsieur D.

— Asseyez-vous sur le canapé.

Monsieur D. s'assit tandis qu'elle restait debout.

— Que me voulez-vous ?

— J'ai deux ou trois choses à vous communiquer, fit son visiteur sans se troubler. Tout d'abord, sachez que nous vous regrettons beaucoup. Vous étiez vraiment l'une de nos meilleures infirmières, et je tiens à vous dire que vous pouvez revenir quand vous voulez. Le passé est le passé.

— Pour rien au monde je ne retournerais dans cet enfer !

— Je sais que le Dr Palmiento n'est pas... toujours facile. Mais il fait un travail extraordinaire, brillant et — bien que vous n'en soyez toujours pas convaincue, j'imagine — primordial pour la sécurité de notre pays.

— Écoutez, rétorqua Sarah en se dirigeant vers la porte, c'est inutile de reparler de ça. Vous prenez le Dr P. pour Dieu, mais il se trouve que je ne suis pas de votre avis. Alors restons-en...

— Vous avez parlé de lui autour de vous, l'interrompit monsieur D. sans bouger.

— Je... Que voulez-vous dire ?

— Vous vous êtes confiée à vos collègues d'Emery Springs.

— Comment savez-vous où je travaille ? s'étonna Sarah, saisie par la chair de poule.

— Il nous a été facile de vous suivre à la trace, Sarah, précisa monsieur D. avec un petit rire. Et d'apprendre beaucoup de choses sur vous. A 8 heures, vous partez travailler, après avoir laissé la petite Janie chez votre voisine, Mme Sucher, qui habite au rez-de-chaussée de votre immeuble. Vous arrivez à Emery Springs vers 8 h 30. Vous rentrez chez vous à 17 heures, avec la régularité d'une horloge. Vos meilleures amies parmi vos voisines s'appellent Paula Rosé et Susan Taylor. Vous les voyez de temps en temps dans la soirée. Vos courses, vous les faites chez A & P, à Terrace Street. Vous vous couchez, chaque soir, à 22 h 30. On peut dire que vous avez une vie bien réglée. Réfrigérée, Sarah croisa les bras sur sa poitrine.

— Comment savez-vous tout ça ?

— Nous vous avons dit que certaines personnes, au gouvernement, tiennent par tous les moyens à protéger nos recherches. Mais peu importe la façon dont ces informations nous arrivent, Sarah. Ce qu'il faut retenir, c'est qu'après nous avoir dit — juré même — que vous ne parleriez à personne de Sainte-Margaret, vous n'avez pas tenu votre promesse.

— Je me suis adressée à des gens qui n'ont en fait aucun pouvoir.

— Bien sûr ! fit monsieur D. dans un éclat de rire. Puisque personne ne peut nous contrer, ajouta-t-il, penché en avant. Nous n'avons peut-être pas été assez clairs. Quand nous vous demandions de ne rien révéler, nous voulions dire : à qui que ce soit.

— D'accord. Je comprends. Maintenant, veuillez sortir.

Elle fut soulagée de le voir se lever et s'avancer vers la porte. Mais il ajouta :

— Écoutez-moi. Je ne veux pas vous accabler, mais il faut absolument que vous compreniez que votre silence est nécessaire. Peter Palmiento ne pense qu'à ses recherches, et c'est un génie. Mais quelquefois les génies flirtent avec la folie. Vous voyez ce que je veux dire ?

Sarah hocha la tête.

— Bien. Je vous souhaite bonne chance, Sarah, conclut monsieur D. avant de sortir.

Elle verrouilla la porte derrière lui puis, tremblante, sortit Janie de son parc et s'assit sur le canapé en serrant l'enfant dans ses bras. Jamais elle ne se serait crue en danger lorsqu'elle avait parlé d'une partie de ses expériences à Sainte-Margaret avec ses collègues. Qui l'avait trahie ? Elle ne pouvait plus se sentir en confiance, ni à l'hôpital ni avec ses voisins. Un nouveau déménagement s'imposait. Un nouveau travail aussi. Irait-elle jusqu'à changer de patronyme ? Non. Ce serait perdre une trop grande part de ce qui lui restait de Joe. Mais il lui fallait renoncer à le chercher. C'était peut-être en faisant des démarches pour le retrouver qu'elle s'était fait repérer.

Cette fois, elle se rendit en Virginie et accepta un emploi dans un petit hôpital. Afin d'éviter de soustraire Janie à la sécurité de son propre appartement, elle engagea une femme qui consentait à venir chez elle pendant la journée. Elle jeta le numéro du FBI, désormais convaincue qu'il ne fallait même pas essayer de joindre les autorités.

Les patients de Sainte-Margaret, ces êtres blessés dont on trahissait la confiance pour les détruire lentement mais résolument, continuèrent cependant à hanter ses rêves.

34

Le téléphone sonna alors que Laura faisait la lecture à sa fille dans le séjour.

— Des clients viennent d'annuler leur réservation pour le vol du soir, annonça Dylan sans préambule. Voulez-vous qu'on le fasse ensemble, ce vol ? Mais il faudrait d'abord que je parle à Emma, que je m'assure qu'elle le supportera. Ensuite, vous n'aurez qu'une heure devant vous.

— Je croyais que vous ne preniez pas d'enfant de moins de huit ans à bord.

Laura se rappelait parfaitement cette précision qu'il lui avait donnée le jour où elle avait fait sa réservation.

— C'est bien pour cette raison qu'il faut d'abord que je lui parle. Vous croyez qu'elle aura peur ? Vous me la passez ?

Elle regarda Emma, assise à côté d'elle sur le canapé.

— C'est Dylan, Emma. Il voudrait savoir si tu veux faire un tour en ballon, ce soir.

Emma retint son souffle puis descendit en un

clin d'œil du canapé et se mit à sauter de joie. Surprise mais heureuse, Laura éclata de rire.

— Non, dit-elle dans le téléphone. Elle n'a pas peur.

— Alors, laissez-moi lui parler.

— Dylan veut te parler, ma chérie. T'expliquer ce que tu devras faire.

Emma cessa de regarder fixement le récepteur que sa mère lui tendait pour le prendre et le coller à son oreille.

— Elle vous écoute, Dylan, fit Laura en forçant la voix.

Emma fut tout ouïe, sourit à un moment donné, hocha plusieurs fois la tête comme si Dylan pouvait la voir, puis rendit l'appareil à sa mère.

— C'est de nouveau moi, Dylan.

— Je lui ai expliqué que je n'emmenais jamais d'enfants de cinq ans et que, si elle voulait venir, elle devrait se comporter comme une grande fille et obéir à mes consignes.

— Tu veux vraiment y aller ? demanda Laura à la petite.

Emma acquiesça d'un signe de tête.

— Et tu as bien compris que tu dois obéir à Dylan ?

Emma renouvela son signe.

— Nous arrivons, annonça Laura à Dylan.

C'était la première fois que Laura suivait la préparation du vol à la lumière du jour. Il fallait bien reconnaître que le spectacle était moins grandiose qu'avant le lever du soleil, quand les silhouettes des trois hommes se découpaient sur les flammes rugissantes des brûleurs. Mais rien n'entamait l'enthousiasme d'Emma qui avançait d'un pas dansant à travers le champ.

« Étonnant », se dit Laura. Si Emma avait peur de l'eau et de l'obscurité, elle semblait en revanche dépourvue d'appréhension à l'idée de s'élever dans les airs, à trois cents mètres au-dessus du sol.

Quand elles furent à quelques pas de la montgolfière, Dylan abandonna ce qu'il était en train de faire pour leur donner ses premières instructions. Emma l'écouta en acquiesçant avec solennité. Elle tenait absolument à adopter au mieux un comportement d'adulte.

Dylan monta dans la nacelle le premier. Emma eut une seconde d'hésitation quand Laura la fit grimper sur l'échelle, sans doute parce qu'elle venait de comprendre qu'elle serait pendant quelques instants seule avec Dylan dans la nacelle.

— Vas-y, ma chérie. Je suis juste derrière toi.

Laura observa sa fille tandis que Dylan l'aidait à mettre le pied sur le réservoir de propane puis sur le plancher de la nacelle. Le petit corps d'Emma se raidit dès que Dylan la toucha, mais lorsque Laura la rejoignit elle avait déjà sur le visage un sourire épanoui.

— Bien, Emma, fit Dylan. Quand on aura décollé, tu pourras monter sur le réservoir et regarder autour de toi. Mais, pour le moment, il faut que tu restes dans ce coin et que tu t'accroches bien aux cordes. Et vous aussi, maman, ajouta-t-il à l'adresse de Laura.

La mère et la fille suivirent ses directives, et Alex et Brian défirent la corde d'arrimage du ballon au camion. Quand Dylan alluma les brûleurs, Emma sauta de joie en voyant l'or des flammes s'engouffrer dans la gueule du ballon, mais sans bouger de son coin. Les mains agrippées aux cordes, elle se dressa sur la pointe des pieds et tenta de regarder par-dessus la nacelle. Elle était si mignonne que Laura sentit son cœur se gonfler d'amour pour elle.

Lentement la montgolfière s'éleva au-dessus du sol jusqu'à surplomber la cime des arbres.

— Bon, Emma, fit Dylan. Maintenant tu peux te mettre sur le réservoir. Mais attention. Doucement, ajouta-t-il en l'aidant. Tu continues à te tenir aux cordes. Voilà. C'est bien.

Emma posa un regard émerveillé sur la verdure luxuriante qui flottait comme des eaux vertes sous la nacelle. Puis, quand ils dépassèrent les arbres, elle laissa échapper une exclamation étouffée et montra quelque chose au sol. Laura suivit son regard mais ne vit rien de particulier dans le pâturage. Ce fut Dylan qui repéra le premier ce qui avait attiré l'attention d'Emma.

— Tu as raison, Emma ! C'est un appaloosa. Un cheval blanc avec des taches rousses. Il y en a d'autres. D'habitude ils sont cinq. Tu les vois ?

Emma trouva les autres chevaux et également quelques vaches.

Devant le ciel qui devenait rose, pêche et mauve, Dylan lui expliqua ce qui provoquait ces couleurs au coucher du soleil. Il désigna des formes particulières dans les nuages, montra les montagnes qui se dressaient à l'horizon, engagea la petite à faire des signes aux enfants qui nageaient dans une piscine au-dessous d'eux. Il lui fit aussi remarquer la présence d'un renard que Laura prit plutôt pour un petit chien pelé. Mais elle se tut afin de ne pas briser l'enchantement que reflétait le visage d'Emma, tout en s'étonnant qu'au bout d'une heure sa fille ne manifestât pas la moindre lassitude.

— Nous devons entamer la descente maintenant, annonça Dylan. Notre terrain d'atterrissage se trouve juste au-delà de ces arbres.

Emma eut un gémissement de regret qui déclencha le sourire de Dylan.

— Tu peux rester où tu es encore un petit peu, lui dit-il. Mais après, tu retournes dans le coin et tu t'accroches bien aux cordes pour l'atterrissage. D'accord ?

Emma hocha la tête et s'attarda sans frémir sur le réservoir tandis qu'ils frôlaient le faîte des arbres.

— Maintenant, annonça Dylan, au bout d'une minute, vous vous mettez toutes les deux dans un coin.

Laura prit Emma par le bras pour l'aider à descendre du réservoir et à se caler dans un angle de la nacelle. Accrochée aux cordes, la petite riva son regard sur Dylan, et Laura eut beau essayer d'attirer son attention le temps de lui montrer combien elle était fière d'elle, de son obéissance et de sa patience, rien n'y fit : Emma ne quittait pas Dylan — son père — des yeux. Et ce que l'on pouvait lire sur son visage frôlait l'adoration.

Il abandonna le démontage du ballon à Alex et Brian, et alla rejoindre Emma et Laura qui l'attendaient près d'une clôture. Emma l'avait étonné, tant il était difficile que croire que c'était la même enfant qu'il avait vue sur la plage, effrayée par les eaux tranquilles du lac.

— Mon équipe s'occupe du ballon, expliqua-t-il à Laura. Comme ils ont apporté la fourgonnette en plus du camion, je vous propose de retourner chez moi. Brian m'a acheté deux langoustes. Elles sont en train de nager dans ma baignoire, sans soupçonner ce qui les attend.

— C'est très tentant. J'accepte volontiers.

— Tu as déjà mangé une langouste, Emma?

La petite prit la main de sa mère et marcha à côté d'elle sans répondre.

— Non, je ne crois pas qu'elle y ait jamais goûté, fit Laura.

— Elle n'en voudra peut-être pas si elle les voit nager dans la baignoire, murmura Dylan. Mais j'ai toujours chez moi du beurre de cacahuètes et de la gelée.

— On verra, conclut Laura en souriant.

Alors que Dylan craignait qu'Emma associât encore sa maison à l'incident provoqué par le placard aux fusils, il la vit entrer sans hésitation et se diriger droit vers l'aquarium. Elle n'était plus la même enfant ce soir. Le vol l'avait ravie, et il se félicitait d'avoir su faire une exception à la règle en emmenant une petite fille de cinq ans. Elle l'avait laissé la soulever par-dessus le rebord de la nacelle pour la tendre à sa mère, les bras écartés, sans aucune crainte. S'il avait feint de trouver la scène toute naturelle, elle lui avait en fait procuré une sensation de légèreté intérieure et de plénitude, comme il n'en avait pas connu depuis des années.

Bien qu'elle eût versé quelques larmes lorsqu'il avait plongé les langoustes dans l'eau bouillante, Emma mangea toute la chair d'une pince, accompagnée d'un épi de maïs et de la moitié d'une tomate cueillie dans le petit potager de Dylan.

Afin de l'occuper pendant qu'il ferait la vaisselle avec Laura, il lui avait acheté la cassette de *La Belle et la Bête*, sur les conseils de la vendeuse du magasin.

Après avoir introduit la cassette dans le magnétoscope, il rejoignit Laura dans la cuisine.

— J'ai installé un verrou sur le placard aux fusils, lui dit-il en pensant qu'elle risquait de s'inquiéter.

Debout devant l'évier, les mains dans l'eau, elle se retourna. Aucune trace d'anxiété ne se lisait sur son visage. Les joues roses, le sourire charmeur, elle lui parut encore plus jeune et plus détendue que lorsqu'ellc était arrivée dans le champ, quelques heures plus tôt. Une brusque flambée de désir le troubla un instant.

— Vous avez été formidable avec elle, fit Laura.

Estimant urgent de détourner son regard, il attrapa le torchon à vaisselle.

— Je n'arrive pas encore à croire qu'elle m'ait laissé la soulever.

Laura lui tendit un bol qu'elle venait de rincer.

— Moi aussi j'ai été très surprise. Mais j'ai

l'impression qu'il s'est passé quelque chose là-haut.

— C'est-à-dire ?

— Je crois que vous êtes devenu son héros.

Dylan se sentit rougir.

— J'ai toujours eu envie d'être le héros de quelqu'un.

— Quand nous aurons terminé, demanda Laura soudain penchée vers la fenêtre, nous pourrons utiliser votre télescope ?

Se penchant à son tour vers la fenêtre, Dylan vit un croissant de lune au-dessus des arbres.

— Allons-y maintenant, proposa-t-il, en posant le torchon sur le plan de travail. Je terminerai ça plus tard.

Ils traversèrent le séjour où Emma, enfoncée dans le canapé, le pouce dans la bouche, ne voyait que l'écran de télévision. En passant à côté d'elle, Dylan osa lui ébouriffer les cheveux.

— Comment vont la Belle et la Bête ? demanda-t-il sans attendre de réponse, et sans en obtenir.

Puis il alla soulever le télescope amateur, casé dans un angle de la pièce, pour le transporter sur la véranda.

— Voilà ! Il n'a rien de très perfectionné mais il est tout à vous.

Tandis que Laura braquait l'appareil sur la lune, ses cheveux se répandirent sur ses épaules.

— Tenez, dit-elle en reculant de quelques pas. Jetez un coup d'œil.

Dylan colla son œil à l'oculaire. Au centre d'un cercle d'étoiles, il vit non seulement le croissant lunaire, blanc et parfaitement dessiné, mais aussi la partie encore baignée d'ombre dont il put même discerner les cratères.

— Oh ! Superbe !

— C'est ce que l'on appelle « la vieille lune dans les bras de la nouvelle lune ».

Il se tourna en souriant vers Laura.

— Un peu comme Sarah et Laura ?

Laura, qui souriait aussi, changea d'expression et se mordit la lèvre.

— Mince ! Qu'est-ce que j'ai dit ? s'étonna Dylan en se redressant.

Il la vit s'appuyer à la balustrade de la véranda.

— Vous savez, je ne saurai peut-être jamais comment Sarah a connu mon père, mais j'espère qu'il a été gentil avec elle. Qu'il lui a apporté un peu de joie, même si elle ne peut pas s'en souvenir. Cette femme a tellement souffert !

— Vous l'avez revue depuis la dernière fois que nous en avons parlé ? demanda Dylan, à son tour appuyé à la balustrade.

— Oui. Hier. Et elle m'a raconté qu'elle avait déménagé pour s'éloigner de Sainte-Margaret, mais qu'ils l'avaient retrouvée. Ce drôle d'étudiant en psychologie, ce monsieur D...

— Celui qui faisait du guidage psychique ?

— Oui. Il est venu frapper chez elle, et il savait tout de son emploi du temps quotidien. J'en avais froid dans le dos en écoutant son récit... Il lui a laissé entendre qu'ils avaient obtenu toutes ces informations avec l'aide du gouvernement. D'autant plus facilement, peut-être, qu'elle s'était adressée à plusieurs établissements dans l'espoir de retrouver Joe. Ensuite, elle a compris qu'elle devait y renoncer. Mais moi, maintenant, j'ai encore plus envie d'essayer de savoir ce que lui et Janie sont devenus.

Laura devenait visiblement obsédée par cette affaire, mais Dylan la comprenait.

— Comment allez-vous vous y prendre ? demanda-t-il.

— Je l'ignore encore. Je pourrais peut-être chercher dans les archives d'établissements spécialisés. Ou dans des bibliothèques. La semaine prochaine, je dois me rendre à l'université Johns Hopkins pour demander la prolongation de mon congé. J'en profiterai pour faire un tour à la bibliothèque. A condition de trouver un moyen d'occuper Emma pendant que je ferai mes recherches.

— J'ai une idée. Je vous accompagne et, en chemin, vous nous déposerez Emma et moi à l'aquarium de Baltimore. Si Emma veut bien rester seule avec moi.

— On peut essayer. Seulement, si elle refuse, je ne la forcerai pas.

— Moi non plus. Mais si je suis devenu son héros... Laura le vit, faussement modeste, hausser les épaules et, en riant, posa sa main sur son bras.

— Vous êtes vraiment gentil, Dylan.

Surprenant le reflet du croissant lunaire dans ses yeux, il eut brusquement envie de l'embrasser. Mais Emma n'était pas loin. Et puis, non : c'était vraiment une mauvaise idée...

Il retourna vers le télescope.

— Alors, quel jour voulez-vous aller à Hopkins ?

Ce soir-là, dans son lit, il se sentit mal à l'aise. Que signifiait cette soudaine attirance pour Laura ? Était-il depuis trop longtemps privé de femmes ? A moins qu'à trop prêter attention à Emma, il eût laissé opérer le charme de Laura sans s'en rendre compte.

De toute façon, il valait mieux que la mère de sa fille lui plût. Cela n'avait rien de catastrophique. Mais, quand il ferma les yeux, les indices se firent plus précis. Il revit la façon dont le soleil, au cours du vol, avait nimbé ses cheveux de lumière. Puis il se souvint de l'instant où, sur la véranda, elle avait posé la main sur son bras tandis qu'il surprenait le reflet de la lune dans ses yeux.

Seulement, il ne pouvait nouer des liens intimes avec Laura sans prendre de risques. Si leur relation rencontrait un obstacle ou aboutissait à un échec total, Emma en souffrirait. Par ailleurs, il ne pourrait plus voir d'autres femmes sans se sentir coupable... Mais non, c'était uniquement à Emma qu'il pensait ! A Emma qu'il risquait de perturber encore.

Il attrapa son téléphone. Bethany répondit presque aussitôt.

— Ça te dirait de sortir samedi soir ? Je te promets d'exclure de la conversation certains prénoms et, en revanche, de prononcer le tien des centaines de fois.

En entendant Bethany éclater de rire, il eut le sentiment de reprendre sa vie en main.

— Je ne suis pas libre le week-end prochain. Je vais à la campagne.

« Seule ou avec un amant ? » s'interrogea Dylan pendant que Bethany marquait une pause.

— Serais-tu en train de redevenir toi-même, Dylan ?

— Oui, je le crois...

Malgré une absence d'absolue certitude, elle se laissa convaincre.

— C'est bien. Dans ce cas, d'accord. On peut se voir le week-end suivant.

Il raccrocha en redoutant de lui avoir menti, bien que, pour l'instant, il fût persuadé de revenir à ses points de repère habituels. Cinq minutes plus tôt, il ne l'aurait pas affirmé. Et qui aurait pu dire où il en serait dix minutes plus tard ?

35

Ils prirent la route de Baltimore dans la voiture de Laura, et Dylan l'écouta lui exposer leur emploi du temps pour l'après-midi. Elle les déposerait à l'aquarium puis irait à la bibliothèque de l'université où elle passerait quelques heures avant de venir les chercher. Comme d'habitude, Emma garda ses réactions pour elle, et Dylan se demanda si elle avait bien compris ce qui l'attendait. Qu'allait-il se passer quand Laura les laisserait seuls ?

Il se rendit compte que Laura était tout aussi anxieuse que lui lorsque, la voiture arrêtée devant l'entrée de l'aquarium, elle murmura :

— Je ne sais pas si ça va marcher.

Dylan se retourna pour regarder Emma.

— Bien, Emma. Maman va à la bibliothèque, et nous on reste ici pour voir les poissons. Tu es d'accord ?

Emma regarda sa mère qui hocha la tête.

— Ça va te plaire, dit-elle, en ouvrant sa portière.

Elle vit sa fille défaire sa ceinture de sécurité elle-même, descendre sans se faire prier de la voiture et lut, dans les yeux de Dylan, une surprise égale à la sienne.

— Vous avez besoin de combien de temps ? demanda-t-il.

— Je peux vous retrouver à 15 heures, si vous voulez.

Emma se dirigeait déjà vers l'entrée de l'aquarium.

— Vous êtes certaine qu'elle a compris que vous ne veniez pas avec nous ?

— Elle est muette mais pas idiote !

— Bon. Alors prenez votre temps. Et bonne chance !

Dylan rattrapa Emma, lui offrit sa main mais sans succès, puis, quand il eut pris les tickets, ils pénétrèrent dans le beau bâtiment de forme triangulaire.

— Qu'allons-nous voir en premier ? demanda-t-il, devant le plan de l'aquarium.

La petite lui montra la photo d'un dauphin.

— D'accord. Mais le spectacle des dauphins n'est que dans une demi-heure. En attendant, tu veux voir un aquarium vraiment extraordinaire ?

Emma acquiesça. Ils restèrent trente minutes sur la passerelle, à l'intérieur de l'énorme aquarium cylindrique grouillant de créatures marines.

L'après-midi promettait de se passer sans anicroche. Emma était aussi passionnée par les poissons que sa mère par les étoiles, et Dylan avait l'impression que son mutisme ne l'empêchait nullement d'être heureuse. Il la vit applaudir le spectacle des dauphins, rire devant les macareux, coller son nez contre chaque aquarium afin d'observer de plus près ses habitants.

Le seul accroc se produisit pendant les évolutions des dauphins, lorsqu'elle se mit à se tortiller sur son siège. Il fallut un certain temps à Dylan pour comprendre qu'elle avait besoin d'aller aux toilettes, un problème dont il n'avait pas discuté avec Laura. Ne pouvant l'accompagner chez les dames ni l'emmener chez les hommes, il finit par aborder une mère qui conduisait sa fille aux toilettes, lui demanda de bien vouloir laisser Emma la suivre et de garder un œil sur elle. Emma lui revint saine et sauve, en sautillant, et se dirigea droit vers les requins.

Ils allaient visiter le centre d'initiation active à la vie marine quand Dylan entendit quelqu'un l'appeler. Il se tourna vers l'autre côté de l'entrée du centre et vit une femme aux cheveux noirs très courts, portant des lunettes aux verres ovales, assise sur un banc. S'il reconnut l'une de ses anciennes conquêtes, il ne put se souvenir de son nom.

— Bonjour. Tu es venue avec tes enfants ? hasarda-t-il, en espérant qu'elle en avait effectivement plusieurs.

— Oui. Ils sont à l'intérieur, fit la femme en montrant l'entrée du centre. Mais qui est cette petite ? ajouta-t-elle en souriant à Emma.

— Ma fille, Emma.

Dylan posa une main légère sur le dos d'Emma, inquiet de ce qu'elle éprouvait quand il la présentait ainsi avec le plus grand naturel.

— Emma, voici...

La femme s'empressa de remplir le blanc.

— Lynn, dit-elle. Il est vrai que nous ne nous sommes pas vus depuis très longtemps. J'ignorais que tu avais une fille. Bonjour, Emma, ajouta-t-elle en se penchant en avant. Ah, on peut dire que tu ressembles à ton papa !

Emma se glissa contre Dylan, comme elle l'aurait fait avec sa mère au premier sentiment d'insécurité. Ému par cette marque de confiance, Dylan lui manifesta sa complicité par une petite pression sur l'épaule.

— Tu es déjà allée là, dans le centre d'initiation ? Il y a un gentil bernard-l'ermite.

Devant le silence d'Emma, Lynn se tourna vers Dylan.

— Elle est timide ?

Sur le point de hocher la tête, Dylan se ravisa en se disant qu'il donnerait de lui une mauvaise image à Emma si elle l'entendait mentir à son sujet.

— Non, elle n'est pas du tout timide. Mais depuis quelque temps elle ne parle plus. Il faut attendre qu'elle soit prête à sortir de son mutisme.

— Je vois, fit Lynn en dépit d'une évidente perplexité.

— Bien. Nous allons découvrir ce qu'il y a dans ce centre. J'ai été ravi de te revoir, Lynn.

— Moi aussi, Dylan. Amusez-vous bien. Et félicitations : tu as une petite fille vraiment adorable.

La bibliothécaire conduisit Laura dans la salle

des microfilms et lui montra les tiroirs contenant les vieilles éditions du *Washington Post*.

— Y a-t-il un index ? demanda-t-elle en tirant sur l'un des énormes tiroirs tous remplis de bobines.

— Malheureusement, pas pour les journaux d'avant 1972.

— Aïe !

La recherche prendrait plus de temps que prévu... Laura sortit les quelques bobines de la fin des années cinquante et s'installa devant l'un des lecteurs de microfilms.

Au cours des derniers jours, elle avait consacré tout son temps libre à la recherche d'une piste pouvant la conduire à Joe et Jane Tolley. Elle avait appelé les bibliothèques du Maryland, de la Virginie et de Washington, dans l'espoir de trouver le nom des établissements de post-cure qui existaient à l'époque où Joe avait été hospitalisé. Mais, si plusieurs noms lui avaient été communiqués, quelques coups de fil supplémentaires lui avaient appris que les anciens dossiers médicaux n'existaient plus. Elle avait donc lancé sa recherche dans une autre direction.

A la bibliothèque municipale, elle était tombée sur un livre qui expliquait les diverses manières de retrouver des disparus et parlait de données concernant des actes de décès. Elle y trouva bien un Joseph et une Jane Tolley, mais dont les dates de naissance ne correspondaient nullement à celles de l'homme et de la femme qu'elle cherchait. Apparemment, Joe et Janie étaient encore en vie.

Elle découvrit ensuite sur Internct quelqu'un

qui prétendait être en mesure de localiser n'importe qui. Son correspondant lui reprocha — par e-mail — de ne pas connaître le numéro de sécurité sociale de Joe et de Janie. Mais elle eut beau réfléchir, elle n'arriva à aucune solution pour se les procurer. Elle savait simplement que Joe devait être né autour du 3 mai, peut-être en 1930, et elle se souvenait que Sarah lui avait parlé d'avril 1958 pour la naissance de Janie. Le chasseur de disparus ne put rien lui promettre, sinon de la rappeler rapidement.

Quelques heures plus tard il la recontacta. Joseph James Tolley était né le 3 mai 1930, à Washington, et Jane Elizabeth Tolley, le 8 avril 1958, dans le Maryland.

D'abord persuadée d'être sur la bonne voie, Laura déchanta rapidement. Comment ces informations pouvaient-elles la conduire à Joe et à Janie ? Que savait-elle d'autre sur eux ? lui demanda son correspondant. Connaissait-elle leurs métiers ?

Ce fut alors que Laura se souvint que Joe écrivait pour le *Washington Post* et se dit qu'elle trouverait peut-être dans les numéros de l'époque quelque chose le concernant. Mais cette recherche, page par page, s'avérait tellement monotone que sa vue se brouillait et qu'elle retournait, en pensée, à l'aquarium.

Voir Dylan et Emma s'éloigner côte à côte lui avait paru extraordinaire. Certes, Emma avait ignoré la main que Dylan lui offrait, alors que Laura l'avait toujours vue marcher main dans la main avec Ray. Mais, le pas plus léger et plus alerte que celui de Ray, Dylan avait pris la peine de parler à la petite tout en avançant vers l'entrée de l'aquarium. Il était attentif à elle quand Ray pensait perpétuellement à son prochain chapitre.

Emma avait-elle pris l'habitude de tenir la main de Ray afin de lui rappeler sa présence ?

La dernière fois qu'elles étaient allées chez Heather, Laura avait observé derrière la glace les efforts déployés par la psychologue pour inciter Emma à lui parler. Mais Emma n'avait qu'une envie : dessiner. Le bout de la langue entre les lèvres — image même de la concentration —, elle appuyait avec force ses crayons de couleur sur la page blanche.

— Je sais que tu as parlé à Sarah, finit par lui dire Heather.

Emma avait remis le crayon qu'elle avait entre les doigts dans la boîte et en avait pris un autre.

— Tu me parles à moi aussi ?

Emma avait fait un signe négatif en poursuivant son dessin.

— J'imagine qu'il est plus facile de parler à Sarah qu'à moi...

Emma s'était penchée de plus près sur sa feuille et avait appuyé son crayon sur le papier. Puis, tout à coup, elle s'était rejetée au fond de sa chaise tout en brandissant son dessin à bout de bras. Laura avait souri en reconnaissant la silhouette d'une montgolfière : l'enchantement du vol au soleil couchant occupait encore l'esprit d'Emma.

Et, brusquement, la petite s'était levée pour aller fouiller dans la boîte aux poupées et en sortir une figurine d'homme qu'elle avait plaquée sur le dessin de la nacelle, avant de se mettre à bondir tout autour de la pièce, en réunissant dessin et figurine dans un vol gracieux.

« ... Joseph Tolley. »

La signature lui sauta aux yeux, et elle reporta aussitôt son attention sur le microfilm. Elle dévora l'article, avide de ce contact avec Joe à travers les années. Puis elle découvrit une foule d'autres articles de lui dans les numéros suivants, dont une majorité en première page, sous forme d'éditoriaux. Un œil sur sa montre, elle les lut rapidement, non sans goûter leur sensibilité et l'approche originale des sujets abordés. Se remémorant ce qu'elle savait de l'allant de Joe, de son enthousiasme, de la vivacité de son esprit au moment où il avait écrit tout cela, elle fut plus que jamais affligée par la destruction de cet homme.

Finalement, elle arriva à l'article qui avait été consacré à Joe, en novembre 1959, sous le titre : « Dépression nerveuse d'un journaliste. » Elle le parcourut rapidement.

« Nous apprenons par le Dr Palmiento, directeur de l'hôpital Sainte-Margaret, que notre reporter, Joseph Tolley, a été soigné dans son établissement pour état dépressif profond, puis transféré dans un autre établissement médical pour une durée indéterminée. Le médecin s'est refusé à nous communiquer le nom de cet établissement afin de préserver la vie privée du malade. Il nous a été impossible de joindre, afin d'obtenir de plus amples informations, Mme Sarah Tolley, épouse de notre confrère. »

Laura fit une photocopie de l'article, puis arrêta le lecteur. Pendant quelques minutes, le regard rivé sur l'écran blanc, elle s'efforça de revenir à la réalité présente. Mais quand elle reprit sa voiture pour se rendre à l'aquarium, ses pensées étaient encore tournées vers Joe Tolley, et une émotion intense l'étreignait.

36

Bien que la visite de Stuart ne fût pas une surprise, Laura eut un coup au cœur lorsqu'elle le vit dans l'éclairage de la véranda. Il ressemblait tant à Ray ! Jusqu'à cette façon de se tenir légèrement voûté quand il était debout.

— Bonsoir, Stuart.

Il pénétra dans le séjour, son sac de voyage à la main.

— Je te remercie d'être venu.

— Emma dort déjà ? demanda-t-il en consultant sa montre. J'espérais arriver assez tôt pour la voir.

— Je l'ai couchée il y a environ une demi-heure. Et, pour une fois, elle s'est endormie sans demander son reste. Tu la verras demain.

Stuart paraissait fatigué par ses kilomètres de route. Probablement que ce travail qui l'obligeait à parcourir de bout en bout la côte ouest n'était plus de son âge.

— J'ai préparé la chambre d'ami pour toi. Tu veux manger quelque chose ? Ou te coucher tout de suite ? proposa Laura tout en craignant qu'il ne reportât leur collaboration au lendemain, tant elle avait envie de se libérer l'esprit au plus vite.

— J'ai dîné en cours de route et je ne me sens pas particulièrement fatigué. Laisse-moi poser mon sac dans la chambre, me rafraîchir un peu, et je suis à toi. Comme je dois repartir demain après-midi, il vaut mieux que l'on avance au maximum ce soir.

Laura prépara un pot de décaféiné qu'elle apporta dans le séjour avec une assiette de biscuits au chocolat pendant que Stuart était dans la salle de bains. Puis, le voyant réapparaître, son bloc-notes à la main, elle prit le sien sur son bureau.

— Bien, dit-il en s'asseyant sur le canapé. Parlons de Ray.

Ils commencèrent par dresser la liste des questions prévisibles et par réfléchir longuement à la façon dont Laura pourrait expliquer le suicide de Ray sans qu'on prenne son geste pour celui d'un fanatique déboussolé. Stuart se révélait d'une aide précieuse en faisant découvrir à Laura la précocité d'un altruisme qui avait marqué l'enfance de Ray.

Ils discutaient depuis près d'une heure lorsqu'ils entendirent un bruit de pneus sur le gravier de l'allée. Regardant par la fenêtre, Laura vit la fourgonnette de Dylan. Visite impromptue — d'autant plus surprenante qu'il était déjà 21 h 30 — et, en l'occurrence, quelque peu inopportune. Mais, l'espace d'une seconde, le cœur de Laura fit tout de même un petit bond de joie.

Elle s'excusa auprès de Stuart et alla ouvrir la porte.

— J'espère que vous ne m'en voudrez pas de passer à l'improviste. J'étais dans les parages... ou presque... et... Oh, pardonnez-moi ! Vous n'êtes pas seule. Je vous dérange.

— Venez, je vais vous présenter Stuart. Le frère de Ray. L'oncle d'Emma.

Stuart se leva, la main tendue.

— Voici Dylan Geer, Stuart. Le père biologique d'Emma. Je t'en ai déjà parlé. Tu te souviens ?

— Ah ! oui, c'est juste ! fit Stuart en souriant.

Les deux hommes échangèrent une poignée de main, puis Dylan tendit à Laura un épais dossier.

— Écoutez, je ne voulais pas vous ennuyer, mais un ami qui habite non loin d'ici et travaille à Washington pour le *New York Times* m'a remis ceci. Comme il me devait un service, je lui avais demandé de voir s'il possédait dans ses archives quelque chose concernant les expériences de contrôle de l'esprit. Il vous a photocopié ce qu'il a trouvé. Je n'ai pas eu le temps de le lire mais j'ai pensé que vous aimeriez le découvrir vous-même.

— Oh ! merci beaucoup ! A vous et à votre ami.

Laura jeta un coup d'œil vers Stuart en se demandant comment régler la situation.

— Nous étions, Stuart et moi, en train de préparer mes talk-shows, mais on peut faire une pause, n'est-ce pas, Stuart ? Voulez-vous une tasse de café et un biscuit, Dylan ?

— Non, je vous remercie. Je ne voudrais pas interrompre votre travail.

— Mais si, restez, proposa Stuart. Vous serez notre public et vous nous donnerez un avis objectif.

— Si vous n'avez pas peur de vous ennuyer, Dylan...

— Non. Pourquoi ? J'aimerais entendre parler de Ray.

— Alors, asseyez-vous. Je vais chercher une autre tasse.

Depuis la cuisine, Laura entendit Stuart demander :

— Qu'est-ce que c'est que cette histoire d'expériences de contrôle de l'esprit ?

— Eh bien, Laura a pris l'habitude de rendre visite à une vieille dame qui a travaillé dans un hôpital psychiatrique où l'on faisait peut-être ce genre de recherches.

— Tu vois toujours cette Sarah ? fit Stuart sur un ton de désapprobation évidente dès que Laura revint.

— Je ne peux pas faire autrement, Stuart. Sarah attend mes visites. Vous savez, Dylan, Stuart n'aime pas que je voie cette personne parce que Ray me l'avait déconseillé. Il craignait que cela me prenne trop de temps et que je néglige ma famille.

— A votre avis, Dylan, une femme doit-elle faire passer les dernières volontés de son père avant les vœux de son mari ?

Dylan eut un rire gêné.

— Oh ! Je préfère prendre un joker.

— Stuart, le choix est plus compliqué que tu

as l'air de le penser, remarqua Laura en se rasseyant. J'aimerais que tu le comprennes.

— Je crois quand même que Ray avait raison. Toutes tes entreprises tournent à l'obsession. Ray savait bien ce qui se passerait avec cette femme. Et cette fois, il a préféré se tuer.

— Écoute, il s'est suicidé pour plusieurs raisons, rectifia Laura, partagée entre la colère et un sentiment de culpabilité.

— Mais ce sont les dernières volontés de ton père qui ont précipité son acte.

— Je n'en suis pas du tout certaine.

Penché vers Laura, Dylan posa sa main sur son bras, geste de réconfort qui en même temps la troubla tandis qu'il lançait à Stuart :

— Ne faites pas ça ! N'accablez pas Laura. Même si sa première visite à Sarah a servi de détonateur, elle n'est pas responsable de la mort de Ray.

Émue de recevoir le soutien de Dylan, Laura sentit les larmes lui monter aux yeux. Quant à Stuart, il fit marche arrière :

— Je ne veux pas dire que c'est Laura elle-même qui a causé le suicide de mon frère.

— On l'aurait pourtant cru.

— Bon. Ça suffit tous les deux, intervint Laura en tentant de sourire. Cessons de parler du passé et revenons à ce qui m'attend dans quelques semaines.

Dylan retira sa main et s'enfonça dans son fauteuil. En dépit de son air sombre, de son humeur vindicative, il restait infiniment séduisant, et Laura éprouvait de la peine pour Stuart qui, venu chez son frère pour voir sa femme et sa fille, se heurtait aux critiques de cc bel étranger, infiniment plus jeune que lui.

Jouant le jeu de l'interview avec Stuart, elle se sentit d'abord mal à l'aise de chanter les louanges de Ray devant Dylan puis, peu à peu, ne pensa plus qu'à la noblesse de son défunt mari et à sa fin prématurée qui l'empêchait d'assister à la publication d'un livre pour lequel il s'était battu pendant des années. Elle parla des structures qu'il avait créées afin d'assurer des emplois aux sans-abri, du soutien individualisé qu'il apportait aux malades mentaux livrés à eux-mêmes. Elle décrivit les collectes de vêtements et de nourriture, la formation des bénévoles qui acceptaient de travailler dans les refuges, revint sur les campagnes que menait Ray chaque année pour octroyer à chacun un Noël acceptable, mais passa sous silence le fait qu'il eût, deux ans plus tôt, collecté des milliers de cadeaux pour les enfants et oublié en même temps le Noël de sa fille.

Elle se laissa retomber au fond de son fauteuil dès que Stuart annonça qu'il était arrivé au bout de ses questions.

— Je crois qu'Oprah elle-même va être épatée, conclut Stuart.

Dylan reposa sa tasse sur la table à café.

— J'ai l'impression que Ray était vraiment quelqu'un d'exceptionnel, avoua-t-il.

— Oui, reconnut Laura.

— Tu te sens plus sûre de toi ? lui demanda Stuart.

— Absolument.

— Bien, fit Dylan en se levant. Il faut que je rentre.

— Prenez un biscuit pour la route.

Dylan prit l'une des friandises qu'il enveloppa dans une serviette en papier.

— Ravi de vous avoir rencontré, Stuart.

Stuart se leva.

— Moi de même.

Quand ils furent seuls sur la véranda, Dylan se tourna vers Laura.

— Ne l'écoutez pas, lui recommanda-t-il fermement. Il vénère son frère et cherche à donner un sens à sa mort. Mais il a tort de vous accuser.

— Merci. Je suis heureuse que vous soyez venu.

Souriant, il fit glisser sa main sur le bras de Laura.

— Vous devriez souhaiter une bonne nuit à Stuart et aller vous coucher en emportant au lit ce dossier plein d'informations utiles.

— C'est ce que je vais faire. Encore merci.

Elle regarda la voiture s'éloigner puis s'attarda sur la terrasse bien après que le bruit de la fourgonnette eut été remplacé par le grésillement des grillons.

Comme le lui avait conseillé Dylan, elle s'installa dans son lit avec le dossier. Il était rempli de coupures de journaux datant des années soixante-dix, époque où l'on avait commencé à découvrir toute l'ampleur des recherches axées sur le contrôle de l'esprit. En 1977, une commission désignée par le Congrès avait été chargée de faire la lumière sur les mauvais traitements infligés à des personnes ignorant qu'elles servaient de cobayes. Ses conclusions avaient mené à l'établissement d'une législation destinée à limiter les expérimentations et à rendre l'assentiment des malades obligatoire.

Mais les années cinquante avaient bel et bien été privées de tels garde-fous. Certes, la recherche en matière de contrôle de l'esprit était illégale aux États-Unis. Toutefois, le Canada n'appliquant pas la même interdiction, le gouvernement américain avait financé des expérimentations au Allan Memorial Institute de Montréal. En revanche, le Dr Palmiento qui exerçait sur le territoire américain n'avait pas obtenu d'autorisation gouvernementale officielle pour mener des recherches analogues. Il n'avait pu le faire qu'avec l'aide de certains politiciens, déterminés à percer les secrets du contrôle de l'esprit. Mais, tandis que Palmiento se considérait comme un pionnier dans ce domaine, la presse le décrivait comme un « médecin sans scrupule » qui, par ailleurs, était finalement devenu lui-même un malade mental. Laura ne put s'empêcher de rire en songeant que Sarah avait vu juste dès sa première rencontre avec lui. Palmiento était mort en 1968. Quant à monsieur D., personne n'en avait parlé.

Les yeux de Laura commençaient à se fermer lorsqu'elle arriva au dernier article, écrit en 1977. Mais si elle le lut une première fois rapidement, elle éprouva le besoin de le relire plus lentement. Le style lui paraissant étrangement familier, elle regarda la signature. John Solomon. Ce Solomon, dont la photo accompagnait l'article, semblait disposer d'une rubrique régulière. Laura approcha la photo de sa lampe de chevet, examina les traits du journaliste et crut rêver. La ressemblance avec le portrait de Joe Tolley, dans l'appartement de Sarah, lui parut stupéfiante. Mais non, elle devait se tromper, d'autant plus facilement qu'elle n'avait pas vraiment en tête la photo de Joe ! Et puis, ce qu'avait écrit Solomon sur les fameuses expérimentations ne trahissait aucune implication personnelle.

Elle laissa tout de même l'article sur sa table de nuit et, quand elle eut finalement trouvé le sommeil, le visage du journaliste hanta ses rêves.

37

— Mettez cette fille sur l'escalier, ordonna Emma à Sarah en lui tendant une poupée.

Sarah prit la petite figurine de plastique et commença à lui faire monter marche par marche l'escalier de la maison de poupée.

— Non, non, pas trop vite, Sarah ! Il faut que je prenne une poupée homme.

Emma se mit sur les genoux et attrapa la boîte de figurines posée de l'autre côté de la maison.

Derrière la vitre, Heather murmura à Laura :

— Elle est vraiment unique.

— A qui le dites-vous ! Mais peu m'importe ce qu'elle raconte. Je suis tellement contente d'entendre sa voix.

Il était un peu plus de 13 heures, et la matinée avait été longue. En compagnie de Stuart, Laura avait emmené Emma pêcher sur la jetée, à l'autre bout du lac. Nerveuse à l'idée de s'approcher de l'eau, Emma s'était finalement détendue et avait paru s'amuser, bien qu'aucun d'entre eux n'eût fait de prise intéressante.

Sur le chemin du retour, tandis que la petite courait devant eux et ne pouvait les entendre,

Stuart avait demandé à Laura si ses contacts avec Dylan avaient précédé la mort de Ray.

Bouche bée, elle avait senti la colère la saisir.

« Comment ? Qu'est-ce que tu sous-entends ?

— Vous paraissez bien proches pour des gens qui ne se revoient que depuis quelques semaines...

— Tu n'y es pas du tout, Stuart ! riposta Laura, les joues en feu. Je n'ai revu Dylan que sur les conseils de la psychologue d'Emma. Avant juillet, il ignorait mon existence. »

D'un coup de pied, Stuart rejeta une pierre hors du sentier.

« Il est donc tombé amoureux de toi très vite.

— Lui, amoureux ! fit Laura dans un éclat de rire. Non, Stuart. Il est le père d'Emma. Un point, c'est tout.

— Il a tout de même une façon de te regarder... Et de prendre ta défense au quart de tour... Moi, je dirais qu'il y a quelque chose d'autre.

— Dans ce cas, je n'en ai pas conscience. »

Bien qu'elle ait apprécié son aide dans la préparation de ses interviews, Laura avait été soulagée de voir repartir son beau-frère après le déjeuner. Ses accusations sans fondement comme sa vénération pour Ray l'avaient rendu pénible.

Après avoir changé Emma, elle l'avait emmenée avec elle chercher Sarah, tout en repensant à la photo de Joe Tolley.

« Sarah, est-ce que je pourrais vous emprunter ce portrait ? Jusqu'à demain. J'ai vu la photo d'un journaliste dans un vieil hebdomadaire, et j'aimerais comparer...

— Oh ! mais bien sûr, ma chère. »

Sarah avait répondu sans réfléchir en se dirigeant vers la cuisine où elle avait ouvert le réfrigérateur et fixé le pichet de thé glacé, le regard perdu.

« Qu'est-ce que je cherche ? » avait-elle demandé.

Puis elle avait refermé le réfrigérateur pendant que Laura glissait dans son sac la photo de Joe. Bien qu'elle doutât que Sarah eût enregistré sa demande, il lui fallait à tout prix comparer les traits de Joe avec ceux de John Solomon.

Heather la rappela à la réalité présente.

— Regardez. Elle prend le revolver. Il y avait longtemps qu'elle n'y avait pas touché.

Emma tendit l'arme en plastique à Sarah.

— Maintenant vous prenez ce revolver, Sarah. Et vous tirez dans la tête de l'homme.

Laura sentit ses épaules se raidir.

— Je ne veux pas de ce revolver.

— Il faut le prendre.

— Non. Je n'aime pas les armes.

Agacée, Emma pinça les lèvres.

— Bon. Je le fais moi-même.

Elle leva la figurine de l'homme dans sa main gauche et pointa le revolver contre son corps. Penchée vers la glace, Laura observa attentivement sa fille qui plia la poupée en deux afin que l'arme touchât sa tempe.

— Boum ! cria la petite.

Puis elle jeta la poupée à travers la pièce et la fixa quelques instants, immobile.

— Tu l'as tué, fit Sarah.

— Il s'est tué lui-même, répondit Emma

d'une voix grave avant de se tourner vers Sarah. Si on parle trop, il se tue, ajouta-t-elle à mi-voix.

Laura sentit un frisson lui parcourir l'échine. Elle regarda Heather.

— Est-ce que ça voudrait dire... murmura-t-elle. Vous pensez que...

— Chut ! Attendez.

Les deux femmes poursuivirent leur observation pendant quelques minutes puis Laura alla dans le cabinet d'Heather. Pendant que cette dernière demandait à Sarah et à l'enfant de poursuivre leurs jeux dans la salle d'attente, sous l'œil attentif de Mme Quinn, elle arpenta la petite pièce, s'arrêta devant les diplômes et les certificats qu'Heather avait fait encadrer et suspendre aux murs. Dès que la jeune femme vint la rejoindre, folle d'impatience, elle ne lui laissa pas le temps de respirer.

— Elle parlait tout le temps, et Ray lui demandait de se taire. Il disait qu'elle l'empêchait de se concentrer. Elle le rendait fou, et il en arrivait à lui donner de l'argent pour qu'elle reste tranquille. « Je te donne vingt-cinq cents, lui disait-il, si tu te tais pendant une heure. » Mais il n'était jamais vraiment brutal, et Emma croyait à un jeu.

— Asseyez-vous, Laura.

Laura consentit à s'asseoir, prit une longue inspiration, mais ne put s'empêcher de trembler.

— Si vous, vous saviez que le bavardage d'Emma exaspérait Ray, expliqua Heather, vous pouvez être sûre qu'elle le savait aussi.

— Mais on ne me fera pas croire qu'il s'est tué pour ça !

— Pensez-vous qu'il ait pu, à un moment donné, lui demander de se taire, le jour où vous les avez laissés ensemble pour aller voir Sarah ? Et pensez-vous qu'elle ait pu lui désobéir ?

— Oui. C'est très possible. Mais, encore une fois, il est impossible qu'il se soit suicidé à cause de ça.

— Non. Mais Emma ne le sait pas. Elle n'a retenu qu'une chose : elle lui a désobéi, elle a continué à parler, et il s'est tué.

Horrifiée, Laura plaqua sa main sur sa bouche.

— Je n'aurais jamais dû la laisser seule avec lui alors qu'il était si déprimé. Maintenant, elle porte en elle un horrible sentiment de culpabilité.

— Vous ne pouviez pas prévoir ce qui allait se passer, Laura.

— Non, mais quand même... Que fait-on maintenant ? Comment peut-on l'aider ?

— Le jeu lui permet de s'extérioriser. Il faut qu'elle continue. Moi, je suis là pour corriger ce qu'elle pense. Ça marchera, Laura.

— Je ne pourrais pas lui expliquer qu'elle n'est pas coupable ?

— Elle a besoin d'arriver à cette conclusion à son propre rythme.

En reconduisant Sarah chez elle, Laura put à peine parler, si bien qu'il y eut de longs silences dans la voiture. Devant la porte de la vieille dame, elle promit de revenir le lendemain pour faire une promenade, puis elle rentra chez elle avec une enfant qui avait peur de parler, une enfant effrayée par le pouvoir de ses paroles.

Ensemble elles préparèrent le repas et dînèrent tout en regardant *La Belle et la Bête* qui était vite devenue la cassette préférée d'Emma. Mais Laura, au bord des larmes, eut du mal à s'intéresser au film et ne cessa de se tourner vers sa fille, effarée par le poids de la culpabilité et de la honte que l'enfant portait en elle depuis des mois.

Lorsque Emma fut couchée, elle laissa couler ses larmes. Puis elle céda au besoin d'appeler Dylan dès qu'elle se fut un peu ressaisie.

— Il est arrivé quelque chose d'important à Emma chez Heather, aujourd'hui, lui annonça-t-elle en croyant prendre une voix neutre.

— Qu'est-ce qu'il y a ? Vous avez l'air tendue.

— Non, ça va.

Un regain de larmes l'empêcha de parler pendant quelques instants.

— Excusez-moi. Mais j'ai été secouée.

— Vous voulez que je vienne ?

— Vous... vous n'êtes pas à côté...

— Je serai là dans une demi-heure. Vous avez besoin de quelque chose ?

— Non. Seulement de votre présence.

Elle l'attendit dans l'obscurité, en éprouvant un mélange de chagrin et de soulagement. Au moins, elle n'était plus seule dans cette épreuve.

Dylan arriva plus vite qu'il ne l'avait annoncé et vit la porte de Laura s'ouvrir avant qu'il ait eu le temps de sonner.

— Alors, qu'est-il arrivé ?

— Nous avons probablement réussi à

comprendre pourquoi Emma s'est réfugiée dans le mutisme.

— C'est-à-dire ?

Dès qu'ils furent assis sur le canapé, elle lui décrivit la façon dont Emma avait joué avec Sarah et mis en scène le suicide d'un homme.

— Elle a dit : « Si on parle trop, il se tue. »

— Mon Dieu ! Vous pensez qu'elle s'imagine que Ray s'est tué parce qu'elle parlait trop ?

— Oui. Il lui demandait sans cesse de se taire. Ce qui a dû encore arriver le jour du drame, et c'est... c'était une enfant incapable de rester silencieuse plus d'une minute. Il s'est probablement énervé, lui a fait des reproches et, l'instant d'après, il s'est donné la mort.

— Vous lui avez expliqué qu'il n'y avait aucun rapport entre son bavardage et le suicide de Ray ?

— Heather préfère lui laisser rejouer la scène plusieurs fois tout en guidant ses pensées. Elle dit qu'il faut la laisser progresser à son propre rythme... Vous imaginez ce qu'elle a pu ressentir ? ajouta Laura en retrouvant ses larmes. Et cette frayeur qu'elle a de voir quelqu'un mourir si elle recommençait à parler ?

Dylan se rapprocha d'elle et la prit dans ses bras sans rencontrer de résistance.

— C'est horrible, mais elle est forte, Laura. Elle a votre intelligence et mon obstination.

Laura sentait sur sa nuque le souffle de Dylan qui lui frottait le dos d'une main réconfortante.

— Je sais qu'elle est forte. Mais j'aurais pu lui éviter une telle épreuve. Je n'ai pas su la protéger suffisamment.

— Ne dites pas de bêtises.

Bien qu'elle eût cessé de pleurer, Dylan continuait à la tenir dans ses bras. Soudain elle préféra s'écarter de lui.

— Savoir que vous vous préoccupez du sort d'Emma m'est d'un grand soutien, dit-elle. Sans vous je me sentirais bien seule.

— Je me soucie d'Emma et de vous, Laura.

Brusquement, comme sous le coup de ses propres paroles, Dylan s'éloigna d'elle puis, installé à l'autre bout du canapé, changea de sujet.

— Vous avez eu le temps de feuilleter le dossier ?

— Oh ! oui ! Mais je l'avais presque oublié. Ne bougez pas. Je reviens.

Elle monta dans sa chambre pour prendre l'article de John Solomon. Mais elle ne pensait qu'à l'attitude de Dylan en se demandant s'il avait menti ou s'il regrettait d'avoir avoué ses sentiments. Des sentiments que Stuart avait devinés ? Non. Elle allait trop vite ! Il y avait un fossé entre se soucier de quelqu'un et l'aimer !

Elle redescendit, tendit l'article à Dylan puis tira le portrait de Joe Tolley de son sac.

— Lorsque j'ai vu la photo de ce journaliste, j'ai tout de suite trouvé une forte ressemblance avec ce portrait que j'avais vu dans l'appartement de Sarah. Mais même avant de regarder la photo, j'ai été intriguée par le style de l'article. J'avais lu l'autre jour, à la bibliothèque, une vingtaine d'articles de Joe... Cet après-midi, j'ai emprunté le portrait à Sarah pour le comparer à la photo.

Elle alluma le lampadaire, s'assit à côté de Dylan et rapprocha portrait et photo imprimée.

— C'est le même homme, affirma Dylan.

— Vous en êtes sûr ?

— Absolument. Regardez les sourcils. Et le dessin des lèvres.

Dylan avait raison. John Solomon avait les cheveux grisonnants, moins abondants, mais ses sourcils étaient bien identiques à ceux de Joe Tolley.

— Il a aussi les mêmes lobes d'oreilles, remarqua Laura. Mais comment Solomon et Tolley peuvent-ils ne faire qu'un seul homme ?

— A mon avis, Joe n'a jamais subi de lobotomie. Ou alors l'opération n'a pas eu grand effet.

— Et ce changement d'identité ? Et le fait qu'il n'ait jamais cherché à contacter Sarah ? C'est à n'y rien comprendre.

— Effectivement...

— Je me demande si ce John Solomon est encore en vie.

— Vous m'avez dit que le mari de Sarah aurait aujourd'hui entre soixante et soixante-cinq ans. Alors, si c'est le même homme, il peut très bien être encore vivant.

— Voyons ce qu'on peut trouver sur Internet, proposa Laura en se levant.

Dans son bureau sous le toit, ils passèrent une demi-heure sur l'ordinateur à chercher l'adresse de John Solomon. Le même nom apparut deux fois dans le Nevada : à Reno et à Serene Lake. Laura nota les adresses et les numéros de téléphone.

— Je vais leur écrire. Vous m'aidez à rédiger la lettre ?

— Pourquoi écrire ?

Dylan se leva pour aller s'installer sur les coussins où il s'étira, mains sur la nuque.

— On les appelle. Ici, il est 22 heures. Là-bas, seulement 20 heures.

Laura jeta un coup d'œil à sa montre en se disant que dans quelques minutes elle allait peut-être parler au mari de Sarah, un homme qui avait disparu depuis longtemps et qui n'avait sans doute aucune envie d'être retrouvé.

— Ça me semble... très audacieux, dit-elle.

— Qu'avez-vous à perdre ? Vous voulez que je le fasse à votre place ?

— Non. Mais je commence par quoi ? Reno ou Serene Lake ?

— Serene Lake. Ça me paraît plus intéressant.

Laura éteignit l'ordinateur et prit le téléphone. Une voix d'homme lui répondit presque instantanément.

— Je suis chez M. John Solomon ?

— Oui. Qui est à l'appareil ? fit John Solomon d'une voix profonde et amicale.

— Vous ne me connaissez pas, monsieur. Je m'appelle Laura Brandon, et...

— La célèbre Laura Brandon ?

Il fallut quelques secondes à Laura pour comprendre.

— Oh ! oui ! C'est moi.

— Et qu'est-ce qui me vaut un appel d'une célèbre astronome ? demanda John Solomon d'un ton très aimable.

— C'est difficile à expliquer. Je ne suis même pas certaine de m'adresser à la bonne personne. Êtes-vous journaliste, monsieur Solomon? Avez-vous travaillé pour le *Washington Post*?

Il y eut un silence. Laura sentit le regard de Dylan posé sur elle tandis qu'elle retenait sa respiration.

— J'ai le sentiment que ce genre de discussion ne peut pas avoir lieu au téléphone.

Laura se tourna vers Dylan et articula en silence : « C'est lui ! », avant de répondre à son interlocuteur :

— Je vis à l'autre bout du pays, monsieur, et par conséquent je ne vois pas comment... Est-ce que je pourrais vous poser quelques questions?

— Non. J'aimerais certainement entendre ce que vous avez à me dire, mais en aucun cas au téléphone.

— Puis-je vous écrire?

— Ce serait pire.

— Alors je pourrais peut-être venir, suggéra Laura, impulsivement. Laissez-moi y réfléchir et je vous rappelle. Vous êtes d'accord?

Elle vit Dylan se redresser à demi afin de mieux voir son visage, comme s'il craignait qu'elle eût perdu la raison.

— Franchement, je suis perplexe, fit son correspondant. Je me demande pourquoi une astronome s'intéresse à ce que j'ai fait pour le *Washington Post*. Êtes-vous vraiment Laura Brandon? Sauriez-vous me dire quelque chose que seule Laura Brandon peut connaître?

— Je chausse du trente-huit, lui répondit Laura.

Elle souriait. Qui que fût cet homme, elle le trouvait charmant.

Solomon rit puis lui demanda :

— Qui a conçu le télescope qui vous a permis de découvrir votre première comète ?

— Moi. Et je l'ai utilisé en fait pour les trois premières comètes.

— Bien. Maintenant je vous crois. Mais pouvez-vous me dire... Non, excusez-moi. Pas au téléphone. J'espère qu'il vous sera possible de venir. Appelez-moi quand vous aurez pris une décision.

Lorsqu'elle eut raccroché, elle regarda Dylan.

— J'ai envie d'y aller.

Les yeux levés vers le ciel nocturne, elle se mit à réfléchir aux implications d'un tel déplacement.

— Il faudra que j'emmène Emma.

— Et moi avec, fit Dylan en s'allongeant de nouveau sur les coussins.

— Vous oubliez votre travail...

— Je connais quelqu'un qui pourra me remplacer pendant quelques jours. Vous aurez besoin de moi pour garder Emma pendant que vous discuterez avec John Solomon.

Elle n'eut aucune envie de refuser, et pas uniquement parce que Dylan lui servirait de babysitter.

— Je tiens à le voir le plus vite possible. Mais acheter des billets d'avion au dernier moment, ça va me coûter le maximum.

— Pas avec moi. Souvenez-vous : je suis un

ancien pilote. Je peux me débrouiller. Quand voulez-vous partir ?

— Je voudrais déjà y être.

Dylan se leva.

— Bon. Appelons tout de suite la compagnie aérienne.

— Non. C'est de la folie. Pourquoi me poussez-vous ainsi à me lancer dans cette curieuse entreprise ? Quel genre d'ami êtes-vous donc ?

— Un ami qui tient autant que vous à savoir si cet homme et Joe Tolley ne font qu'un.

Sur la route qui le reconduisait chez lui, Dylan baissa les vitres afin de laisser entrer l'air frais de cette nuit de septembre.

Depuis la mort de Katy, il n'avait jamais eu l'occasion de ressentir une telle exaltation, faite d'un mélange de satisfaction et d'attente. Mais avec Katy il avait été sûr de ses sentiments, alors qu'il n'éprouvait pour Laura qu'une affection étroitement mêlée à l'amour qu'il portait à Emma.

S'il n'avait pas menti en lui disant qu'il se souciait d'elle autant que d'Emma, il n'avait cependant jamais eu l'intention de le lui avouer maintenant. Les mots qui lui avaient échappé l'avaient-ils surprise autant que lui ?

Oh ! ils pouvaient essayer d'être plus que des amis si elle le souhaitait ! Mais ce serait au prix de sa liberté. Elle s'était montrée si incrédule, lorsqu'il lui avait parlé de ces femmes qui toléraient facilement ses infidélités, qu'il la devinait hostile à ce genre de situation. Toutefois, pour l'instant, il n'éprouvait aucun désir de voir quelqu'un d'autre. Seule Laura était en mesure de partager ses sentiments pour Emma, et c'était là sa priorité.

Mais une question cruciale s'imposait encore : et si, entre eux, ça ne marchait pas ? Que se passerait-il si elle exigeait plus qu'il n'en pouvait donner ? Il leur faudrait rester lucides et penser avant tout à Emma. Jamais il ne tolérerait qu'elle eût à souffrir de leur désaccord.

Cela dit, Laura n'était peut-être pas du tout intéressée. Dans l'immédiat, en tout cas, la réponse pouvait attendre. En revanche, il y avait quelque chose qui ne souffrirait aucun délai.

A peine rentré, il décrocha le téléphone, en dépit de l'heure tardive, sachant que Bethany répugnait à se coucher de bonne heure.

— Bonsoir, Bethany.

— Salut, Dylan. Tu m'appelles pour confirmer notre rendez-vous, demain soir ?

— Non. Au contraire. Je suis obligé de me décommander. Désolé.

— Ça va ?

— Tout va bien, oui. Mais il fallait que je te dise que tu avais raison. Je suis plus impliqué auprès d'Emma et de Laura que je ne le pensais. Je n'ai pas su me l'avouer plus tôt, j'imagine.

— Auprès de Laura aussi ?

— Oui. J'ignore encore ce qui va se passer, mais je ne pense qu'à elle. Comme tu l'as déjà remarqué, je ne suis guère disponible pour quelqu'un d'autre.

— Eh bien, ce n'est pas réjouissant ! fit Bethany qui laissa échapper un long soupir.

— Je regrette de t'avoir induite en erreur.

— Oh ! ce n'est pas le cas, Dylan ! J'avais deviné que tu ne savais ni ce que tu faisais ni ce que tu éprouvais vraiment. Ça sautait aux yeux.

— Je ne verrai personne pendant un certain temps.

— Personne comme moi ?

— Personne d'autre qu'elle.

— Pendant un certain temps ?

— Au moins.

— Je ne peux pas dire que je ne m'y attendais pas, observa Bethany dans un second soupir.

— Merci d'être si compréhensive.

Cette fois, elle éclata de rire.

— Ah ! Dylan ! Si au moins tu étais un salaud, un menteur, un tricheur, ce serait plus facile de te rayer de ma vie.

La conversation achevée, Dylan s'allongea sur son lit et, oubliant d'être charitable, cessa de penser à Bethany très rapidement. Il se voyait déjà en route pour le Nevada, accompagné de ses deux femmes préférées.

38

Il n'y aurait pas de promenade ce jour-là. La pluie ruisselait sur le pare-brise tandis que Laura se dirigeait vers le magasin de location de cassettes vidéo. Pour la première fois depuis l'arrivée du printemps, elle mit le chauffage.

Le temps de courir de sa voiture au magasin, elle se retrouva trempée. Frissonnante, elle choisit un vieux film susceptible de plaire à Sarah, puis retourna à sa voiture, s'assit et regarda la bijouterie adjacente au magasin de location des vidéos. Depuis des mois, le bijoutier lui laissait des messages lui demandant de passer reprendre son collier sans qu'elle ait eu le courage de revoir ce cher pendentif désormais lié à des souvenirs douloureux : les derniers moments de son père, qui lui avait arraché la chaîne par accident, et le suicide de Ray qui avait eu lieu pendant qu'elle portait le bijou à réparer.

« Grandis ! » se dit-elle.

Ressortant de la voiture, elle courut vers la bijouterie.

Elle frappa en vain à la porte de Sarah et se demanda si son amie n'était pas dans le salon ou dans l'une des salles réservées aux activités communes. Ayant frappé une deuxième fois, elle allait se mettre en quête de Carolyn lorsque la porte s'ouvrit lentement.

Sarah lissait son chemisier à demi boutonné, comme si elle s'était habillée à la hâte et, les yeux rougis, les cheveux en bataille, elle inquiéta Laura qui pénétra dans l'appartement sans attendre d'y être invitée.

— Qu'est-ce qui ne va pas, Sarah ?

Sarah chercha un mouchoir en papier dans sa poche et s'essuya les yeux, apparemment trop égarée pour parler. Laura crut que l'impossibilité de sortir affectait la vieille dame de manière excessive.

— C'est la pluie qui vous attriste ? Ne vous en faites pas. Je suis venue avec un film.

— Non. C'est à cause de Joe, parvint à expliquer Sarah. Je l'ai cherché et je ne l'ai pas retrouvé.

— Oh ! Sarah, je sais que vous l'avez cherché partout sans succès ! fit Laura en glissant son bras autour des épaules de son amie. Ce fut une terrible épreuve, j'imagine.

— Non, non ! Je ne l'ai pas retrouvé hier. Ni ce matin, rectifia Sarah, en montrant la table basse.

Brusquement Laura comprit qu'elle parlait du portrait.

— C'est sa photo que vous avez cherchée ? Ne vous affolez pas. Je l'ai dans mon sac. Vous aviez oublié que je vous l'avais empruntée ?

Elle prit son sac, en sortit la photo, tout en espérant que Sarah ne chercherait pas la raison de cet emprunt. Tant qu'elle ne serait pas certaine d'avoir retrouvé Joe, elle se tairait.

Sarah sourit en prenant le portrait pour le serrer sur son cœur et, satisfaite, ne posa aucune question.

Dès qu'elle eut installé Sarah dans son fauteuil préféré, Laura mit la cassette dans le magnétoscope. Sarah suivit le film avec un intérêt mitigé, en reniflant et en caressant de temps à autre le portrait posé sur ses genoux. La voyant faire, Laura comprit qu'elle se rendrait au Nevada quoi qu'il advienne.

39

Penchée vers Emma, Laura vérifia que la ceinture de sécurité de sa fille était bien attachée. Grande voyageuse depuis sa plus tendre enfance, Emma, comme à son habitude, s'était tranquillement endormie peu après le décollage de l'avion. En revanche, il n'en allait pas de même pour Dylan qui avait tendu à l'hôtesse sa carte d'embarquement d'une main tremblante et cherché son siège le visage blême. Franchement elle avait cru rêver devant cet ancien pilote si mal l'aise quand il mettait le pied dans un avion. A moins que le fait de voyager en leur compagnie le crispât quelque peu.

Comme il venait de commander un second verre, elle se décida à l'interroger.

— Ça va?

— Je serai plus à l'aise quand nous aurons atterri, répondit-il avec un pâle sourire.

— Ne me dites pas que vous avez peur en avion.

— Ce n'est pas vraiment ça. Je ne suis pas une poule mouillée.

— Que faut-il dire alors?

— Je n'en sais rien. Peu importe.

— Ah ! Mais, cette fois-ci, vous allez peut-être m'expliquer pour quelle raison vous avez cessé d'être pilote.

Quand l'hôtesse lui eut apporté son verre, il en prit une gorgée puis fixa le siège devant lui.

— Il y a six ans, j'ai renoncé à assurer une liaison New York-San Francisco sur un 747 parce que j'avais des élancements dans une oreille. Habituellement, un médecin vous cloue au sol à cause de ce genre de problème. Mais le toubib de la compagnie m'a laissé le choix. Comme je tenais à mon tympan, je suis resté chez moi... Et ce jour-là, ajouta-t-il après avoir bu une seconde gorgée, l'avion s'est écrasé.

— Mon Dieu !

— Il n'y a pas eu de survivant. L'enquête a conclu rapidement à une erreur de pilotage. Le pilote s'était couché tard et avait un peu trop mélangé remontants et alcool. Si j'avais assuré ce vol, il n'y aurait pas eu d'accident, dit-il en se tournant vers Laura.

— Vous étiez malade.

— Oui. Mais on m'avait laissé maître de ma décision.

— C'est la faute de ce pilote, pas la vôtre.

— J'arrive à cette conclusion quand je réussis à être rationnel à propos de cette affaire...

Il posa son verre sur la tablette et se frotta lentement les mains l'une contre l'autre.

— J'avais des amis parmi l'équipage. Et en particulier une hôtesse qui s'appelait Katy. Après des années de vie commune, nous avions finalement décidé de nous marier.

Sous le choc, Laura eut besoin de quelques instants pour se rendre compte de l'énormité de ce qu'elle venait d'entendre. Puis elle glissa sa main sous le bras de Dylan.

— Je suis navrée...

Comment s'étonner encore qu'il fût devenu depuis un adepte du non-engagement, un simple collectionneur de femmes ?

— Cet accident a tout changé, reprit-il. J'ai abandonné mon travail, je me suis mis à boire. C'est à cette époque que nous nous sommes rencontrés. D'après ce que vous m'avez dit. Je ne m'en souviens toujours pas.

— Ça ne fait rien, fit-elle en lui serrant le bras.

— Du jour au lendemain, tout a été remis en question, continua-t-il. J'ai compris que je n'étais — que nous ne sommes tous — rien de plus qu'un point furtif sur l'écran de l'éternité.

— Dites-vous qu'on ne peut pas être astronome sans que cette idée ne vous soit familière.

Dylan jeta un coup d'œil à son verre mais n'y toucha pas.

— A partir de ce moment-là j'ai décidé de ne plus penser à l'avenir — trop incertain — pour vivre au jour le jour, et je ne m'en portais pas plus mal. Puis j'ai fait la connaissance d'Emma et tout a changé. Un enfant vous oblige à penser à l'avenir.

— Oh, oui !

Dylan tendit son verre vide à l'hôtesse qui passait à côté de lui.

— Je ne tiens pas à m'enivrer, dit-il.

Puis il appuya sa tête au dossier de son siège et ajouta en regardant Laura :

— Bien qu'une fois, en pleine ivresse, il me soit arrivé quelque chose de merveilleux.

— Vraiment ?

Laura comprit ce qu'il voulait dire en le voyant lui montrer Emma d'un signe de tête.

— Entre vous, qui vous reprochez cet accident d'avion, et Emma et moi, qui nous reprochons la mort de Ray, nous formons un joli trio ! observa-t-elle.

— Nous sommes doués pour nous faire du mal, non ?

Il ferma les yeux, un léger sourire aux lèvres.

— Réveillez-moi quand nous arriverons.

Au comptoir de location de voitures, l'employée leur suggéra de chercher un hôtel à Truckee. Dans cette petite ville au charme désuet, située du côté californien, à proximité de Serene Lake, ils n'eurent effectivement aucun mal à trouver deux chambres adjacentes dans un hôtel proche de la rue principale.

Ayant quelques heures à tuer avant leur rendez-vous avec John Solomon, ils se rendirent au lac Tahoe et louèrent un kayak. Le jeune préposé aux locations leur assura qu'entre la stabilité du kayak et la qualité de leurs gilets de sauvetage, ils ne couraient aucun risque. Laura fut surprise de voir Emma monter dans l'étroite embarcation après une longue et prévisible hésitation. La petite s'installa au milieu, Dylan à l'arrière et Laura à l'avant.

L'air était vif mais néanmoins agréable. Entouré de montagnes, le lac offrait le spectacle magnifique de ses eaux émeraude. En dépit de son impatience de rencontrer John Solomon, Laura savoura ces moments de détente en compagnie de Dylan et d'Emma. Il y avait longtemps qu'elle n'avait éprouvé une telle légèreté intérieure.

Il leur fallut trois quarts d'heure pour atteindre Serene Lake. Depuis la route, le lac aux eaux d'un bleu lumineux leur parut petit et calme. Les maisons construites sur ses rives, comme des chalets de montagne, possédaient une longue galerie couverte qui, allant de la porte d'entrée à la rue, évitait probablement, songea Laura, de déblayer un chemin dans la neige. De la neige, il n'y en avait plus aucune trace sur les routes tandis qu'on en voyait encore quelques centimètres sur le sol.

John Solomon habitait un chalet de structure triangulaire au bord du lac. Laura remarqua, à côté de la maison, une haute pile de bûches et une hache plantée dans une souche. Derrière, on voyait un canoë rouge renversé sur des tréteaux. Ces signes d'une vie active faisant songer à la jeunesse, Laura se demanda s'ils ne se trompaient pas d'adresse.

Elle marcha néanmoins d'un pas décidé vers le chalet. Emma lui serrait la main, sans doute anxieuse, loin de ses repères habituels. Mais quand Laura tira la cloche qui servait de sonnette et déclencha un son puissant, Emma oublia son anxiété pour rire joyeusement.

Devant l'homme qui vint leur ouvrir, Laura

ne put s'empêcher de sourire. C'était bien celui qu'elle cherchait. Sarah lui avait raconté qu'elle avait tout de suite remarqué sa ressemblance avec James Stewart en voyant Joe Tolley. Et cette ressemblance était toujours frappante.

— Monsieur Solomon ? dit-elle, la main tendue. Je suis Laura Brandon.

— Entrez, Laura.

Le hall, carrelé, donnait directement sur le séjour où le mur vitré, triangulaire, offrait une vue magnifique sur le lac.

— Voici mon ami, Dylan Geer. Et ma fille, Emma. Tandis qu'Emma s'appuyait contre sa mère, une voix féminine se fit entendre derrière eux.

— Laissez-moi prendre vos manteaux.

Laura se retourna et observa la femme qui s'avançait vers eux. La soixantaine, les cheveux courts, poivre et sel, un sourire chaleureux, elle vibrait d'énergie, et on ne pouvait qu'aimer ce genre de personne, songea Laura. Pourtant elle regretta instantanément sa présence. Pas un seul instant elle n'avait imaginé une nouvelle femme dans la vie de John Solomon.

— Je vous présente ma femme, Elaine.

Au moment d'entrer dans le séjour, Laura sentit la main réconfortante de Dylan lui serrer un instant la nuque.

— Comme vous êtes bien installés ! remarqua-t-elle en s'asseyant sur le long canapé contemporain.

Tous les meubles étaient de conception moderne dans cette pièce lumineuse qui semblait faire partie du décor extérieur, où un jardin planté d'arbres bordait le lac. Laura dut refouler des larmes en comparant cet espace, cette vie, au minuscule appartement de Sarah et à l'existence de cette vieille dame, seule, à l'esprit confus.

Ils entamèrent une conversation superficielle où il ne fut question que du temps et de la région.

— Combien de mètres de neige avez-vous en hiver ? demanda Dylan.

— Jusqu'à vingt mètres, répondit John avec une certaine fierté. Et me croirez-vous si je vous dis que notre fils et notre fille sont allés s'installer en Alaska ? Comme si tant de neige ne leur avait pas suffi !

— Vous avez des enfants ? demanda Laura, incapable de dissimuler sa surprise.

Cette fille était-elle Janie ?

— Seulement deux, précisa Elaine. Mais nous avons un petit-fils, de l'âge d'Emma, je présume. A propos, Emma, j'ai un cahier de coloriage que notre petit-fils a laissé ici la dernière fois qu'il est venu. Tu sais, il suffit de mettre de l'eau et les couleurs apparaissent. Tu veux que je te l'apporte ?

Emma hocha la tête, visiblement intéressée, mais Elaine attendit une autre réponse.

— Elle ne parle pas beaucoup en ce moment, fit Laura. Mais je pense que ça l'amuserait.

Elaine disparut puis revint quelques instants plus tard avec un verre d'eau, un pinceau et le cahier. Quand elle eut installé Emma devant la table basse, elle alla s'asseoir sur le bras du fauteuil de son mari.

— Alors, Laura, dit John, expliquez-moi comment vous avez appris que je travaillais autrefois pour le *Post* ?

— Oh ! Ça me paraît difficile à expliquer maintenant que je suis ici, précisa Laura avec un sourire embarrassé. Vous connaissez Sarah Tolley ?

John et sa femme perdirent leurs belles couleurs, et Elaine posa la main sur l'épaule de son mari.

— Je vous écoute, fit John.

— C'est un peu compliqué. Pour une raison que j'ignore encore, mon père, sur son lit de mort, m'a demandé d'aller voir Sarah. C'était la première fois qu'il me parlait d'elle, et je ne savais absolument pas qui elle était.

— Comment s'appelait votre père ?

— Carl Brandon. C'est un nom qui vous dit quelque chose ?

John secoua la tête.

— Je suis donc allée la voir. Elle vit dans une maison de retraite, où elle dispose d'un petit appartement. Comme elle est atteinte de la maladie d'Alzheimer, il m'est difficile...

— De la maladie d'Alzheimer ?

— Oui. Elle n'en est pas à un stade avancé, mais elle a déjà besoin d'être assistée. On m'a dit qu'elle n'avait aucune famille. Je l'emmène se promener. C'est un grand plaisir pour elle. Elle a une mémoire très précise du passé et, en me racontant ses souvenirs lointains, elle m'a parlé de Joe Tolley.

Y avait-il des larmes dans les yeux de John ?

Ou était-ce le regard humide de Laura qui la trompait ?

John lui fit signe de continuer.

— Elle m'a dit comment elle l'avait rencontré dans un train. Comment elle était tombée amoureuse de lui. Elle m'a raconté son mariage et parlé de son travail dans un hôpital psychiatrique...

— Sainte-Margaret.

— Oui. On y testait des techniques de contrôle de l'esprit. Et Joe... je veux dire : vous...

John acquiesça.

— Vous avez voulu mener une enquête, mais on vous a fait subir une lobotomie et vous avez disparu.

— C'est ce qu'ils lui ont raconté ?

John se penchant en avant, Laura put constater qu'il avait bel et bien les yeux noyés de larmes.

— Oui. Et ils ont refusé de lui dire où ils vous avaient transféré. Alors Sarah s'est mise à vous chercher dans les établissements spécialisés de la région, et quand ils l'ont appris, ils ont fait peser des menaces sur sa vie et celle de votre fille.

— Janie.

John se pencha tant en avant qu'il menaça de tomber de son fauteuil.

— On vous a dit que Sarah n'avait pas de famille. Où est donc Janie ?

Ainsi la fille dont il avait parlé un peu plus tôt n'était pas Janie.

— C'est un mystère, fit Laura. Sarah m'a dit un jour que Janie se cachait. Mais Sarah n'a plus toute sa tête. Je sais simplement que la vie de Janie a été menacée.

— Ah, ces médecins ! Ils étaient capables de tout.

John regarda sa femme, lui prit la main et se rejeta au fond de son fauteuil, le regard posé sur Laura.

— Ce que j'apprends m'est pénible, mais je suis heureux que vous soyez venue. J'avais besoin de réponses à mes questions. Comme vous, n'est-ce pas ?

— Oui. Absolument.

— Laissez-moi d'abord vous assurer que je n'ai jamais rien caché à Elaine. Vous pouvez parler ouvertement...

Laura acquiesça d'un signe de tête.

— A l'évidence — du moins, je l'espère —, reprit John, je n'ai jamais été lobotomisé. J'ignorais qu'ils avaient raconté ce mensonge à Sarah. Ils ont dû aussi prétendre que j'étais mort.

— Et que s'est-il vraiment passé ?

— Je ne sais pas très bien. J'étais sérieusement drogué. Ils m'avaient fait subir des électrochocs. Physiquement, j'étais très affaibli. Mais je me souviens quand même que certaines personnes — qui se présentaient comme des responsables politiques — m'ont fait venir ici, dans le Nevada, à Reno, et m'ont donné tous les papiers nécessaires pour me forger une nouvelle identité. Numéro de sécurité sociale, permis de conduire, etc. Tout était au nom de John Solomon. Ils m'ont dit que si je cherchais à contacter Sarah ou Janie, je mettrais leur vie en danger.

Franchement, j'étais tellement assommé que je ne savais plus très bien qui étaient Sarah et Janie. Certains jours, je me demandais même si j'étais Joe Tolley ou John Solomon. Pendant plus de deux ans, j'ai réussi à survivre dans un hôtel minable de Reno. Honnêtement, c'est une période qui reste encore floue aujourd'hui... Mais, lentement, très lentement, je suis sorti du brouillard. Je me suis souvenu de ma vie dans le Maryland, des menaces proférées contre Sarah et Janie si j'essayais de les retrouver. Je l'ai quand même fait. Elles étaient ma seule famille.

John ferma un instant les yeux puis reprit son récit pendant qu'Elaine lui massait doucement l'épaule.

— J'ai engagé un détective privé. Mais Sarah semblait s'être volatilisée. Nos anciens voisins ont refusé de parler au privé, et je me suis dit depuis que Palmiento et sa clique gouvernementale avaient dû les menacer eux aussi. A l'époque, on maniait facilement la menace. Même le privé a fini par ne plus répondre à mes appels.

— Il aurait également reçu des menaces ? demanda Dylan.

— Oh, pourquoi pas ? On peut tout imaginer. J'ai pensé qu'ils avaient peut-être contraint Sarah à vivre, à son tour, sous une autre identité. J'ai tenu le coup en espérant qu'elle réussirait à se bâtir une nouvelle vie, pour elle et Janie. Maintenant je comprends qu'elle se cachait pour se soustraire à nos bons médecins de Sainte-Margaret, et non pour éviter tout contact avec moi.

— Oui. C'est exact. Mais ils ont quand même réussi à la retrouver, et elle a dû déménager plusieurs fois, toujours en essayant de leur faire perdre sa trace.

— J'ai rencontré Elaine en 1969, expliqua John, dix ans après être devenu John Solomon. Nous avons emménagé ensemble l'année suivante. Mais nous ne sommes pas mariés, bien que nous nous disions mari et femme, par commodité vis-à-vis des enfants. Jamais je n'aurais pu me remarier officiellement sans savoir si Sarah était morte ou vivante.

Laura hocha la tête, soulagée de l'intégrité de John.

— Nous avons toujours formé un couple heureux, dit Elaine, souriante, tout en continuant à masser l'épaule de son mari. Mais j'ai toujours su que John n'oublierait jamais Sarah et leur fille.

— Ce n'est que l'année dernière que j'ai fini par dévoiler à nos enfants ce que j'avais vécu, expliqua John. Je leur ai également dit qu'ils avaient une demi-sœur quelque part. Notre fils a vainement tenté de la retrouver, et j'en avais conclu qu'elle avait dû elle aussi changer d'identité. Mais si Sarah a pu garder la sienne, je ne sais plus que penser.

— J'ai reçu deux lettres anonymes me conseillant de ne pas retourner auprès de Sarah, dit Laura. Avec Dylan, nous nous sommes demandé si elles ne venaient pas de Janie. Ce serait évidemment un peu curieux, mais à qui d'autre pourrait-on penser ?

— Ma foi, c'est peut-être possible ! fit John

saisi d'un fol espoir. Où ont été postées ccs lettres ?

— L'une à Philadelphie. L'autre à Trenton. Sans porter l'adresse de l'expéditeur, bien sûr. Et elles ont été dactylographiées.

— Évidemment, ça ne nous mène pas loin, conclut John.

Il se rejeta au fond de son fauteuil, l'air soudain exténué. Laura estima qu'il était temps de se retirer.

— Je crois que je vous ai assez créé de surprises pour aujourd'hui, dit-elle en se levant. Il faut que tu abandonnes tes coloriages, Emma. On rentre à l'hôtel.

John échangea un regard avec Elaine, puis se tourna vers Laura.

— Vous pourriez revenir demain ? Elaine et moi avons besoin de discuter, mais j'aimerais reparler de tout ça avec vous. Vous ne repartez pas immédiatement ?

— Non. A demain, donc.

40

— Je viens de vivre l'une des journées les plus longues de ma vie, fit Laura en se laissant tomber sur le petit canapé, dans la chambre de Dylan.

La pièce, confortable, était décorée dans le style western : un abat-jour confectionné à partir d'un chapeau de cow-boy, un fer à marquer accroché au mur, et une table basse — couverte de boîtes et d'assiettes en carton vides, témoins de leur dîner — constituée d'une simple planche posée sur de petites roues de chariot.

Dès leur retour à Truckee, Laura avait fait prendre un bain à sa fille, morte de fatigue, pendant que Dylan allait se ravitailler. Il était revenu avec un sac rempli de nourriture mexicaine à laquelle Emma avait à peine eu le temps de toucher. Voyant ses yeux se fermer, Laura l'avait entraînée dans la chambre qu'elles partageaient, l'avait couchée, puis avait rejoint Dylan pour finir son repas et résumer les événements de la journée.

— J'ai donc retrouvé Joe Tolley... Mais avec une nouvelle épouse...

Debout, près de la fenêtre, Dylan but la dernière gorgée de son soda puis jeta le gobelet sur le tas de récipients en carton destinés à la poubelle.

— Vous avez au moins résolu un mystère. Qui durait pour lui depuis des décennies. Et pour vous, depuis des semaines.

— Ça me ressemble. Vous le savez. Je ne lâche jamais ce que j'ai entrepris avant d'avoir fait le tour du problème.

— C'est une très grande qualité.

Soudain Dylan se dirigea vers l'interrupteur et surprit Laura en éteignant la lumière avant de venir s'asseoir à côté d'elle.

— J'ai quelque chose à vous dire.

Elle le regarda. Le bleu de ses yeux était encore visible bien que la chambre n'eût d'autre éclairage que les lumières de la rue.

— Je vous écoute.

— J'ai décidé de renoncer à vivre au jour le jour. Je préfère désormais vous consacrer, à vous et à Emma, mon temps libre et mon énergie. A condition que vous soyez d'accord, bien sûr.

— Je ne comprends pas très bien. Voudriez-vous dire que...

— J'essaie de vous expliquer que je cesse de papillonner pour devenir l'homme d'une seule femme : vous. Si ça vous intéresse.

— Vous croyez que vous pourrez survivre sans toutes vos petites amies ? plaisanta Laura.

— J'en suis certain. Toutefois, ajouta-t-il en lui prenant la main, si nous nous engageons dans cette voie, nous devrons faire preuve de beaucoup de maturité. En cas d'échec, je ne voudrais pas qu'Emma souffre de notre séparation. Cela dit, j'attends de savoir si ma proposition vous intéresse.

— Oh, Dylan ! Évidemment qu'elle m'intéresse ! Mais est-ce bien une bonne idée, en effet ? Je pose des problèmes. Vous ne m'avez vue qu'en période de congé. Vous savez, quand je travaille, je suis différente. J'ai fait beaucoup de mal à Ray et à Emma en pensant trop à mon travail. Je ne tiens pas à recommencer avec vous, mais vous devez savoir que c'est dans ma nature.

— Je le sais. Je vous ai vue obsédée par Sarah et j'imagine que c'est la même chose lorsque vous travaillez. Mais je peux l'accepter, Laura.

Il regarda à travers la fenêtre les lumières éparses de la ville puis reprit :

— En revanche, il me serait plus difficile de me sentir comparé à Ray.

— Pourquoi voudriez-vous que je vous compare à lui ?

— Il a accompli de grandes choses... Mais il est vrai qu'en même temps il a été un piètre mari et un mauvais père...

— Non, ne dites pas ça.

— C'est ce que je pense. Seulement vous l'avez mis sur un piédestal, et vous n'allez pas me trouver à la hauteur.

Laura se tourna vers lui puis posa une main sur son genou.

— Ray était quelqu'un d'exceptionnel, je ne peux pas le nier. Il a fait beaucoup de bien dans sa vie. Il a amélioré le sort des sans-abri, et le livre continuera son œuvre. Mais vous avez raison quand vous dites qu'il n'avait pas le droit de critiquer la façon dont je m'investissais dans mon travail. Moi, j'ai souvent eu le sentiment que sa cause passait avant sa femme et sa fille. Néanmoins il a été très bon avec moi. Il m'a épousée alors qu'il n'avait pas à le faire. Il voulait vraiment m'apporter son soutien. Malheureusement, ce n'était pas tout à fait dans ses cordes. Sur ce plan, vous êtes différent, Dylan. Je vous ai observé lorsque vous êtes avec Emma, ajouta-t-elle en souriant. Vous savez lui accorder toute votre attention. Vous dépensez une réelle énergie avec elle. Ne vous inquiétez pas. Entre Ray et vous il y a une différence de nature qui rend impossible la comparaison.

Il la regarda pendant quelques instants puis se pencha vers elle pour l'embrasser et entendit un gémissement de plaisir s'échapper de sa gorge.

— Il vous reste quelques souvenirs de la nuit que nous avons passée ensemble ? murmura-t-il.

— Je me souviens de tout.

— Vous plaisantez ?

— Non. Je n'ai vraiment rien oublié.

— Racontez-moi, dit-il en l'attirant contre lui.

Elle posa la tête sur son épaule, avant de lui répondre.

— Dans un coin, sur une commode, il y avait une petite lampe Tiffany qui baignait la chambre d'une lumière bleutée. Il y avait aussi une grande baie vitrée, et on voyait la neige tomber dans la nuit. En diagonale.

— Quelle mémoire !

De cette nuit, oui, elle avait une mémoire parfaite, et elle ajouta :

— Nous étions allongés sur un dessus-de-lit vert...

La main de Dylan sur sa gorge, elle se renversa en arrière et, les yeux fermés, sentit ses lèvres sur sa joue, puis sa langue sur son oreille.

— C'était un lit à colonnes, fit-elle lentement.

— Recommençons, proposa-t-il. Allons sur le lit.

Légèrement hébétée, elle souleva la tête.

— Ici, le dessus-de-lit est bleu...

— Tant mieux, fit Dylan en se levant pour lui tendre la main. Je ne cherche pas à recréer totalement cette nuit-là. Celle-ci, je veux m'en souvenir.

Laura prit le temps de refermer sans bruit la porte entre la chambre de Dylan et celle qu'elle partageait avec Emma. Quand elle l'eut rejoint sur le lit, il s'allongea sur elle en écartant doucement ses jambes avec son genou et, malgré leurs vêtements, elle sentit distinctement la pression voluptueuse de son sexe.

Après un long baiser, Dylan la regarda.

— Je suis heureuse que tu sois la mère d'Emma.

Elle reçut ces mots comme un cadeau et voulut, à son tour, lui en offrir un.

— Quand je faisais l'amour avec Ray...

S'interrompant, elle se mordit la lèvre, consciente d'être au bord d'un aveu plus intime que tout ce qui pouvait les attendre dans ce lit.

— Je pensais à toi.

Dylan eut un regard empli de gravité, puis roula sur le côté et caressa sa joue.

— Je t'aime, Laura.

— Je t'aime aussi, Dylan.

Sans quitter des yeux son visage, il se mit à déboutonner son chemisier. Mais, au dernier bouton, un cri plaintif se fit entendre dans la chambre voisine.

Laura retint sa main et tendit l'oreille. Le cri se renouvela.

— Emma fait un cauchemar.

Elle se dégagea, se leva, lissa ses cheveux et se dirigea vers la porte. En quelques instants, l'amante était redevenue la mère.

— Je suis ici, Emma, dit-elle en pénétrant dans la chambre contiguë où elle alluma le plafonnier.

Blême, les joues ruisselant de larmes, Emma tendit les bras vers sa mère. Laura s'assit sur le bord du lit et la prit sur ses genoux.

— N'aie pas peur, ma chérie. Nous sommes dans un hôtel, à Truckee. Tu te souviens ? J'étais juste à côté en train de parler avec Dylan.

Emma mit son pouce dans sa bouche et, le corps encore secoué par des frissons de peur, se blottit contre la poitrine maternelle. Tout en la berçant, Laura releva la tête et vit Dylan sur le seuil de la chambre.

— Tu es toujours certain de vouloir changer de vie quand tu vois ce qui t'attend ? lui demanda-t-elle.

Il lui répondit par un sourire qui ne laissait aucun doute sur sa décision.

41

Le lendemain matin, accompagnée de Dylan et d'Emma, Laura retourna chez les Solomon. Mais, en l'espace d'une soirée, quelque chose avait changé : ils constituaient désormais un trio soudé. Sans doute à l'insu d'Emma, alors que Laura savait que Dylan devait comme elle sentir la différence. Ils n'avaient peut-être pas — encore — passé la nuit ensemble, mais un lien nouveau s'était tissé entre eux.

Elaine leur ouvrit la porte et les conduisit aussitôt dans le séjour où, sur la table basse, du café, du jus d'orange et des brioches chaudes les attendaient. John fit coulisser l'une des portes vitrées afin de laisser entrer l'air adouci par le beau soleil qui faisait fondre la dernière couche de neige le long des routes.

— Bien, dit-il en s'asseyant à côté d'Elaine sur un petit canapé et en saisissant sa main. J'ai besoin que vous m'aidiez à prendre une décision. Il me faut régler certaines choses sur le plan légal, mais il m'importe avant tout de savoir si je dois aller voir Sarah ou non.

Tous les regards se tournèrent vers Laura.

Ayant réfléchi une partie de la nuit à l'opportunité d'une telle visite, elle savait déjà ce qu'elle allait répondre.

Elle reposa sa tasse de café sur la table.

— Deux réactions sont possibles. Sarah peut ne pas vous reconnaître, et c'est le plus probable. Elle vous aime toujours — elle a votre portrait dans son appartement — mais je doute qu'elle fasse le lien entre vous et l'homme de la photo. Et, dans ce cas, je ne vois pas l'utilité de votre visite.

— Ou bien ? fit John.

— Ou bien elle vous reconnaît, et alors vous seriez obligé de lui apprendre que vous vivez... avec une autre femme. Je préférerais que cela lui soit épargné, ajouta Laura, la lèvre tremblante.

— Oui, ce serait terrible, admit Elaine.

Dylan glissa son bras autour des épaules de Laura pendant qu'Emma regardait sa mère, alertée par sa voix brusquement émue. Mais Laura observait John qui se taisait, les yeux fixés sur le pendentif qu'elle avait recommencé à porter.

— Où avez-vous eu ce bijou ? demanda-t-il finalement.

— Mon pendentif ? Il me vient de ma grand-mère.

Soudain, John se leva, les sourcils froncés.

— Il fait très bon aujourd'hui. Allons faire un petit tour en canoë, Laura. Elaine, tu t'occupes de Dylan et d'Emma pendant ce temps ?

Devant ce brusque changement de programme, la surprise d'Elaine fut évidente. Mais elle se tourna rapidement vers Dylan.

— Vous aimeriez que l'on fasse une promenade tous les trois ?

— Avec plaisir.

Alors que John était déjà dans le jardin, Laura alla le rejoindre avec un haussement d'épaules perplexe à l'adresse de Dylan. Puis elle observa que John déployait une force de jeune homme pour soulever le canoë qu'il alla mettre à l'eau.

— Asseyez-vous à l'avant, lui dit-il en assurant l'équilibre de l'étroite embarcation.

Elle fit ce qu'il demandait et prit la pagaie qu'il lui tendit avant de s'installer à l'arrière. Mais, tout en pagayant avec lui, en silence et sans hâte, elle s'interrogea sur la signification de cette sortie impromptue. John était-il aussi sensé qu'il en avait eu l'air jusqu'à présent ?

— Arrêtons-nous un moment, finit-il par lui dire. Tournez-vous vers moi, Laura.

De nouveau docile, bien que de plus en plus déconcertée, elle pivota sur la banquette et jeta un coup d'œil vers la rive, le temps de s'apercevoir qu'ils s'en étaient sensiblement éloignés.

John recommença à fixer son regard sur le pendentif, puis leva les yeux et la regarda.

— J'avais offert à Sarah, en cadeau de mariage, une broche faite spécialement pour elle. Je crois que votre pendentif vient de cette broche.

— C'est impossible. Je vous dis qu'il appartenait à ma grand-mère, rétorqua Laura en touchant le bijou.

— Avez-vous déjà vu un autre pendentif de ce genre ?

— Non. Il est très particulier. C'est la raison pour laquelle j'y tiens tellement.

— Si vous l'examinez attentivement, vous y verrez un S et un J. S pour Sarah et J pour Joe.

Laura avait toujours cru voir comme une capeline sur une tête de femme. Posant sa pagaie en travers du canoë, elle défit la chaîne et mit le pendentif sur son genou.

— Non, je ne vois pas ces deux lettres.

John se déplaça avec précaution pour venir vers elle.

— Regardez, fit-il en redessinant le bijou du bout du doigt. Voici le S. Et voici le J.

— Mon Dieu ! Comment est-ce possible ?

— Retournez-le. Vous voyez bien que c'était autrefois une broche.

On pouvait en effet observer deux petites protubérances d'or qui devaient correspondre à la fixation d'une épingle. Laura les avait remarquées, mais sans en chercher la signification.

John alla reprendre sa place à l'arrière du canot.

— Redites-moi comment vous avez eu ce bijou.

— Il appartenait à ma grand-mère paternelle. Je ne l'ai jamais connue, mais je porte son prénom. Mon père m'a donné ce pendentif quand j'avais huit ans, peu après la mort de ma mère, en me demandant de le porter toute ma vie. Il a d'abord été trop grand pour moi, mais il me plaisait quand même. Je l'ai eu sur moi pratiquement chaque jour depuis que mon père me l'a offert.

— J'ignore dans quelles circonstances votre

père en a hérité, mais je peux vous affirmer que c'est Sarah qui le lui a donné.

Laura réfléchit avec la sensation de tourner en rond, comme à chaque fois qu'elle cherchait à établir un lien entre son père et Sarah.

— Regardez-moi, Laura... Hier, dès que je vous ai vue, j'ai été frappé par votre ressemblance avec ma fille qui vit en Alaska. Elaine aussi, et elle m'en a parlé.

— Que voulez-vous dire ?

— Je crois que vous êtes Janie.

— John, je suis désolée, fit Laura en riant. Mais c'est ridicule. Je sais qui étaient mes parents.

— Quel âge avez-vous, si vous me pardonnez cette impolitesse ?

— C'est vrai que j'ai pratiquement le même âge que Janie. Mais elle est née en avril 1958, et moi en juillet.

Elle sentit ses mains trembler tandis qu'elle remettait son pendentif, et brusquement se souvint, avec un coup au cœur, qu'il n'y avait pas de photos d'elle, bébé, dans les albums de famille. « Elles ont été complètement détériorées par l'inondation que nous avons eue au rez-de-chaussée », lui avait expliqué son père.

— J'aimerais que vous retourniez voir Sarah en lui montrant votre pendentif, dit John. Ensuite vous m'appellerez pour me faire part de sa réaction.

42

Retardé à plusieurs reprises, leur avion n'atterrit à Washington qu'à 17 heures, et il leur restait encore une heure de route jusqu'à la maison du lac. Fébrile, Laura laissa Emma sous la surveillance de Dylan pendant qu'elle se précipitait à Meadow Wood Village.

Accaparée par ses pensées, elle avait peu parlé pendant le voyage. Dylan, compréhensif, lui avait tenu la main sans mot dire et l'avait laissée se reposer, la tête sur son épaule. De toute façon, elle ne serait jamais parvenue à commenter de façon cohérente ce qu'elle avait en tête.

Le ciel s'assombrissait lorsqu'elle arriva à la maison de retraite, et Sarah fut visiblement surprise de la voir.

— Bonsoir, Sarah. Je sais qu'il est tard. Mais j'avais vraiment besoin de vous voir.

— Il ne fait pas trop sombre pour se promener ? demanda Sarah en se tournant vers la fenêtre.

— Si. Nous n'allons pas sortir, mais simplement nous asseoir et parler. D'accord ? Oh !

Mais j'entends la télévision. Vous étiez peut-être en train de suivre une émission ?

— Non. Entrez. Venez vous asseoir.

Laura regarda Sarah prendre place sur le canapé et chercher sur la télécommande le bouton d'arrêt de la télévision. Puis elle s'assit à côté d'elle.

— Sarah, je voudrais que vous me disiez ce qui est arrivé à Janie.

— Non.

— Si. Je vous en prie. Je sais qu'il vous est difficile de parler d'elle, mais j'ai besoin de savoir.

L'espace d'un instant, Laura eut l'impression de déceler une ressemblance entre elle et Sarah. Elle remarqua également qu'elles avaient toutes deux les mêmes mains fines et longues, les mêmes ongles aux extrémités très blanches.

— Sarah. S'il vous plaît. Racontez-moi ce qui s'est passé.

— C'est très triste.

— Je le sais. Mais il faut que je sache.

Sarah fixa l'écran vide de la télévision, puis soupira et, dans un sursaut, se redressa.

— Bien. Voici donc la fin de l'histoire.

Sarah, 1960

Avril arrivait au galop. L'air piquait et le vent soufflait dans les jupes de Sarah tandis qu'elle rentrait chez elle après sa journée à l'hôpital où elle travaillait depuis quelques mois. Le ragoût qu'elle avait préparé pour Janie attendait d'être réchauffé. La petite avait près de deux ans maintenant et aimait prendre des légumes dans la sauce et n'en faire qu'une bouchée.

A l'angle de sa rue, Sarah vit une femme sortir de son immeuble et se diriger vers une voiture garée devant l'entrée. Elle ressemblait à Mme Berensworth, la baby-sitter qui gardait Janie. Mais Mme Berensworth ne partait jamais avant que Sarah fût rentrée. Pourtant, c'était bien son foulard sur la tête de cette femme. Et n'était-ce pas aussi sa voiture ?

Sarah se mit à courir.

— Madame Berensworth ! cria-t-elle. Attendez !

La femme, qui avait déjà ouvert la portière de la voiture, leva les yeux en l'entendant.

— Ah ! Bonsoir, madame Tolley.

Sarah ralentit son pas, essoufflée.

— Qu'est-ce que vous faites dehors ? Où est Janie ?

— Une surprise vous attend chez vous, annonça mystérieusement Mme Berensworth en riant.

— C'est-à-dire ?

— Vous verrez bien.

Sarah eût volontiers tordu le cou de la baby-sitter.

— Non. Expliquez-moi. Vous m'inquiétez.

— D'accord. D'accord. N'ayez aucune crainte. Janie est avec votre frère.

— Quoi ! Mon frère ?

— Oui. Il a voulu vous surprendre. Et il m'a dit que je pouvais rentrer chez moi. Qu'il garderait Janie en vous attendant... Il n'y a pas de problème, j'espère ? ajouta Mme Berensworth, brusquement intriguée.

— Je n'ai pas de frère ! rétorqua Sarah par-dessus son épaule.

Déjà elle courait vers l'entrée de son immeuble où elle monta l'escalier quatre à quatre jusqu'au troisième étage.

Monsieur D. était installé sur le sofa, Janie, très à l'aise, juchée sur ses genoux.

— Ah ! Voilà ta maman, fit-il.

Sarah se précipita vers lui et lui arracha Janie.

— Comment osez-vous ! Sortez de chez moi ! hurla-t-elle.

Ils l'avaient retrouvée. Des larmes de découragement lui brûlaient les yeux.

— Je suis désolé de vous avoir fait peur, dit monsieur D. en se levant. Mais j'ai pensé qu'il était important que vous sachiez combien il nous est facile de vous retrouver. Ce qui signifie, par la même occasion, que vous devez absolument continuer à garder le silence.

— Je ne parle plus de Sainte-Margaret depuis longtemps ! Qu'est-ce que vous voulez de plus ?

Effrayée par la colère de sa mère, Janie se mit à pleurer. Alors Sarah l'installa dans son parc, à l'autre bout de la pièce.

— Chut ! Ne pleure pas, ma chérie. Tout va bien.

— Venez vous asseoir, fit monsieur D. Et laissez-moi vous dire deux ou trois choses.

— Je veux que vous sortiez d'ici, rétorqua Sarah en contenant sa colère afin d'éviter de bouleverser sa fille.

— Je suis venu pour essayer de vous aider,

Sarah. Vous ne me croyez certainement pas, mais c'est vrai. Le Dr Palmiento devient de plus en plus paranoïaque. Il ne fait plus confiance à personne. Et il n'en finit pas de vous en vouloir, à vous et à Colleen Price.

— Comment voudriez-vous que je croie à un seul mot sortant de votre bouche ? Vous êtes le bras droit de Palmiento.

— Je l'étais, et lui-même pense que je le suis encore. Mais je le vois s'enfoncer dans la paranoïa un peu plus chaque jour. Il n'est plus maître de lui. Il s'est même acheté un revolver. Si bien que je me sens tenu d'avertir certaines personnes. Dont vous.

Sarah hésitait à le prendre au sérieux. Mais si jamais il lui disait la vérité, n'avait-elle pas tout à redouter d'un médecin fou, détenteur d'une arme ?

Que pouvait-elle faire de plus ? La dernière fois qu'elle avait déménagé, elle n'avait laissé aucune adresse. Elle avait fait installer trois verrous dc sûreté sur sa porte. Elle était sur la liste rouge et elle ne parlait à personne de son passé professionnel...

Tout en enlevant son foulard, elle finit par s'asseoir.

— J'ai déjà déménagé deux fois. Je ne sais plus que faire, avoua-t-elle.

— Vous devriez changer encore une fois d'adresse. Aller plus loin. Changer de nom. Vivre clandestinement.

— C'est tout ? Il me semble que c'est vous qui perdez la tête. Je pourrais me déraciner une fois de plus avec ma fille, et vous retrouver encore chez moi.

— Croyez-moi plus fou que Palmiento, si vous voulez. Mais j'ai quelque chose à vous dire qui devrait vous faire réfléchir sérieusement.

Monsieur D. regarda ses mains pendant quelques minutes en restant muet. Puis il releva la tête, le regard assombri.

— Le fils de votre amie Colleen est mort.

— Sammy ? Sammy est mort ? dit-elle en revoyant en esprit les photos de l'enfant que Colleen lui avait montrées.

— Il a eu un accident.

— Quel genre d'accident ?

— En jouant dans l'arbre du jardin, derrière la maison, il a fait une chute qui lui a brisé la nuque.

Sarah se souvint que Colleen lui avait raconté comment son beau-père avait construit une cabane dans cet arbre. Une cabane faite, à n'en pas douter, pour résister aux bêtises d'un garçon de cinq ans. Soudain elle comprit ce que monsieur D. essayait de lui dire.

— D'après vous, Palmiento est derrière cet accident ? demanda-t-elle, bouleversée.

— Je ne pourrais pas l'affirmer. Mais si l'on se souvient des menaces qu'il avait proférées contre cet enfant, on peut trouver la coïncidence troublante.

Anxieuse d'appeler Colleen, Sarah se leva, imitée aussitôt par son visiteur. Mais quand elle le vit s'avancer vers elle, elle laissa échapper un petit cri en reculant d'un pas.

— Pardonnez-moi, fit monsieur D. Je ne cherchais pas à vous faire peur. Je...

Sarah se précipita vers la porte et l'ouvrit d'un geste sec.

— Sortez ! ordonna-t-elle. Disparaissez de ma vie !

— D'accord, Sarah. Mais réfléchissez à ce que je viens de vous dire. Pour le bien de votre fille.

La porte claqua derrière lui. Les trois verrous furent fermés. Puis tous les stores baissés. Mais Sarah ne se faisait plus d'illusions. Ils savaient où la trouver, et ils le sauraient toujours.

Elle appela Colleen sans même prendre le temps d'enlever son manteau et en priant pour que monsieur D. eût tout inventé.

Colleen répondit d'une voix inhabituelle : lointaine et blanche.

— Colleen, tu vas bien ?

— Tu es au courant ?

Sarah se laissa tomber sur l'une des chaises de la cuisine, les yeux fermés.

— Tu veux dire : au sujet de Sammy ?

— Il jouait dans l'arbre et... il a fait une chute.

— Oui. Je sais. C'est terrible.

— Palmiento a tout manigancé, tu sais.

Sarah se refusait encore à y croire. De toutes ses forces, elle souhaitait que Colleen se trompât.

— Comment peux-tu en être certaine ?

— Oh, je le sens ! Il m'avait trop souvent menacée à travers Sammy.

— La police l'a interrogé ?

— Oui. Une fois. Il a nié toute implication, et les flics l'ont cru sur parole. C'est Dieu, non ? fit Colleen, amère. Ils ont raconté ensuite qu'une planche de la cabane n'avait pas été bien clouée. Mon pauvre beau-père en est malade. Je lui ai dit que quelqu'un avait dû trafiquer la cabane, mais il s'imagine que je cherche simplement à l'épargner.

— Tu pourrais peut-être retourner à la police. Insister, suggéra Sarah sans grande fermeté.

Elle avait l'impression de respirer difficilement. Dans le séjour, Janie commença à réclamer son dîner à grands cris.

— Je suis allée jusqu'à parler au FBI. Mais pour eux, c'est moi qui perds la tête, pas Palmiento. Je sens que je vais me retrouver enfermée et lobotomisée, comme Joe... Oh, pardonne-moi ! Je n'aurais pas dû dire ça.

— Je ne sais que faire, avoua Sarah, pendant que les cris de Janie devenaient plus pressants. Monsieur D. sort d'ici. C'est lui qui m'a appris la mort de Sammy, mais sans dénoncer précisément Palmiento. Il m'a quand même recommandé de déménager encore une fois. D'aller le plus loin possible. Mais je ne suis pas sûre d'en avoir la force, Colleen.

Il y eut un silence au bout du fil.

— Déménager encore une fois ne te servirait à rien, Sarah. Ils te retrouveront. C'est comme une grande conspiration contre laquelle nous sommes impuissantes. Ils vont s'en prendre à Janie. A ta place, je quitterais mon travail et j'attacherais ma fille à mon corps. J'aurais dû le faire avec Sammy. J'aurais dû le garder contre moi jour et nuit.

« Ils vont s'en prendre à Janie » : les mots résonnèrent aux oreilles de Sarah.

— J'entends la petite crier, fit Colleen. Tu as de la chance d'avoir encore ton enfant, Sarah. Va t'occuper d'elle.

Sarah donna à Janie son dîner, mais elle-même fut incapable de manger. Quand elle eut baigné et couché sa fille, elle alla plaquer un fauteuil contre la porte d'entrée, et la table de la cuisine contre la porte donnant sur l'escalier de secours. Puis elle passa la nuit, sans fermer les yeux, près du lit de Janie, un couteau de cuisine à la main, en sursautant chaque fois qu'une branche venait taper contre la vitre sous le souffle du vent.

Janie dormit comme un ange. C'était une très belle enfant, aux longs cils d'un brun doré, mais une enfant en danger de mort, simplement parce qu'elle était la fille de Sarah.

Sammy avait-il souffert ? Avec une nuque brisée, la mort est rapide. Réservaient-ils à Janie une fin semblable ? Sarah gémit et se révolta. Il n'y avait pas à chercher une éventuelle consolation. Non, elle ne laisserait pas Janie mourir à son âge. Mais Colleen avait eu raison de lui affirmer qu'elle n'avait aucun moyen de leur échapper.

Lorsque le jour se leva, elle avait pris une décision. Puisqu'elle n'avait aucun moyen de protéger sa fille si elle la gardait avec elle, elle allait se séparer de Janie, la soustraire au danger en la faisant disparaître de sa vie. Mais, s'il ne devait subsister aucune trace d'elle, Janie ne pouvait ni rester dans la famille ni être adoptée par les voies habituelles.

Sarah appela son lieu de travail pour dire qu'elle était malade, laissa les portes bloquées, le couteau à portée de la main, et réfléchit. Quand vint l'heure du déjeuner de Janie, elle avait trouvé une solution.

Le fait de penser à une adoption lui avait rappelé Ann, l'assistante sociale dont elle avait découvert la compassion lors du déraillement du train, des années auparavant. Si elle parvenait à la retrouver, Janie aurait une chance d'être placée dans une famille aimante et sûre, sans passer par le circuit habituel.

En fouillant dans ses vieux papiers, Sarah finit par tomber sur l'adresse que lui avait donnée Ann, après l'accident. Restait à savoir si elle vivait encore à cette adresse. Pourquoi pas, après tout ? Elle ne devait pas être poursuivie comme l'était Sarah.

Elle passa une heure à ranger dans des valises les vêtements et les jouets de sa fille, en évitant de penser aux conséquences de ces préparatifs. Mais dans la voiture qui devait la conduire après trois heures et demie de route dans les faubourgs de Philadelphie, lorsque Janie se fut endormie, elle laissa éclater les sanglots qu'elle avait retenus toute la journée.

Sans cesse elle jetait un coup d'œil dans le rétroviseur afin de s'assurer que personne ne les suivait. Elle ne fit qu'une seule halte, le temps de nourrir Janie.

En fin d'après-midi, elle arriva à destination.

Joli petit cottage, nanti d'une cheminée et de pignons, la maison d'Ann était située dans une rue étroite bordée d'arbres. Une lumière dorée éclairait les fenêtres, une lampe à gaz brûlait sur la véranda et une azalée en pot fleurissait la dernière marche du perron.

« Je vous en prie, Ann, soyez chez vous. S'il vous plaît », priait-elle.

Sarah sortit Janie de la voiture et se dirigea vers le cottage, tout en se demandant si Ann allait croire à son ahurissante histoire.

Elle sonna. Mais quand elle vit Ann lui ouvrir la porte, elle fut submergée d'un soulagement si intense qu'elle en resta muette.

Un grand sourire éclaira le visage d'Ann.

— N'êtes-vous pas... ? Mais oui, vous êtes Sarah, n'est-ce pas ? Nous nous sommes rencontrées dans le train.

Sarah hocha la tête et fondit en larmes.

— Oh ! mon Dieu, qu'y a-t-il ? Entrez, entrez.

Serrant Janie contre elle, Sarah pénétra dans le séjour où un feu brûlait dans la cheminée.

— Donnez-moi votre manteau. C'est votre petite fille ? Elle est adorable. Je peux prendre aussi ton manteau, ma chérie ?

Toujours muette, Sarah laissa Ann enlever le manteau de Janie puis retira le sien.

— Allez vous asseoir près de la cheminée. Je vous apporte du thé. J'ai aussi du potage. Vous en voulez ?

— Non. Le thé suffira, parvint à répondre Sarah.

Elle s'assit dans le fauteuil le plus proche du

feu mais, en dépit de la chaleur presque excessive, elle claquait des dents.

Ann revint avec le thé, en versa une tasse pour Sarah, posa la théière sur la table basse installée à côté du fauteuil. Puis, accroupie, elle posa une main sur le genou de Sarah.

— Chère Sarah. Racontez-moi ce qui vous arrive.

A moitié endormie, Janie toucha la chevelure blonde d'Ann.

— Est-ce qu'elle accepterait que je la prenne dans mes bras ? demanda Ann.

Dominant ses réticences à se séparer de sa fille, Sarah laissa la petite se glisser facilement dans les bras étrangers. Tout en caressant ses cheveux, Ann s'assit avec l'enfant sur le canapé.

— Racontez-moi, répéta Ann.

— Il ne faudra en parler à personne, l'avertit Sarah.

— Comptez sur moi.

Sarah savait très bien qu'elle pouvait faire confiance à cette femme et remettre la vie de sa fille entre ses mains.

Le visage ruisselant de larmes, elle expliqua la situation depuis le début : les expérimentations de Palmiento, l'aventure accablante de Joe, les menaces dont elle était l'objet, et les apparitions de monsieur D. en dépit de ses déménagements successifs. Ann devint blême lorsqu'elle lui parla de l'« accident » de Sammy.

— Ma pauvre Sarah. Vous devez vous sentir complètement piégée.

— Oh, oui ! Je le suis bel et bien. C'est pourquoi je suis venue ici. S'il vous plaît, Ann, s'il vous plaît. Dites-moi s'il y a un moyen de faire adopter Janie sans procédure officielle. Sans que personne puisse le savoir. Elle est en danger avec moi. Je voudrais qu'elle soit...

Sarah dut sortir un mouchoir pour s'essuyer les yeux.

— Je voudrais qu'on lui trouve des parents, reprit-elle, une mère et un père. Elle n'a que moi... Des parents qui l'élèveraient comme leur propre fille. Ils changeraient son prénom et sa date de naissance pour que personne ne puisse se douter de son identité. Ce serait la seule façon d'assurer sa sécurité.

Ann pleurait, elle aussi, en silence, comme pour éviter de réveiller Janie qui s'était endormie contre sa poitrine. La voyant regarder le plafond, Sarah comprit qu'elle cherchait un moyen de l'aider et la laissa réfléchir.

— Je ne suis plus assistante sociale, annonça Ann au bout d'un moment. Vous vous souvenez que je prenais tout trop à cœur ? Mais je crois que j'ai une idée.

Tandis qu'Ann marquait une pause, le temps de faire le tour de la question, Sarah reprit un peu espoir, bien qu'Ann ait cessé ses activités sociales.

— Je vais me marier, annonça Ann. Dans deux mois.

— Oh ! C'est merveilleux ! fit poliment Sarah.

— Mais j'ai appris dernièrement que je ne pouvais pas avoir d'enfant. D'autre part, nous sommes considérés, mon fiancé et moi-même, comme trop âgés pour une adoption. C'est un crève-cœur pour nous. Alors, si vous estimez...

si vous nous faites confiance... Mais il est vrai que vous ne connaissez pas mon fiancé, et moi, si peu...

— Oh ! en ce qui vous concerne, je vous ai vue dans le train avec ce petit garçon ! Vous vous souvenez ? Je sais que vous êtes faite pour être mère.

Ann parvint à rire à travers ses larmes.

— C'est vrai. Je n'en doute pas. Toutefois, Sarah, vous devez réfléchir. J'ai trente-neuf ans. Mon fiancé en a quarante-deux. Nous ne serons pas de jeunes parents pour votre fille.

— Vous l'élèverez mieux que je ne pourrais le faire, Ann.

C'était le destin qui les avait réunies dans ce train, songea Sarah. Et c'était encore le destin qui avait permis ces retrouvailles.

— Parlez-moi de votre fiancé.

— Il aime les enfants, je m'en porte garante. Il est le cadet d'une famille de huit. Il est brillant, précisa Ann en rougissant. En tout cas, c'est mon opinion. Mais je veux bien admettre qu'elle ne soit pas très objective... Il travaille pour une entreprise qui met au point des moteurs d'avions à réaction. C'est quelqu'un de bien, Sarah.

Sarah se leva lentement, avec la sensation d'être une femme de cent ans.

— Bien. Je vais chercher les affaires de Janie.

— Oh ! Sarah...

Ann déposa doucement Janie sur le canapé, se leva et prit Sarah par le bras.

— Attendez un peu. Ne vous précipitez pas.

— Laissez-moi faire. Je reviens tout de suite.

Sarah ressortit, sans son manteau mais insensible au froid, et réapparut avec les affaires de Janie. Ann lui prit les valises des mains et les posa au bas de l'escalier.

— Elle aura peut-être peur lorsqu'elle ne me verra pas à son réveil, fit Sarah. Mais elle est d'un caractère facile. Vous avez vu comme elle vous a laissée la prendre dans vos bras ? Elle est toujours comme ça. C'est d'ailleurs ce qui m'inquiétait, et la raison pour laquelle je...

Elle ne put achever sa phrase. Devant son émotion, Ann posa sa main sur son bras.

— Écoutez-moi, Sarah. Je pense que vous devriez rester un moment seule avec elle et réfléchir encore un peu. Il y a peut-être une autre solution.

Sarah jeta un coup d'œil vers Janie, paisiblement endormie sur le canapé, puis détourna le regard.

— Non. J'ai suffisamment réfléchi. Je ne veux pas courir le risque de changer d'avis.

— Comment ferai-je pour rester en contact avec vous ? Je tiens à vous donner de ses nouvelles.

— N'y pensez pas. Ce serait trop dangereux.

D'une main tremblante, Sarah enleva la broche, cadeau de Joe, qu'elle portait sur le col de son chemisier.

— Donnez-lui ce bijou quand elle sera plus grande. En lui disant qu'il vient de quelqu'un qui l'aimait profondément.

Ann prit la broche et la serra au creux de sa main.

— Je le ferai. Comptez sur moi.

— Merci.

Sarah mit son manteau, puis sortit, muette de chagrin, en sentant le regard inquiet d'Ann posé sur elle tandis qu'elle se dirigeait vers sa voiture. Elle s'éloigna sans un coup d'œil en arrière, meurtrie mais convaincue qu'avec Ann Janie était enfin à l'abri du danger.

Laura se pencha en avant et posa sa main sur celle de... sa mère.

— Oh, Sarah ! Quelle terrible épreuve !

— Oui. Mais je devais en passer par là pour le bien de Janie.

— Il faut que je vous dise quelque chose, annonça Laura en serrant la main de Sarah.

Puis elle lui montra le pendentif qu'elle portait.

— Vous savez ce que c'est ?

— Une... une femme avec un chapeau ?

— C'est votre broche, Sarah. Celle que Joe vous avait donnée.

— Non. Ça, ce n'est pas une broche.

— Oui, bien sûr. Mais c'est votre broche, transformée en pendentif.

Laura détacha la chaîne et tint le bijou devant les yeux de Sarah.

— Oh, oui ! On dirait ma broche.

— C'est bien la vôtre, Sarah.

— Joe m'avait offert exactement la même.

— Écoutez-moi. Je suis Janie. Je suis votre fille... C'est moi que vous avez emmenée chez Ann, poursuivit Laura, la gorge nouée. Ann m'a élevée comme si j'étais sa propre fille. Ann et son mari, Carl. Carl avait dû vous rechercher au fil des années. Et il a voulu s'assurer, en m'envoyant ici, qu'il y aurait toujours quelqu'un pour s'occuper de vous. Il vous était si reconnaissant d'avoir pu être mon père !

En dépit de l'absence de réaction de Sarah, Laura insista :

— Vous aviez demandé à Ann de me donner la broche quand je serais plus grande, n'est-ce pas ? Elle — ou Carl — en a fait faire ce pendentif. Vous comprenez ?

Sarah secoua la tête avec l'air d'une enfant perplexe.

— Vous connaissez mon nom, Sarah ?

La vieille dame renouvela son signe négatif.

— Je m'appelle Laura Brandon. J'ai été élevée par Ann et Carl Brandon. Je suis la petite fille que vous leur avez donnée. Je suis votre fille.

— Non, fit Sarah, un rien agacée. Ma fille s'appelle Janie.

— Je suis Janie, s'obstina Laura, en ravalant des larmes de frustration. Ann et Carl m'ont rebaptisée Laura parce que vous leur aviez demandé de changer mon prénom. Vous vous souvenez ?

— J'aimerais aller dormir, fit Sarah en se levant.

Elle ne comprenait pas. Elle pouvait retrouver le passé, en faire le récit dans les moindres détails — sans omettre l'azalée sur le perron de la maison d'Ann —, mais se montrait incapable d'établir le lien entre la petite fille de deux ans qu'elle avait dû abandonner autrefois et la femme assise à côté d'elle.

Laura se leva et posa un baiser sur sa joue.

— Je vous aime. Dormez bien.

43

— Ils ont toujours prétendu s'être mariés en 1957, remarqua Laura, assise à côté de Dylan sur la véranda, à l'arrière de la maison du lac. Sûrement pour m'éviter de croire que j'étais une enfant illégitime.

— Et ton père participait effectivement à la conception de moteurs à réaction ?

— Tout à fait. Nous vivions à Elkins Park, juste en dehors de Philadelphie. J'ai grandi dans ce cottage dont m'a parlé Sarah. Mon père y avait ajouté un petit balcon pour son télescope.

Dylan glissa son bras autour des épaules de Laura.

— Apprendre tout ça d'un seul coup doit faire l'effet d'un raz de marée. Pourtant, tu as l'air très sereine.

— Au fond, oui, je le suis, bien que je trouve très triste que ma mère biologique ne me reconnaisse pas. Je regrette aussi qu'elle ait tant souffert. Mais, moi, j'ai eu de la chance, grâce à elle. Si Emma était en danger, je ne sais pas si j'aurais la force d'agir comme Sarah. Elle a dû se sentir brisée.

L'air était si frais qu'elle frissonna. Aussitôt Dylan resserra son étreinte, tandis qu'elle ajoutait :

— Sarah m'a donné des parents merveilleux. J'aurais aimé mieux connaître ma mère. Ann. Quant à mon père, je lui dois d'être devenue astronome. C'est vraiment lui qui m'a poussée dans cette voie. Et je n'ai pas eu souvent l'occasion de le regretter ! précisa Laura en riant.

— Et voilà qu'aujourd'hui tu as un autre père !

Laura sourit, rêveuse.

— Oui. Il faut que je l'appelle pour lui dire ce que Sarah m'a appris.

— Effectivement. Et ensuite tu devrais dormir avec moi.

D'un regard, elle exprima sa surprise, puis éclata de rire une seconde fois.

— Oui, tu as raison. Je te retrouve dans ma chambre, ajouta-t-elle avant de l'embrasser.

— Plutôt dans la pièce du haut.

— Très bien, fit-elle.

Puis elle rentra dans la maison pour téléphoner à John Solomon.

Elle trouva Dylan allongé sous l'édredon qu'il avait subtilisé dans sa chambre, les vêtements empilés dans un coin, le torse baigné de clarté stellaire contre les housses sombres des coussins.

— Tu n'as rien sur toi ? demanda-t-elle.

— Bien sûr que non !

Après une seconde d'hésitation, elle commença à se déshabiller en jetant chemisier et jean sur la chemise et le jean de Dylan, amusée à l'idée d'une prévisible confusion au matin. Puis, son corps exposé à son tour à la clarté des étoiles, elle ferma les yeux, soudain intimidée.

Entre édredon et coussins moelleux, Dylan l'attira contre lui, la main glissant sur la courbe d'un sein. Au contact de sa peau sur la sienne, elle soupira d'aise en se souvenant qu'elle avait cru cette sensation réservée à ses rêves, jusqu'à la fin de sa vie, depuis la nuit mémorable dont Dylan n'avait aucun souvenir. Lui allait vers une expérience nouvelle tandis qu'elle se souvenait de tout.

Mais elle n'en fit pas moins une découverte. A l'intensité, à l'érotisme qu'avait retenus sa mémoire s'ajoutait maintenant l'attention de Dylan, cette fois conscient de ses actes. Corps et âme, il était présent, et ses gestes délibérés. Il manifesta aussi une tendresse surprenante, tandis que sa main glissait sur sa peau tel un courant chauffé par le soleil, enveloppait ses seins, vibrait entre ses cuisses.

Plus tard, quand il eut rejeté l'édredon et qu'ils se reposèrent, le corps perlé de sueur, exténués sous le ciel étoilé, Laura sut que ce mélange d'exaltation et de sécurité qu'elle éprouvait avec lui ne céderait jamais devant l'habitude. L'amour de Dylan — que ce fût pour Emma ou pour elle — ne faisait aucun doute.

Il était à ses yeux aussi réel que les étoiles au-dessus de leurs têtes.

44

Laura coupa le contact mais resta sur son siège et regarda sans le voir un couple âgé qui sortait de la maison de retraite.

— Tu vas bien ? lui demanda Dylan.

— Oui, assura-t-elle, mais sans faire le geste d'ouvrir sa portière.

Craignant de fondre en larmes devant Sarah et de la perturber un peu plus, elle ne lui avait pas rendu visite depuis plusieurs jours. Il avait fallu un temps magnifique, propice à une promenade, pour la décider à revenir. Toutefois, ayant besoin du soutien qu'il lui prodiguait admirablement ces derniers temps, elle avait demandé à Dylan de l'accompagner.

— Je ne sais plus quoi lui dire, avoua-t-elle.

— Incite-la à parler, comme tu le fais d'habitude. Et elle te racontera tout naturellement ce qui s'est passé quand elle s'est retrouvée seule.

Après avoir laissé Janie à Ann, Sarah plongea dans la dépression. Elle quitta son travail et s'installa dans le nord de la Virginie, loin de tous ceux que la disparition de Janie n'aurait pas manqué d'intriguer.

Employée dans un petit hôpital psychiatrique où elle ne connaissait personne, privée d'énergie, elle se traîna chaque jour à son travail où elle accumula les fautes professionnelles. Elle ne pensait qu'à sa fille mais ne pouvait en parler, et elle aurait succombé à trop de mensonges et d'isolement si elle n'avait été complètement éteinte. Elle se moquait de tout, y compris du verrou qu'elle ne prenait même pas la peine de pousser quand elle rentrait. Janie et Joe étaient partis. Désormais, elle se moquait éperdument de ce qui pouvait encore lui arriver.

Au bout de trois semaines, elle reçut un appel du Dr Palmiento. Cette fois, le fait qu'il avait encore déniché son numéro de téléphone l'étonna à peine.

— J'aimerais que vous veniez, non pas à l'hôpital, mais à mon cabinet, chez moi. Je vous donne l'adresse.

— Pourquoi ? Qu'est-ce qui m'obligerait encore à vous écouter ? J'en ai fini avec vous.

— Ne raccrochez pas. J'ai quelques informations qui devraient vous intéresser. Au sujet de votre mari.

— Vous pouvez me parler au téléphone.

— Je crois qu'il serait préférable de nous voir.

Il semblait parfaitement calme et sensé. Mais pourquoi aurait-il besoin de lui parler de vive voix, sinon pour lui annoncer la mort de Joe? N'était-ce pas facile à deviner? Elle se sentit cependant contrainte d'accepter.

Mais quelle femme douée de raison se rendrait au cabinet d'un psychiatre fou et armé? songea-t-elle en enfilant sa veste. Ou alors elle se ferait accompagner — peut-être même par un policier. Il fallait vraiment qu'elle n'eût plus toute sa tête.

Palmiento habitait une maison isolée, entourée d'arbres. Une maison qui semblait plongée dans le noir lorsque Sarah arriva, à l'exception d'une petite pièce adjacente au garage. Sans doute son cabinet.

Serrant sa veste autour d'elle, Sarah remonta l'allée et frappa à la porte de la pièce éclairée. Palmiento lui ouvrit au bout de quelques secondes.

— Laissez-moi prendre votre vêtement, dit-il.

Son visage avait changé. Il s'était tout entier imprégné de la folie autrefois contenue dans le regard, chassant ainsi l'expression aimable, paternelle, qu'il parvenait à se composer. Sarah eut un frisson de frayeur en le regardant.

— Non. Je le garde, répondit-elle, bien décidée à repartir au plus vite.

La pièce, agréable, aux meubles coûteux, était en fait la salle d'attente, et Palmiento la conduisit dans son cabinet où elle trouva monsieur D., assis dans un fauteuil, près du bureau. En la voyant entrer il se leva, visiblement aussi surpris qu'elle.

— Que fait Sarah ici ? demanda-t-il à Palmiento d'un ton accusateur.

— J'ai invité Mme Tolley à venir me voir afin de mesurer exactement l'ampleur de votre trahison, rétorqua Palmiento en prenant place derrière son bureau. Veuillez vous asseoir, madame Tolley.

— Je n'y tiens pas. J'ignore ce qui se passe ici, mais vous m'avez dit que vous aviez des nouvelles de Joe, et c'est tout ce qui m'intéresse. Si vous m'avez menti, je repars tout de suite.

— Partez, Sarah, fit monsieur D. en s'avançant vers elle. Il n'a rien à vous dire au sujet de Joe. Pourquoi mêler Sarah à ce qui ne concerne que vous et moi ? s'écria-t-il, le sang au visage, tandis qu'il se tournait vers le psychiatre.

Sarah regarda Palmiento, les yeux plissés.

— Vous avez des nouvelles de Joe, oui ou non ?

— Non, ma chère, répondit Palmiento, avec un franc sourire.

— Oh, ce que je vous hais !

Sarah tourna les talons et s'avança vers la porte.

— Et Janie ? fit le Dr P. d'une voix excessivement calme.

L'angoisse au cœur, Sarah se figea. Puis, rassemblant son courage, elle se retourna, se précipita vers Palmiento et le regarda droit dans les yeux.

— Quoi, Janie ?

« Mon Dieu, ne me dites pas qu'ils l'ont retrouvée... »

— Je sais qu'elle s'est envolée. Et, voyez-vous, j'aimerais bien que vous avouiez une chose : monsieur D. ne vous aurait-il pas suggéré de la faire disparaître ?

Comprenant mal ce qui se passait dans le cabinet, Sarah hésita à lui répondre franchement.

— Je... j'ai entendu parler de... l'accident qui est arrivé au petit garçon de Colleen Price, bégaya-t-elle.

— Laissez Sarah hors de tout ça, Peter ! s'exclama monsieur D., les mains crispées sur le dossier du fauteuil qu'il venait de quitter. Oui, je lui ai conseillé de mettre sa fille en sécurité. Et je suis heureux qu'elle m'ait écouté. Vous... nous lui avons fait un mal insensé !

— Salaud !

Voyant Palmiento, à deux doigts de son visage, se lever lentement, Sarah recula afin d'éviter son contact.

— Je vous faisais totalement confiance, précisa-t-il à l'adresse de monsieur D. Je vous ai laissé participer à...

— Ah, oui, à vos recherches ! Et rien n'est plus sacré pour vous ! Mais en voulant les protéger à tout prix, vous avez dépassé les limites, Peter. Vous avez besoin d'aide, ajouta monsieur D. en s'avançant vers Palmiento. Je sais...

— Restez où vous êtes !

La main dans l'un des tiroirs de son bureau, Palmiento empoigna le revolver qui s'y trouvait.

Sarah se dit qu'elle devait fuir, se sauver, mais elle se sentait clouée au sol.

— Vous m'avez trahi, vociféra Palmiento.

Il leva son arme et la pointa sur son ancien disciple, le doigt sur la détente. D'instinct, Sarah le frappa au bras, en espérant faire dévier la balle. Le coup partit dans un bruit assourdissant et, malgré l'intervention de Sarah, la balle toucha monsieur D. à l'épaule. Il eut un cri de douleur quand elle le bouscula en se précipitant vers la porte. Elle courut en traversant la salle d'attente puis en descendant l'allée jusqu'à sa voiture. Une seule prière vint à ses lèvres tandis qu'elle démarrait : « Seigneur, faites que Janie ne soit pas de nouveau en danger à cause de ce que je viens de faire. »

Elle passa toute la soirée assise dans son petit séjour, tremblant de la tête aux pieds, le regard fixé sur le téléphone. Sur le point d'appeler la police, elle se ravisa en pensant qu'on l'obligerait à expliquer la disparition de Janie et à donner l'adresse d'Ann. Et puis, il était fort possible que la police fût prête à couvrir Palmiento comme le faisaient déjà le Conseil national de psychiatrie, le FBI et bon nombre de politiciens, apparemment. Elle resta les yeux rivés sur le téléphone jusqu'à 2 heures du matin, heure à laquelle ses tremblements eurent suffisamment diminué pour lui permettre d'aller dormir.

A partir de cette nuit-là, elle rêva pendant longtemps de Palmiento et de monsieur D., mais jamais plus elle n'entendit parler d'eux. Si elle n'eut pas plus de nouvelles d'Ann, pas un seul jour ne passa sans qu'elle pensât à sa fille en se disant qu'elle avait eu raison de la protéger — en dépit du prix à payer — des médecins fous de Sainte-Margaret.

— Il faut que nous partions, annonça abruptement Laura, assise avec Dylan et Sarah dans le séjour du petit appartement.

Sarah ayant achevé son récit avant la fin de la promenade, Laura n'avait plus qu'une envie : sortir de la maison de retraite. Quand elle se leva, elle fut prise de vertige et crut voir la pièce dans un brouillard pendant quelques instants.

— Dylan, on peut y aller ?

L'urgence trahie par sa voix surprit Dylan qui se tourna vers Sarah.

— Nous pouvons faire quelque chose pour vous avant de partir ?

Pour une fois, Laura trouva sa gentillesse exaspérante, et elle fut soulagée de voir Sarah faire un signe de tête négatif et se lever pour les accompagner à la porte.

Dehors, Dylan passa son bras autour de ses épaules.

— Je sais. Ce doit être terrible de l'entendre parler de Janie sans qu'elle comprenne que Janie est devant elle.

— Ce n'est pas ça, rectifia Laura, toujours menacée de vertige. Mais je ne pourrais même pas expliquer ce que je ressens.

— Il vaudrait peut-être mieux que je conduise, non ? proposa Dylan, préoccupé.

Consciente de risquer un malaise au volant, Laura accepta. Mais elle ne parvint à exprimer ce qu'elle ressentait que lorsqu'ils eurent rejoint la voie rapide.

— Je sais que ça peut paraître complètement fou, mais j'ai le sentiment horrible que Ray et monsieur D. ne faisaient qu'un.

— Quoi ? s'étonna Dylan dans un éclat de rire. C'est plus que fou, Laura. Qu'est-ce qui te fait penser ça ?

— Ray avait sur l'épaule une cicatrice laissée par une balle. Il prétendait qu'il avait été blessé en Corée.

Elle revoyait distinctement la cicatrice ronde, la boursouflure rosée laissée par la déchirure de la chair.

— Il n'est pas rarissime de recevoir une balle dans l'épaule, remarqua Dylan. Dis-moi plutôt comment s'appelait Ray.

— Darrow. Ray Darrow. Ray D.

Dylan lui prit la main.

— Je comprends que tu sois bouleversée par tout ce que tu as appris en si peu de temps. Mais je pense que les coïncidences existent. Ne te creuse pas la tête inutilement. D'ailleurs Ray était beaucoup trop jeune pour avoir été monsieur D., non ?

— Il avait déjà vingt et un ans quand je suis née. Monsieur D. a travaillé très jeune à Sainte-Margaret. Il avait encore de l'acné, m'a dit un jour Sarah. Et de l'acné, Ray en avait eu dans son adolescence.

— Comme beaucoup d'autres. Comme moi, par exemple.

Elle regarda la joue lisse de Dylan.

— Menteur !

— J'ai eu au moins deux ou trois boutons... Écoute, je vois que tu te mets dans tous tes états, et je n'aime pas ça.

— Sarah a toujours parlé d'un étudiant en psychologie, continua Laura, incapable de penser à autre chose. Ray avait un diplôme de sociologie. Je reconnais que ça ne colle pas.

— Ce qui ne colle pas non plus, c'est son livre. Tu crois que monsieur D. était du genre à prendre fait et cause pour les sans-abri et les malades mentaux privés de soins ?

— Non. Sur ce point, tu as raison. Et, bien évidemment, j'imagine mal Ray torturant des malades mentaux. Mais quand même... ajouta Laura, incapable de se débarrasser de son malaise.

— Enfin, voyons, tu imagines ce monsieur D. épouser précisément la fille de Sarah, après tout ce qui s'était passé ?

Laura ne put s'empêcher de rire de ses hypothèses, soudain convaincue que Dylan avait raison.

Pourtant, trois heures plus tard, elle éprouvait encore au fond d'elle-même une gêne que ni le dîner avec Dylan et Emma, ni le jeu qu'ils avaient tous trois partagé n'avaient réussi à faire disparaître.

Elle aida Emma à prendre son bain puis, pendant que Dylan restait dans la chambre de la petite pour lui lire une histoire, elle en profita pour sortir des cartons du placard de la chambre d'amis et y rechercher les vieux bulletins universitaires de Ray.

Elle retrouva Dylan dans le couloir au moment où il refermait la porte de la chambre d'Emma.

— Il a bel et bien été étudiant en psychologie, annonça-t-elle en montrant à Dylan les documents qu'elle venait d'examiner.

— De qui parles-tu? fit Dylan en jetant un coup d'œil aux papiers. De Ray?

— A la fin des années cinquante, il a suivi des cours de psychologie — ce que je n'ai jamais su. Il a arrêté pendant quatre ans. Puis il a repris la fac, mais en sociologie cette fois-ci.

Dylan tenta de la prendre dans ses bras.

— Laura, je continue à croire...

Elle s'écarta de lui.

— J'appelle Stuart. Il faut que je sache.

Elle téléphona de sa chambre, pendant que Dylan, assis à côté d'elle, sur le lit, lui frottait le dos. Stuart était en déplacement, mais elle réussit à le joindre dans un hôtel de Philadelphie.

— Que se passe-t-il, Laura? demanda-t-il, inquiet.

C'était la toute première fois qu'elle l'appelait pendant qu'il se trouvait en voyage.

— Emma va bien? insista-t-il.

— J'ai besoin de te poser une question, Stuart. Est-ce que Ray a travaillé à Sainte-Margaret, l'hôpital psychiatrique?

Le silence de Stuart fut éloquent.

— Oh, non! Dis-moi que je me trompe, Stuart!

Elle l'entendît soupirer.

— Je viens te voir demain. D'accord?

— C'était monsieur D. ?

— Oui.

— Mais comment...

— Demain, Laura. J'arriverai en fin de matinée.

45

— Attends-moi, Emma ! cria Dylan.

Impatiente, la fillette s'était mise à courir sur le sentier conduisant au lac et, franchissant le tournant qui précédait l'aire de jeux, avait disparu. Il accéléra le pas et la retrouva en train de grimper sur une balançoire.

— Tu veux que je te pousse ou tu préfères que je m'installe sur la balançoire voisine ?

Il n'obtint pas de réponse, mais la vit prendre un élan qui lui permit de monter très haut, ses cheveux noirs au vent. S'asseyant sur la balançoire voisine, il l'imita. Mais, loin de l'enfance, il fut surpris par une impression de vertige.

Une demi-heure plus tôt, il était arrivé à la maison du lac en même temps que Stuart, lequel semblait avoir vieilli de deux ans en quelques jours. Pâle et sans aucun entrain, Stuart avait déclaré qu'il souhaitait parler à Laura en tête à tête. Dylan avait aussitôt proposé d'emmener Emma sur l'aire de jeux. Mais s'il était heureux de passer un moment seul avec sa fille plutôt que d'entendre ce que ce bon vieux Stuart avait à dire, il regrettait en même temps de laisser

Laura avec son beau-frère. Déjà, la veille, en la voyant dans tous ses états, il serait volontiers resté auprès d'elle s'il n'avait eu à assurer un vol matinal.

Le mouvement de sa balançoire l'étourdissait de plus en plus quand il vit Emma descendre de la sienne et se précipiter vers le manège. Il la regarda pousser la plate-forme de bois puis sauter dessus dès qu'elle eut pris suffisamment de vitesse. Alors il s'approcha du manège et le fit tourner si rapidement qu'il se transforma sous ses yeux en un tourbillon presque immatériel. Ravie, Emma se tenait d'une main à la barre pendant que, le bras tendu vers l'extérieur du manège, elle se donnait l'illusion de voler et imitait même un bruit de moteur à réaction.

Mais si elle semblait prête à voler en rond avec bonheur pendant un siècle, Dylan dut déclarer forfait. Le bras fatigué, il alla s'asseoir sur une souche pendant que la rotation du manège s'arrêtait progressivement.

— Tu aimes voler, n'est-ce pas ? demanda-t-il quand le manège s'immobilisa.

Emma hocha la tête et descendit de la plate-forme, un peu étourdie.

— Ça va ?

Elle lui offrit son sourire : le plus joli sourire du monde.

— Quand j'étais pilote, il m'est arrivé quelque chose que je voudrais te raconter. D'accord ?

Elle ne hocha ni ne secoua la tête mais le regarda attentivement.

— Un jour, je devais assurer un vol à travers

le pays. Mais je suis tombé malade et j'ai dû laisser quelqu'un d'autre piloter l'avion à ma place. Mais ce pilote avait trop bu. Il était ivre, expliqua Dylan, estimant qu'il pouvait passer sous silence l'absorption de médicaments. Tu sais ce que ça signifie, être ivre ?

Si elle resta sans réaction, il n'en fut pas moins persuadé qu'elle comprenait.

— Et avec ce pilote qui avait trop bu, l'avion s'est écrasé. Il y a eu beaucoup de morts dans l'accident.

Emma fronça les sourcils.

— Oui. Ça a été terrible. Et tu sais quoi ? Pendant longtemps j'ai cru que c'était ma faute. Si je n'avais pas été malade, ou si j'avais quand même accepté de piloter cet avion malgré mon état, il n'y aurait pas eu ce drame. Mais, après un certain temps, j'ai compris que je n'étais pas fautif. C'était l'autre pilote qui était responsable. Moi, je n'avais rien à voir là-dedans. Exactement comme toi tu n'as rien à voir avec la mort de Ray.

Emma baissa les yeux.

— Ton père avait des problèmes, au fond de lui, depuis très longtemps, poursuivit Dylan, tout en se demandant ce qu'Heather penserait de cette approche si directe. Pas du tout des problèmes à cause de ta maman ou de toi. Ce n'était pas parce que tu parlais trop, par exemple, qu'il s'est tué.

Emma descendit du manège, courut vers de grands tubes en plastique multicolores et se glissa dans l'un d'eux. Dylan soupira devant son échec, leva les yeux, regarda le feuillage des arbres et s'étonna de découvrir les premières teintes automnales qu'il n'avait même pas vues apparaître cette année.

Revenant aux tubes en plastique, il constata qu'Emma s'y était engloutie. Elle était allée vers l'unique endroit sur l'aire de jeux où elle pouvait être seule et ne plus l'entendre.

46

— Il avait eu des accès dépressifs, expliqua Stuart, tout en remuant sa citronnade avec une cuillère. Mais je suppose que ça, au moins, tu le savais.

— Oui.

En dépit de la colère que les silences de Stuart lui inspiraient, Laura s'inquiétait de voir la mine déplorable de son beau-frère. Avec ses cernes noirs, il donnait l'impression de ne pas avoir dormi de toute la semaine.

— Quand nous étions enfants, il parlait déjà fréquemment de suicide. Plus tard, il m'a semblé fasciné par ce qui se passait dans sa tête, si bien que sa décision d'étudier la psychologie ne m'a pas étonné.

— Ça, je n'en avais jamais rien su.

— Il n'en parlait jamais, et tu vas comprendre pourquoi.

Stuart étudia un instant son reflet sur la cuillère qu'il venait de retirer de son verre.

— Après avoir obtenu sa licence, il a commencé un doctorat, dit-il en replongeant la cuillère dans la citronnade. Et, à la même époque, il manifestait un patriotisme pur et dur.

— Ray ?

— Il faut se souvenir que nous traversions une période terrifiante. Nous nous sentions tous menacés par la bombe atomique. Dans les sphères gouvernementales, on se préoccupait de trouver la clef des lavages de cerveau pratiqués par l'ennemi. Ray a vu là un moyen d'aider son pays. Il avait entendu parler des recherches de Peter Palmiento et de cette technique de guidage psychique qui avait cours à Montréal...

— Avec casques et messages enregistrés.

— Exactement. Ray est allé voir Palmiento. Il lui a suggéré d'intégrer cette technique dans ses recherches et a suscité sa curiosité. Si bien que Palmiento l'a engagé dans son équipe.

— Je ne peux pas croire que Ray ait pu faire des choses si cruelles.

— De nos jours, on a une optique différente. Mais, il y a quarante ou cinquante ans, ces expérimentations apparaissaient comme autant de pas en avant dans des recherches que l'on croyait indispensables.

— Tout de même ! On se servait de cobayes humains !

— Sur ce point, Ray a éprouvé plus d'un regret. Crois-moi, Laura. Mais il était alors si heureux d'avoir trouvé le moyen d'aider sa patrie ! Je suis le seul à pouvoir en témoigner. Il était tenu au secret et ne faisait d'exception qu'avec moi.

Regardant Laura, Stuart surprit sans doute du dégoût sur son visage.

— Ne le hais pas, Laura, l'implora-t-il. Essaie de comprendre. Il pensait faire des choses justes et nécessaires. Et il bénéficiait du soutien du gouvernement, par le biais de la CIA qui le rémunérait discrètement. Les chèques lui arrivaient par des voies détournées mais il en connaissait l'origine. Il savait que Washington était très satisfait de son travail et empêcherait quiconque de divulguer ce qu'il faisait.

A travers son pull, Laura se frotta les bras, comme pour se laver, en pensant, avec dégoût, aux mains de Ray sur sa peau.

— A partir d'un certain moment, poursuivit Stuart, Ray a commencé à se rendre compte que Peter Palmiento souffrait lui-même de problèmes psychiques. Sa paranoïa s'accentuant, Palmiento s'est mis en tête que Sarah et quelques autres risquaient de dévoiler ses secrets — qui étaient aussi des secrets d'État. Il s'est alors senti en droit de prévenir cette éventualité. Il savait qu'il pourrait faire pression sur Sarah en menaçant la vie de sa fille. Ça, Ray l'a mal supporté et m'en a parlé. S'il restait convaincu que la recherche était indispensable, il ne supportait pas le délire de Palmiento.

— Il a poussé Sarah à protéger Janie. A me protéger.

— Je n'en suis pas sûr, mais je veux bien le croire. En revanche, je sais que le désaccord entre Ray et Palmiento s'est accentué au point de tourner à l'affrontement physique. Palmiento a tiré sur Ray. Ce qui a ensuite permis à Ray de le faire interner. Mais il croyait encore à ses expérimentations et les aurait poursuivies si le gouvernement n'avait décidé de lui couper les vivres.

— Sarah était présente quand Palmiento a voulu tuer Ray. Elle a réussi à faire dévier la balle en lui donnant un coup sur le bras. Sans elle, Ray serait peut-être mort.

— Ah ? Je l'ignorais.

Stuart vida son verre de citronnade. Impatiente de l'entendre achever son histoire, Laura ne lui en proposa pas un second.

— Ray s'est retrouvé sans emploi, reprit Stuart. Et sans argent pour reprendre des études. Alors il a travaillé pendant quelques années comme vendeur dans un magasin de vêtements. Dans le même temps, son patriotisme a faibli. C'était le début de la guerre du Vietnam, et ce qu'on faisait là-bas a ébranlé sa foi dans le gouvernement. Il a commencé à se dire qu'il avait été dupé par Washington, par Palmiento. Qu'il s'était lui-même aveuglé. Il a fait une dépression. Je le revois encore pleurer en me parlant des malades que l'on avait torturés avec sa complicité. Oui, « torturés ». C'est le mot qu'il a employé. Il a tenté d'éradiquer le passé de sa mémoire. La psychologie lui laissait un goût amer dans la bouche, et il avait tellement honte de ce qu'il avait fait à Sainte-Margaret qu'il a opté pour la sociologie quand il a pu retourner à l'université. C'est à ce moment-là qu'il s'est mis à s'occuper des malades mentaux rejetés par les hôpitaux et qui se retrouvaient dans la rue.

Le regard rivé sur la forêt qui les entourait, Laura chercha à éprouver de la sympathie pour Ray, à comprendre et à pardonner. Certes, il régnait dans les années cinquante une atmosphère bien particulière. Imaginaire ou réelle, la menace communiste était omniprésente. Elle se souvint du petit garçon, Donny, dont Sarah lui avait parlé en lui racontant le déraillement du train. Donny qui avait peur de « la bombe ». Mais, quelle que fût l'époque, les êtres humains restaient des êtres humains. Les malades de Sainte-Margaret avaient été aussi fragiles, vulnérables et confiants qu'elle-même pourrait l'être aujourd'hui face à des médecins.

— Quant au drame de Sarah Tolley, c'est la seule chose que Ray n'ait pas cherché à oublier, précisa Stuart. Il estimait vraiment qu'ils lui avaient fait vivre un calvaire. Ils... J'ai oublié ce qu'ils ont fait à son mari, mais...

— Ils l'ont abruti de médicaments, soumis à des électrochocs et expédié au Nevada en lui fournissant une nouvelle identité, expliqua Laura avec une amertume dans la voix qui n'annonçait pas le pardon. Et Ray, comme Palmiento, a raconté à Sarah qu'ils l'avaient lobotomisé.

Stuart grimaça.

— Ensuite, je crois qu'ils ont menacé de mettre la vie de sa fille en danger, reprit-il. Ta vie, par conséquent... Alors, Sarah, en proie à la terreur, s'est séparée de toi. Mais tout ça tu le sais déjà, n'est-ce pas ?

— Oui. Seulement je ne comprends pas comment Ray m'a rencontrée. Ce n'était pas une coïncidence, j'imagine.

— Bien sûr que non. Il a voulu savoir ce que tu étais devenue. Ça le tourmentait beaucoup, et il s'est mis à ta recherche. Pendant des années, il a essayé de te retrouver, sans succès. Il a fini par baisser les bras, jusqu'au jour — des années plus tard — où tu as découvert la comète qui devait porter ton nom.

— Et alors ? C'est vrai que j'avais ma photo partout. Mais tu ne vas pas me dire qu'il m'a reconnue.

— Non. Mais il a reconnu ceci, fit Stuart en mettant le doigt sur le pendentif de Laura. Tu le portais sur toutes les photos. A la télévision. Il n'avait pas oublié la broche de Sarah, qu'il avait trouvée très belle, et il l'a reconnue dans ton pendentif. Alors il s'est renseigné sur ton âge et ensuite, persuadé que tu étais Janie, il a élaboré un plan pour te rencontrer.

— Et il a débarqué un jour à la cafétéria de Hopkins, en me demandant s'il pouvait partager ma table ! Je me souviens qu'il m'a posé un tas de questions qui m'ont fait imaginer qu'il était curieux des autres comme on l'est rarement.

— Il avait enfin retrouvé la petite fille qu'il avait tant recherchée... Il tenait beaucoup à toi, Laura. Au début, peut-être voulait-il réparer ses fautes, compenser le mal qu'il avait pu te faire. Mais ensuite il y a eu entre vous une amitié que je crois absolument sincère. Quand tu es tombée enceinte, il n'a pas hésité une seconde à te demander en mariage.

— A cause de son sentiment de culpabilité, il me semble, fit Laura, écœurée.

— Non. Je préfère penser que c'était par affection.

S'abstenant de manifester son scepticisme,

Laura regarda vers le lac à travers un brouillard aux couleurs automnales.

— Quand ton père t'a demandé d'aller voir Sarah Tolley, Ray a paniqué, continua Stuart. Il craignait que tu ne découvres son passé. Un passé auquel il ne voulait pas être confronté. Tu comprends ? C'est pour cette raison qu'il s'est suicidé, et non à cause des exigences de ta carrière ou des refus des éditeurs. C'est la honte et son dégoût de lui-même qu'il faut incriminer. Jamais il ne s'était pardonné ce qu'il avait fait à Sainte-Margaret.

— Il aurait dû m'en parler, répondit-elle, bien qu'elle fût persuadée que sa réaction n'aurait rien eu de charitable.

— Moi non plus je ne voulais pas que tu saches. Et, maintenant, je ne veux absolument pas que son passé soit révélé au public. Ce serait priver le livre du succès et du respect qu'il mérite.

Laura regarda son beau-frère au fond des yeux.

— Ces messages qui tentaient de m'empêcher de voir Sarah venaient de toi, n'est-ce pas ?

— Oui. J'ai été assez lâche pour essayer de te décourager de cette façon.

— Mais c'est de ma mère que tu voulais me priver, Stuart ! *Ma mère !*

Stuart, comme Ray, avait joué avec elle, tenté de lui ravir sa liberté d'action à son seul bénéfice.

— Je sais, admit Stuart. Mais tu ignorais qui était Sarah. Tu aurais pu l'ignorer jusqu'à la fin de tes jours. Est-ce que ça n'aurait pas été aussi bien ? Je regrette encore que tu n'aies pas tenu compte de mes messages.

Laura pensa à Sarah, seule dans son petit appartement, avec sa mémoire de plus en plus défaillante et la photo de Joe.

— Moi, je m'en félicite, affirma-t-elle.

47

— Elle est bonne pour faire la sieste, annonça Dylan.

Laura regarda sa fille avancer dans la cuisine, de la terre aux genoux, aux coudes et sur une joue.

— Et pour une bonne toilette ! Monte dans la salle de bains, Emma. Merci, Dylan, de t'être occupé d'elle, ajouta Laura en s'arrachant un sourire. Stuart se repose. Tu peux rester un moment ? Il faut que je te raconte ce que j'ai appris.

Elle éprouvait le besoin de se libérer du ressentiment et de la colère qui l'étreignaient. Que son mariage n'eût jamais été le fruit d'un amour romantique, elle l'avait toujours su. Mais elle venait de découvrir que l'amitié non plus n'avait été qu'une illusion. En l'épousant, Ray avait trouvé un moyen d'apaiser sa conscience. Il s'était tout bonnement servi d'elle.

Dylan jeta un coup d'œil à sa montre.

— Désolé, Laura, il faut que je prépare le vol de ce soir. Je reviendrai après si tu veux.

— D'accord, fit Laura, tout en regrettant de

ne pouvoir parler librement pendant que Stuart se reposait.

— Tu as l'air très contrariée. Je peux rester encore...

— Non. Je sais que tu es déjà en retard. On se revoit dans la soirée.

Il l'embrassa rapidement.

— A quelle heure est votre rendez-vous chez Heather ?

— Mon Dieu ! J'avais complètement oublié. C'est à 14 h 30. Et j'ai dit à Heather que je venais aussi avec Sarah. Mais avec tout ce qui arrive, je ferais peut-être bien d'annuler.

— Non. Emma a sans doute besoin de se décharger verbalement sur Sarah.

Dylan avait raison, mais l'idée de se hâter pour arriver à temps à la consultation ne l'enthousiasmait guère.

— Bon. Je vais faire au mieux. Je monte lui donner un bain en vitesse.

— Je profite de ta voiture, si tu es d'accord, fit Stuart en apprenant que Laura se rendait chez la pédopsychiatre. Tu m'as bien dit que son cabinet était à côté du centre commercial où se trouve cette grande librairie ? J'irai y faire un tour en vous attendant.

La tension était palpable entre eux, mais, en présence d'Emma et à court d'arguments polis pour le décourager, Laura accepta de l'emmener.

Malheureusement, en tentant d'inciter Emma à parler, il ne cessa, dans la voiture, de lui poser des questions qui n'eurent pour effet que d'augmenter l'anxiété de Laura. Alors elle se concentra sur le rendez-vous avec Heather, en se disant qu'elle commencerait certainement par la mettre au courant de ses dernières découvertes.

Garée devant la maison de retraite, elle alla chercher Sarah qui, dès qu'elle la vit, voulut mettre ses chaussures de marche.

— Non, Sarah, pas aujourd'hui. Je vous emmène chez la psychologue d'Emma. Si vous êtes d'accord, bien sûr.

La confusion effaça le sourire de Sarah.

— Comme vous voulez, fit-elle en haussant les épaules et en regardant autour d'elle.

Sarah lui montra son sac posé sur le comptoir de la kitchenette.

— Il est là.

— Ah, oui ! Bon, je le prends et on y va.

Dans le couloir, Laura la remercia de l'accompagner chez Heather.

— Je sais que vous auriez préféré vous promener. Mais ce que vous faites est très important pour moi.

— C'était la soirée bingo, hier.

— Oh ! Vous avez gagné ?

— Je ne sais pas. Ah ! Non, on n'a pas joué au bingo. Mais à cet autre jeu.

Préoccupée, Laura omit de lui demander aussitôt de quel jeu elle parlait.

Sous le soleil d'automne, elle ouvrit la portière arrière, laissa Sarah monter dans la voiture, boucla pour elle sa ceinture de sécurité puis s'installa au volant, à côté de Stuart.

— Sarah, je vous présente mon beau-frère,

Stuart. Alors, hier soir, à quoi avez-vous joué ? Sarah ?

Intriguée par son silence, Laura la regarda dans le rétroviseur et la vit fixer le profil de Stuart. Ray et son frère se ressemblaient tant qu'on les avait souvent pris pour des jumeaux. A Sainte-Margaret, néanmoins, Ray était encore très jeune, alors que Stuart avait aujourd'hui près de la soixantaine. Mais il ne paraissait pas son âge, ne s'était pas épaissi comme Ray et avait encore ses cheveux... Autant d'éléments qui permettaient d'imaginer qu'il rappelait à Sarah son frère, monsieur D.

— Voici le centre commercial, Stuart, annonça Laura en montrant les magasins pendant qu'elle se garait devant chez Heather. Tu as besoin de la voiture ?

— Non. C'est tout près. Je vais marcher. Ça me fera du bien.

Tandis qu'il s'éloignait, Sarah le suivit du regard, sans bouger de son siège.

— Où va-t-il ?

— Voir la librairie. Il s'appelle Stuart, Sarah. Et il est mon beau-frère.

Lentement Sarah sortit de la voiture et, pour la première fois, à la grande surprise de Laura, prit la main d'Emma qui la laissa faire. Toutes trois se dirigèrent vers l'immeuble d'Heather, mais sans que Sarah cessât de tourner la tête dans la direction de Stuart.

Emma jouait déjà dans la salle d'attente lorsque Heather apparut. Laura se leva.

— Je crois qu'il faudrait d'abord que je vous parle, annonça-t-elle.

— Bien. Sarah et Emma ? Vous restez ici. Mme Quinn vous surveillera.

Laura observa avec une certaine inquiétude que Sarah ne bougeait pas de sa chaise. Elle n'était pas elle-même ce jour-là.

Dans le cabinet d'Heather, elle relata les événements survenus les jours précédents, en voyant les traits d'Heather s'affaisser de plus en plus au fil de son récit.

— Vous devez terriblement en vouloir à Ray, conclut Heather.

— Oui.

— Ah, enfin ! Ce n'est pas trop tôt.

— Je peux à la rigueur lui pardonner ce qu'il a fait à Sainte-Margaret. Il a eu des circonstances atténuantes : sa jeunesse et la situation politique. Mais je crois que jamais je ne lui pardonnerai d'avoir voulu m'empêcher de retrouver ma mère et de connaître ma véritable identité. Il a été malhonnête avec moi. Il m'a fait vivre dans le mensonge.

Elle pensa soudain à Dylan dont l'honnêteté était l'une des valeurs premières, et elle sentit qu'un éclair de joie traversait sa colère lorsqu'on frappa à la porte.

— Sarah et Emma sont-elles avec vous ? demanda Mme Quinn.

Laura eut un coup au cœur.

— Non, répondit Heather.

— Elles ne sont plus dans la salle d'attente. J'ai levé les yeux de mon bureau, et elles avaient disparu.

D'un bond, Laura se leva et se précipita dans la salle où elle ne vit qu'un homme entre deux âges, patient d'un autre psychologue, qui attendait son tour.

— Vous savez où elles sont allées ? Une vieille dame et une petite fille ?

L'homme sembla effaré par la terreur qu'il lisait dans son regard.

— Il n'y avait personne quand je suis arrivé.

— Regardez dans la salle de jeux, cria Heather depuis le couloir. Je vais voir dans les autres cabinets.

Il n'y avait personne dans la salle de jeux. Laura fut saisie d'une panique comme elle n'en avait connu qu'une seule fois, au Brésil, le jour où elle avait perdu Emma sur un marché. Ce jour-là elle l'avait retrouvée en train de s'emporter contre un marchand qui ne comprenait pas un mot d'anglais.

Elle courut hors de l'immeuble, appela en vain Sarah et Emma, tourna en rond sur le parking en se demandant quelle direction elles avaient pu prendre.

Heather vint la rejoindre.

— Restons calme. Allons voir plutôt dans l'immeuble. Il y a quatre étages. Elles ont peut-être pris l'ascenseur.

Laura ne bougea pas, les pieds collés à l'asphalte.

— Si elles étaient sorties, nous les verrions, expliqua Heather. Une vieille dame et une petite fille ne marchent pas très vite.

Réconfortée par l'apparente logique du raisonnement d'Heather, Laura acquiesça. Mais, tout en retournant vers l'immeuble, elle se souvint que, plus d'une fois au cours de leurs promenades, elle avait eu du mal à suivre Sarah.

Avec l'aide de Mme Quinn et du patient qui attendait son tour, elles passèrent l'immeuble au peigne fin sans résultat. Pendant qu'Heather prévenait la police, Laura, submergée par la panique, parvint à joindre Dylan alors qu'elle redoutait qu'il fût déjà dans le champ, en pleine préparation du vol de la soirée. Sans hésiter une seule seconde, il lui répondit qu'il sautait dans sa voiture.

Les policiers arrivèrent rapidement. Bien organisés, méthodiques, consciencieux, ils furent néanmoins peu rassurants avec leurs visages sombres et ce commentaire que Laura surprit :

— Une enfant muette, de cinq ans, et une personne âgée atteinte de la maladie d'Alzheimer ? Eh bien, il faudra qu'on ait la chance de notre côté !

L'un des officiers lui ayant demandé de rester dans la salle d'attente, au cas où Sarah et Emma reviendraient, Laura observa par la fenêtre le déploiement des forces de police dans le voisinage, et en particulier du côté des magasins.

Quelques minutes plus tard, ce fut Stuart qui apparut.

— Sarah et Emma ont disparu, lui expliqua Laura. Tu sais ce que je crois ? Tu as dû rappeler monsieur D. à Sarah.

Stuart parut surpris.

— Je vais les chercher avec la police, proposa-t-il aussitôt.

— Non. Si tu fais peur à Sarah, il vaut mieux que tu restes ici.

Dans un soupir, Stuart s'assit. Laura retrouvait sur son visage cette expression de défaite qu'elle avait si souvent vue chez Ray et qu'elle ne supportait plus.

Le silence s'installa entre eux. Un silence qui fut finalement rompu par Stuart.

— Je suis désolé, Laura. Désolé de t'avoir caché tant de choses. D'avoir essayé de te tenir éloignée de Sarah. J'avais adopté le raisonnement de Ray. Je l'avais vu si malheureux pendant notre enfance que je souhaitais qu'il prenne une revanche sur la vie. J'ai voulu le protéger à tes dépens. Pardonne-moi.

Un jour, peut-être, elle lui pardonnerait. Mais pour le moment elle n'en avait pas la force.

— Je n'assurerai pas la promotion du livre, Stuart.

Il lui lança un regard aigu, sans doute prêt à entamer une discussion, puis préféra hocher la tête et changer de sujet.

— Tu me laisses au moins chercher à mon tour dans l'immeuble ? Il faut que je fasse quelque chose.

Laura accepta, sachant qu'il ne risquait pas de faire du mal : Sarah et Emma n'étaient pas dans le bâtiment.

Dylan se gara devant le cabinet, balaya le parking du regard à la recherche de sa fille et de Sarah, puis se dit qu'il devait perdre son temps. Au cours de la demi-heure qu'il avait passée sur la route, on avait sûrement dû remettre la main sur les deux fugitives.

Mais quand Laura se jeta dans ses bras dès qu'il entra dans la salle d'attente, il sut qu'il se trompait.

— Elles n'ont pas été retrouvées ? Elles ne sont pas revenues ?

— Non. La police les cherche. Ils m'ont demandé de rester ici, mais il est tard, il fait sombre, Dylan. Qu'est-ce qui se passera si on ne les retrouve pas avant la nuit ?

— Ils pensent peut-être que Sarah est simplement partie avec Emma. Ou que quelqu'un aurait pu...

— Je ne sais pas ce qu'*ils* pensent, l'interrompit Laura, comme si elle ne tenait pas à entendre la fin de sa phrase. Mais moi, je pense que Stuart rappelle Ray à Sarah, et que par conséquent elle cherche à éloigner Emma de lui.

— Bien. Je me joins aux recherches.

Dylan ne concevait pas de rester là, à attendre. Et puis Laura avait raison : la nuit tombait.

— Ils inspectent simplement les alentours, dit-elle. Je leur ai pourtant dit que Sarah était capable de marcher vite, mais ils ont dû croire que je divaguais.

— Je vais aller voir plus loin.

— Va de ce côté-ci, conseilla Laura en montrant le nord. La police se focalise sur le centre commercial.

Dehors, Dylan s'éloigna des magasins en traversant le parking. Si Sarah essayait de protéger Emma contre Stuart, elle devait se cacher. Mais où ? Marchant lentement, il regarda derrière les poubelles de la ville et les haies. De temps à autre, il jetait un coup d'œil à sa montre dont il aurait voulu voir la grande aiguille ralentir sa progression. Une statistique lugubre lui était revenue à la mémoire et l'obsédait. Une statistique selon laquelle plus le temps passait, moins on avait d'espoir de retrouver vivant un enfant disparu.

Au bout d'une demi-heure, il aperçut un petit ballon gonflé à l'hélium et qu'éclairait le faisceau d'un projecteur. Il se dirigea dans sa direction, persuadé que si Emma avait aperçu ce ballon elle avait dû être attirée par lui comme un papillon par la lumière.

De plus près, il constata que le ballon servait de placard publicitaire à un commerce de voitures d'occasion de toutes sortes, qui occupait une large superficie.

Il s'engageait parmi les véhicules lorsqu'une voix le fit sursauter.

— Alors, on cherche un bolide ?

Surgi de nulle part, la cinquantaine, coiffé d'une casquette de base-ball rouge, le vendeur ajouta :

— J'ai quelques affaires sensationnelles à vous proposer, ce soir.

— Pour l'instant, je me contente de regarder, répondit Dylan.

Il s'éloigna, soulagé que le vendeur n'insistât pas, et se mit à inspecter l'intérieur de chaque voiture jusqu'à ce qu'il trouvât finalement ce qu'il cherchait. Blotties l'une contre l'autre,

Sarah et Emma s'étaient endormies sur la banquette arrière d'une Oldsmobile.

Surpris par les larmes qui lui brouillaient la vue, il lui fallut quelques instants pour se ressaisir avant d'ouvrir la portière.

Emma se réveilla et, tout alanguie par le sommeil, lui tendit les bras.

— Papa ! dit-elle.

Cette voix, qu'il entendait pour la première fois, il espérait bien l'entendre jusqu'à la fin de sa vie.

Épilogue

Dix mois plus tard.

— Est-ce que je dois me tenir aux cordes, papa ? demanda Emma.

Dylan détourna son attention de Brian qui se tenait au bas de la nacelle.

— Pas encore, Emma. On ne décolle que dans quelques minutes.

Vêtu d'un smoking qui rehaussait le noir de ses cheveux et le bleu de ses yeux, Dylan était si séduisant qu'il attirait sans cesse le regard de Laura. Elle-même portait une longue robe, bleu pâle, vaporeuse, presque éthérée. Quant à Emma, elle avait mis une robe mauve et lavande pour laquelle elle avait eu un coup de foudre, quelques semaines plus tôt. « Oh, ça y est, maman, j'ai trouvé ! C'est plus la peine de chercher ! » s'était-elle écriée en montrant la robe sur un mannequin.

Ils étaient quatre dans la nacelle : Laura, Dylan, Emma et Gregg, un pasteur ami de Dylan, qui allait, à trois cents mètres au-dessus du sol, donner une vraie famille à Emma.

Brian et son nouveau coéquipier Steve étaient également en smoking, et c'était comique de les voir s'affairer dans cette tenue de gala. Tandis qu'ils effectuaient les ultimes vérifications, Laura se tourna vers le champ, plein de couleurs, de bruits et de mouvements. Un orchestre cajun — encore des amis de Dylan — jouait des rythmes entraînants, sur une plate-forme installée à côté de la grange. Les invités allaient et venaient entre les chaises de jardin, les parasols et les tables couvertes de victuailles. Les proches de Dylan — sa sœur et sa famille, ses cousins, ses oncles et ses tantes —, tous conquis par Laura et sa petite pie d'Emma, étaient de la fête. Du côté de Laura, une dizaine de ses collègues du Smithsonian et de l'université Johns Hopkins se trouvaient parmi la foule où l'on voyait également le fils et la fille de John Solomon, venus d'Alaska afin d'assister au mariage de leur demi-sœur.

A l'ombre d'un chêne étaient assis, élégamment vêtus, John et Elaine Solomon, ainsi que Sarah Tolley. Arrivés une semaine plus tôt, John et Elaine s'étaient installés à la maison du lac. Avant de la rencontrer, John s'était préparé à toute réaction éventuelle de la part de Sarah. Mais Laura avait prédit avec justesse que Sarah ne le reconnaîtrait pas ni ne le comprendrait lorsqu'il lui révélerait sa véritable identité. Il l'avait accompagnée dans ses promenades avec Laura, avait pique-niqué avec elle sur la terrasse de Dylan et passé finalement des heures à ses côtés sans qu'elle parvînt un seul instant à le reconnaître. Si elle fut intriguée par la gentillesse de cet homme à son égard, elle n'en laissa rien paraître. Au fil des jours, l'altération de sa mémoire et de son autonomie s'accentuait doucement.

— Qu'est-ce que tu regardes, maman? demanda Emma. Tu devrais observer papa qui prépare le ballon.

— Je regarde ton grand-père, ma chérie.

Laura aida la petite à monter sur le réservoir de propane d'où elle pourrait voir plus facilement le champ par-dessus la nacelle. John et Elaine s'étaient levés pour danser autour d'une table sur le rythme allègre de la musique. Laura songea que John n'avait guère changé. Toujours prêt à prendre des risques, comme celui de se fouler une cheville sur l'une des bosses du terrain.

— Allez, mesdames, retournez chacune dans votre coin! fit Dylan. Nous sommes prêts.

Il aida Emma à descendre du réservoir pendant que Laura reprenait sa place tout en jetant un dernier regard vers le champ.

L'autre soir, au bord du lac, elle s'était assise en compagnie de John sur la jetée afin d'observer tranquillement sa spectaculaire comète, pendant qu'à la maison Elaine et Dylan partageaient les jeux d'Emma. Entre John et elle s'était installée une camaraderie spontanée, et John lui avait avoué qu'il se sentait enfin en paix avec lui-même depuis qu'il avait retrouvé sa fille.

Tandis que, le regard levé vers le ciel, John commentait la beauté des étoiles, Laura avait pensé à toutes ces nuits de son enfance au cours desquelles Carl lui avait appris à reconnaître les constellations. John, lui, ne se préoccupait pas de ses connaissances, ne cherchait pas à savoir si elle était capable de repérer Jupiter dans un ciel criblé d'étoiles, oubliait que c'était elle qui avait découvert la comète qu'ils observaient et que cette découverte lui avait valu des dizaines de récompenses. Une seule chose lui importait : ses retrouvailles avec sa petite Janie.

Avant de monter dans la nacelle, elle l'avait regardé se pencher vers Sarah et lui demander :

« Vous savez qui est la mariée ? Qui est cette jeune femme qui monte dans le ballon ?

— Oui. C'est cette gentille petite qui m'emmène en promenade », lui avait répondu Sarah.

Remerciements

A David, mon Tex-Mex d'Amana.

J'exprime ma gratitude à Jane Drewry, Liz Hain et Joan Winslow qui m'ont fourni les principaux éléments de ce récit et m'ont aidée à ne pas le perdre de vue.

Merci à Ann Allman, Barbara Bradford, Alana Glaves, Pat McLaughlin, Priscilla McPherson, Joann Scanlon et Brittany Walls pour leur lecture attentive et critique des premières moutures de ce roman ; à Dan Heagy, passionné de vols en ballon, ainsi qu'au bibliothécaire Henry Zoller qui m'ont aidée à conjuguer réalité et imaginaire.

J'adresse aussi des remerciements particuliers à mon agent littéraire, Ginger Barber, et à Amy Moore-Benson et Dianne Moggy des éditions MIRA.

Vous lisez nos collections...
Nous aimerions mieux vous connaître !

Si vous nous retournez ce questionnaire complété avant le 1er décembre 2003, nous serons ravis de vous faire parvenir un titre de notre catalogue.
Avec tous nos remerciements,
Les Editeurs

A retourner à : Univers Poche Editions Pocket
Service Marketing éditorial et Développement
12 avenue d'Italie - 75013 Paris

Nom :......................................**Prénom :**............................
Adresse :...
Code postal :..............................**Ville :**...............................
Type d'agglomération : ☐ commune rurale ☐ 2 000 à 20 000 hbts
☐ 20 000 à 100 000 hbts ☐ + de 100 000 hbts ☐ Paris / RP

Sexe : ☐ M ☐ F
Age : ☐ 15/19 ans ☐ 20/25 ans ☐ 26/35 ans
☐ 36/50 ans ☐ plus de 50 ans

CSP : ☐ étudiant ☐ agriculteur ☐ cadre, profession libérale
☐ artisan, commerçant, chef d'entreprise ☐ profession intermédiaire
☐ enseignant ☐ employé ☐ ouvrier
☐ retraité ☐ inactif

Que lisez-vous ?
☐ Romans français ☐ Romans étrangers ☐ Essais/Documents
☐ Classiques ☐ Terroir/Litt. régionale ☐ Spiritualité/Religion
☐ Policier/Thriller ☐ Terreur/Fantastique ☐ Litt. sentimentale
☐ Pratique ☐ Science-fiction/Fantasy
☐ Sc. humaines ☐ Méthodes de langues

Combien de livres (toutes collections confondues) lisez-vous par an ?
☐ - de 5 livres ☐ 5 à 10 livres ☐ 10 à 15 livres ☐ + de 15 livres

Quelles sont vos 3 collections préférées (tous éditeurs confondus) ?
....
....
....

Quels sont vos 3 auteurs préférés (tous éditeurs confondus)?
....
....

⇒

Combien de livres de la collection Pocket Roman lisez-vous par an ?
☐ 1 ou 2 livres ☐ 2 à 5 livres ☐ 5 à 10 livres ☐ + de 10 livres

Quels sont vos 3 auteurs préférés dans la collection Pocket Roman ?
....
....

Etes-vous d'accord pour que nous reprenions éventuellement contact avec vous dans le cadre d'autres enquêtes concernant nos collections ?
Si oui, merci de nous indiquer votre e-mail :.......................................
ou votre numéro de téléphone :...

"Recommencer de zéro"

Étranges secrets

Diane Chamberlain

En pleine procédure de divorce, le tribunal enlève à Susanna la garde de son fils Tyler, à peine âgé d'un an, pour le confier à son ex-mari, Jim, riche avocat, et à sa nouvelle compagne. Susanna décide alors de braver la loi. Elle change d'identité et devient Kim, Tyler devient Cody et sous ces faux noms, la mère et le fils s'enfuient vers le Missouri. Là, une nouvelle vie pleine d'aventures et de rencontres enrichissantes les attend…

(Pocket n°10872)

"Double enquête"

Les ombres de Vienne

Jody Shields

Vienne, août 1911 : dans le parc du Volksgarten, une jeune fille est retrouvée étranglée. Dirigée par celui que l'on appelle l'Inspecteur, la police enquête : la victime porte de riches vêtements et, lors de l'autopsie, on retrouve dans son estomac une figue fraîche, un mets très rare dans la capitale autrichienne. Tout laisse donc supposer que la défunte est issue d'une grande famille. Mais l'élucidation de ce meurtre est difficile car il se pourrait bien que beaucoup de personnes soient impliquées dans cette sombre histoire...

(Pocket n°11554)

Achevé d'imprimer sur les presses de

BUSSIÈRE

GROUPE CPI

à Saint-Amand-Montrond (Cher)
en septembre 2003

POCKET - 12, avenue d'Italie - 75627 Paris Cedex 13
Tél. : 01-44-16-05-00

— N° d'imp. : 35999. —
Dépôt légal : octobre 2003.

Imprimé en France